COLLECTION FOLIO

James Crumley

Le canard siffleur mexicain

Traduit de l'anglais
par Nicolas Richard

Gallimard

Titre original :

THE MEXICAN TREE DUCK

James Crumley est né en 1939 à Three Rivers au Texas. Il vit aujourd'hui dans le Montana.

Il est l'auteur de plusieurs romans dont *Un pour marquer la cadence* (Folio n° 2909), *Les serpents de la frontière*.

Pour Martha Elisabeth

REMERCIEMENTS

Je tiens à remercier mon agent de longue date, Owen Laster, pour être resté avec moi, et Otto Penzler pour avoir misé sur moi. Et merci aux types avec les histoires et l'attitude : Kent Anderson, Mike Koepf, Andy Fishback, Mike « Megamind » Norton, Robert Applegate, et Louis Davis.

« Personne n'a appelé, personne n'est entré, il ne s'est rien passé, personne ne s'est soucié de savoir si j'étais mort ou parti à El Paso. »

Philip Marlowe
La Grande Fenêtre
de Raymond Chandler

PREMIÈRE PARTIE

Lorsque le train de marchandises de 3 h 12 pour Spokane arriva au croisement de East Meriwether, le conducteur donna un coup de sirène, et une longue plainte lugubre retentit dans l'air humide et neigeux de notre deuxième tempête de ce début d'automne dans le Montana occidental. Ça ressemblait vachement à la première note d'une ballade de Hank Snow. Je retirai le chariot de sous le juke-box, et je branchai la rallonge. Au moment où je glissai un quarter dans la fente, la grosse machine rota, les tubes néon glougloutants scintillèrent délicatement dans la nuit, et la machine parut se camper plus solidement sur la voie ferrée.

« Tu es sûr que tu sais ce que tu fais, Sughrue ? me demanda l'avocat Rainbolt en s'accroupissant au bord des rails.

— Hé, mec, je ne le connais ni d'Ève ni d'Adam, ce soi-disant rock and roll machin chouette, et je me fous encore plus de savoir qu'il chante comme une greluche, persistai-je, n'empêche que bon Dieu j'ai serré la pince de Hank Snow... » Avec ma bouteille de tequila Herradura entamée, je fis un geste en direction de l'espace blanc du parking, à l'arrière du Hell Roaring Liquor Store and Lounge.

« ... exactement là-bas, et ils ont pas le droit de le retirer du juke-box. »

Solly me prit la tequila des mains, s'envoya une rasade, puis me la rendit, et versa un tas aussi petit que dangereux de cristaux de meth dans la paume de sa main balafrée. Tout sourire, il leva les yeux, d'énormes flocons de neige se mêlaient à ses cheveux blonds en bataille. « C'est le combien, lui ? demanda Solly. Pour moi, tous ces chanteurs de country et western ont des voix de gonzesses.

— Connard. »

Solly s'éclatait complètement, souriant jusqu'aux oreilles comme le chat qui a enculé le canari avant de le boulotter. Les avocats qui s'éclatent, je les emmerde.

« Dépêchons-nous avant que ça s'envole », il suggéra.

J'ai pour règle de ne jamais discuter avec les avocats de la dope : ces types ont réponse à tout et les meilleures drogues.

On s'agenouilla donc en même temps alors que la machine amorçait le long virage au pied du Devil's Hump, son phare resplendissant fouettait la nuit enneigée, à genoux on sniffa les amphés dans la cicatrice circulaire de la paume de Solly. Je me relevai chancelant, avançai sur la voie et appuyai sur P-17. Lorsque le conducteur fit à nouveau retentir la note grave, Solly traversait le parking en traînant la patte vers l'arrière du bar plongé dans la pénombre.

La première fois que je vis Rainbolt, il était mort. En tout cas, on a bien cru qu'il était mort. Au camp de base, le bunker du PC s'était pris au moins trois attaques de RPG[1], et après quarante-huit heures de mousson, on ne faisait plus la différence entre les corps et les sacs de sable. Lorsque l'un des tas de boue ouvrit une paire d'yeux tout rouges, et décocha un grand sourire de dingue aux dents blanches, un de mes bleubites eut tellement la frousse qu'il vida un chargeur de M-16 dans les grumeaux du ciel vietnamien avant que Willie Williams ne lui tombe dessus. C'est alors que le tas se transforma en tête et se redressa, tout sourire.

« Hé, Sergent, il dit avec un accent du Sud carabiné, putain les gars, où est-ce que vous étiez passés ?

— Navré, dis-je, mais on a été retenu par la pluie... » J'avais le commandement d'une patrouille de la compagnie en fin de mission, après quatre jours au cœur des ténèbres des Central Highlands. Nos hélicos avaient dû rester au sol à cause de la mousson, et le régiment nous avait obligés à rallier la position occupée par l'ARVN[2], non pas pour recueillir les survivants, mais pour déterrer le coffre-fort à combinaison du PC. Solly, c'était le bonus sur lequel personne n'avait compté. « ... et on savait pas que vous attendiez. »

Solly secoua la tête comme si le retour d'entre les morts n'avait pas été une partie de rigolade, puis

1. Rocket Propelled Grenade, grenade à fusil. *(Toutes les notes sont du traducteur.)*

2. Armée de la République du Viêt Nam.

bataillа pour s'extirper de la boue qui faisait ventouse, écartant le cadavre du mercenaire Rhade allongé en travers de ses jambes pour remettre d'aplomb son corps dégingandé. Puis il leva la main gauche et serra le poing. Malgré la pluie, j'entendis les os grincer. Un serpent de sang dégoulinait de ses doigts serrés et crottés, le long de son poignet épais.

« Capitaine Solomon Rainbolt, dit-il en nous regardant, en route pour le monde libre. » Puis il considéra ce qui restait de l'état-major du Renseignement. Il était le seul survivant. Parce qu'il avait fait le mort, à la perfection. Solly éclata soudain d'un rire tonitruant sous la pluie battante, il ferma le poing à nouveau et s'écria : « Mon Purple Heart[1] à la con, vous pouvez me l'épingler au cul, les petits gars et renvoyez-moi au bercail ! »

N'empêche que c'est à la poitrine qu'on lui épingla. Avec d'autres babioles à la noix. Mais il laissa un bon morcif de la partie inférieure de sa jambe gauche dans une rizière, et il lui fallut un bout de temps avant de reprendre la route du monde libre. Il rempila une première fois, puis une seconde fois pour devenir l'un de ces coriaces qui vous flanquent la pétoche dans leurs treillis tigrés taillés sur mesure, avec leurs fusils d'assaut suédois et leurs yeux de l'enfer.

Mais il finit par rentrer au pays. Non pas à Athens, Georgie, où sa mère enseignait la chimie et son père le droit, mais en Californie, à la fac de droit Boalt à Berkeley, où il en mit plein la vue à tout le monde, et bichonna son carnet d'adresses, comme pendant la

1. Décoration de l'armée américaine décernée aux soldats blessés ou morts au combat.

guerre, puis il se fit une joie de poursuivre comme procureur fédéral, et ouvrit un cabinet privé à San Francisco, après avoir punaisé sa peau d'âne au mur, comme une autre vulgaire breloque militaire.

À cette époque, mézigue j'étais de retour dans les rues crades de par chez moi, bien assez préoccupé par mes propres déboires, si bien que nos chemins ne se recroisèrent pas tout de suite. À un moment donné, j'avais traqué une épouse fugueuse de Wichita à San Francisco, et j'avais fini par la retrouver parmi les hippies demeurés sur le carreau. Je suis resté pour la fin de l'ère peace and love, jusqu'à ce que Tricard Nixon laisse tomber son fantôme politique et abandonne les années soixante la gueule enfarinée.

Le nom de Solly apparut un jour dans le canard, et par un bel après-midi, je me rendis donc au tribunal le regarder bosser. Il défendait un motard plutôt renommé, accusé d'homicide volontaire. Solly au turbin, ça valait le coup d'œil — mi-juif, mi-blanc-bec du Sud, mi-héros de guerre éclopé. Un des habitués du Palais de Justice me chuchota que Solly pouvait faire bouffer aux jurés leurs caleçons en les persuadant que c'était des tagliatelles à la romaine. Il n'avait jamais perdu un procès en homicide, et ses plaidoiries étaient enseignées dans toutes les facs de droit du pays.

Quand le jury eut acquitté le client, je m'arrêtai à la table de la défense pour dire un petit bonjour, et il eut l'air content de me revoir. Apparemment, ça allait être facile de renouer une amitié commencée au cours du raid de quatre jours — dont deux guets-apens — pour se tirer de la brousse. Nous échangeâmes donc nos adresses, promettant de nous appeler. Mais je partis à Vegas sur un coup de tête, et à mon retour, Solly avait disparu de la circulation. Des rumeurs coururent de divorce acrimonieux, d'enfant mort et d'ex-femme disparue.

Solly finit par réapparaître à Denver, où il se spécialisa dans la défense de gros trafiquants de drogue, des types qui transbahutaient de sacrées quantités. Apparemment il en pinçait vraiment pour la DEA, et il collait raclée sur raclée à l'État avec une régularité confondante. Une fois vengé — je ne sais pas de quoi, car nous n'en parlâmes jamais — il calma le jeu et monta son étude à Meriwether, Montana, une ville que j'appelais « chez moi » depuis désormais un bail, et nous reprîmes cette amitié entamée dans le feu de l'action. Des amis, des vrais, de sacrés potes même, à tel point que je posais comme principe de ne jamais travailler pour ou contre lui. Apparemment il était d'accord. On n'avait passé qu'un moment assez bref dans la brousse, mais on s'en tint à l'idée qu'il était préférable d'avoir un pote pour surveiller ses arrières en cas de pépin.

Et des pépins, il y en eut pour moi cette année-là. La troisième semaine de septembre, l'activité de détective privé se mit à battre de l'aile alors que le blizzard charriait quarante centimètres de neige froide et mouillée sur Meriwether. Apparemment, pendant la vague de froid et les bruines qui succédèrent au blizzard, les gens furent capables de divorcer plutôt gentiment sans mon aide. Ces petits commerçants qui auraient pu reprendre leurs esprits choisirent de s'en prendre aux mauvais payeurs, et en firent une affaire personnelle.

De toute manière je n'aurais pas eu le temps. Mon boulot de barman à mi-temps au Hell Roaring Liquor Store and Lounge, qui me permettait d'être à peu près solvable, dégénéra en une corvée à plein temps au fur et à mesure que les clients s'enfonçaient comme des dératés vers le cœur d'un hiver dur à fendre l'âme. Le proprio du Hell Roaring, Leonard le Rusé, un type dont le cœur ne chantait d'habitude qu'avec la musique de la caisse enregistreuse, tomba amoureux de Betty Boobs[1], la plus mignonne de nos serveuses de cocktails. Ils s'envolèrent pour Mexico avant que le premier flocon de neige ne touche le sol. Dieu sait où Leonard avait la tête. Peut-être croyait-il que sa femme Betty Books, qui tenait les comptes[2], risquait de ne pas remarquer leur absence. Pas de veine. Une semaine plus tard, elle piqua la caisse du week-end et sauta dans un coucou à destination des îles Fiji, en grommelant une vague histoire de « baise dans le tiers monde pour se venger ». Mais elle m'annonça sans y aller par quatre chemins : « C'est à toi, C.W. T'as qu'à tout picoler ou bien y foutre le feu — moi j'en ai tout simplement plus rien à cirer. »

Je n'avais le temps pour aucune de ces deux solutions. Le personnel, renfrogné la plupart du temps, s'aigrit franchement sous ma direction. Lorsque le chèque de Big Linda fut refusé pour la deuxième semaine consécutive, sa réaction fut de laisser choir un plateau de boissons en pleine affluence de cinq heures.

1. Betty les Nénés.
2. Betty les Bouquins. Jeu de mots : *to keep books*, tenir la comptabilité.

Une pauvre bonne femme se plaignit de ce que son chemisier en soie était fichu, et Big Linda la tabassa si fort que la moitié de ses plantes d'intérieur y passèrent. Big Linda débarrassa le plancher illico, déménagea à Tucson le lendemain pour suivre une carrière professionnelle de catcheuse dans la boue. Toute la boue de Meriwether avait gelé. Little Linda ne tarda pas à suivre, elle fourra dans sa vieille Falcon break ses trois marmots et ses deux télévisions cassées, le butin cumulé de quatre mariages, avec un grand panneau NEIGE peint sur la fenêtre arrière. Elle avait prévu de descendre vers le sud jusqu'à ce que quelqu'un lui demande ce que c'est que cette histoire de neige. Et enfin, le revers le plus cruel de tous : ma meilleure serveuse, celle qui avait le plus d'expérience et sur qui je pouvais compter, Original Linda, retomba amoureuse de son second mari à sa sortie de la prison de Deer Lodge. Ils se marièrent, s'inscrivirent aux Alcooliques Anonymes et Linda quitta son boulot.

Les bars peuvent être de jolis endroits, confortables foyers loin de la solitude et de la confusion du foyer, mais personne, pas même le plus endurci des ivrognes invétérés, n'est capable d'y passer quatre-vingts ou quatre-vingt-dix heures par semaine. Je vis défiler tant de personnel que j'en vins à embaucher une femme tellement ivre qu'elle avait oublié que je l'avais virée la semaine précédente. Je ne me souviens plus de l'excuse que j'ai invoquée. Ce devait être un truc en rapport avec mon pif. Pour autant que je sache, le soleil était un événement qui se produisait dans un autre pays. Je me fichais de savoir s'il pointait le bout son tarin. Jusqu'à ce qu'il me prouve le contraire.

Le premier jour, la neige fondit comme du sucre sous une pissée d'or. Le deuxième après-midi, tout avait disparu, et j'avais assommé mes rares clients à coups de tournées du patron, jusqu'à ce qu'ils s'assoient dans le calme et le silence, abasourdis par les rayons rasants du soleil couchant qui inondaient la porte d'entrée du Hell Roaring, une lumière d'automne vivante pleine d'espoir et de gloire. Au jukebox, je mis dix fois chaque chanson de Hank Snow. Deux de mes clients semi-mobiles — un bûcheron à la jambe cassée qui donnait dans l'arnaque, et une femme au bras dans le plâtre qui était dans la vente immobilière — étaient tombés sous le charme de la voix romantique et rocailleuse ; ils dansaient avec une grâce maladroite autour du billard. J'en aurais dansé moi-même.

Il y a mille ans, quand j'ai débarqué à Meriwether, la première fois que j'ai posé le pied au Hell Roaring — les années soixante étaient alors sur la fin, comme d'habitude, et à l'agonie, partant à la dérive vers les années soixante-dix —, j'avais trouvé magique cette douce lumière automnale qui emplissait l'après-midi, dans ce bar. Je m'étais coulé sur un tabouret à côté du pauvre couillon que je poursuivais depuis six mois. Il me faisait tellement pitié que je faillis m'en aller, mais, le verre à la main, je me retournai sur moi-même et m'immobilisai dans cette lumière, en ce silence empli de soleil.

Je ne me rappelle même plus son nom. Rien qu'un pauvre diable de Redwood City, Californie, un type pâle, ridé, jadis pharmacien, un malheureux, marié à une femme à la graisse triste avec une bouche-dégoût en guise de clapet. Le pharmacien avait lu les mauvais livres, peut-être, ou regardé les mauvaises émissions de télé, quoi qu'il en soit il était convaincu que la révolution sexuelle avait eu lieu sans lui. Alors il fit croire qu'on l'avait dévalisé, se tira avec l'oseille, les médicaments et une hippie avec des fleurs dans les cheveux, s'enfuit vers la paix et la liberté de Mountain West, Montana, le mot sonnait comme une bénédiction sur ses lèvres tremblantes.

Sauf que le temps que je le rattrape, il en avait marre de son rêve. Il aurait dû se réjouir à l'idée de rentrer à la maison. Je lui payai un godet et lui expliquai la manière simple et la manière compliquée de rentrer en Californie. Il chiala comme un môme, ce type avait des fuites de partout, de tout. Il avait des reniflements de junkie, des plaies purulentes à l'intérieur des coudes, derrière les genoux et entre les doigts de pieds. Une souche révolutionnaire de gonorrhée avait colonisé son canal urinaire, et aucun des miracles de la pharmacie moderne ne parvenait à la déloger.

Mais il n'avait pas fui de partout. Lorsque je tentai de le consoler en lui disant que sa femme l'aimait toujours, qu'elle ne portait pas plainte, et voulait qu'il rentre dans sa famille, il secoua la tête, murmura quelque chose comme quoi, par-dessus le marché, sa vessie était maudite, puis dressa un sourcil floconneux et hocha la tête en direction des chiottes.

Peut-être que si je n'avais pas tourné mon tabouret vers cette lumière bénite, j'aurais entendu les coups sourds qui venaient des toilettes. Cinq minutes plus tard, quand je décidai que même la séance de pisse la plus douloureuse qui soit ne pouvait pas durer si longtemps, j'allai vérifier. Il avait vraiment envie de mourir. Je le trouvai sur les genoux face aux urinoirs, pendu à sa ceinture, pesant de tout son poids sur la lanière de cuir. Cette fois-ci, il avait bel et bien pris la fuite.

Presque vingt ans plus tard, je me versai une dose comac de tequila Herradura, alors que Hank Snow, the Singing Ranger, plaquait les premiers accords de *It Don't Hurt Anymore*, « ça ne fait plus mal ». Je levai mon verre à la lumière d'automne. « Ça fait pas du bien non plus », dis-je dans le vide. Après quoi je levai mon verre à l'Homme en Fuite.

En fait, c'était de sa faute si j'étais là. Sa femme m'avait traqué à coups de procès jusqu'à ce que je quitte la Californie. Naturellement je suis venu ici. La tequila avait le même goût suave que le rayon de soleil enfumé.

Je reposai mon verre sur le bar en inspectant mon domaine, et remarquai que Kathleen et Bill avaient réussi à s'affaler sur le billard. Ils gigotaient comme s'ils pouvaient s'échapper de leurs plâtres. Kathleen avait déjà une longue histoire sur ce billard.

« Nom de Dieu, fis-je, me sentant obligé de les rappeler à un comportement plus civilisé, dites donc, vous deux, vous pouvez pas attendre qu'il fasse nuit ?

— On t'emmerde, C.W. », fit Kathleen d'un air suffisant en s'effleurant le pif. Sur ce, elle empoigna Bill par le plâtre et le poussa vers les toilettes hommes. Désormais je m'en fichais. J'envisageai de les suivre aux gogues, mais la simple idée de la cocaïne me faisait trembler des genoux et mal aux reins. Je m'envoyai une autre tequila et les oubliai.

Les oubliai jusqu'à ce qu'ils se carapatent des chiottes par la porte de derrière, sans même prendre la peine de verser leurs breuvages dans des gobelets en plastique. En inspectant les gogues, je trouvai le trône réduit à un amas de copeaux de porcelaine dans l'eau écumeuse. Je fermai le robinet, me précipitai dehors en caressant des idées de meurtre, prêt à livrer bataille pour un trône bouzillé. Apparemment ma patience s'effilochait au fil des jours. Sûrement que la vie saine et moi, ça faisait deux.

Les amants estropiés ricanaient sur le siège avant de la Buick de Kathleen. Quand elle aperçut ma gueule, Kathleen dégrisa suffisamment pour tenter un sourire éméché, puis arrêta les frais en voyant qu'il ne lui était pas retourné.

« Nom de Dieu, C.W., j'ai plus de liquide, elle pleurnicha.

— J'accepte les chèques, fis-je.

— T'acceptes que dalle, grogna Bill en s'affalant sur Kathleen, espèce de salopard pourri de la caisse. » Bill ne me portait pas dans son cœur, parfois, et parfois je lui rendais la politesse. « Fils de pute...

— Souris, quand tu dis ça, ducon, je lui dis », puis je m'approchai et lui écrasai le tarin avec le plat de ma paume. Ça se mit à pisser comme la mer Rouge.

« Doux Jésus », fit Kathleen, tandis que Bill se débattait pour essayer en même temps d'étancher la crue et de sortir de la bagnole.

« Moïse, lui dis-je. Donne-moi tes putains de clés. »

Kathleen fouilla dans son portefeuille, puis sourit. Je crus un instant qu'elle allait sortir un flingue. Mais c'était un sachet blanc de cocaïne. « T'as qu'à prendre ça à la place, dit-elle. Il y a plus de trois grammes. »

Puis elle fit démarrer la Buick, partit en marche arrière, amadouant Bill d'une main, conduisant de l'autre. « La prochaine fois, pulvérisez directement le chiotte et envoyez-vous ça dans les naseaux », hurlai-je à l'attention des amants emplâtrés qui s'éloignaient, égrenant des copeaux de plâtre par les fenêtres de la Buick, tandis que je considérais le sachet dans ma pogne.

L'homme meilleur que je prévois d'être un de ces jours aurait envoyé valser la dope. Ou du moins l'aurait vendue pour payer toute la plomberie à refaire. Voire mis sous le coude pour un jour de pluie. Je pressentais des nuages à l'horizon. Si bien que j'en pris juste un peu.

En rentrant dans le bar, je tombai sur les abrutis écervelés de Mountain States Vending qui révisaient le juke-box et les machines à sous. Le premier s'était jadis illustré catégorie lourds légers, l'autre avait été defensive tackle dans la CFL[1]. « Nouveau format », expliqua l'ancien boxeur en changeant les disques. « Les disques de Hank Snow, y en a pas qui sont à vous, C.W. ? » demanda l'ancien plaqueur, qui se mit à glousser en les balançant dans sa boîte à outils. Je commençai à protester, mais il aurait fallu que je les tue pour les arrêter. J'y songeai un instant.

« Nouveau format », fis-je en écho, le trouillard face à la nécessité, tandis qu'ils faisaient leur boulot.

Le rayon de soleil ne dura même pas jusqu'à la nuit ; il croula sous le poids d'une autre tempête de neige. Le nouveau format et la cocaïne durèrent exactement dix heures. Solly et moi, on s'envoya quelques verres après la fermeture, puis je lui filai une partie de la cocaïne en guise d'acompte. Une fois

1. Canadian Football League.

le stock épuisé, il me fila des amphés — un acompte de quelqu'un d'autre — et je descendis à la cave chercher le chariot et la rallonge.

Lorsque le chasse-pierres de la loco qui tirait le train de marchandises express en direction de Spokane arriva au juke-box, la voix aiguë et fluette poussa une dernière plainte hurlante qui mourut rapidement sous le tonnerre des roues en métal. La collision emplit la nuit enneigée d'une saucée explosive, arc-en-ciel de plastique et d'alu, de quarters sans valeur et de billets voletants qui recouvrirent le parking blême comme une pluie postapocalyptique.

« Putain, c'est au poil, dis-je à Solly. Hank Snow serait aux anges.

— Bordel, à mon avis, mon vieux, Michael Jackson aurait pas craché dessus non plus.

— M'en branle.

— Je vois bien que tu es content, Sughrue, et moi aussi.

— Ah ouais ?

— Ça te plaît de jouer les critiques musicaux de l'enfer, Sonny, mais moi je suis content de pas avoir à jouer l'avocat pour toi.

— Qu'allez-vous faire, Maître ? Vous foutre mon acompte dans le pif sur tout le parking ? »

Solly s'attrapa le nez comme s'il envisageait cette possibilité, mais il pouffa lorsque nous montâmes dans mon pick-up, en route vers la joyeuse confusion de l'obscurité et du rire.

Nous passâmes plusieurs jours à goupiller divers alibis, lesquels impliquaient tous de faire comme si de rien n'était. On resta un bout de temps à Butte, une planque idéale du Montana — personne ne viendrait jamais vous chercher à Butte —, puis encore un peu plus longtemps à Chico Hot Springs, où Solly soigna ses vieilles plaies tandis que je risquais la cirrhose au bar. N'empêche que Thanksgiving finit par nous tomber dessus, et nous, ou Solly pour être plus précis, décidâmes qu'il fallait que nous, c'est-à-dire moi, rentrions à Meriwether, en avant la musique.

Justement, c'était notre tour de chant, et j'ouvrais le bal : des plaintes au civil m'encerclaient comme une tribu d'Indiens d'Hollywood. Ils s'y étaient tous mis : Leonard le Rusé, Betty Books de Hong Kong, le chemin de fer, et Mountain States Vending réclamaient des dommages et intérêts. Même le conducteur du train exigeait des compensations pour les préjudices psychiques subis, prétendant que la collision avec le juke-box lui avait fait entendre des drôles de voix, et lui avait fait voir des lumières dans la nuit.

Quant au pénal, les poursuites n'allaient pas tarder à me tomber dessus, m'annonça le procureur du comté de Meriwether, dès qu'il arrêta de se marrer.

C'était trop pour Solly. Il daigna accepter tous mes procès ; sur son conseil, je me fis liquide comme de l'eau de vaisselle. Et à peu près aussi utile. Tous mes biens portables furent convertis en liquide, qui d'une façon ou d'une autre atterrirent dans la poche de Solly. J'abandonnai l'appartement dans lequel j'avais vécu depuis toujours, et emménageai dans le sous-sol des bureaux du cabinet d'avocats de Solly, un bâtiment qui avait servi de dépôt mortuaire jusqu'à récemment. Ce n'était pas trop moche. En guise de lit, j'avais une table d'autopsie recouverte d'un matelas en mousse, une minuscule plaque chauffante sur un mini-frigo placé sur une estrade à cercueils, et une chance de passer les dix ou quinze années à venir à écouter les gloussements de Solly et à essayer de m'acquitter de mes honoraires, en interviewant les témoins, en transcrivant les dépositions et en faisant le ménage, alors que nous attendions, comme il disait, du vrai travail, job à la hauteur de mes talents, aussi singuliers fussent-ils.

Survivre, voilà ce qui me vint en premier à l'esprit. Le rire aussi, une propension à rire en dépit des vicissitudes de la vie, et assurément un goût pour l'émerveillement. Par exemple les merveilles de la météo du Montana ne cessaient de me sidérer. L'hiver s'interrompit à nouveau, et l'été indien vint visiter la scène jusque tard en octobre. Une autre tempête de neige annoncée depuis longtemps arriva finalement avec deux jours de retard, et nous apparut plus comme l'illustration de prévisions météo que la prophétie d'un destin de glace. J'appris même à dormir parmi les fantômes des morts de fraîche date, sachant qu'ils gisaient au chaud sous un froid et blanc manteau. Mais le plus étonnant, c'est qu'effectivement Solly me trouva un vrai job.

Ce matin-là, j'étais en train de concocter un truc dégoûtant sur mon réchaud, à base d'œufs brouillés et de piments en boîte — hormis le lit, je ne suis apparemment pas spécialement sensible aux besoins domestiques des femmes, et je ne vaux pas non plus tripette en cuisine, ce qui explique peut-être que je ne me sois jamais marié —, quand Solly fit craquer les escaliers, le pas léger et jovial pour un boiteux, un gloussement ravi à la bouche.

« Sughrue, mon vieux copain, tu vas adorer ça, dit-il en me tendant une carte de visite, tu vas adorer ». Il se marra jusqu'en haut des escaliers.

Je considérai la carte. *Chez Dahlgren, Poissons tropicaux, Paradis des animaux domestiques.* Ça me plaisait déjà.

*

La version Dahlgren du Paradis se situait à l'orée d'un quartier de Meriwether que, dans d'autres bleds, on aurait défini comme « à l'autre bout de la ville ». Mais comme Meriwether, à l'instar de la plupart des villes de l'Ouest, s'était développée dans un souci pratique plus qu'esthétique, absolument tout se trouvait à l'autre bout de la ville, de l'autre côté de quelque rivière mystique, ou au-delà d'une ligne arbitraire délimitant le coin de la rue, à la frontière de l'espace-temps. Si bien que ce secteur fut baptisé Felony Flats, la Zone du Crime, par l'un de mes amis, à l'époque shérif adjoint. Des loyers bon marché signifient des serrures bon marché, et les criminels ne font pas les meilleurs voisins. Souvent il semblait que tous les six, huit mois, les gens du quartier échangeaient biens matériels et/ou épouses, au gré des besoins et du bon vouloir des uns et des autres.

Toutefois, d'après l'allure du parking de chez Dahlgren, jonché de voitures étrangères neuves, je le soupçonnai de faire des affaires sous des latitudes plus clémentes. Je garai le pick-up japonais que Solly m'avait loué à côté du van du magasin, un Ford trois-quarts-de-tonne aux flancs représentant des paysages de bord de mer. Ça faisait un peu bizarre sous quinze centimètres de neige fraîche.

Lorsque j'ouvris la porte principale et pénétrai dans la douce lumière glougloutante du rayon « poissons tropicaux », une jeune femme mince avec une grande bouche et une petite moustache fonça comme l'éclair à travers les aquariums d'une propreté éclatante. Elle s'arrêta devant moi, son corps svelte encore tout tremblant, et susurra : « Ouiiii », à bout de souffle, ses yeux pâles gonflés par l'effort. Je lui tendis ma dernière carte, en lambeaux, et demandai à voir M. Dahlgren.

« Lequel ? » murmura-t-elle d'une voix mouillée. Je levai une épaule comme si j'allais me lancer dans un crawl australien ou un papillon. Elle comprit et opina du chef. « Je vais les chercher, fit-elle en lorgnant ma carte. M. Sou-gou ? risqua-t-elle.

— Chougue comme dans " chou gras ", mon chou », fis-je en reprenant ma carte de ses longs doigts, tout en résistant à la soudaine tentation de lui souffler dans les bronches, « et " roue " comme merde-la-roue-tourne. »

Elle se fendit d'un sourire froid, découvrant un nombre faramineux de dents blanches très grosses, puis elle pivota, lissant sa jupe d'un bleu chatoyant sur ses fines hanches, et se dirigea vers l'obscurité aqueuse de l'arrière-boutique.

En attendant, j'observai quelques poissons aux motifs bariolés qui erraient d'une extrémité à l'autre de l'aquarium, un banc miniature de poissons alpha suivant bêtement le meneur. C'était chouette de les regarder, mais j'étais incapable de prononcer leur nom, et leur prix dépassait mon budget. Une des dernières fois que mon père taré est revenu nous rendre visite dans le Sud Texas, il a débarqué dans son pick-up délabré devant chez ma mère, une baraque de plain-pied toute en longueur. Une femme au teint mat, aux traits aiguisés et aux mains agiles était assise à l'avant, entourée d'une marmaille de mioches la morve au nez. De temps à autre, ses mains fondaient sur les mioches, leur nettoyant parfois le pif d'un pouce crasseux, leur assenant parfois une tape sèche sur la caboche. Mon père avait l'air légèrement gêné en faisant le tour du camion, un sac plastique plein de poissons rouges dans une main, une cuvette dans l'autre.

« Toujours mieux qu'un jeannot lapin, expliqua-t-il après m'avoir serré dans ses bras, et plus de chances de survie que des poussins de couleur. » Il me tendit les cadeaux. Je me dis qu'il devait croire qu'on n'était pas loin de Pâques, ce qui n'était pas le cas, et je commençai à piger pourquoi ma mère le traitait de « sale-mariole-de-petit-blanc-bec-d'enflure-mystique ».

Quand il eut disparu dans un lent nuage de poussière, cap vers l'ouest une fois de plus, encore en quête de visions, ma mère sortit de la maison pour récupérer les présents paternels. La cuvette à poissons devint son cendrier préféré, la tombe de millions de mégots de Viceroy, et elle balança les poissons rouges dans l'abreuvoir bouché par les algues, derrière les tamaris plantés en coupe-vent, où ils grossirent et s'enlaidirent grâce à leur régime à base de larves de moustiques et de libellules, où si ça se trouve ils vivent encore, pour autant que je sache, bien que ma mère, elle, ait été enterrée depuis fort longtemps sous les mégots de Viceroy.

Tout en épiant les mouvements amples des minuscules poissons, je soupçonnai ceux-là de survivre grâce à un régime plus onéreux et moins profitable. Avant que j'aie le temps d'étudier la question, des bruits de confusion feutrée et des « excusez-moi » étouffés parvinrent à mes oreilles, du fond du magasin. Je risquai un œil. Deux gros types vraiment énormes étaient coincés dans l'embrasure de la porte du bureau, une femme minuscule logée entre eux. On aurait dit que ses yeux allaient jaillir de leurs orbites, mais elle réussit à extirper un bras mince, puis à se faufiler avec un plop sonore, et se précipita sur un aquarium de la taille d'un congélateur qui se trouvait à proximité. Je m'attendais à ce qu'elle y pique une tête, mais elle vira au dernier moment dans la travée déserte.

Les deux hommes avancèrent pesamment vers moi, chacun de leurs pas provoquant de petites vagues dans les aquariums, ils portaient tous les deux les mêmes vestes en polyester. Une paire de jumeaux géants, qui faisaient facilement leur mètre quatre-vingt-dix-huit et leurs cent trente-cinq kilos par pièce, terriblement gras, et pourtant élancés, comme si leur chair massive poussait sur de jeunes branches vigoureuses et non des os.

« Moi c'est Joe », fit le premier. « Frank », carillonna le second. « Dahlgren », chantèrent-ils, ils gloussèrent et me tendirent des mains singulièrement délicates. Les gars avaient beau se ressembler drôlement — à tel point, d'ailleurs, que je n'arrivais pas à faire la différence entre l'un et l'autre —, ils éprouvaient des difficultés à faire des choses ensemble.

Comme serrer la main. Je crus avoir serré deux fois la pince à Joe, et pas une seule fois à Frank, mais je n'en fus jamais certain.

« J'ai cru comprendre, messieurs, que vous avez un problème, dis-je en me forçant à ne pas hurler " de poids ", mais Maître Rainbolt ne m'a pas affranchi sur les détails.

— Les détails », firent-ils en même temps, puis ils se regardèrent. Après plusieurs hésitations, ils fouillèrent tous deux dans leurs tenues de sport en tissu écossais, et en retirèrent des feuilles pliées. Dans un souci d'équité, je pris les deux. C'étaient des photocopies de factures, une longue liste de noms que je supposai être différents poissons, aquariums et autre matériel. Le total s'élevait à 5 354,76 dollars.

« Voilà quelqu'un qui ne plaisante pas avec les poissons », fis-je en essayant de sourire. Les Dahlgren ne me rendirent pas la pareille. En fait, ils me gratifièrent d'une telle moue que je crus que de grosses larmes de graisse allaient dégouliner le long de leurs joues tombantes. Puis l'un des deux me tendit un chèque jaune avec les tampons Compte Non Approvisionné et NE PAS REPRÉSENTER. « Bon, alors qu'est-ce qu'il faut que je fasse ? demandai-je, reprendre possession d'un paquet de poiscailles ?

— Oui, s'il vous plaît », fit Joe. « Sans violence », ajouta Frank.

La roue tourne, me dis-je, des jumeaux géants pacifistes. Puis je regardai le chèque comme si je m'y connaissais. Il avait été émis dans une petite banque régionale, un comté à l'ouest de Meriwether. La banque avait été escroquée par un promoteur immobilier, mise de force entre les mains d'un liquidateur judiciaire, absorbée par un holding du Midwest puis fermée. Le compte dans la banque défunte était au nom d'un certain Norman Hazelbrook, un nom qui me disait vaguement quelque chose. C'est alors que leur remarque sur la non-violence prit un sens.

« Les gars, vous avez accepté un chèque de Norman L'Anormal ? Vous êtes mabouls ? » leur demandai-je. Les garçons tentèrent de regarder leurs pieds en piquant un fard.

Norman L'Anormal Hazelbrook était président et directeur général d'un gang de motards connu sous le nom des Snowdrifters, un gang recrutant les paumés et les tricards d'autres gangs dans tout le pays. Si ça collait pas avec les Angels, ou si vous étiez trop crado pour les Banditos, Norman vous prenait sous sa coupe. Leur quartier général se trouvait à la source de Clatterbuck Creek sur la vieille concession minière Moondog. Norman avait acheté la propriété après sa sortie de la taule de l'État de l'Oregon, où il purgeait une peine pour agression avec circonstances aggravantes. L'histoire, c'est que Norman avait eu une échauffourée avec un agent de la sécurité routière de l'Oregon, et avait réussi à lui arracher le nez d'un coup de dents. Puis le taré corsa le tout d'insultes à agent et de coups et blessures, en mâchouillant ledit tarin et l'avalant à la barbe de l'agent horrifié.

« Sa dégaine ne vous a pas mis la puce à l'oreille, l'idée ne vous a pas effleuré que Norman n'était pas à proprement parler un citoyen exemplaire ? m'enquis-je.

— Vous connaissez M. Hazelbrook, je suppose ?

— Autant l'admettre, oui, je connais Norman. » On se marre comme on peut, pas vrai, même si c'est au pif. « Mais jamais je n'accepterais un chèque de lui.

— Il s'est montré très convaincant », risqua timidement l'un des deux. « Très », ajouta l'autre, tout en regardant par-dessus son épaule comme si Norman était tapi en train de les épier. « Heu, il a mangé tout notre stock de poissons-feuilles d'Afrique », fit celui que je décidais d'appeler Joe. « Puis il a dévoré Li Po, souffla Frank, il a avalé le vieux monsieur sans déglutir. J'hésite à imaginer ses derniers instants, l'horreur d'être englouti là-dedans, dans les sucs digestifs de ce monstre.

— Je peux comprendre ça, dis-je, voire compatir. Mais c'est qui ce type, Lee Poe ? Le petit frangin d'Edgar ? » Je sais que je n'aurais pas dû me marrer, mais je crus m'être rattrapé avec une certaine élégance derrière une quinte de toux. Les gras-du-bide firent quand même la tronche.

« Un de nos poissons siamois de combat parmi les plus rares et les plus beaux, dit Joe. On a pris le chèque avant que ses, euh, amis se ramènent.

— Norman ne se déplace jamais sans ses amis, dis-je, même pas dans les sushi bars. » Les gars tirèrent à nouveau une drôle de tronche. « Sérieusement, maintenant, les gars. Arrêtez-moi si je me trompe, d'accord ? Je crois deviner que vous voulez récupérer les poissons, pas le fric. » Ils opinèrent lourdement du chef, tremblotant des bajoues. « Je serais peut-être, capable de récupérer l'argent — avec un tank Sherman — mais je ne peux pas reprendre des poissons tropicaux d'une valeur de cinq mille dollars à l'un des pires gangs de motards d'Amérique.

— À vrai dire, on a un tank[1], dit Frank d'une voix douce.

— Exact, dis-je en souriant de sa petite boutade, même plusieurs. Mais il nous faut plus que ça. J'imagine que vous avez montré ça au shérif là-bas ?

— Il nous a fait comprendre que c'est ce qui arrive quand on traite avec ce genre d'individus.

— Je ne saurais pas par où commencer avec des gens comme ça, admis-je.

— Vous le connaissez, fit Joe, vous pourriez au moins lui parler. On vous verserait cinq cents dollars juste pour lui parler.

— Cash ?

— Bien sûr, dit Frank. Accordez-nous un instant, s'il vous plaît, on va chercher l'argent. » Sur ce, ils se mirent en mouvement, tels des navires changeant de cap dans la nuit, en route vers leur bureau, leurs grosses fesses roulant lentement comme un ressac de gélatine.

Je m'avançai d'un pas badaud vers un aquarium à tortues. Norman accepterait peut-être de me parler au nom du bon vieux temps, et si j'en sortais vivant, les cinq cents dollars égaieraient de beaucoup mes déambulations dans Meriwether. Solly avait les fouilles bien remplies mais il rechignait à y plonger les pognes pour que je m'en paie une tranche. Je regardai de haut les tortues captives et inspirai profondément, envisageant de souffler sur mon pauvre sort. Laisse tomber. Un conseil, ne jamais inspirer profondément au-dessus d'un aquarium à tortues. Vous pouvez vous nourrir de têtes de poissons et de

1. Le terme *tank* désigne à la fois un char et un aquarium.

riz, sucer la chaussette d'un clodo, faire des pancakes avec des œufs pourris, mais n'inspirez jamais profondément au-dessus d'un aquarium de tortues. Le temps que j'en aie fini avec mes haut-le-cœur, les gars Dahlgren étaient revenus avec le cash.

« Je voudrais emprunter votre van pour l'après-midi, dis-je en comptant les billets, et je voudrais que vous écriviez un mot à Solly comme quoi tout ce que j'ai à faire c'est parler à Norman, et que vous promettiez de couvrir tous mes frais médicaux résultant de cette entrevue. Ça vous va ?

— Ça nous va », acquiescèrent-ils en me serrant la main, de minuscules larmes d'espoir scintillaient dans leurs yeux.

La zone d'activité des Snowdrifters s'était développée de manière organique, comme la moisissure se propage dans un réfrigérateur de célibataire. Ils avaient commencé dans deux bus de ramassage scolaire, l'arrière calé contre de vieilles cabanes minières. Puis Norman se piqua de prétentions bourgeoises. Il fit construire une cabane en rondins à flanc de coteau, face au vieux puits de mine Moondog. Puis, petit à petit, tout s'entremêla, et tous les membres du gang s'installèrent au petit bonheur. Une grande et heureuse famille. Certains, plus nombreux qu'on pourrait l'imaginer, avaient des boulots. Certains avaient même des familles et avaient construit des baraques pour leur dame et leurs enfants. Les années soixante semblaient bien vivantes, là-haut, à Clatterbuck Creek, quoiqu'un peu grisonnantes, émoussées et semi-communautaires, mais je savais que si ces mecs pouvaient jouer les rigolos, polis et tout, ils étaient aussi capables de jouer serré à la première occasion.

Une chose était certaine, je ne tenais surtout pas à les coincer sur une histoire de dope, ni à essayer de faire appliquer les lois sur l'aménagement du territoire du comté. Le shérif du comté, qui était régulièrement réélu depuis le début des années soixante, haussait le ton quand ça lui prenait et parlait de nettoyer le foutoir là-bas, à condition que l'attorney du comté lui fournisse les pièces, mais ce n'était que de l'esbroufe. Je connaissais quelques types de la DEA et quelques gars des stups qui étaient convaincus que les Snowdrifters faisaient tourner une usine d'amphétamines dans le vieux puits de mine, mais c'étaient les mêmes qui voulaient faire appliquer ces lois qui promettaient de débarrasser le pays de la drogue dès que... eh bien, enfin un jour... et qui mentaient à la presse sur la valeur des rares prises qu'ils faisaient. En outre, Norman avait peut-être une drôle de dégaine, mais il savait compter sur ses doigts et ses arpions, et depuis sa sortie de Salem, il ne s'était fait choper que pour des infractions mineures, bagarres et contraventions. Et si on finissait par apprendre la vérité, j'avais moi-même travaillé pour Norman, comme copilote sur un ou deux coups. J'avais le souvenir d'un type pour moitié de bonne compagnie, presque drôle... à l'occase. À part peut-être la dernière fois, lorsqu'on avait dégringolé du haut du Col Roger dans une Saab verte volée, avec le coffre plein d'AK-47. Mais ça c'est une autre histoire.

Norman possédait également le meilleur système vidéo par satellite illégal de tout l'ouest du Montana, que j'avais eu l'occasion de regarder, mais le principal défaut de Norman semblait être sa facilité à se lasser. Après l'antenne parabolique, ce furent les jeux vidéo, qui m'irritaient un brin, et après les jeux vidéo, les rats blancs. Ils ne me gênaient pas — ils étaient singulièrement affectueux —, mais Norman avait pris l'habitude de se défoncer la tête et de faire des cartons à l'aveuglette avec son magnum Ruger Blackhawk, et selon la rumeur, il leur faisait sauter la cafetière pour voir ce que ça faisait. Je préférais ne pas y croire. Sinon j'aurais pu prendre peur.

Je passai un coup de fil et tombai sur Midget, la marquise de Norman depuis longtemps, qui s'égosilla à l'appeler. Il répondit en hurlant : « Dis à ce vieux couillon de passer. On s'en roulera un, on va se marrer comme au bon vieux temps. » Puis j'entendis un rire sauvage, la détonation d'une arme à feu et des grincements sans nom.

Le temps d'arriver tant bien que mal au portail de Norman au volant du van du Paradis, j'avais eu le temps de m'inquiéter, à vrai dire j'avais même envisagé de rendre l'oseille. Certains clients pensent que les détectives privés ont des principes, du genre ne laisse jamais tomber ou bien la justice à tout prix ou bien peu importe qui ils sont, il faut punir les coupables, mais le principe est plutôt ne rends jamais l'oseille. Du coup, j'appuyai sur le klaxon, le portail coulissant s'effaça, et j'empruntai la piste rudimentaire et enneigée, direction le fond du canyon. En passant le dernier virage j'aperçus Norman assis dans le bus de ramassage scolaire qui faisait office d'entrée principale. Il ne m'avait pas attendu pour commencer. Un nuage de fumée lui enveloppait le ciboulot, il cajolait un AK-47 et son sourire étincelait dans la lumière neigeuse.

Comme je traînais ma carcasse vers la portière du bus, Norman l'ouvrit d'un coup : « C'est dans cet aquarium que t'as planqué les deux gras-du-bide, Sughrue ?

— Ils tiendraient pas dedans », fis-je en pénétrant dans son antre délabré.

Norman posa l'arme sur la fenêtre la plus éloignée et me demanda : « Bah alors qu'est-ce tu branles ici ?

— J'essaie juste de gagner ma croûte, Norman.

— Conneries, vieux », grogna-t-il, puis il s'étira et bâilla, faisant rouler ses yeux de fauve dans leurs orbites. Il tira une taffe de ce qu'il restait du pétard, puis le bouffa tout allumé. Sa main crasseuse grattouilla la barbe de son menton. La main réapparut encore plus crado, si c'était possible, sans pour autant déloger les morceaux de ce qui ressemblait à de la pizza aux anchois et aux piments mexicains. « Tu gagnes même pas assez pour te payer de quoi te poiler. » Il rigola. « C'était quoi comme morceau ?

— Un crétin qui n'avait pas de roupettes.

— Je m'en doute, dit-il énormément amusé par lui-même, espèce de salopard d'homophobe. » Avec son antenne parabolique, Norman regardait trop de talk shows à la télé, ce qui tendrait à prouver que la méthode d'éducation a plus d'importance que l'information en elle-même. « La vache, Sughrue, même dans ma période la plus furieuse, même dans mes pires moments, j'ai jamais envisagé un truc comme ça, un truc aussi — comment dire ? — putain, aussi anormal, fit-il avec ce qui semblait être une grande admiration. Putain, je regrette de pas avoir eu une idée comme ça », ajouta-t-il, puis il pouffa tellement qu'il parut sur le point de se désagréger.

Hormis le fait qu'il avait l'air plus taré qu'il ne l'était, Norman semblait être le seul survivant d'un désastre génétique, un type constitué de pièces détachées provenant de personnes n'ayant absolument aucun rapport entre elles. Ses cheveux raides et gras tombaient en une masse épaisse et noire autour d'un visage blafard tout en longueur aux yeux gris clair, barré d'une fine moustache, presque orientale. Ses longs bras se terminaient sur des mains minuscules ; ses jambes courtes tâchaient de supporter le torse d'un type baraqué monté sur des pieds si petits qu'un prince chinois les aurait adorés. Et puis, bien sûr, il y avait les yeux, fixant toujours avec un intérêt profond quelque quatrième dimension située juste au-dessus de vos épaules. Et l'odeur, un mélange d'urine rance, de dents gâtées, de marijuana, et probablement de pluie acide et de pourrissure d'entrejambes, qui le poursuivait comme un mauvais karma.

Le rire de Norman s'acheva dans une terrible quinte de toux de défoncé. Il ramena un truc vivant de la carrière rocailleuse de sa gorge, qu'il envoya promener sur une des fenêtres latérales, et qui se figea parmi ses semblables, puis il indiqua du pouce l'arrière du bus, qui par la cabine donnait sur sa baraque en rondins. « Allez, vieux, on va s'en rouler un. »

Je fus envahi d'une fastidieuse hésitation, mais je me décidai vite en l'apercevant lever le bras et le passer affectueusement autour de mes épaules. « Bordel, Sughrue, ça fait comme un coup de pied au derche de te revoir, man, tu te souviens de la fois où j'ai gaufré la Saab dans un tas de neige, quand on s'est viandé au Col Rogers... »

Pendant qu'il racontait l'histoire dont je ne me souvenais que trop bien, je me frayai un chemin à travers les débris d'une vie particulièrement débraillée, réussissant à éviter le double sac de couchage posé à même le plancher du bus, où le lieutenant de Norman, Beater Bob, était étendu dans un calme indolent. Bob était taillé comme les deux jumeaux Dahlgren, si mastoc qu'il n'était pas monté sur une bécane depuis des lustres, mais roulait avec le gang sur un trois-roues tracté par un moteur de Volkswagen bricolé par ses soins avec un banc en guise de siège. Bob n'avait pas l'air d'être tout seul dans le duvet. Quelqu'un ou quelque chose picorait son bazar, des grognements sourds provenaient du centre du duvet.

« C.W., fit Bob plaisamment.

— Bob », répondis-je, tout en l'évitant et en retenant ma respiration. Bob avait les bras derrière la tête, et j'en conclus qu'il n'était pas passé au lavomatic depuis belle lurette.

La pagaille s'éclaircissait dans la cabine derrière nous et s'estompait complètement dans le grand séjour de la maison de Norman, grâce aux bons soins de Midget. À l'exception des rats. Et des crottes de rats. Les premiers, se pourchassant dans la pièce en de grandes débandades cinématiques dans un crépitement de pattes minuscules sur le plancher en chêne, ou bien se contentant d'errer en bandes frémissantes. Les secondes croustillant sous mes bottes. Une gigantesque femme nue que je ne reconnus pas grogna dans le hamac tendu devant la cheminée, de l'autre côté de la pièce. Tout au bout, l'installation vidéo de Norman était disposée comme pour la parade, silencieuse et grise. Mais le mur le plus proche, où se trouvaient les aquariums des poissons en question, miroitait de mille mouvements et reflets. Midget, une petite femme robuste en nuisette, était assise sur une échelle, un livre sur les poissons dans une main, une boîte de machins secs et dégoûtants dans l'autre. Elle avait l'air de savoir ce qu'elle faisait, n'empêche. L'eau des aquariums était aussi limpide et vivante qu'au Paradis Dahlgren.

« Hey, C.W. », fit-elle sans lever les yeux, puis elle secoua la tête et regarda Norman. « C'est complexe, ces poissons à la con.

— C'est-y pas inouï, dit fièrement Norman. Mary c'est ma poissonnière à plein temps.

— Norman, l'enguirlanda Midget.

— Désolé », fit Norman. Leur relation avait dû passer un cap. Je n'avais jamais entendu Midget se faire traiter d'aucun nom, et jamais Norman présenter ses excuses. « La gardienne royale des poissons », rectifia-t-il tout en virant un groupe de rats endormis sur un siège relax délabré. En quête d'une chaise pas trop branlante, je me juchai à l'avant d'un vieux canapé. Norman tira un sachet de sa poche de salopette, et roula rapidement un pétard gros comme une souris. « Alors quoi de neuf, Sughrue ? me demanda-t-il après l'avoir allumé. Tu es venu pour l'oseille ?

— Les poissons », fis-je comme il me tendait le joint. Norman me regarda comme si je venais de l'offenser. « Pour moi ça fait une journée de boulot, mon vieux, et je l'ai déjà gagnée. N'empêche qu'après moi, le shérif va se pointer avec ses larbins.

— Le shérif et ses lardons, je l'emmerde, fit calmement Norman en me reprenant le gros. Si je vois un de ces enfoirés aux entrailles purulentes sur ma propriété, j'envoie Bob leur presser la merde qu'ils ont à la place du cerveau jusqu'à ce que leur caboche éclate comme un furoncle, ensuite Mary donnera ça à bouffer aux poissons.

— Enfin, Norman, tu sais que c'est pas bien, fit Mary en secouant la tête affectueusement.

— Tu vois le tableau », dit-il. Norman me tendit la clope, mais je refusai d'un geste de la main. « Putain, je garde les poissons, mec. Je les aime bien. Vachement. Je les ai pris sur ordonnance...

— Sur ordonnance ?

— De mon toubib, vieux, m'expliqua-t-il. C'est lui qui m'a dit d'en prendre, mais maintenant je me suis attaché à ces petits saligauds, Sughrue, t'y croirais pas...

— Ne l'écoute pas, l'interrompit Mary. Norman ne connaît même pas leurs noms, mec. C'est moi qui m'y suis attachée. Lui il est pas vraiment dans le coup. »

J'eus l'impression d'avoir manqué un épisode très important, alors je repris le gros à Norman et m'envoyai une bouffée plus que copieuse. J'avais envie d'être raccord avec leur décor zarbi. « C'est ton toubib qui t'a dit de prendre des poissons ? » Norman acquiesça. « Pour quoi faire, bordel ?

— Oh, merde, vieux, soupira-t-il. J'ai ce, euh, tu sais, ce putain de problème de pression sanguine. De l'hypertension, tu sais. Liée au stress, ils croient bien.

— Sûrement qu'il y a vachement de stress, dans ta partie, Norman.

— Complètement, putain. Tu devrais essayer de gérer une affaire, pas une grosse affaire, mais une affaire, avec les fripouilles qui me tournent autour. C'est pas facile, mec. Faut bien qu'il y ait un responsable, pas vrai ? Alors faut croire que c'est moi. Je peux pas compter sur ces andouilles...

— Merci, Norman, fit Mary.

— Sauf Mary, bien sûr, il poursuivit, et je suis désolé, man, ça fait un bail qu'on est potes, mais je garde les poissons. Je crois que c'est mon dernier mot, mon gars. »

Je continuais à penser qu'il devait y avoir une manière douce de débrouiller tout ça, mais comme je ne voyais pas laquelle, je dis : « Je sais que je devrais pas demander, vieux, mais putain, quel est le rapport entre les poiscailles et ta pression sanguine ?

— J'ai toujours aimé ça chez toi, Sughrue. Même quand t'es raide def', tu poses toujours la bonne question. Tu peux revenir bosser pour moi quand tu veux. Y a qu'à demander... Où en étais-je ?

— Aquariums et pression sanguine, fis-je.

— Merci, man. Tu vois, j'avais ces maux de tête, et le toubib a dit que ça venait de ma pression sanguine, alors il m'a donné de minuscules petites pilules, mais elles m'ont complètement ramolli ma chouette de petite queue, putain...

— Jamais été d'une grande utilité, toute façon », ricana Mary de son échelle, puis elle tira une bouffée du joint, souffla la fumée dans l'eau et pouffa à nouveau.

Au lieu de s'emparer de l'un des pistolets posé en bout de table et de la descendre, Norman se joignit à elle dans un rire tendre. Je pris une autre taf. Vite. Norman me prit le gros des mains, puis ramassa un rat sur l'accoudoir du canapé et l'assit sur son torse, où il le caressa délicatement en lui soufflant doucement la fumée de dope dans ses minuscules narines frissonnantes.

« Alors il m'a dit d'essayer les poissons. Je les mate deux heures par jour. Ça marche comme un sort vaudou, dit-il en se tapotant l'entrejambe. Mater ces bestioles, ça me bouffe mon stress, man, ça me calme. »

Comme si l'idée de calme marchait sur lui, Norman tortilla du cul, cala sa corpulence dans le siège relax et se pencha légèrement en avant. Un crissement douloureux s'échappa du fond du transat. « Oh, merde, putain », maugréa Norman. Il me tendit le pétard et le rat, que je pris avec calme, comme si je n'attendais que ça, puis il se releva, fit le tour du siège et écarta en douceur un des rongeurs coincé dans les ressorts. « Pauvre petit », fredonna-t-il en le retenant dans sa main. Le rat fouettait l'air de son dos rompu puis enfonça les crocs dans le pouce de Norman. Norman le laissa faire. Au bout d'un moment, il lui frappa la nuque d'un geste sec, le caressa encore une fois avec le pouce puis l'envoya valser vers la cheminée. La bestiole rebondit sur la hanche grasse de la nana, puis atterrit dans le feu. Elle ne se réveilla pas, elle ne se mit pas non plus à chanter, mais à ce moment-là, ce n'était pas encore l'heure. « Putain, j'ai horreur de ça, mec, fit Norman en redressant le siège inclinable.

— Tu ne t'en sers plus comme cibles pour l'entraînement, si ? » lui demandai-je en lui rendant ses joujoux. Mon rat s'était montré chaleureux, câlin et affectueux, et je jure qu'il m'a supplié du regard quand je l'ai rendu à son maître.

« Ça va pas non, man ? dit-il. Je suis plus le même, Sughrue, je me suis carrément adouci.

— Content de l'apprendre », fis-je.

Norman cessa de caresser la poitrine du rat et me lança un regard dur. « Pas si doux que ça, quand même.

— Alors on peut peut-être trouver un arrangement.

— Joue pas au con avec moi, man.

— Peut-être que si tu payais juste les Dahlgren, Norman, et peut-être que si tu les laissais voir que Mary a fait du bon boulot avec les poissons, peut-être des droits de visite, suggérai-je, peut-être qu'ils pourraient aider Mary.

— Mary a pas besoin qu'on l'aide, et je veux pas voir ces gros couillons chez moi. Tu piges ? » fit Norman, son œil valide intransigeant, l'autre dans le flou, sa voix avait baissé d'un ton à la fin de la phrase. Puis il changea d'humeur à nouveau et fit, songeur : « Tu sais quoi, mon vieux ? Si ces deux gros couillons n'avaient pas tant eu les chocottes de moi, j'aurais pu leur filer un chèque valable.

— Norman, t'as boulotté tout leur stock de poissons-fouilles d'Afrique.

— Poissons-feuilles, me corrigea-t-il.

— Plus quelqu'un qui avait l'air d'être leur grand-père.

— Li Po, fit-il. Un poisson siamois de combat. Merde, ça faisait drôle d'avoir ces poiscailles qui nageaient dans mon bide, mec.

— Norman ! » hurla Mary depuis les aquariums, mais nous l'ignorâmes.

« Alors les garçons ont eu un peu la frousse, je suggérai.

— Ils ont fait dans leurs gros frocs.

— Eh bien, qu'est-ce que tu ferais si je me pointais ici pour becqueter la tronche de tes rats préférés ?

— Je serais pas surpris. Tu as toujours été plus frappé que moi, Sughrue. Jamais eu peur de moi, tu m'as jamais pris pour un monstre. Hé, man, je suis un être humain, tu sais, et putain j'ai des sentiments comme n'importe qui d'autre, alors quand les gens ont les jetons en me voyant, sauf quand je le fais exprès, ça me fait tout drôle. Okay ?

— Bon, moi ça me dérange pas, mais je crois que les garçons vont aller voir les autorités.

— Tu crois que j'ai des avocats pour quoi faire, man ? Pour mes contredanses ? Il leur faudra une année entière juste pour arriver à franchir le portail. Peut-être qu'alors ma pression sanguine sera redescendue...

— Fais chier avec ta pression sanguine, Norman », fis-je. On était tous les deux assez fracassés, mais je continuai sur ma folle lancée. « Vous autres, les criminels, vous êtes les gens les plus égocentriques du monde. Vous pensez qu'à votre pomme. Pense à quelqu'un d'autre, ça changera. File donc le pognon aux Dahlgren et qu'ils voient que les poissons vont bien, et basta.

— Peut-être que tu devrais te casser, connard. » Norman était susceptible, et je l'avais froissé. « Vire-toi de ma baraque. » Il se leva lentement.

« Norman, fit doucement Mary depuis les aquariums.

— Je vais revenir, dis-je en me levant moi aussi.

— Comme j'ai dit, connard, t'as toujours été taré.

— Garde bien ça dans un coin de ta tronche.

— T'avise pas de croiser mon chemin ou celui des frangins, dit Norman.

— Allez vous faire mettre, toi et tes frangins », dis-je en allant à la porte, la peau de mon dos exposé me démangeait, comme si des rats trottaient dessus. Mais Norman grogna, amer et rustre, et je sus que, cette fois, je m'en étais tiré. La prochaine fois, euh, la prochaine fois, qui sait ?

En roulant vers la sortie, je remarquai que mes mains tremblaient sur le volant. Ce n'était pas vraiment de la peur, mais plutôt une espèce de colère, voire de rage. Norman c'était juste Norman, et je ne pense pas que je lui en voulais. Moi, je n'étais que moi, un type plus près de la cinquantaine que de la quarantaine, qui pieutait sur une dalle. Qui ne m'appartenait même pas.

En rentrant sur Meriwether par les routes enneigées et glissantes, j'eus tout le loisir de réfléchir à ma vie, mais parfois, ma vie ne m'intéressait pas, tout simplement. À tel point que je ne m'étais jamais marié, ça faisait au moins un an que je n'étais sorti avec personne, et je n'avais pas couché avec une femme depuis si longtemps que je ne m'en rappelais plus, je veux dire vraiment couché avec une femme, mais faut croire que j'en avais rien à foutre. J'aurais pu penser que les Dahlgren étaient ridicules, mais les poissons comptaient vraiment pour eux. Si je n'arrivais pas à remettre de l'ordre dans ma vie, je pouvais peut-être leur rapporter leurs poiscailles. C'était peut-être ça, ma vie, venir en aide à ceux qui pouvaient encore accorder de l'importance à quelque chose, même si moi j'en étais incapable. Sur le coup, cela me parut ne pas être une vie si moche.

En arrivant au magasin, je trouvai Frank et Joe à côté de la porte du bureau, penchés sur l'établi au-dessus d'un poisson haletant, écartelé sur une bande de coton blanc. Frank tenait le poisson bariolé comme un clown, tandis que Joe découpait la nageoire dorsale à l'aide d'une lame de rasoir, leurs mains gantées aussi délicates et attentionnées que celles d'un chirurgien du cerveau. Je leur racontai ce qui s'était passé à Clatterbuck Creek. Joe s'interrompit pour me regarder.

« Comme il a l'air de tenir aux poissons, dit-il, on pourrait peut-être faire appel à ses instincts plus posés et civilisés. » Je grognai. « Il n'en a pas, hein ? fit Frank.

— Je ne tiens pas à dire du mal de Norman, fis-je, mais il est décidé à garder les poissons, et tout aussi décidé à ne pas vous payer.

— Je ne comprends pas. Pourquoi ?

— Il n'y a rien à comprendre avec Norman, d'accord ? Il aime bien être hors la loi. Eh merde, d'ailleurs moi aussi. Mais il n'est pas dénué de sentiments. Apparemment vous l'avez traité comme un monstre, vous ou quelqu'un d'autre. Et comme dit Norman, ça lui fait tout drôle. »

Les garçons échangèrent un regard entendu, puis Frank dit « Mona » et Joe se mit à rougir. Je ne voulais pas savoir. Joe se concentra de nouveau sur l'animal, incisa proprement dans la nageoire, puis Frank prit le poisson dans un filet de gaze et le plaça dans un petit aquarium au bout de l'établi. Joe tint en l'air la lame en acier bleuté, qui scintillait, visqueuse de sang dans la lumière tamisée. « Je regrette parfois qu'on ne ressemble pas plus au Général, dit-il avec tristesse.

— Le Général ?

— Notre père », dit Frank. « Un homme d'une nature violente, ajouta Joe.

— Je crois que c'est pour ça qu'on me paye, dis-je.

— Est-ce que vous pouvez récupérer nos poissons ? me demandèrent-ils.

— Je ne peux pas vous garantir qu'ils vous reviendront sains et saufs, admis-je, mais avec assez d'argent et de puissance de feu, je peux les récupérer. »

Les jumeaux se levèrent comme un seul homme. Ils arboraient aujourd'hui des sweat-shirts psychédéliques identiques, grands comme mon dernier mauvais trip. « On a beaucoup des deux », dit Frank. « Si vous récupérez nos poissons, fit Joe, c'est cinq mille dollars. »

Je hochai la tête. On se souvint comme ça s'était mal passé la fois où on s'était serré la main, alors on ne se cassa pas la tête pour ça. Frank et Joe échangèrent un sourire.

« Dieu aime le Général », fit Joe. « Par ici, Monsieur Sughrue », fit Frank.

Je leur emboîtai le pas à travers le bureau, ils ôtèrent leurs gants et attrapèrent des parkas en duvet orange vif, puis passèrent par la porte de derrière, où ils observèrent un moment leurs Cadillacs identiques avant que Joe dise : « Vous pouvez faire l'aller avec Frank et le retour avec moi. D'accord ? » Le couple avait bossé dur toute la journée, aussi je ne voulais pas les contrarier. Je montai avec Frank et nous suivîmes Joe qui descendait l'allée, et traversa Felony Flats.

Nous arrivions à la limite sud de Meriwether, Frank chantait sur une cassette des Beach Boys. Il avait une voix aiguë et délicate, mais quand il remarqua que je l'écoutais, il baissa d'un ton.

« Vous devez vous dire que c'est bizarre que Joe et moi, on ne roule pas dans la même voiture.

— Oh non, mentis-je.

— Normalement, les jumeaux sont psychologiquement dépendants, dit Frank, mais Joe et moi on n'a jamais été comme ça. Même à la naissance, vous savez, on a tous les deux essayé de sortir en même temps. On en a tué notre pauvre mère. Je crois que le Général ne nous l'a jamais pardonné.

— Votre père était dans l'armée ?

— Et notre grand-père, et notre arrière-grand-père, *ad nauseam*. Lorsque au cours de notre première année au VMI[1] on a compris qu'on n'était pas taillés pour l'armée, comme on dit, le vieux gentleman en a presque claqué, dit-il. Ç'aurait été le comble de l'ironie, non ? Tuer notre pauvre mère à cause de notre précipitation et notre taille, puis faire le même coup au Général. » Frank se bidonna comme si c'était une vieille blague bien rodée.

À la fin de la rigolade, on quitta la route en silence pour arriver à un entrepôt de location. Leur nom figurait dessus.

« Nous avons des billes dans plusieurs commerces, ici, expliqua Frank en traversant la cour en direction d'un grand bâtiment un peu à l'écart des autres unités de stockage.

— Ça doit pas mal rapporter de vendre des poissons.

1. Virginia Military Institute.

— Les poissons, c'est seulement un de nos passe-temps, dit-il en se garant à côté de la Cad de Joe. Un de nos préférés, bien sûr, mais ça ne représente qu'une partie de nos divers intérêts financiers. »

Nous mîmes pied à terre, l'auto soupira de soulagement, puis nous attendîmes à la porte. Frank retint la poignée tandis que Joe composait le code du système d'alarme. La porte se déverrouilla dans un lourd claquement métallique. Frank la poussa légèrement.

« Vous vous rappelez peut-être, monsieur Sughrue, dit-il, on vous a dit qu'on avait vraiment un tank.

— Non, fis-je, non-non.

— Si-si », chantèrent les gars en ouvrant la porte, il alluma la lumière d'une pichenette et me fit signe d'entrer.

Tandis que les rangées de tubes néons fluorescents se mettaient petit à petit à scintiller, la guerre de mon paternel surgit, cette bonne vieille Seconde Guerre mondiale, des râteliers de M-1, des murs de grease guns, des Thompson et des carabines M-1A, plusieurs mitrailleuses Browning de calibre 30 étanches, des BAR en veux-tu en voilà, un trio de 50 à refroidissement par air, une chenille qui brillait avec de la peinture fraîche OD vert olive réglementaire, et bon Dieu un putain de tank Sherman.

« Bon Dieu de bon Dieu, voilà tout ce que je pus articuler.

— La plus grande collection privée d'Amérique du Nord, fit quelqu'un.

— Sans déconner. » C'était, semblait-il, la réaction que les deux gars attendaient. Ils se fendirent d'un large sourire, tels Blanc Bonnet et Bonnet Blanc. « Vous avez hérité ça du Général ?

— En partie », répondit Joe d'un air suffisant. « Le Sherman est notre dernière acquisition. Il est pas chouette ? fit Frank.

— Chouette », je chuchotai en déambulant dans les bras de ce passé, à l'époque où l'Amérique croyait encore en elle-même, à l'époque où mon père est parti à la guerre, cette guerre qui lui fit perdre la tête, à en croire ma mère. J'espère que sa mémoire me pardonnera, mais je lui en ai toujours voulu pour ça. Que je sache, d'après les histoires de guerre de mon père, il ne s'était rien passé dans le Pacifique Sud de nature à convaincre ce Texan écossais-irlandais de la cinquième génération qu'il était soudain devenu un membre d'une tribu perdue de Comanches Kwahadi. Mon idée, c'est qu'il était cintré avant de quitter ma mère la première fois, et que par la suite, ses quêtes de vision dans le Far West n'étaient que prétextes pour continuer à bouger. Le mysticisme comme mouvement, une vie que je comprenais, me sembla-t-il, quand je m'arrêtai à côté d'un calibre 50 monté sur un trépied, protégé par une bâche.

« Les garçons, il vous reste des munitions pour ce joujou ?

— Rien qu'un millier de cartouches, fit Joe.

— Et un permis classe trois ?

— Aussi légal que celui de votre voiture.

— J'ai pas de voiture, dis-je, mais je vais prendre ça. Nostalgie du tir sur cible, vous savez.

— On va vous donner un coup de main, fit Frank en ouvrant un casier à cartouches et en tirant un long écheveau de cartouchières de calibre 50.

— Vos considérations non violentes ont pris du plomb dans l'aile ? demandai-je aux gars.

— Il n'y a bien qu'avec les coupables et les libéraux que ça marche », fit l'un, puis l'autre indiqua le chemin de la sortie en pouffant.

Une neige duveteuse dérivait dans l'aube grise quand Frank arrêta le van du Paradis devant le portail fortifié de Norman. Je m'arrachai par les portières arrière, m'occupai de la serrure avec mon outil de cambrioleur le plus délicat — un coupe-boulons avec des poignées d'un mètre de long — ouvrit le portail d'un coup de saton, puis retournai d'un bond à l'arrière du van, au moment où il franchissait lourdement le seuil. Frank mit la gomme sur le sentier qui remontait le canyon, comme je lui avais dit de le faire, car les alarmes retentissaient déjà dans tout le complexe des Snowdrifters. Je me cramponnai au calibre 50, que j'avais amarré moyennant soixante-dix dollars de sangles et de tendeurs, mais Frank et Joe, trop mahousses pour mettre leur ceinture de sécurité, bringuebalaient dans la cabine comme de gros ballons détachés de leur longe. Mais ils tinrent bon et s'accrochèrent jusqu'au dernier virage, et Frank fit faire un dérapage serré au van, qui glissa jusqu'à ce que les roues arrière se trouvent face au bus scolaire qui protégeait l'entrée. Puis nous attendîmes.

Après un certain temps, le fracas métallique des alarmes se tut et les Snowdrifters sortirent dans la confusion, armés et vaguement sur leurs gardes. J'avais comme dans l'idée que ce n'était sans doute pas à l'aube que Norman et sa bande de joyeux lurons étaient au mieux de leur forme, mais ce matin, alors qu'ils grouillaient hors de leurs tanières et se rassemblaient devant le bus, l'air aussi revêche qu'une meute de coyotes enragés, ils n'avaient vraiment pas bonne mine. Sauf que des coyotes se seraient présentés dans une tenue plus convenable. Beater Bob était massivement à poil, à l'exception d'un fusil et de ses chaussettes, qui semblaient avoir vieilli en même temps que la peau de ses pieds. Ils avaient tous l'air hagard et glauque, comme égarés, tels les convives cannibales de la Donner Party juste avant qu'on leur livre leur déjeuner.

Les Frangins Dahlgren, en revanche, étaient aussi dispos et organisés que les VFW[1] à la parade, arborant de pied en cap une panoplie militaire, des treillis de camouflage taillés sur mesure, des pompes de para lustrées à la salive, et des casques en acier poli juchés comme des tasses de thé sur leurs bobines de géants. Frank et Joe descendirent le plus vite possible, faisant tanguer sauvagement le van sur ses suspensions, j'entendis la neige craquer sous leurs semelles tandis qu'ils se repliaient à l'arrière et croisaient les bras face à la bande dépenaillée de Norman. La confrontation avait toute l'élégance pesante d'un match de sumo, jusqu'à ce qu'un Norman particulièrement ronchon se fraye un chemin à travers la cohue.

« Bordel, les gros, qu'est-ce que vous voulez ? s'écria Norman.

— Nos poissons, répondirent calmement mes gars, nos poissons, bordel. »

Norman réfléchit un instant, tout en serrant fermement son fusil d'assaut, puis hurla : « Vous avez dix secondes pour décamper, putain !

1. Veterans of Foreign Wars.

— Et vous, vous avez cinq secondes pour nous apporter les poissons. Un, deux, compta Frank, troisquatrecinq. » Les gars attrapèrent les poignées des portières arrière et les ouvrirent d'un geste sec.

Lorsque les Snowdrifters m'aperçurent derrière le calibre 50 en forme de sauterelle géante, ils se contentèrent de m'observer, incapables de bouger, comme devant le fantôme de John Wayne. Un mauvais délire de camé devenu réalité. Je me collai de la cire dans les oreilles et me cramponnai de mon mieux au manchon de sécurité. Quand j'effleurai la détente double le gang s'immobilisa une nanoseconde avant de chercher refuge sur le sol gelé, dans les quinze centimètres de neige, lâchant leurs armes qui voltigèrent dans tous les sens.

Le calibre 50 vous expédie un projectile de 3 grammes 25 à plus de mille mètres seconde. Ça revient à se faire tirer dessus avec du plomb de pêche. La rafale de six balles fit décoller le toit du bus scolaire et fit valser la moitié des tuiles en cèdre de la toiture de Norman. Ça faisait tellement du bien de le sentir se cabrer dans mes mains que je ne voulais plus m'arrêter. Évidemment, j'étais resté debout pratiquement toute la nuit à attendre, tout excité, et la seule ligne d'amphés que je m'étais envoyée, c'était de la bibine à côté de la seconde salve de six pruneaux. Cent pour cent pure poilade, rien que du tir automatique rock-and-roll.

« Tu saisis le topo, Norman ? » m'écriai-je dans le calme soudain après que l'écho de la seconde rafale eut disparu dans le canyon encaissé.

Au bout d'un long moment, Norman se releva lentement, épousseta la neige de sa combinaison, secoua la tête comme un général défait, puis sourit presque. « Causons poissons, espèce de salaud. » Moi qui n'avais même pas entendu mon propre cri, ça, je pus le lire sur ses lèvres.

*

Quelques minutes plus tard, j'étais appuyé sur le manteau de la cheminée pendant que Norman faisait démarrer un feu. La grosse dondon, toujours à poil et inconnue au bataillon, dormait maintenant sur le canapé, sous une couverture rouge à rayures noires, décorée par plusieurs rats endormis. Les autres étaient agglutinés dans un coin du côté de la cuisine, graillant quelque chose que je n'arrivais pas à imaginer, mais qui, je le jure, ressemblait beaucoup à des crottes de rats. Efficaces, ces petites bestioles, je songeai, pendant que Norman allumait le feu. Il se releva pour s'appuyer contre le chambranle en pierre, leva sa tasse de café pour trinquer avec moi. À l'autre bout de la pièce, Mary en nuisette, pas vraiment pudique, et les jumeaux s'étaient lancés dans une conversation sérieuse devant les aquariums.

« Faut croire que c'est ton plus bel exploit, man, dit-il calmement. J'avais pas entendu un truc comme ça depuis le Tet.

— J'ignorais que tu étais un Vet, fis-je.

— J'ignorais que toi tu en étais un, fit Norman sérieusement.

— En quelque sorte, dis-je. Faut croire qu'on était tous les deux trop occupés à se défoncer et à s'éclater pour radoter là-dessus. Première de Cavalerie. Central Highlands. Soixante-sept.

— Putain, la conscription pour la tombe, dit Norman. Deuxième Régiment. Soixante-huit. Fais pas chier, man. C'est comme ça que je me suis lancé dans les affaires.

— Merde, j'ai entendu parler de vous, les mecs, mais j'y croyais pas.

— Hé putain, tous les autres faisaient leur beurre. Tous ces enfoirés de fournisseurs civils de l'armée, ces salopes de la Croix-Rouge, même la CIA faisait du bizness à partir du Triangle d'Or. Pas déconner. Les macchab' se foutaient de savoir ce qu'ils rapportaient au pays. Ils étaient déjà foutus. » Norman but son café à petites gorgées. « M'a semblé qu'à l'époque c'était le truc à faire.

— C'est pas une réplique de John Wayne, ça ?

— Il a dit un paquet de conneries, fit Norman, mais qu'est-ce qu'on fabrique, maintenant ? Avec ces poissons à la con ?

— Putain j'en sais rien. Tu n'avais qu'à jouer à la régulière avec moi, hier, Norman, fis-je. Mais tu m'as pris la tête.

— Ouais, toi aussi tu m'as pris la tête.

— Désolé.

— Ouais, bon, pas déconner. Moi aussi je suis désolé. Je pensais vraiment ce que je t'ai dit quand je t'ai causé de revenir bosser pour moi, C.W.

— On va d'abord régler cette affaire, d'accord ? »

Norman hocha sérieusement la tête, comme si nous allions plus tard discuter de travailler pour lui.

« Si tu veux bien payer les garçons, je les persuaderai de laisser les poissons.

— Qu'est-ce ça peut foutre », fit Norman, puis il haussa les épaules et tira une fiole de coke de sa poche. « Une petite, en souvenir de la grande époque. »

Je m'en étais envoyé plus en six mois pour célébrer la grande époque qu'au cours des six dernières années, mais il me paraissait inconvenant de décliner son offre. Aussi j'opinai et Norman étala deux lignes comme des vers de terre sur le chambranle de la cheminée, que nous nous envoyâmes promptement. Je reniflai puis me tournai de l'autre côté de la pièce.

« Les poissons ont bonne mine, les gars ? » m'écriai-je.

Frank et Joe se retournèrent, dans leurs petits souliers, comme s'ils avaient oublié la raison pour laquelle ils étaient venus, puis ils se reprirent. « Magnifique », fit Joe. « Parfait, fit Frank en tapotant le bras de Mary, c'est une magicienne avec les poissons.

— Gros couillons, murmura Norman.

— S'il vous paye, vous voulez bien les laisser ici ? »

Les garçons se regardèrent un moment, observant un instant de faux sérieux, puis ils regardèrent Mary qui sourit et ils s'écrièrent en retour :

« Seulement si on a un droit de visite.

— Ça marche ? demandai-je à Norman.

— Gros couillons, il répondit, résigné.

— En liquide », dis-je, et il sourit presque avant d'aller à l'arrière de la bicoque.

Le temps que Norman revienne, Mary et les Dahlgren m'avaient rejoint. J'alimentai le feu pendant qu'ils s'entretenaient des différents systèmes de filtres. Je gardai un œil sur le tas de rats grouillants qui fichaient la pagaille autour de leurs bols, près de la porte de la cuisine. Norman revint dans la pièce sans se presser, me tendit une liasse de billets de cent dollars attachés avec un bandeau de la banque. « Six K, marmotta-t-il, règlement de la totalité, intérêts compris. » Puis il se dirigea d'un air digne vers son fauteuil inclinable.

Le pognon me refila un coup de fouet. « Qu'est-ce que tu leur donnes à bouffer à ces rats, Norman ?

— Des amis, me répondit-il en s'arrêtant assez longtemps pour me dévisager. Enfoirés d'amis. » Puis il se laissa tomber sur son siège et s'empara de sa télécommande à quarante fonctions.

En tendant la liasse de billets à Frank, je remarquai que Mary secouait tristement la tête vers moi.

« Quoi ? fis-je.

— Je crois que tu lui as fait de la peine, C.W. », fit-elle.

Je pris une profonde inspiration, qui ne me fut guère d'une grande aide. « Hé bien, merde excuse-moi. Rien de pire qu'une enflure de motard susceptible pour foutre en l'air la matinée d'un vieux garçon. »

Frank me tendit le pognon. « C'est à vous », fit Joe.

Je gardai une liasse, puis tendit les autres à Frank. « Ça fait beaucoup, dis-je. Disons qu'on est quitte. »

Puis Mary fit cette suggestion : « Tu devrais peut-être lui présenter des excuses. »

Je fis claquer les billets contre ma paume, comme si je réfléchissais à la manière de me faire excuser. « Puisque tout s'est si bien passé, monsieur Sughrue, fit Frank à la rescousse de Mary, vous devriez peut-être suivre le conseil de la dame. »

Je pris une autre liasse des mains de Frank. « C'est mon prix pour les excuses, fis-je en vitesse. Je suis navré, putain je suis tellement navré que j'arrive à peine à supporter ça, bande de trous de balle givrés. »

Personne ne broncha. En fait personne ne m'accorda même un regard. Je fourrai la braise dans les poches de ma veste en duvet, puis accordai à la foule une chance supplémentaire de dire un truc avant d'aller d'un pas pesant dans la cuisine chercher deux bières dans le frigo. J'ouvris les deux et les rapportai dans le coin vidéo, où je me laissai tomber sur le canapé à côté du siège de Norman. Je me fichais de savoir si je m'étais assis sur un ou deux rats. Avec sa télécommande, Norman était occupé à zapper infatigablement lorsque je lui offris une bière.

« C'est étonnant, man, toutes les conneries qui se baladent dans le cosmos », dit-il, puis il hocha la tête en considérant la bière que je lui offrais. « Trop tôt pour moi, man.

— Putain et pour moi il est trop tôt pour le zapping philosophique, dis-je. Je la boirai, ta bibine.

— Bon Dieu, mec, tu démarres au quart de tour.

— C'est l'âge, fis-je. Tout devient épouvantable et au ras des pâquerettes, man, soit trop sérieux soit pas assez.

— Tu l'as dit, fit Norman, qui apparemment avait les boules. T'avais déjà tiré avec un de ces cinquante, avant ?

— Pas dans cette vie, ni dans une autre.

— Pas de tir d'essai pour te faire la main ?

— Norman, ça coûte cinq dollars pièce.

— Bon Dieu, soupira-t-il, ça me fout les boules.

— C'était ça tout le truc, espèce de trou de balle, dis-je.

— Bon sang, Sughrue, t'aurais pas dû t'y prendre comme ça. » Norman avait l'air blessé et sérieux. « T'aurais pas dû.

— T'aurais dû faire gaffe la première fois », fis-je. J'avais le fric en poche, de la coke dans le pif, et je tenais Norman par les roubignoles, alors que Mary allumait sauvagement les jumeaux.

« C'est sûr que t'as attiré mon attention », il éclata, puis il rit sauvagement. « Toute mon attention, vieux, mais t'as foutu en l'air à jamais la vie sexuelle de Bob.

— À jamais ?

— Prétend qu'il a perdu sa petite queue dans la neige.

— Se l'est fait sucer jusqu'à la racine, je suggérai.

— Bob est le gros lard le plus chaud que j'aie jamais rencontré, dit Norman, jetant un regard par-dessus son épaule à Mary et aux Dahlgren. J'aime pas la façon qu'ont ces patapoufs de reluquer Mary.

— Ils sont inoffensifs, dis-je sans conviction. Ils ne pensent qu'aux poissons et à la puissance de feu. » Norman émit un petit gloussement. « Ils ont un tank Sherman, bordel, dis-je, un tank Sherman en état de marche.

— Bon Dieu », fit Norman, puis il s'interrompit pour réfléchir. « C'est dur à encaisser, même pour moi. Merde. Ils t'ont raqué combien pour tout ça ?

— Cinq biftons pour te causer hier », fis-je, et Norman sourit fièrement. « Une plaque pour tirer au-dessus de ta tronche, et une plaque pour que je te présente mes excuses.

— Je ne me souviens pas que tu te sois excusé.

— Tu peux toujours attendre. »

Norman préférait ça, de beaucoup, en fait. « Pas mal, comme salaire, dit-il quand il eut fini de se marrer.

— Presque légal, en plus, dis-je, mais d'habitude je suis moins cher.

— Et c'est presque rentable. » Cette fois, je rigolai avec lui, mais au moment de partir, Norman me regarda à nouveau sérieusement. « Hé mec, tu demandes combien pour retrouver quelqu'un ?

— Qui ? fis-je en torpillant ma bière.

— Une femme.

— Tu as déjà une femme, Norman.

— C'est autre chose, Sughrue.

— Putain, tu as pas l'air de plaisanter », dis-je en me redressant sur mon canapé, écartant d'un geste les rats de mes jambes. Norman hocha lentement la tête. « Quelqu'un du coin ?

— Nan. Pas d'ici, dit-il.

— Je sais pas, man, dis-je, cherchant à changer de sujet. J'ai plus d'entraînement. À un moment donné, à la fin des années soixante-dix, les gens ont cessé de fuguer. Ou bien les gens ont cessé de vouloir les retrouver. Ça fait des années que je n'ai pas pourchassé quelqu'un, à part des libérés sous condition qui se font la belle, et j'ai horreur de ces conneries.

— Des coriaces, hein ?

— Leurs familles. Mon gars, tu vois leurs familles, tu comprends d'où ils viennent tous », dis-je. Norman avait l'air à côté de ses pompes, mais je n'en tins pas compte. « La dernière fois qu'on m'a tiré dessus, man, c'était la mère d'un zozo avec un calibre douze à travers la porte de l'appartement. M'a manqué d'un poil de foune. J'ai entendu le déclic de la sécurité. Elle a descendu le vieux, à l'autre bout du couloir, n'empêche. Maintenant elle est au violon pour un moment et son vaurien de fiston court toujours.

— Ce sera pas pareil. Tu demandes combien ?
— Je sais pas, Norman.
— T'as pas besoin de fric ?
— Bien sûr que si.
— Alors donne-moi un chiffre », dit Norman.

J'annonçai un chiffre au pif : « Trois biftons par jour, plus frais, un bonus si je retrouve la femme.

— Okay », fit Norman.

À l'évidence, je n'avais pas réussi à gagner ma croûte comme détective privé parce que je n'avais jamais été assez gourmand. J'envisageai de m'approcher des Dahlgren d'un pas nonchalant et de leur prendre ce qui restait des six mille. Mais je n'en fis rien.

« Je n'ai même plus de caisse, Norman.
— Je t'en louerai une à moi.
— L'automne ne va pas durer, Norman, et je ne fais pas de trottinette l'hiver.
— Je ne t'aurais pas laissé monter sur ma bécane, dugland, fit-il en souriant, mais j'ai un tapecul pour toi.
— Et il me faudra un contrat écrit. » Je savais que cela l'arrêterait.

Norman interrompit son dérapage cosmique d'une chaîne à l'autre, nous laissant devant un truc qui ressemblait aux Jeux olympiques de l'ennui : des vidéoclips grecs. « J'aime pas trop ça, man. Tu me fais pas confiance ? Le liquide, une poignée de main, et c'est bon.

— Très bien le liquide, mais j'ai besoin d'un contrat, lui expliquai-je. J'ai confiance en toi, mais si n'importe qui me le demande, j'ai besoin d'un papier officiel.

— Merde. »

Puis j'eus une idée brillante, couillon de la lune que je suis. « Tu sais ce qu'on peut faire, vieux. Viens demain, engage Solly, demande-lui de m'engager et tu es couvert. »

Norman remua dans son siège. Je remarquai que plusieurs rats s'enfuirent d'en dessous. Qui a dit que ces bestioles n'apprenaient jamais ?

« Je sais que c'est ton pote à la mords-moi-le-nœud, mais je n'ai plus confiance dans ce salopard depuis que j'ai paumé toute cette meth dans notre deal canadien, dit-il finalement.

— Quel deal canadien ?

— J'ai paumé un max de matos et deux frangins quand je faisais des affaires avec un des clients déserteurs de Solly, m'expliqua-t-il. Lui n'était pas impliqué là-dedans, mais je lui fais pas confiance, c'est tout.

— C'est un avocat ; pas un type de confiance. Toi tu fais confiance à ton avocat ?

— C'est ça ouais.

— Alors on n'a qu'à faire comme ça, dis-je.

— Je ne tiens pas à ce qu'il soit impliqué là-dedans, man.

— Des fois je me demande ce qui est le plus alambiqué, dis-je. Les avocats, les flingues ou l'oseille.

— Warren Zevon[1], fit Norman. Okay, Solly peut faire les papiers.

— Génial. Qui est-ce que je dois retrouver ?

— Ma mère », dit calmement Norman. Il me fallut admettre que jamais je n'avais pensé que Norman

1. Chanteur de rock.

eût pu avoir une maman. « Mary et moi on va se marier, mon vieux, et elle veut que ma mère soit présente. Et je crois que moi aussi. » Norman me dévisagea un long moment puis fit tomber un petit tas de cocaïne sur la palmure de son pouce. Je me l'envoyai dans le pif, puis il se réserva le même traitement. « Tu es partant ?

— Bien sûr, fis-je, putain, pourquoi pas ? Je commence par quoi ? »

Norman baissa la tête. « J'ai ces articles de journaux, mec, et toutes les conneries de l'orphelinat au Texas. J'en ai un paquet.

— Apporte-moi ça demain, dis-je, soudain las en terminant la bière. D'accord ?

— Merci, vieux », fit Norman, et je serrai sa main singulièrement petite. « Merci. » Puis il se releva. « Mary, si on becquetait. »

Mary s'arrêta, hocha la tête puis considéra les jumeaux.

Norman interrompit sa pensée. « On n'a pas de quoi nourrir ces gros couillons. »

Mary présenta ses excuses aux gars, qui semblaient vouloir que je retire mes excuses, et ils prirent congé en promettant des visites aux poissons sans tarder, chez les uns et chez les autres, puis nous nous faufilâmes hors des décombres du bus.

Il était tombé suffisamment de neige fraîche à travers le toit déchiqueté pour qu'une froide couverture moelleuse se dépose sur les débris de la vie itinérante d'un gang de motards. On aurait dit une ruelle de New York après la prochaine guerre. Beater Bob lui-même se blottissait sous une couverture sur le siège passager, en nous regardant partir, le regard triste et lointain.

« Je ne sais pas comment les gens font pour vivre comme ça », fit Joe comme nous franchissions le seuil du bus, époussetant les flocons de neige de son treillis comme si c'étaient des cendres.

« Joe, tu as toujours joué les effarouchés, dit Frank.

— Tu dis ça parce que tu craques pour cette petite souillon, répondit Joe.

— Dis donc, je ne suis pas le seul à aimer les petites filles.

— Mona est propre, elle au moins, s'exclama Joe.

— Elle schlingue l'aquarium à tortue, fit Frank.

— Les garçons, les garçons, les interrompis-je. Soit vous la bouclez, soit vous me refilez mille dollars. »

Bon Dieu, ils envisagèrent réellement cette possibilité, mais cessèrent finalement leur prise de bec, je les entendis pourtant s'invectiver dans leurs barbes comme ils montaient à l'avant du van. Je grimpai à l'arrière, entravai la mitrailleuse avant de fermer les portières. Norman apparut à la porte de son bus, suivi de Bob qui, drapé dans sa couverture, avait une dégaine de sommité religieuse.

« Hé, Sughrue, demande à ces gros couillons s'ils sont prêts à vendre leur char ! » hurla Norman, puis il se fendit la pipe.

« Dites-lui que s'il nous traite encore une fois de gros couillons », dit Frank, la voix empreinte d'amour, de désir et de rage, « on le livre à domicile.

— Oh oui, putain », fit Joe, et il avait l'air de le penser vraiment.

La couverture nuageuse qu'on apercevait par la fenêtre arrière du bus commençait à se disloquer, et des parcelles de ciel bleu perçaient. Une autre vague de confusion météorologique en perspective à Meriwether : tempête de neige au petit-dèje, rayon de soleil à midi. Je ne pouvais m'empêcher de sourire.

Lorsque les gars me déposèrent au bureau de chez Solly, on échangea de grands signes comme de vieux amis. Aussi bref soit-il, le bruit des coups de feu tirés sur quelqu'un a parfois cet effet sur les hommes. Je fis deux pas vers l'entrée du sous-sol, par où les morts jadis arrivaient, jetai un coup d'œil à l'horloge du Palais de Justice, qui indiquait 9 :45. La vache, une journée entière de soleil indigène américain. Quand je m'arrêtai, le cash glissa dans ma poche de veste, alors je le fourrai dans ma chemise où je savais qu'un petit tas d'amphés était coincé au fond d'un sachet plastique. J'avais l'air fin, l'âge nubile bien dépassé, les cinquante balais bien tassés, à pieuter encore par terre chez l'habitant — sur la table d'embaumement pour être tout à fait précis — et du coup je m'envoyai une minuscule pincée de speed dans le pif, et m'en allai à pinces au Slumgullion, appâté par la perspective d'une bonne panade de maïs à la poêle et de travers de porc premier choix. Si j'avais eu une Corvette, j'aurais débarqué en bagnole.

J'avais beau savoir que cela ne figurait plus au menu, j'entrai par la porte de derrière et passai néanmoins ma commande. À tue-tête. Les buveurs de whisky matinaux s'immobilisèrent, le verre en l'air, et les jetons de poker cessèrent de cliqueter. La dernière fois que je m'étais arrêté au Slumgullion pour le petit déjeuner, je l'avais joué Far West avec deux Canadian Bloods qui, par la suite, sont devenus mes potes en taule. Le cuisinier chargé des commandes express se concentra sur ses deux œufs, et la serveuse refusa de croiser mon regard. Elle garda les yeux au sol comme l'ancienne détenue qu'elle était — sept ans et quelque pour avoir flingué son beau-père.

« On n'a rien de tout ça, marmonna-t-elle en s'éloignant.

— Pas de ta faute, ma cocotte, fis-je, mais où est le trou du cul qui tient maintenant cette auberge ? Tiens, toi, mon chou ! À qui appartient cette taule, maintenant ?

— Je sais pas, dit-il à un tas de pommes de terre sautées.

— Un yuppie californien à la noix, c'est ça, qui sait pas faire la différence entre de la cervelle et des œufs, une panade de maïs à la poêle d'un travers de porc premier choix, et t'auras pas eu le temps de te retourner, mon vieux, que tu te retrouveras dans une putain de chambre d'hôte avec petit-dèje compris, un havre pour jeunes-cadres-clodos-accros-au-fort-bon-Chablis-tout-à-fait-intéressant. »

C'est alors que le serveur, un vieux copain et ex-associé dans mon affaire de détective, se pointa nonchalamment à l'autre bout du bar. « Bon Dieu, Sonny, fit-il doucement, laisse ce cuistot tranquille, putain. Tu lui gueules encore une fois dessus et il va faire dans son froc, et il va louper tous les petits déjeuners. Viens par là. Je te paye un verre. On va causer du temps jadis, quand on était jeunes et chtarbés — et pas seulement chtarbés — et qu'on pouvait tout se permettre.

— La proposition me paraît correcte », dis-je. Mon ancien associé avait toujours eu cet effet sur moi ; discuter avec lui avait toujours été plus efficace qu'une poignée de valium. Il nous versa à chacun une dose de Scotch pur malt et m'ouvrit une bouteille de bière canadienne pour faire passer, tandis que je jouais du bide pour accéder au bar.

Il tint le verre en l'air, le fixa amoureusement, puis le versa dans l'évier. Je bus le mien à petites gorgées.

« Ça fait un bail, maintenant, non ? demandai-je.

— Presque deux ans, dit-il en se passant les mains dans ses boucles noires anthracite.

— Non, vraiment ?

— Ta gueule, Sughrue, fit-il, puis il sourit. Je compte pas les jours. J'ai pas arrêté. Je me repose, c'est tout. On dirait que toi aussi tu devrais lever le pied.

— Mauvais rêves », fis-je, ce qui était plus qu'à moitié vrai, « mais j'ai pas picolé depuis, depuis l'incident musical. Rien ne vaut de dormir dans une morgue pour qu'un grand garçon donne dans les mauvais rêves et la sobriété ».

Le serveur renifla dans le vide, puis sourit et se toucha légèrement le nez.

« Me suis envoyé une mousse et un pétard avec un de nos vieux potes ce matin, fis-je, tout en restant strictement dans les limites du devoir. »

Il fronça le sourcil au-dessus d'un œil slave boudeur, et je lui narrai tout par le menu. Au fur et à mesure qu'on vieillit, les vieux copains ont sur vous un effet tonique, un bienfait incalculable. Quand j'eus terminé mon histoire, il me rappela la fois où nous étions allés au Japon pour rapporter un labrador champion des retrievers[1] chez un cadre japonais

1. Chiens d'arrêt qui rapportent le gibier.

qui travaillait dans l'automobile et ne comprenait pas la libre entreprise, jusqu'à ce qu'on lui mette la tête dans son étang à carpes. Mais c'est une autre histoire. Après avoir remis ça, je pris un taxi jusqu'au Riverside Inn, où je pris une chambre, me fis monter un petit déjeuner et avant de le terminer, tombai dans un sommeil sans rêve.

C'est parfois épuisant de s'éclater.

*

Un peu après midi, le lendemain, je me trouvais dans le bureau de Solly, encore en train de brailler contre Norman. Jamais bon signe, pour moi.

« Putain c'est complètement barjo ! » je m'écriai.

Solly était assis derrière son bureau en chêne, tel un grand oncle hochant la tête, comme pour suggérer : pour le moins « anormal ».

« Tout ce que je peux te dire, c'est que la police de trois États, le FBI, le Secret Service, et probablement la CIA à la con cherchent cette femme, que tu crois être ta mère, et ils ne la trouvent pas, alors qu'est-ce qui te fait dire que moi je peux ? » Je fis mine de balancer dans la tronche de Norman sa collection de coupures de journaux et de magazines, puis traversai le bureau d'un air digne, pour jeter un œil à ce quartier bien propret. Je m'étais tapé une bonne nuit de sommeil, un chouette petit déjeuner, et même une bonne randonnée jusqu'au bureau. Je n'avais aucune raison d'en vouloir à Norman. Sauf qu'il était complètement barjo. « Qu'est-ce qui te fait dire que je peux la retrouver ? répétai-je.

— Je sais pas, C.W., fit-il calmement. J'y crois, c'est tout. » Norman avait laissé ses couleurs à la maison ; avec sa chemise de flanelle et sa veste en tweed, il avait presque l'air normal. Mary était absolument resplendissante dans sa robe en lainage soyeux, avec ses bas et ses escarpins verts en daim parfaitement assortis à sa robe. Les longues manches de la robe recouvraient ses tatouages, comme son nouveau maquillage masquait les traits durs de son joli visage. « J'y crois, c'est tout.

— Tu entends ça ? demandai-je à Solly, mais il se contenta de faire l'imbécile. Tu ne sais même pas si cette Sarita Cisneros Pines est vraiment ta mère. Je veux dire, merde, elle est juste la femme du chargé d'affaires du Président au Mexique, et lui n'est pas ton père, mais tu crois qu'elle est ta mère, c'est ça ?

— Je ne crois pas, man, je sais.

— Sarita Pines, dis-je à Solly, on dirait un nom de HLM, non ?

— Bon sang, expliqua Mary avec conviction, Norman avait six ans quand elle l'a abandonné, putain il se souvient de sa mère.

— Il n'a même pas une trombine de Mexicain, fis-je.

— Elle était moitié irlandaise, dit Norman.

— Ah chapeau, dis-je, moitié irlandaise, ça explique tout. C'est le bouquet, mon vieux. J'ai l'habitude des clients qui me racontent des bobards, mais d'habitude, les histoires tiennent un peu debout. Ça c'est un tissu de conneries.

— Mais qu'est-ce qui te fout en rogne comme ça, man ? demanda Norman en se penchant en avant sur le canapé en cuir qui craquait. Trop de coke ou pas assez ? J'en ai apporté un peu avec moi, mec, t'en veux ? » Norman fouilla dans la poche de sa veste de sport.

« Pas dans mon bureau, fit Solly, je vous en prie. »

Norman lui adressa un long regard dur. « Bien sûr, Maître, tout ce que vous voudrez », fit-il finalement. Mary lui posa la main sur le bras, comme pour le contenir. « Bon qu'est-ce qui te turlupine, Sughrue ? »

Solly se déplaça sur son fauteuil, faisant claquer son pied en plastoc sur le flanc du bureau, et brandit les mains en l'air, dévoilant dans la lumière diffuse sa paume constellée de cicatrices. « Norman, j'aimerais suggérer que C.W. a plein de raisons d'être à cran à propos de cette affaire, sans que tu te mettes à insinuer qu'il a des problèmes de drogue, ce qui me paraît assez mesquin venant de ta part, mon vieux, alors pourquoi n'envisages-tu pas de lui présenter des excuses...

— M'emmerde pas avec ça, Solly », fis-je. Je ne savais plus à qui en vouloir. « Norman et moi, on est potes depuis bien assez longtemps, alors on peut causer affaires sans être obligés de se faire des excuses toutes les cinq minutes, d'accord ? Pas vrai, Norman ?

— Évidemment, bordel, Maître. » Norman non plus ne savait pas à qui s'en prendre.

« D'accord, très bien, fit Solly en laissant retomber ses mains sur ses genoux. Alors montrez-moi que vous êtes capables d'arrêter de déconner... »

Norman et moi, on s'étrangla de rire comme des phacochères de l'enfer. Comme si un avoué était capable d'arrêter de déconner quand l'horloge tourne.

« Remarque judicieuse, messieurs, fit Solly dans un grand sourire, puis il regarda sa Rolex. Alors voilà comment je vais vous présenter les choses. Je ne suis pas payé à l'heure. J'ai un déjeuner dans quelques minutes, si vous n'y voyez pas d'inconvénient, messieurs. Alors allons droit au but, les gars. » Norman ou moi, l'un des deux, acquiesça de la tête. « Hazelbrook, tu comptes mettre combien dans ce projet ?

— Midget », fit Norman, et Mary se leva, tanguant avec sensualité sur ses talons auxquels elle n'était pas habituée, elle ouvrit son sac à main, en sortit un tas de fric qu'elle déposa sur le bureau de Solly. Cela fit un magnifique bruit mat à l'atterrissage. « Quarante K, dit Norman, plus tes frais, bordel. »

Solly posa la bonne question : « Clean ?

— Comme des sous neufs, fit Mary, la lèvre retroussée. Vous pourriez manger dessus, monsieur Rainbolt. On ne peut pas en dire autant de votre bureau. » Mary passa le doigt sur le devant du bureau de Solly comme pour une inspection gant-blanc. Je ne vis pas un grain de poussière, mais Mary souffla quelque chose du bout de son doigt.

« Très bien, C.W, dit Solly, sans même regarder le pognon qu'il plaça dans son tiroir, je suggère que vous acceptiez la parole de M. Hazelbrook comme quoi il est convaincu que cette femme est sa mère, qu'il n'a plus revue depuis l'âge de six ans, et que vous vous associiez au gouvernement pour la retrouver. Si vous avez une objection, d'ordre personnel ou éthique, faites-le-nous savoir. Maintenant s'il vous plaît. Que je puisse aller déjeuner.

— Sacré nom de nom », fis-je, puis je me retournai vers la fenêtre glacée. Ma respiration embuait la vitre. De l'autre côté de la fenêtre, une demi-lune luisait dans un ciel blanc-bleu. Cela faisait une paye que je n'avais pas travaillé, et j'avais vraiment envie de m'y remettre. Plus de barman, plus de dodo sur une planche, plus de Solomon Rainbolt pour diriger ma vie. Non pas que Solly ait été un emmerdeur ; il avait été grand seigneur mais je ne voulais travailler ni pour un seigneur ni pour un emmerdeur ; je n'avais même pas envie de travailler pour Norman L'Anormal Hazelbrook ; mais ça allait peut-être être comme si j'étais de nouveau à mon compte.

« Hé merde, fis-je en me retournant. Envoie les contrats. »

Et Solly les sortit de son bureau.

Vingt minutes plus tard, j'avais du cash en poche pour mes frais, les clés du bus Volkswagen que Norman gardait sous le coude, et qui semblait avoir passé les vingt dernières années au garage, mais aussi neuf, promit-il, qu'un franc suisse, une poignée de coupures de journaux, une invitation de Solly à m'arrêter chez lui en quittant la ville, et un gentil baiser de Mary, tout chaud sur ma joue, qui m'excita au-delà du raisonnable. Le temps resta chaud pendant que je préparais mes affaires. Ou peut-être était-ce mon vieux cœur qui battait à nouveau.

DEUXIÈME PARTIE

Je finis les préparatifs pour la folle virée à trois heures de l'après-midi. La prétendue mère sanctifiée de Norman avait épousé un républicain poids-lourd, aussi je mis le paquet sur les armes : le bon vieux Browning High-Power, les nouveaux S&W, un Airweight 38 et un semi-automatique 10 mm double action, un Mossberg Bullpup plus ma matraque favorite, la petite à ressort. Puis je m'assis sur ma malle en fer pour feuilleter encore une fois les coupures de presse.

Pendant que je secouais la tête, une des innombrables secrétaires de Solly tout en jambes arriva en faisant merveilleusement claqueter ses hauts talons. Elles en portaient toutes, comme si Solly les avait convaincues que des femmes aussi jolies méritaient de souffrir. Mais jamais je n'en entendis une seule se plaindre. Pas plus que je ne réussis à savoir si Solly en avait jamais emmené une au pieu. Tout ce que je savais c'était que moi non. Pour être franc, elles m'intimidaient. Jusque dans la pointe de mes bottes éraflées.

Celle-ci tout particulièrement. Elle se montrait toujours gentille avec moi. Rien ne vous fiche plus les jetons qu'une femme superbe gentille avec vous.

« Monsieur Sughrue, roucoula-t-elle poliment. M. Rainbolt vient juste d'appeler. Ses projets de déjeuner ont légèrement changé, mais il tient vraiment à ce que vous vous arrêtiez avant de quitter la ville. Il a dit que vous saviez où se trouvaient la clé d'entrée et le Scotch.

— Houla, j'en ai aucune idée... Vous ne sauriez pas, vous ?

— Bien sûr que non », fit-elle. Puis la trace parfaite d'un sourire vint flirter sur ses lèvres fardées à la perfection.

Je savais que c'était impoli de regarder ses hanches étirer les plis chauds de sa robe. Le temps qu'elle arrive en haut des escaliers, j'avais envie de lui proposer d'aller faire une petite promenade en voiture. Dieu seul savait quand un privé en activité aurait besoin d'une secrétaire qui ressemblait à un mannequin pour maillots de bain. Elle s'arrêta alors à la porte et me fit un sourire qui me transforma illico en asticot de tomate. Et me fit retomber en adolescence.

« Bonne chance, Sonny. »

Le bus Volkswagen que Norman gardait sous le coude était un modèle camping, d'un bleu foncé brillant, mais avec la tonne d'oseille que j'avais dans la poche, je savais que mon idée du camping consisterait à descendre dans un motel sans service de chambre. Mon paquetage, casier et équipement divers, ne recouvrait même pas le sol moquetté de la cuisine. Ce n'était pas mal. J'avais même une minuscule télévision. Tout était briqué, j'en attribuai le mérite à Mary qui, remarquai-je en ajustant le rétroviseur, m'avait laissé du rouge à lèvres sur la joue.

Que j'effaçai en faisant bramer le moteur avant de trouver la première. Puis je relâchai d'un coup la pédale. En étant plus attentif, j'aurais remarqué le son singulièrement doux du moteur, la liaison impeccable de la transmission, et le petit détecteur de radars sur le tableau de bord. Ce que je fis à la place, c'est lancer le moteur à fond, lâcher l'embrayage, si bien que les roues avant décollèrent du sol, je brûlai deux stops, et faillis me faire projeter au fond du van, rejoindre mes affaires qui avaient dégringolé.

À la première occasion, je me garai et ouvris le capot. Le V-6 monté en transversale embusqué sous le capot n'avait jamais approché une usine Volkswagen. Du Norman tout craché. Pourquoi faire simple s'il pouvait faire compliqué ? Je me demandais si cet enfoiré n'était pas planqué derrière un orme à se bidonner dans sa barbe infestée de rats en observant ma conduite cochon-on-ice.

Quand j'avais demandé à Norman pourquoi il avait gardé un bus Volkswagen sous le coude, il m'avait répondu : « Nostalgie, mon pote, par pure nostalgie. »

De quoi ? me demandai-je en remontant sur le siège conducteur, et je bouclai la ceinture de sécurité bien serré.

Une Toyota quatre roues motrices se gara derrière moi, et Norman en sortit en braillant : « Hé, Sonny, t'as intérêt à surveiller *La Gloria Azul*, sinon elle ne fera qu'une bouchée de toi pour son petit déjeuner.

— Tu n'aurais pas envie qu'on change de caisse, par hasard ? fis-je.

— Tu es déjà assis dans ma caisse préférée, man. Dès que tu t'y seras habitué, tu l'adoreras autant que moi.

— Merci.

— Si t'as besoin de quoi que ce soit, ou si tu te poiles trop, regarde au fond de la boîte à gants et passe-moi un coup de bignou, tu entends ?

— Entendu », je m'exclamai, puis je tentai de lui rouler sur le pied en m'arrachant du parking sur les chapeaux de roue, laissant son rire carillonner derrière moi.

Solomon Rainbolt vivait en haut de la Hardrock Valley dans un manoir en rondins construit par un architecte suédois pour un acteur d'Hollywood, dont la carrière n'avait guère dépassé le premier bout d'essai comme vague figurant parmi un lot de jeunes premiers. Après la déconfiture de l'acteur, Solly récupéra sa baraque pour des prunes ; l'acteur avait craché le noyau dans une opération coup de poing suite à une distribution de cocaïne à l'initiative de l'État de Washington ; Solly lui épargna un séjour au placard de Walla Walla et récupéra sa baraque.

Le trajet ne fut pas long, juste assez pour que je m'habitue en douceur au décor, en vieil accro au Montana que j'étais. Sous ce ciel bleu layette, on aurait pu être en juillet, et les premières neiges auraient pu n'être qu'un mauvais rêve. Mais les peupliers et les saules avaient leurs extrémités toutes jaunies, et les mélèzes occidentaux sur les pentes des montagnes aspiraient une fois de plus à se défaire de leurs aiguilles.

Les hommes jeunes trouvent que le printemps est le temps du renouveau, mais ceux d'entre nous qui ont pris de la canette sous la ceinture et quelques heures de vol au cul trouvent que le printemps n'est qu'une fausse promesse d'un verdissement destiné à s'étioler, une promesse fleurie et frénétique destinée d'emblée à ne pas être tenue.

Dans le clair et chaud rayon de soleil de l'automne, la promesse de l'hiver attend dans l'ombre des pins, comme un vœu toujours exaucé. En dépit de tout ce que l'hiver apporte — les os douloureux, l'orignal affamé, les enfants qui meurent de froid — il y a ce moment de clarté bleutée. L'ouest du Montana sous son meilleur jour.

La horde de touristes a mis les bouts, les courants s'écoulent lentement autour des rochers blanchis au soleil et du bois flotté, les étangs scintillent de la douce dérive de votre mouche et des bouches des truites embusquées. Ça vaut le coup de mourir pour ça. Et aussi, dans le Montana, vous êtes même libres après la mort. En quelque sorte. Si on n'y tient pas, les vautours professionnels ne pourront pas embaumer votre dépouille ou fourguer à vos parents et amis de luxueux cercueils à l'intérieur en satin. Votre famille peut se contenter de vous envelopper dans de la toile de diligence et vous fourrer dans un trou creusé au fond du jardin. Puis se replier dans le bar le plus proche pour se souvenir de vous en histoires, se souvenir de vous jusqu'à ce que les histoires deviennent les enfants que vous ne vous êtes jamais donné la peine d'avoir.

L'Enfer c'est les autres a jadis dit quelqu'un. Bien sûr, on a oublié de préciser qui parmi les autres, et oublié que le contraire est vrai. Peut-être que le Paradis c'est nous, et que le Montana c'est chez nous.

Après quelques miles de montée vers la Hardrock, je fus pris dans un ralentissement. Je repérai une ouverture, rétrogradai, doublai tout le bouchon à toute berzingue comme une remontée d'acide aux vitres bleutée, puis je ralentis pour me placer en tête du peloton, d'une allure lente et désinvolte, content de rouler.

Quoi qu'il en soit, toute la situation me plongeait un peu dans l'embarras. D'une façon ou d'une autre, les clients vous racontent toujours des bobards, d'une façon ou d'une autre, omission ou commission, et il vous faut prendre ça en compte, essayer de faire avec, deviner ce que c'est. Même si Norman était ce que les autorités appellent un criminel professionnel — comme si pour certains ce n'était qu'un hobby — je savais qu'il ne mentait qu'aux flics. Jusqu'à preuve du contraire, il me fallait partir du principe que Norman était convaincu que cette femme, Sarita Cisneros Pines, était sa mère et qu'il la voulait à son mariage.

Le mariage, ça aussi aurait pu m'ennuyer, mais ces temps-ci, j'avais vu trop de fiançailles de motards pour y penser. C'est toujours effrayant quand les gens de la pire espèce décident de s'unir aux meilleurs.

Norman qui avait une maman riche et ravissante, ça m'ennuyait, tout comme la disparition de ladite Mme Pines d'un chalet de luxe à Snowy Lake, Montana, où son mari animait un congrès des producteurs de gaz naturel. Ça aussi posait problème. D'après les journaux, son mari, Joe Don Pines, était revenu de son discours de l'après-midi pour trouver leur chambre vide, le sac à main de sa femme et les clés de la chambre sur la table basse.

Mme Pines faisait parfois un jogging dans l'après-midi, si bien que l'alarme ne fut pas donnée avant nuit-noire-et-demie, car elle n'avait toujours pas réapparu. Pour des gens normaux, il aurait fallu attendre les vingt-quatre heures de rigueur, et le FBI n'aurait pas appelé avant des semaines, mais Joe Don était un ami personnel du Président, ainsi que son émissaire auprès du gouvernement mexicain pour les importations de pétrole et de gaz, un poste qu'il avait obtenu en se présentant sans succès dans une douzaine de postes d'État, avec ses propres deniers et en allouant de généreuses et fréquentes donations à la cause républicaine. C'était peut-être de manière analogue qu'au Jeu de la Guerre du Viêt Nam il était passé de capitaine de réserve de l'armée à colon. En tout cas, Joe Don poireautait dans l'une de ses sociétés, une station d'amaigrissement qui faisait aussi terrain de golf — El Rancho Encantada — juste au-dessus de la frontière du Nouveau-Mexique, à l'ouest d'El Paso, Texas, tandis que les Fédés regardaient sous chaque pierre du territoire.

L'idée de trébucher à chaque pas sur un Fed ne me rendait pas vraiment fou de joie. Certains d'entre eux n'étaient que de simples enfoirés à moitié ordinaires, dont le credo consistait à s'acquitter de leur tâche au mieux et le plus facilement possible, ne crachant pas, en route, sur un peu de divertissement. D'autres étaient simplement des enfoirés de bureaucrates avec des flingues. D'autres encore étaient des enfoirés dévoués et ambitieux qui auraient vendu leurs grand-mères pour une seule bouffée d'herbe, tout en essayant de ne pas vomir leur dernier repas, malgré la nausée due à la chimiothérapie. Peu importe ce qu'ils étaient sur un plan personnel ou professionnel, c'étaient des enfoirés de Feds. Et moi non. Mais en me débrouillant bien, je pouvais au moins me faire plus de pognon en deux semaines qu'eux en un mois. Le pognon, ça compte pour les bureaucrates. Quand Dan Rather gagne plus que le Président, putain qui est-ce qui tient vraiment les rênes ?

À environ vingt miles au sud de Meriwether, je pris à gauche et traversai la Hardrock River pour rattraper la Eastside Highway. Puis je continuai vers le sud jusqu'à Burnt Fork Road, qui conduisait par un sentier tortueux à la barrière à bestiaux de chez Solly.

Solly n'avait pas de bétail, juste deux boucs timbrés, une flopée de mulets qui servaient de bêtes de somme et pour l'équitation, et un vieux jars du nom de Millard Fillmore. Quand les boucs ne jouaient pas à chat perché sur les automobiles des invités, ou ne mâchouillaient pas leurs housses de sièges, ils se chargeaient de tailler les buissons et de raser l'herbe dans l'enceinte de la maison. Les mulets permettaient à Solly des virées dans la nature derrière la maison, dans le luxe et la facilité. Je n'étais pas trop sûr de ce que le jars Millard Fillmore farfouillait. Tout ce que je pouvais en dire, c'est qu'il se prenait pour un berger allemand arrogant.

L'allée de Solly ne faisait que quelques miles de long, et elle était bordée de quelque cinq cents peupliers, qui ne coupaient guère le vent, mais leurs longues ombres élancées conservaient en travers de la surface dure de l'allée des stries de la dernière chute de neige. Sa maison était sise sur le bord d'un promontoire avec vue sur la Burnt Fork, la Hardrock Valley, et les pics rocheux de la chaîne de montagnes qui donnaient leur nom au fleuve. Elle était constituée d'énormes rondins en cèdre rouge empilés sur un socle de granite, et suffisamment de parois en verre pour faire minauder de joie Montana Électricité. Avec son toit descendant jusqu'au sol et ses deux ailes aux parois de verre coulissantes, l'édifice chatoyait comme un diamant dans le soleil rasant.

Pendant que je me garais de la terrasse devant l'entrée, Millard Fillmore sortit en trombe du garage, les ailes déployées, le cou en S comme un serpent qui s'apprête à frapper, hurlant aussi fort que le lui permettaient ses poumons et sa cervelle de moineau. On ne pouvait pas faire peur à Millard, il fallait l'égarer ; je laissai donc son bec pratiquement effleurer mon pantalon avant de me pencher en avant pour l'attraper par le cou et l'envoyer valser dans un tas de neige, qui explosa comme un polochon à l'ombre des escaliers de l'entrée. Comme toujours, Millard en sortit complètement métamorphosé. M'ignorant superbement, il se dandina pour inspecter ma nouvelle caisse, alors que les deux boucs, Frick et Frack, bondissaient du coin de la bâtisse pour s'arrêter brusquement face à ce véhicule qu'ils ne pouvaient ni escalader ni pénétrer.

Je me bidonnai jusqu'à la porte, qui s'ouvrit comme d'habitude sans clé, puis j'entrai dans un vide immense et silencieux. Solly était allongé sur un des canapés en cuir, sa prothèse détachée gisait par terre ; mort ou blessé, c'était un type en pièces détachées. Le souvenir de notre période dans la brousse me revint comme un éclair. Il ôta le bras de sa figure, me dévisagea comme si je lui étais inconnu, et lui, également un inconnu pour lui-même. Puis il s'assit lentement.

« Deux mille mètres carrés d'espace habitable », fis-je, émerveillé de nouveau par cette maison impeccable, remplie d'art moderne au milieu d'un mobilier luxueux, « on est sur son trente et un, et nulle part où aller. Merde, cette turne manque d'un coup de patte féminin — des saucisses apéritif, des praires à tremper dans une sauce, de martini, des oignons verts roulés dans le fromage blanc et des tranches de pastrami — ouais, tu as besoin d'une nana sérieuse et d'une soirée vraiment sérieuse avant que la neige nous colle aux bottes.

— Toutes les nanas sérieuses bossent trop, fit Solly, et toutes les soirées se ressemblent, alors fait chier. » Puis il sautilla jusqu'à la porte vitrée coulissante qui flanquait la porte d'entrée, et montra d'un geste la vue qui s'offrait à nous par ce bel après-midi. « Un jour mon fils ceci t'appartiendra. » Il marqua un temps d'arrêt en apercevant le van. « Putain, qu'est-ce que c'est que ça ?

— L'idée que se fait Norman d'une plaisanterie, fis-je.

— Bon Dieu, C.W., je me suis carapaté de San Francisco en soixante-dix-huit, je me suis cassé avec toute une bande de hippies, on voyageait léger. Soixante mille dollars, vingt livres d'amphés et un Colt Commander dans le sac à dos. Ces gamins auraient fait dans leur froc, s'ils avaient su... Je leur ai finalement racheté le bus à Taos. La vache, c'était le bon temps... » Ces temps-ci, Solly se contentait de 7 BMW de série arborant l'autocollant *handicapé*. « Ça dépote ?

— Pas mal, dis-je en le rejoignant. Roue arrière en première, en seconde et en troisième, voilà ce que je peux te dire.

— Et la quatrième ?

— Je ne l'ai pas encore passée.

— Putain, ce Norman. Qu'est-ce que tu as trifouillé pour te retrouver avec lui ? Tu as de drôle de potes, Sonny.

— Merci, maître. Il y a quelques années, je me suis retrouvé avec lui dans une histoire de dope, puis un peu plus tard on s'est chamaillé à propos de poissons.

— Ah », fit Solly comme s'il n'était pas au courant. Il observait Millard donner des coups de bec sur le pare-chocs chromé du van.

« Qu'est-ce qu'il fout ? je demandai. Il s'aiguise le bec ?

— Tombe amoureux de son propre reflet, fit calmement Solly en effleurant son image vieillissante sur la vitre. Qu'est-ce qui est écrit à l'avant ?

— *La Gloria Azul »*, répondis-je, et Solly opina du bonnet.

« La gloire bleue. Merde. » Puis il pivota vers moi comme s'il avait quelque chose de vraiment important à me dire. « Les oies n'aiguisent pas leur bec, espèce de dindon, fit-il solennellement. Buvons un coup. » Il sautilla jusqu'à sa jambe, la rattacha, et me conduisit dans l'aile où se trouvait la cuisine, juste au-dessus du garage trois places du rez-de-chaussée.

« Comment tu as réussi à me griller pour arriver ici ? je lui demandai.

— Un abruti qui m'a annulé mon déjeuner, et avec ce temps mon moignon me fait mal, c'est infernal. Des bobos et des douleurs fantômes.

— C'est bête.

— Pour lui. Je fais payer deux fois plus cher pour les rendez-vous manqués », dit-il en attrapant le

Scotch de qualité supérieure. Il versa deux chouettes gouttes dans des petits verres en cristal.

« Tes clients marchent dans des combines comme ça ?

— Ils en redemandent, fit Solly dans un grand sourire. Ça leur donne l'illusion que je peux déplacer des montagnes.

— Ou des jurés, fis-je en sirotant le Scotch, bon comme de l'or pur.

— Oui, d'une part il y a ça, et d'autre part les procureurs sont à mes genoux.

— Et ce n'est pas vrai ?

— Ça dépend de la motivation... Le Scotch te plaît ? » Je fis oui de la tête le plus froidement possible. « Ils en produisent qu'une centaine de caisses par an, dit-il. Cent soixante-cinq dollars la bouteille.

— Même pas une heure de boulot, pour une pointure comme toi. »

Solly se marra comme un type dont toute la vie n'a été qu'une grosse plaisanterie sur le monde, s'empara de la bouteille et d'un fusil Weatherby 300 fabriqué sur commande qui était posé contre l'évier, et apporta le tout sur la terrasse, où il traitait les affaires sérieuses, avec tout le sérieux qu'il pouvait garder derrière son rire.

« Bon alors qu'est-ce que je fous ici, Solly ? je lui demandai tandis qu'il servait le deuxième Scotch.

— Juste envie de te voir avant que tu te casses, mon vieux. On ne se voit pas assez, ces temps-ci.

— Bordel, je ne suis qu'un lutin de plus dans ta putain de morgue. Fais-moi monter dans ta baraque, et je te tiendrai vraiment compagnie. Moi et une de ces adorables créatures du bureau. Tu pourras jouer les tristes sires nostalgiques pendant que je leur cire les cuisses pour que leurs poils de chatte ne dépasse pas du string... »

Mais Solly était ailleurs, incapable de refaire surface, ne fût-ce que pour se plaindre de ma crudité sexiste, ce dont habituellement il ne se privait pas. Il prit le Weatherby, régla la lunette ajustable, puis introduisit une cartouche dans la chambre. Vif comme l'éclair, Solly tira de sa mauvaise main sur sa cible préférée : un cubi d'eau à cinq cents mètres. Il était époustouflant. Je ne l'avais jamais vu manquer son coup ; je ne l'avais jamais vu chasser ; juste tirer comme un ange avec l'œil de Dieu.

« Tu te souviens de cette fois où on revenait de mission ? demanda Solly à brûle-pourpoint.

— Il n'y a eu qu'une seule fois, mon vieux.

— Tu te souviens de ce gamin dans notre groupe, le black maigrichon à lunettes, celui qui s'est fait choper dans le fil piégé ?

— Willie Williams, dis-je.

— Jamais vu un truc comme ça. Il a presque viré au blanc en sentant le fil se tendre, mais il n'a pas bronché jusqu'à ce que tu déterres la mine. J'oublierai jamais ça, Sonny, jamais vu une telle confiance...

— Il était défoncé, c'est tout, à fumer du hash, pétard sur pétard. »

Solly se pencha pour se gratter le mollet, où je savais qu'il avait un début d'irritation cutanée des tropiques qui ne partirait jamais. « Qu'est-ce qu'il est devenu ?

— Il a fini et il est rentré au pays, mentis-je. Pourquoi ?

— Comme ça. J'y repensais l'autre jour, c'est tout. » Puis Solly se tut un instant. « Tu sais que j'ai connu ce connard de Pines au Viêt Nam...

— Quoi ?

— Oh, rien, on s'est juste croisé une fois sur le terrain. Un vrai planqué de gradé. Il a encore certainement des contacts à Washington, mais tu sais, des gens me doivent encore des services là-bas aussi. Si tu as besoin d'aide, tu n'as qu'à me passer un coup de fil. Le FBI ne va pas trop aimer que tu empiètes sur ses plates-bandes.

— Ils ne m'ont jamais eu à la bonne, dis-je.

— Ils doivent savoir ce qu'ils font. » Solly fit soudain un grand sourire, ses dents brillèrent au soleil, puis il me tapa sur l'épaule. « Fais gaffe à ton cul, là-bas. Ce boulot ne m'emballe pas. Et toi ?

— Heureusement, moi je travaille juste du ciboulot.

— Et ça empire chaque jour, fit Solly sans sourire. Alors tu gardes le contact, d'accord ? Essaye de te manifester un jour sur deux.

— Oui, Capitaine Rainbolt, dis-je sans prendre la peine de le saluer.

— Par quoi tu commences ?

— Snowy Lake », répondis-je.

Snowy Lake se trouvait au nord de Meriwether vers la frontière canadienne, une de ces petites bourgades du Montana qui semblait vivre de la neige quatre mois par an et de la cocaïne le reste de l'année. Meriwether n'était pas à proprement parler une colonie de vacances méthodiste, mais Snowy Lake jouait en première div'. Je ne connaissais personne et compte tenu de la recrudescence des agents de la DEA et des balances, je n'y tenais pas.

Je fis donc une halte à la supérette locale, m'achetai un costume bon marché, quelques chemises à manches courtes et une fine cravate, puis laissai le minibus à l'aéroport de Snowy Lake, louai une berline grise anonyme avec la carte gold de la société de Solly, et roulai jusqu'à Snowy Lake pour descendre au Powderhorn Lodge, faisant de mon mieux pour avoir l'air bureaucratique et mystérieux.

À l'exception de brèves descentes au bar où, tel un flic, je m'enfilais de la vodka bon marché, mais distribuais des pourliches délirants, je restai les deux premiers jours dans ma piaule, sans me raser ni me parfumer après mes douches fréquentes. Puis je me repris en main, me collai un sourire sur la figure, et descendis au turbin un soir, juste au moment où une femme avenante encore assez jeune, du nom de Mel, une fana de ski, était en train de fermer le bar. Vu la générosité de mes pourboires, sa conscience de serveuse ne la laisserait pas me mettre à la porte.

Je m'en envoyai deux vite fait derrière la cravate en la regardant faire le ménage jusqu'à ce qu'elle soit persuadée que j'allais soit tenter ma chance avec elle, soit lui demander où dénicher de la cocaïne.

Juste au moment où elle s'approchait pour annoncer le dernier verre, je lui dis : « Vous savez, c'est un vrai plaisir d'observer une pro faire la fermeture et tout préparer pour le service de jour. C'était un de mes moments préférés.

— Merci », fit-elle, puis elle ajouta : « Vous êtes barman ?

— Ah, ce que je regrette d'avoir arrêté.

— Vous avez le temps d'en prendre un autre.

— Il est comment votre martini ?

— Classe mondiale », fit-elle fièrement. Puis elle ajouta : « Quand je veux.

— Vous en prenez un avec moi ? » lui demandai-je, et elle me dévisagea pendant un long moment. « Mel, vous savez ce que je fais comme boulot, hein ? dis-je en desserrant la cravate bon marché. Mais je n'ai pas toujours été flic. J'ai été jadis un barman pas trop mauvais et ce soir, j'ai fini le service, je m'en vais demain. Cette planque, c'est la poisse.

— D'accord », dit-elle, en se fiant à son instinct de serveuse, affûté depuis longtemps dans les rades des stations de ski de l'Ouest. C'est du moins ce que j'appris après le second martini. Copper Mountain, Vail, Angelfire, Red River et une demi-douzaine d'autres. Elle était venue du nord de Telluride en approchant les quarante balais, à la recherche de pentes plus douces et de clients plus polis. Mais les Canadiens la faisaient tourner en bourrique, et elle envisageait à nouveau de se marier, peut-être des enfants, peut-être reprendre des études à Missoula ; elle avait l'air d'une femme qui affronte la quarantaine sans nulle part où aller, une femme qui avait choisi le fantasme de l'amusement poudreux plutôt que le fantasme petit-bourgeois de la sécurité. Tout n'est pourtant qu'illusion. L'ours de la vraie vie attend tout le monde au tournant. Question soleil, pistes, et troquets, elle avait donné, et elle ferait certainement une partenaire épatante pour un type correct capable de voir, au-delà de la frivolité, le noyau dur et adorable de son caractère.

Toutefois, ce type, ce n'était pas moi.

Plus tard, elle dit au patron de ne pas s'en faire, puis soutira de mes doigts réticents la recette du Dead Solid Perfect Martini, peaufinée par des potes et moi à Austin quelques années plus tôt. Un verre glacé, un frémissement de vermouth, un soupçon de jus d'olives, une larme de jalapeno, un petit oignon à cocktail et une généreuse rincée de gin sur les glaçons jusqu'à ce qu'il y ait de la fumée dans l'air humide.

Bon, on n'était pas au Texas, l'humidité n'était pas optimale, si bien qu'on ne pouvait pas avoir de fumée, n'empêche qu'on s'en envoya quand même deux verres. Puis on s'en concocta un plein pichet et on se retira dans ma chambre.

Si vous n'avez jamais goûté à ce breuvage, vous ne pouvez pas savoir. Il n'est pas question de sexe, il est question d'histoires. Elle va vous raconter celle du pochard qui est entré dans son bar avec une pointe de bâton de ski plantée dans la cuisse et a commandé une douzaine de schnaps avant de se faire embarquer à l'hosto pour se faire charcuter. Alors vous lui racontez la fois où vous avez traversé la file d'attente du télésiège à Eldora, puis voltigé au-dessus des tas de neige qui délimitent le parking, avant de percuter un pick-up. Qui roulait. Arrivé si vite que j'ai mis KO le conducteur. Et ça continue. On sympathise.

Puis, sous le coup de trois heures, légèrement ivre, mais avec une clairvoyance surprenante, Mel leva la tête et me posa la bonne question.

« Bon, alors qu'est-ce que vous voulez ? » fit-elle, sa figure ronde brillait d'intelligence autour de son sourire. « À l'évidence, ce n'est pas mon corps, qui n'est plus nubile depuis un bail, quoique vous y êtes le bienvenu pour une prochaine, plus que bienvenu, en fait, mais ce soir, monsieur Sughrue, qu'est-ce que vous voulez vraiment ?

— Vous vous souvenez de la femme qui a disparu le mois dernier ?

— Sarita, little Sarah, dit-elle d'un ton pensif. Évidemment. Une vraie beauté. Pas seulement pour son âge. Elle prétendait avoir cinquante et un ans et je l'ai crue. Je suis certaine que vous savez combien il est inhabituel pour des femmes de conditions sociales et économiques différentes de dire la vérité sur leur âge... » Elle marqua une pause. « D'accord, mec, moi aussi je suis allée à la fac. Beaucoup... Beaucoup de fois. » Puis elle s'esclaffa et nous resservit deux martinis. « Elle n'était pas magnifique-pour-cinquante-et-un-ans. Elle était juste carrément magnifique. Des pommettes sublimes. Une peau superbe. Et des rides partout où il fallait... » Je fronçai certainement un sourcil, car Mel secoua la tête en me regardant comme si j'étais un enfant idiot. « Des traces de rire, couillon. Des rides à force de sourire. Un petit creux triste et songeur entre les yeux. Et contrairement à sa crotte de rat de mari et à tous les riches crétins qui l'accompagnaient, elle se montrait d'une politesse sans faille avec le personnel. Même lorsqu'elle n'était pas en public. C'était une véritable aristocrate. Wynona m'a dit...

— Wynona ?

— Wynona Jones. Avec un *y*. C'était la serveuse de leurs appartements. En secret, fit Mel en se penchant sur la table basse, je pense qu'elle savait peut-être quelque chose à propos de..., vous savez, quand Sarita s'est fait la malle...

— Pourquoi dites-vous “ se faire la malle ” ?

— Quiconque ayant une once de bon sens savait que son mari ne verserait pas un rond pour la retrouver, et personne bête à ce point aurait pu la côtoyer.

— Est-ce que cette Wynona Jones a dit quelque chose ?

— Non, mais elle s'est fait la malle le même jour, vous savez, et je savais qu'elle et Sarita étaient devenues copines ou je ne sais pas quoi, vous savez, mais ce n'était pas comme si elle avait disparu ou un truc dans ce goût. Elle avait donné un préavis à peu près un mois avant, elle a dit qu'elle avait un plan à Aspen pour faire serveuse dans un faux pub british qui s'appelait Quirky Arms, elle disait que le bébé serait plus près de son père, aussi », fit-elle, puis elle s'interrompit à nouveau et tendit la main pour effleurer ma joue, ses seins se balançaient lourdement sous le fin tissu de son uniforme. « Qu'est-ce qui me prend de vous raconter ça ?

— J'ai une bonne bouille de mec honnête ? je suggérai.

— Honnête, ça j'en sais rien », fit-elle, puis elle se pencha pour m'embrasser. Ses lèvres se déplacèrent contre ma bouche. « Je parie que vous avez fait des ravages quand vous étiez jeune », chuchota-t-elle, puis elle s'éloigna. « Ah, arrête ça, se dit-elle à elle-même.

— Pas tant de ravages que ça », dis-je, et Mel rigola sans rancœur. « Qu'est-ce qu'ils en disent au FBI ?

— Le putain de FBI, mon vieux. Vous plaisantez », dit-elle, puis elle s'empara de son martini et le flaira joyeusement. « Merde, vous tenez peut-être un truc, là. On ne peut pas avoir le droit d'auteur exclusif pour une boisson ?

— Je ne crois pas.

— Connerie de gouvernement. Font toujours tout à l'envers. »

J'enveloppai son épaule dans mon bras. Elle se blottit dans le creux. « Bon alors et le FBI ?

— Que je vous dise quelque chose, monsieur Sughrue...

— J'aimerais que vous arrêtiez de m'appelez monsieur Sughrue.

— Va te faire mettre.

— Avec plaisir.

— Oh, arrête, fit-elle en gloussant. Arrête. Comment se fait-il que d'une minute à l'autre tu passes du type entre deux âges sympa au prototype de l'étudiant moyen ?

— Les femmes me rendent con.

— Eh bien, c'est un début », dit-elle, puis elle m'embrassa vite et en douceur. « Je vais te dire comment ça se passe ici. Parmi le personnel, il y a des locaux, mais pour la plupart, on a bourlingué sur les pistes de ski depuis qu'on est tout mioche. Chacun connaît tout le monde, ou du moins connaît quelqu'un que tout le monde connaît. Et il y a toujours beaucoup de drogue. Et des richards. Comme tu sais, monsieur Sughrue, ce genre de truc, ça attire les flics pareil que la bouse pour les mouches. La plupart des gens qui bossent ici ont arrêté la dope il y a des années. Notre défonce c'est de dévaler les pentes et de picoler des mousses. Alors personne n'a jamais fait un point météo avec les tartignoles du FBI. Ça n'est jamais arrivé, ça n'arrivera jamais. Qu'est-ce que tu en as à branler, d'abord ? Tu as terminé ton service, hein ?

— Exact. Mais cette Wynona avec un *y* a décampé en même temps ?

— Putain, ce n'est qu'une coïncidence, monsieur Sughrue », fit-elle, puis elle se leva pour s'étirer. « Si je te demande de me prendre dans tes bras, tu me jures de ne pas m'attaquer ?

— Si tu arrêtes de m'appeler monsieur Sughrue.

— Ça ne vaut pas le coup », dit-elle sans hésiter. Puis elle me prit les mains, me redressa sur mes pieds, et me serra jusqu'à ce que mes vertèbres craquent comme des pop corns. « Tu t'en vas demain ?

— Je suis obligé.

— C'est ça. En route pour Aspen, à la recherche de Wynona Jones, c'est ça ?

— Nan. Je rentre au bureau.

— Dis-lui bonjour de ma part si tu la trouves. Et viens me chercher un de ces jours, d'accord ? » chuchota-t-elle, puis elle m'embrassa à nouveau, rude, désespérée et sublime, me relâcha et se dirigea vers la porte, où elle s'arrêta pour dire sa réplique de sortie de scène : « Wynona a une vieille coccinelle Volkswagen marron immatriculée dans l'Idaho, comté de Blaine.

— Comté de Blaine ?

— Sun Valley, mon pote. Je crois même qu'elle a grandi par là-bas. Et M. Pines m'a tout l'air du gogo qui aurait bien une bicoque dans ce secteur... » Mel se mit alors à sourire, heureuse, à moitié ivre et dit : « Tu vas vraiment venir me rechercher ?

— À la première occasion.

— Monsieur Sughrue, ce n'est pas poli de mentir à ses amis, nouveaux ou anciens, fit-elle, mais merci de vous être au moins donné du mal pour me raconter des bobards.

— Y a pas de mal », fis-je.

Mais elle avait disparu, me laissant le goût chaud de sa bouche, un verre de martini maculé de rouge à lèvres, et un demi-pichet pour oublier. Tout en picolant, je zappai sur le câble à la recherche d'un truc, mais je ne trouvai rien.

Quand on a assez d'argent, disons cinq millions de dollars, j'imagine que Aspen peut passer pour une ville de montagne normale, mais ce n'était pas mon cas. Ça me fait mal d'avoir à parler d'une ville où le personnel n'a pas les moyens de vivre. Pendant la saison, des cars vont jusqu'à Glenwood Springs pour effectuer le ramassage des barmans, des cuistots, des plongeurs et des femmes de chambre. Pas du tout mon genre de bled.

Mais je m'y rendis aussi vite que les lois de la physique, de la biologie et de la pharmacologie me le permirent. Je ne m'arrêtai que pour les appels de la nature, les pleins d'essence, et une fois pour fouiller dans la boîte à gants de Norman. Le temps de découvrir le trésor. Un sachet de speed et la même quantité de cocaïne. Ainsi que les directives précises pour ouvrir le faux cul de la bouteille de propane qui alimentait la cuisinière et entretenait le refroidissement du réfrigérateur, et cachait trente grammes de chacune des deux poudres de potion magique. Autant dire que je fis un bon chrono. Je n'aurais pas fait la nique à un jet privé, mais je fis une sérieuse concurrence aux vols réguliers.

Je dois aussi admettre que je me suis un peu marré, à fond la caisse en pleine nuit en écoutant toutes les vieilles cassettes de Norman — les Stones, Buffalo Springfield, les Doors ; de la musique dont je me foutais depuis des lustres, des souvenirs que j'avais oublié de garder en mémoire, passant d'un morceau à l'autre sur le lecteur de cassettes à la recherche des gourous de l'apocalypse.

J'aimais particulièrement le gars qui essayait de me convaincre que des étrangers avaient débarqué sur terre et baisaient nos chrétiennes de femmes. C'était une opinion que partageaient certains de mes anciens clients du Hell Roaring, mais d'autres soirs, la plupart pensaient que les femmes étaient des étrangers, y compris les femmes elles-mêmes.

N'empêche, un des profs d'histoire de la fac de l'autre côté du fleuve maintenait que nous étions historiquement et politiquement incorrects. Les femmes, prétendait-il, étaient effectivement originaires de Mars, promis juré, mais les hommes, eux, venaient de Juarez, et les enfants de l'Enfer. Mais c'est infernal, qu'est-ce qu'il en savait ? Ses enfants étaient de vrais monstres, vraiment, mais lui il n'arrivait pas à localiser Mars dans un ciel vide, n'avait été qu'une fois à Juarez pendant une permission après ses classes à Bliss, où, dit-il comme si c'était la vérité, il avait grimpé une pute qui portait des hauts talons blancs et un soutien-gorge, et quand il lui offrit cinquante *cents* pour qu'elle ôte son soutien-gorge, elle réfléchit à la proposition, puis voulut savoir s'il avait la monnaie. Il dit qu'il se fendit tellement la pêche que son érection retourna de l'autre côté de la frontière sans lui. D'après moi, ça ne s'était pas tout à fait passé comme ça.

À vrai dire, il m'avait piqué ma réplique, et moi je l'avais chourée clé en main au caporal Franklin Ignacio Vega, mon artilleur, un soir en cabane qu'on fumait des sticks de thaïlandaise. Quand il eut terminé son numéro, je demandai au Super Nacho quel était l'endroit qu'il appelait « chez lui ».

« Je suis qu'un trouduc d'El Paso[1] », murmura-t-il, en émettant un profond gloussement de sa poitrine de géant, qu'il emplit ensuite de fumée.

Mais ça c'est une autre histoire.

Ma première prise de contact avec Aspen : s'y rendre n'est pas seulement la moitié du charme, c'est bien là tout le charme qu'on puisse trouver à ce bled.

C'est en tout cas ce que je racontai à Solly que j'appelai sur la route. J'avais promis de garder le contact.

« Qu'est-ce que tu fous à Aspen ? »

Je le lui dis.

« Qu'est-ce qui te fait croire que cette gamine ait quoi que ce soit à voir avec Sarita Pines ? me demanda-t-il de sa voix d'avocat. Je veux dire que tu ne t'appuies que sur les divagations éthyliques d'une serveuse. À quoi tu penses ?

— Maintenant je sais quelque chose qu'ils ignorent, Solly, et putain viens pas me demander à quoi je pense. Tu sais très bien. Ce n'est pas comme ça que je travaille. Les questions-réponses signifient que dalle à mes yeux. Juste une occase de plus pour que les gens te racontent des bourres. Et les mensonges, c'est pas ce qui m'aide. Si seulement j'arrivais à faire

1. Titre d'une chanson de Kinky Friedman (« I'm just an asshole from El Paso »).

dire la vérité à la moitié des gens à qui je cause, je serais un privé riche et célèbre, et non pas un barman au chômage qui balaye derrière toi...

« Et qu'est-ce que ça peut te foutre ? Je ne bosse pas pour toi, mec. Tu n'es qu'un entonnoir à pognon et quelqu'un à qui jeter la pierre... » Je m'arrêtai pour reprendre ma respiration.

« Norman a dû te laisser un bon paquet de speed dans le van, non ?

— Et un peu de talc de Colombie, aussi, mon pote.

— Mais putain où est-ce que tu es, Sughrue ?

— Quelque part en plein Wyoming. Je sais pas et je m'en balance », dis-je, lui bourrant le mou sans raison.

En fait, je me trouvais dans la seule cabine téléphonique de Jeffrey City, Wyoming, à observer Split Rock et les turbulences des Rattlesnake Mountains dans l'horizon oriental, tandis que le vent essayait de ramener ce qui restait de mes cheveux à l'arrière de ma caboche.

« Comment s'appelle cet endroit à Aspen ? »

Ça aussi, je le lui dis.

« Je vais me rencarder dessus.

— Ah dis donc, merci.

— Sughrue, tu me passes un coup de biniou quand tu arrives là-bas, et avant de commencer à poser tes questions.

— J'essayerai de me souvenir de tout ça, chef.

— Et tu devrais peut-être aussi te reposer un peu, Sonny.

— Peut-être que tu devrais lécher mon cul d'engagé, chef », lui hurlai-je en raccrochant violemment.

Évidemment, en reposant le combiné, je loupai le support, et j'entendis ses dernières paroles, indistinctes et lointaines, tandis que l'appareil pendouillait dans ce zef à décorner les bœufs :

« T'as besoin de quelqu'un pour veiller sur toi, Sughrue. »

Il y a des types qui ne s'en remettent jamais d'avoir été officiers, mais je ne pensais pas que cela me donnait le droit d'enguirlander mon deuxième meilleur pote au monde, ni de lui raccrocher au nez, même si ses inquiétudes étaient un peu déplacées. Je faillis rappeler pour lui présenter mes excuses, mais le temps de me retourner, le couteau du vent avait gratté le ciel pour découvrir un bleu pâle d'automne. Pas un nuage dans le ciel. Je fis sauter la languette d'une bière, pris la route jusqu'au petit parking de Split Rock, puis essayai de piquer un roupillon sur le siège arrière du van.

Quand je m'éveillai des terreurs innommables d'un rêve dont je ne pus me souvenir, un rêve qui, telle une armée d'envahisseurs, avait récemment décidé d'occuper le reste de ma vie, une sueur visqueuse et vénéneuse me nappait les épaules, la nuque et le dos, et des Turcs morts campaient depuis des mois dans ma bouche. Quinze minutes seulement s'étaient écoulées, mais je m'éveillai avec l'étrange sensation de vouloir tuer quelqu'un. Ou que c'était déjà fait. Aucun détail du rêve ne subsistait, pourtant, juste des miasmes embusqués.

Je n'avais jamais vraiment tenu compte des conseils des autres, mais j'essayais de ne pas être trop timbré tout le temps, si bien que je m'arrêtai à Rawlins, pris une chambre de motel, juste histoire de me brosser les dents et de prendre une douche, puis commandai un steak et un verre, et un truc en entraînant un autre...

Au moins le lendemain, en trimbalant ma gueule de bois jusqu'au van j'avais un goût de whiskey dans la bouche à la place des mauvais rêves.

C'est ainsi que j'arrivai à Aspen, Colorado, là où tout le charme réside dans le simple fait de s'y rendre.

Le Quirky Arms empestait le gros pognon crade, le vieux bois de merisier et le noyer noir gravé de filets d'argent, beaucoup de fric gâché pour singer quelque club du West End de Londres, ici, dans l'ouest des Montagnes Rocheuses. L'endroit collait bien à la ville, riche en fausse grande bourgeoisie, fortunes bidon et sérieuse folie. Ce qui collait parfaitement à ma mauvaise humeur. Je posai le pied sur la chatoyante barre en cuivre du bar et commandai une canette de Pabst, dans l'unique but de voir le barman en liquette faire la moue, puis je pris une pinte d'ale Bass tiédasse comme de la pisse pour éviter de me faire virer d'ici par le fond de mon Levi's élimé.

Quand mes yeux se furent habitués au bois sombre et aux ombres, la première chose qui attira mon attention fut un système d'alarme digne d'une banque, un Constable et un Turner pendus chacun à un bout du bar, et le reste de mes camarades de picole en plein jour. Quant au code vestimentaire, je ne m'étais pas planté de beaucoup.

À part moi et un ivrogne grommelant dans une tenue signée Orvis à l'autre bout du bar, l'endroit était désert. Les autres clients étaient assis à une table en retrait. Les cinq types auraient tout aussi bien pu porter des pancartes. Ils arboraient de coûteux chapeaux de cow-boy avec bandeaux de plumes exotiques et des babioles en argent navaho ou hopi. Leurs Rolex étaient blotties dans des bracelets en argent, turquoise ou corail. Leurs bottes coûtaient probablement plus qu'un bon pick-up d'occasion, et les soins de leurs cinq moustaches noires tombantes coûtaient sans doute plus qu'une année de coiffeur pour ma pomme.

Bien sûr, ils n'étaient pas de ces gens qui déboursent effectivement quelque chose d'aussi vulgaire que de l'argent pour payer de tels soins. Je soupçonnai bon nombre de coiffeurs d'Aspen d'avoir des narines heureuses.

Néanmoins qui étais-je pour juger ? Moi qui, quel que soit le tacot dans lequel je me trouvais, en étais encore à vérifier dans le rétro que je n'avais pas de cercle blanc autour du pif avant de sortir. C'était évidemment plus une vieille habitude qu'autre chose. En fait, jusqu'à ce que Kathleen me refile son sachet sur le parking, en guise de compensation pour mes toilettes bousillées, je n'avais pas vu beaucoup de coke depuis des années. Mon ancien associé se faisait livrer régulièrement, mais le temps que j'arrive chez lui, il ne restait en général plus rien. Donc qui étais-je pour me plaindre que ces gars trafiquent des tonnes, achètent et vendent des membres de gouvernements de trois ou quatre États comme si c'étaient des titres de propriété de Monopoly ? En n'importe quelle autre occasion, j'aurais essayé de faire copain-copain. *A priori* c'était plutôt un groupe digne d'intérêt.

Trois des gars, les deux balèzes et celui qui était balancé comme une puce, parlaient tex-mex, l'espagnol de la frontière, celui de mon enfance dans le Sud Texas. Les deux autres, de taille moyenne, avaient plus l'air arabe qu'espagnol, et parlaient avec un accent qui allait parfaitement avec le décor

Quant à moi, j'avais l'impression de surfer sur une vague de speed, de coke et d'intuitions. Si bien qu'au lieu d'essayer de sympathiser, je m'approchai de la table et leur fis comme ça :

« Hé, les *cholos*, est-ce qu'il y en a un parmi vous qui connaît mon amie Sarita Cisneros Pines d'El Paso ?

Voilà qui retint leur attention et arrêta net la conversation.

Les crincrins chuintaient en sourdine, et un autre picoleur de jour traîna la patte jusqu'au bar, cognant sa canne sur le plancher. Mais personne ne broncha. Le petit gars jeta un coup d'œil derrière moi, mais je ne me retournai pas. Inutile. Le reflet du client apparaissait clairement dans le verre au-dessus d'une gravure de chasse. Un costard trois pièces en appui sur sa canne, il alluma soigneusement un énorme cigare.

« Non ? Mon tuyau était peut-être percé alors », dis-je.

Le chicano qui avait du cran me dit comme ça : « C'est peut-être toi qui as percé, l'ami. »

Le petit gars toucha le bras du balèze, puis fit : « J'ai rencontré plusieurs fois Mme Pines. Pourquoi tu demandes ?

— Je la cherche, *pulguita.*

— Puceron, dit-il dans un sourire écœurant. C'est drôle, man, mais je trouve pas que tu aies une dégaine de Mexicain.

— *Tejano* », je confessai.

Le petit mec hocha la tête comme si ça expliquait plein de choses qui l'intriguaient depuis longtemps. « J'ai entendu dire qu'il y a beaucoup de gens qui la cherchent, ajouta-t-il en campant ses doigts bagués devant sa figure.

— Mais moi je suis le seul à ne pas être flic », fis-je.

Un des types du Moyen-Orient émit un bref grognement en guise de rire. Un minuscule caillou blanc dégringola de son pif et rebondit à travers le noyer poli de la table. Le petit gars l'écrasa nonchalamment dans un cendrier en cristal.

« Alors pourquoi tu la cherches ? demanda-t-il avec un intérêt soudain dans ses yeux sombres.

— À vrai dire, je cherche une de nos vieilles copines, fis-je. Wynona Jones. Mme Pines est une amie à elle. »

Derrière moi, le barman remplissait un verre d'un tintement de glaçons et d'une éclaboussure de whiskey.

« Désolé, l'ami, mais c'est un nom qui ne me dit rien du tout.

— Paraît qu'elle travaille ici, dis-je.

— Le petit personnel, ça va ça vient. Il va falloir que je consulte les dossiers. » Il se tourna vers le chicano à sa gauche, celui qui avait le ventre plat et un tarin encore plus aplati. « Chato, pourquoi ne montrerais-tu pas à M.... Votre nom m'a échappé, monsieur ?

— Sonny Sughrue, dis-je sans raison valable.

— Un nom bien texan, dit-il en me tendant la main. Moi c'est Dagoberto Reyna. » Je la lui serrai.

Contrairement à la plupart des gens ces temps-ci, ce petit gus semblait connaître mon nom de famille, et il le prononçait correctement.

« Chato va vous conduire au bureau et vous laissera consulter le fichier des employés et les récents postulants. C'est le mieux que je puisse faire.

— Merci », dis-je en pensant : Ah, mon gaillard, le moment préféré du détective privé sur une affaire complexe : le traquenard. J'eus du mal à contenir ma joie. Quoi qu'il arrive, j'étais obligé d'apprendre quelque chose là-bas, dans le bureau. « Je vous suis vraiment reconnaissant pour votre aide.

— Je vous en prie », fit le petit gars, puis il se rappuya sur son dossier.

Chato se leva. Cela prit un long moment. Il indiqua le fond du bar d'un geste sec du menton. C'était un menton que je n'aurais pas aimé cogner avec quelque chose de moins solide qu'une planche. Et il avait le nez tellement plat qu'il était à peine nécessaire de l'écraser. Je commençais à trouver l'Airweight plutôt réconfortant, niché comme il était, sur mes reins, sous mon gilet.

Comme nous poussions les deux portes battantes de la cuisine, j'entendis Reyna présenter ses excuses et prendre congé des deux gommeux basanés avec un accent d'Eton. Chato me conduisit à une grande cuisine, le genre de cuisine que les dealers de coke achètent toujours, semble-t-il, quand ils se lancent dans la restauration, puis dans un long couloir jusqu'à une porte en acier. Poli en diable, il me la tint même ouverte.

Des produits frais avaient été entassés contre le mur le plus éloigné, dans cette vaste pièce, et un mur de placards à classeurs se trouvait derrière la porte. Chato s'avança, ouvrit le tiroir du dessus et en tira un Glock 10 mm, le pistolet automatique favori de la génération montante, ces temps-ci

« Merde, Chato, fis-je, on n'est pas dans le bureau. Qu'est-ce que c'est que ça ? Un flingue ? Bon sang, tu es assez costaud pour chasser l'ours avec une brindille. Je t'en foutrais des flingues à la con, je suis vraiment déçu.

— Mains en l'air, *puta*, ensuite tu m'en foutras, dit-il.

— Je suis tout à fait navré pour toi, Chato », dis-je sincèrement, et il eut l'air proprement interloqué. « Je parie que tu es un de ces gros tout mous incapables de dire ouf dans un vrai combat.

— Ta gueule, man, une fois j'ai tenu six rounds contre Tex Cobb.

— C'est ce qui t'est arrivé au tarbouif ? Tu as pas pu te coucher assez vite ? »

Chato me fit un sourire joyeux. En fait c'est ça qu'il voulait. Il posa le Glock, serra les poings et s'avança vers moi. Quand il fut assez loin de l'automatique, je lui plantai l'Airweight à la figure.

« Je suis sûr que tu connais la marche à suivre, Chato.

— *Chingandero*. Je le savais que t'étais un putain de flic.

— Mets-toi juste dans la bonne position, ducon, sinon ce soir, ils vont servir de la romaine et des poivrons farcis à la cervelle.

— Eh merde », lâcha-t-il, résigné mais décontracté, le type qui sait qu'il a une légion d'avocats très chers derrière lui.

Une fois en place, appuyé bien contre le mur, le dos tourné vers moi, les jambes écartées autant que son jean haute couture le lui permettait, il lâcha un soupir ennuyé et fit comme ça : « Qu'on en finisse avec ces conneries, *pendejo*. »

J'avançai d'un pas et tentai un tir au but pour lui faire remonter les roupettes dans le fond de la gorge. Au bruit qu'il fit, l'essai fut presque transformé. Chato toucha le sol, nez en avant dans une flaque de douleur et de vomi. Il fit tant de bruit que je n'entendis pas la porte.

L'autre chicano costaud s'approcha et me subtilisa l'Airweight comme si j'étais un bambin, puis me retourna sous la menace de mon propre pétard. L'humiliation véritable. Solly avait peut-être raison, j'avais besoin qu'on me surveille. C'est en tout cas ce que je ressentis. Je savais ce qui m'attendait à l'autre bout de ce sinistre canon : des ogives wadcutters trafiquées devant une puissance Plus P, sur le point de propulser des gros morceaux de ma bidoche, de mon sang, de mes os et de mes nerfs partout sur les fraises. Je me dis aussi que le couteau de chasse qui se trouvait dans la main droite relâchée du Senior Reyna n'était pas là juste pour faire joli. « Vous êtes tous pareils, vous les tocards de Texans, dit-il en crispant sa main sur le manche et en agitant la lame comme un serpent devant ma figure, vous jouez toujours les durs avec vos flingues, tellement macho. Ça c'est une arme d'homme, continua-t-il en faisant tourner son couteau, *el cuchillo*, une arme de mec. Tu peux tuer un homme avec un flingue sans jamais voir ses yeux. Qu'est-ce qu'ils ont dit, à Bunker Hill, à ce qui paraît ? “ Ne tirez pas tant que vous ne voyez pas le blanc de leurs yeux ? ” Des conneries, man, je suis un de ces *corbadias* mexicains avec une lame et on va bien voir quel genre de *cojones* un Texicain d’origine trimballe entre les jambes.

— En fait, Dagoberto, j’ai suivi une option d’Anthropologie Culturelle quand j’étais à Boulder, ce qui fait que je connaissais déjà toutes ces foutaises sur les couteaux et les flingues...

— Et c’était quoi ta matière principale ?

— Littérature.

— M’en serais douté.

— En outre, je suis né à Deming, au Nouveau-Mexique.

— Deming ? fit-il. Bled paumé. » Il s’arrêta un moment. « Merde, mec, je crois que j’ai encore jamais refroidi quelqu’un de Deming. » Il se tourna vers le gus qui tenait mon flingue. « Tu penses à quelqu’un, David ?

— Il y avait ce type avec l’avion, *hermano*, répondit-il, mais tu as juste niqué sa femme et tu l’as un peu égratigné. Dans la salle de billard à Colombus. Je crois pas qu’il a clamsé. S’il a clamsé, c’était pas dans les journaux, donc ça compte pas. »

Dagoberto se gratta la tête pour de bon. « Comment il s’appelait, ce con ?

— Johnny Carson », dit David.

Dagoberto me regarda. « Tu sais comment c’est, man. Suffit que quelqu’un ait le même nom qu’un autre pour qu’on n’arrive pas à s’en souvenir.

— C’est ça, fis-je. Mais il y a beaucoup de gens qui se souviennent de mon nom, et ils savent tous que je suis là.

— On fera croire à un accident. C'est pas un problème, dit-il en souriant joyeusement, un accident de voiture vraiment vilain, *gringo*. »

J'ai toujours su que je me ferais buter par un cliché.

C'est alors que quelqu'un frappa à la porte.

« Putain, qui c'est ? » demanda Dagoberto à David.

Il secoua la tête et ouvrit la porte. Quelqu'un demanda si c'étaient les toilettes pour hommes, puis David poussa un grognement comme s'il venait de se faire descendre, traversa la pièce en vacillant et se retourna en s'affalant dans des cageots de fraises. Je laissai tomber mon pétard et fonçai sur le Glock. Mais tout était terminé avant que je le ramasse.

Du coin de l'œil, je vis Solly balayer la pièce en faisant tournoyer sa canne noueuse comme un maître de kendo toqué. Dagoberto avait une clavicule brisée, un poignet cassé, et un gnon de la taille et de la couleur d'une prune pourrie sur le front, avant que je ramasse l'automatique.

Solly me regarda, tira sur son cigare, puis le sortit de sa bouche et le tint en l'air pour l'inspection. Pas une trace de dent, pas la moindre cendre perdue.

« La prochaine fois, Sughrue, n'oublie pas de m'appeler, dit-il tout sourire. Je ne suis pas seulement ton ami, je suis aussi ton avocat. »

Je ne sais pas exactement comment Solly s'y est pris, mais son numéro d'Avocat Rainbolt marcha comme un pipeau de charmeur de serpents. D'abord il désarma Roberto en riant, lui faisant bien remarquer qu'il s'était fait coincer par un unijambiste. Ce qui bien sûr était vrai, mais comme Solly le fit gentiment remarquer, ses nombreuses années lui avaient laissé tout le loisir de s'entraîner au kendo. Et Solly était vraiment désolé d'avoir blessé Dagoberto, mais l'âge l'avait ralenti, si bien qu'il ne pouvait prendre de risque avec les réflexes d'un homme plus jeune et plus vif. Peut-être qu'une tequila et une petite ligne réveilleraient les esprits, il suggéra, suggestion qui recueillit même l'approbation d'un Chato ronchon.

Les *patrones* disparurent donc dans le vrai bureau comme des *hermanos*, tandis que les employés se dirigeaient vers les chiottes du personnel pour soigner leurs blessures.

Quelques minutes plus tard, j'avais rempli un plein évier de glace dans lequel Chato s'assit en caleçon tandis que David se débarbouillait et que je rinçais à grande eau chaude l'Airweight plein de graines de fraises.

« C'est pas un flingue très sérieux, man, fit David. T'aurais pas arrêté mon *cunado* avec ce soufflant. J'ai vu Chato prendre une balle de trente-huit dans le buffet puis exploser le museau du flic, pommette et mâchoire. Merde, et après c'est lui qui les a conduits tous les deux aux urgences. »

Je récupérai les balles dans le creux de ma main. « Le flic n'a pas tiré avec des bastos comme ça, fis-je, ce fut sa première erreur.

— La deuxième ?

— Il n'a tiré qu'une fois, fis-je.

— Tu étais au Viêt Nam », dit-il. Ce n'était pas une question. « Mon père me disait toujours la même chose. C'était un *veterano*. Pas comme toi, n'empêche, man, comme le gonze en costard avec les yeux durs et le sourire à la con.

— Je n'ai fait que six mois.

— *Es verdad,* man, dit-il. Bon, on n'avait pas parlé de se rincer le cornet ? »

Chato déplaça sa lourde carcasse, entrechoquant les glaçons, mais décida que, pour ce qui était de la rigolade, il avait eu son compte.

Il ne fallut pas longtemps à Dagoberto pour arriver à la même conclusion, si bien que nous fîmes des projets de dîner avant que David ne l'emmène à l'hôpital, puis Solly et moi partîmes à la recherche d'un autre endroit pour picoler.

Les rues étaient plutôt vides en cette fin d'après-midi d'intersaison — l'été était parti et la neige n'était pas encore arrivée — et le temps qu'on arrive à la tire de Norman, nous avions décidé d'attraper ce qui restait de lumière chatoyante dans les trembles vers Independence Pass, si bien que nous prîmes six Coors en pack et filâmes vers le Sud, Solly conduisait, à la recherche de quelque nostalgie que Norman avait pu y cacher.

« Tu as un peu fait le con, là », fit Solly au bout de quelques miles, tandis que le van avalait les virages avec aisance au-dessus de l'écume blanche de la Roaring Fork.

« Si tu attends des remerciements, Avocat Rainbolt, je serai heureux de les dire. » Je le laissai gober ça puis ajoutai : « Évidemment, il me faudra alors faire valoir que je ne t'ai pas sonné pour voler à mon secours. » Après un silence, je ris et fis : « Et à la seconde suivante, on sortira de la caisse pour se coller des coups de pied au cul.

— J'en serais navré, Sonny, dit-il sans se retourner pour me regarder.

— Tu n'auras pas l'avantage de la compassion, fis-je, ni de la surprise. Cette fois-ci. »

Solly roula en silence pendant quelques minutes, puis sauta sur le frein en m'enguirlandant. Mais les emmerdes arrivèrent presque immédiatement. Le van dérapa sur un sentier au-dessus du fleuve, frissonnant sur ses suspensions raides en travers de la pierrasse jusqu'à ce que le pneu droit bascule par-dessus le bord sans rambarde. De mon côté.

Solly et moi restâmes assis un moment, en silence, puis je baissai ma vitre et je risquai un œil en bas de la falaise jusqu'à l'avalanche rocailleuse de flotte, quelque trente mètres plus bas.

« Est-ce que je peux sortir de ton côté ? » je lui demandai.

Puis on se gondola tellement qu'on faillit faire basculer le van par-dessus bord, dans la rivière froide en contrebas.

Une fois sortis de la voiture, après avoir cessé de mugir, Solly ouvrit deux boîtes de bière et essuya les larmes de ses yeux.

« Sughrue, Sughrue, qu'est-ce qui cloche chez toi ?

— Je n'ai point de raison de vivre, dis-je, voilà tout, ma vie manque de rime, dit C.W. Sughrue. »

Ce qui suffit à redéclencher la rigolade. Le rire augmente la longévité, paraît-il. Je roulai un joint et on ajouta quelques années à notre espérance de vie. Et un peu de décor pour nos neurones grillés.

Nous n'étions qu'à quelques miles d'une ville qui offensait comme un chancre l'idée que je me faisais d'un chez-moi, mais ces quelques miles étaient suffisants dans l'Ouest montagneux. Nous regardâmes l'ombre des cimes occidentales se découper sur les trembles virevoltants, nous nous assîmes sur de la roche gris-vert qui avait emmagasiné la chaleur du soleil, le tout sous le bleu délavé du haut plafond céleste. Mais nous ne pouvions pas éternellement jouer les vieux touristes hippies.

« Merci », lui dis-je finalement quand nous finîmes par nous arrêter de nous marrer, nous marrer de quelque raillerie que la mémoire à court terme est condamnée à perdre, « merci de m'avoir tiré du pétrin. Mais c'est humiliant pour toi de renifler ma trace comme un toutou, Solly.

— Qu'est-ce que tu aurais fait, toi ?

— Ça n'a pas d'importance, mon vieux. Je préférerais être mort plutôt que souffrir ce genre d'insulte.

— C'est idiot.

— Bien sûr, dis-je, mais venons-en à l'aspect vraiment rusé, d'accord ? Qu'est-ce qui se serait passé si j'avais consulté le fichier des employés ? Si j'avais pu trouver Wynona Jones et si elle avait su quelque chose ? Souviens-toi qu'il y a des hordes de forces de police à la recherche de Mme Pines, mon vieux. Ils ont la main-d'œuvre, la tambouille informatique, et ont accès à des trucs que tu n'imagines même pas...

— Je peux t'avoir ça.

— Foutaises. S'ils pouvaient lui mettre la main dessus avec ces moyens, ils l'auraient trouvée à l'heure qu'il est. Alors je vais faire un marché avec toi », dis-je.

Solly réfléchit à ça, puis secoua ses cheveux gris-blond dans la lumière ombragée. « Quel marché ?

— Je vais faire plus gaffe à rester en contact et tu arrêtes de me suivre à la trace comme un toutou.

— Putain, Sonny, tu ne vas pas donner de nouvelles, et tu vas passer ton temps à foutre les pieds dans la merde. En quoi c'est un marché ?

— C'est pas négociable. »

Il le prit mal, mais il le prit. Il me laissa aussi reculer le van du bord de la falaise. Comme nous roulions vers la route, je lui demandai :

« On braillait à propos de quoi, juste avant que tu essayes de nous tuer ?

— Joue pas les rabat-joie.

— C'est un boulot de merde, mais il faut bien que quelqu'un le fasse, dis-je.

— Tu apportes de l'eau à mon moulin », réussit-il à articuler avant qu'on soit repris d'un fou rire.

Solly rentra à la maison retrouver son téléphone, son ordinateur et ses contacts à Washington, DC. Je partis pour Sun Valley à la recherche de Wynona Jones. Nous espérions avoir tous les deux raison.

Au cours de sa brève rencontre avec Dagoberto Reyna, Solly découvrit que Dagoberto ne connaissait pas vraiment Sarita Pines, mais qu'il connaissait son mari, à la manière mondaine dont les gens riches habitant en bordure de la frontière se connaissent. Dagoberto connaissait aussi Don Pines sur un plan politique. Il disait avoir contribué aux campagnes infructueuses de Joe Don aux postes d'État — gouverneur, sénateur, responsable des chemins de fer, et plus récemment la Chambre d'agriculture du Texas — si bien qu'il avait participé à quelques soupers fort coûteux avec Joe Don.

Dagoberto laissa également Solly compulser les fichiers des employés, où il ne trouva aucune trace de Wynona Jones.

« Ils ne t'auraient pas vraiment fait mal », fit Solly quand je le déposai à l'aéroport d'Aspen pour qu'il retourne à Meriwether dans le Learjet privé qu'on lui avait prêté.

« Je suis peut-être timbré, Solly, mais je ne suis pas idiot, et ce n'est pas la première fois que je joue à ce jeu, fis-je.

— Tu manques peut-être d'entraînement, dit-il. En tout cas, moi je l'ai cru, ce type.

— C'est ton problème, dis-je, pas le mien. »

Je roulai toute la nuit vers l'ouest, en plein cœur escarpé de l'Idaho, puis mis le cap au nord, vers la bonne odeur du fric.

Il ne me fallut pas longtemps pour comprendre que si Wynona Jones avait pu avoir des parents ou des proches à Sun Valley, à Ketchum ou dans les environs, désormais, plus personne ne connaissait son nom. À l'exception du service des permis de conduire, mais au bureau de Hailey on n'avait jamais entendu parler d'elle. J'eus une ribambelle de Jones au téléphone qui dirent tous : « Wynona quoi ? » puis me raccrochèrent au nez.

Je tentai de passer les bars au peigne fin à la recherche de quelqu'un qui l'aurait connue, mais je n'étais maintenant plus sur mon territoire. À part une virée bourré et défoncé sur la tombe d'Hemingway au début des années soixante-dix, juste après avoir loupé ma thèse dans le Colorado — il fallait que j'obtienne mon diplôme pour me détacher de l'emprise de la Defense Intelligence Agency et pouvoir continuer ma vie — je n'étais jamais venu ici, et je n'avais jamais fait très attention à l'endroit où j'étais. Cette fois-ci je fis attention, et je dénichai la bonne agence immobilière et me mis au travail.

S'il semble parfois que Aspen est le lieu de prédilection de la moitié des acteurs médiocres au monde, alors Sun Valley était assurément le lieu de prédilection de dix mille agents immobiliers véreux, banquiers, arnaqueurs en tout genre et autres gangsters qui vont avec. Mais ce n'était peut-être pas la bonne explication. Seul peut-être un expert-comptable républicain aurait pu expliquer ça. Je ne pigeais tout simplement pas quel genre d'individus pouvaient s'offrir une résidence secondaire à trois millions de dollars qu'ils n'occupaient que deux mois l'an.

Quand je trouvai finalement la bonne agence immobilière, en la personne de Rose Rosenbloom, une veuve pas trop desséchée, elle m'annonça que c'est ce qu'avait coûté la résidence secondaire des Pines. Trois millions de dollars de verre fumé, de pierres taillées, séquoia et béton banché. Elle était sise sur deux hectares et demi au-dessus du terrain de golf d'Elkhorn, et c'était à peine suffisant. Rose, qui prétendait être dans ce bizness uniquement pour les commérages et l'amusement, fut heureuse de me la montrer d'une main émaillée de diamants de quinze ans plus âgée que son visage. Nous dérivions d'un condo à 150 000 dollars à un autre après un coup de fil au bureau de Solly pour se renseigner sur mon compte. Peut-être était-elle effectivement dans le business pour s'amuser. Elle se fichait de ma dégaine de zozo « entré juste pour regarder » tout comme elle feignait de ne pas noter les indices annonçant que je payerais en liquide. Jusqu'à tard dans l'après-midi.

Autour de martinis médiocres à l'hôtel The Lodge, où j'avais pris une chambre, elle me fit un bref topo sur le mariage de commodité entre Sarita Cisneros et Joe Don Pines : lui n'était que la façade ; c'est Sarita qui avait vraiment beaucoup de pognon, du pognon mexicain, qu'elle tenait de sa famille, de l'autre côté de la frontière, du pognon qui avait fui la dévaluation du peso au début des années quatre-vingt.

En sirotant le troisième martini, Rose leva ses yeux bleus délavés quoique encore perçants pour me fixer en posant le menton entre ses diamants. C'était un joli numéro. Le fait d'avoir le menton en l'air rajeunissait son visage de dix ans, et sa main m'empêchait de voir le fin réseau de rides dans son cou.

« Qui êtes-vous, monsieur Sughrue ? Je veux dire vraiment, fit-elle avec cette espèce de sincérité qu'on ne trouve que dans le gin.

— Militaire en retraite, mentis-je.

— Vous n'étiez pas officier, murmura-t-elle. Je me suis envoyé assez de gradés sur place pour monter mon propre régiment.

— Adjudant-chef. Trente ans de boutique.

— Quelle arme ?

— Je suis passé partout quand j'étais môme », dis-je, ce qui n'était pas complètement faux. J'avais été trois fois sous les drapeaux, entre des périodes consacrées au football dans des junior colleges qui se fichaient de mon nom, de mon âge ou de ce que j'avais bien pu fabriquer avant. Puis le Viêt Nam changea tout ça. « Mais pour l'essentiel, j'ai tenu des clubs de sous-offs.

— Ah-ah, alors vous avez un bas de laine, en liquide, c'est ça ? Vous savez, mon mari m'a laissé un coin à Warm Springs ; ce n'est pas à côté du terrain de golf et ce n'est pas trop grand, mais pour le liquide, on pourrait peut-être trouver une solution. Vous pigez ? » Je ne répondis peut-être pas assez promptement. La figure de Rose ne s'effondra pas, mais elle secoua la tête. « Vous êtes assez bon, monsieur Sughrue, mais j'ai passé ma vie entourée de baratineurs, fit-elle tristement. Vous n'êtes pas exactement un baratineur, mais vous ne me dites pas la vérité.

— Merde, je dois être en train de perdre la main, fis-je.

— C'est juste que vous n'êtes pas dans la bonne division, dit-elle. Mon mari possédait des intérêts dans tous les books entre Cleveland et Rochester. En ville, toutes les garces aux grands airs me regardent de haut, même celles dont les maris ont fait de la taule pour délit d'initié, ou sont tombés comme des chiots qui se font encore pipi dessus. Mon Jacob n'a jamais vu l'intérieur d'une cellule, n'a même jamais eu à louer les services d'un avocat. Alors ne soyez pas si dur avec vous-même. Vous êtes encore jeune. Encore pas mal conservé. Mais vous n'êtes pas dans la bonne division.

— Merci, fis-je en essayant de m'habituer au son du mot dans ma bouche.

— Alors qu'est-ce que vous voulez vraiment ?

— Vous savez, Rose, dans ma partie, je n'ai pas l'habitude de traiter avec des gens qui disent la vérité. Peut-être que je suis devenu cynique. Ou peut-être que je suis devenu cynique et que j'ai arrêté de m'appliquer à mon boulot. Je ne sais pas. Quoi qu'il en soit, fis-je, voilà l'histoire. »

Quand j'eus terminé, elle me dévisagea. « Je ne peux pas vous aider pour la môme, mais je peux vous faire entrer chez les Pines. Si vous m'invitez à dîner. »

Une fois encore, j'hésitai trop longtemps.

« Hé, soldat, si je voulais me faire tirer, je ne serais pas là. Nous serions soit au lit, soit partis chacun de notre côté. Je veux juste dîner quelque part avec un gentleman acceptable qui ne soit pas jeune au point d'avoir l'âge de mes enfants, Dieu les garde. » Après son bref discours, elle soupira et sirota son martini.

« C'est un rendez-vous galant, Rosie, dis-je en vitesse. Mettez de l'eau dans vos vases, j'apporte des fleurs.

— Formidable, fit-elle tout sourire. Mettez aussi une cravate, si vous en avez une. »

Je sortis et en achetai une sur-le-champ.

Si notre approche de la résidence secondaire à trois millions de dollars des Pines s'était aussi bien déroulée que notre dîner, Rose et moi aurions trouvé Sarita Pines assise dans le séjour obscur, attendant des nouvelles de Norman, son fiston anormal et abandonné, perdu depuis longtemps. Ce qui se passa, c'est que la femme de ménage mexicaine ne nous laissa entrer ni pour de l'amour ni pour de l'argent, toutes choses que nous lui offrîmes ; et le FBI nous tomba dessus comme des papillons sur une bouse encore chaude avant même qu'on atteigne le bout de l'allée.

Je ne sais pas comment Rose s'en est sortie, mais elle s'en sortit, et je ne la revis jamais. Je m'en sortis en exigeant qu'on s'en réfère à mon avocat pour toutes les questions, et en gardant le bec cloué. Ils avaient vraiment horreur de ça. L'Agent Spécial en Chef, Nicholas Cromwellington, un de ces types qui ressemblent à une tronche de cake poilue qui a essayé de raser une parcelle de ses mèches drues, me dit de ne plus jamais refoutre les pieds dans cet État, et de ne plus jamais recroiser sa sphère d'influence.

« Nickie, je lui dis comme ça », en me penchant assez près de son oreille pour la lui embrasser, ce que je fis, « je t'aime, mon vieux, mais tant que je n'aurai pas enfreint la loi et qu'on ne m'aura pas verbalisé j'irai ou je resterai où bon me semble, et tu n'y pourras rien. »

La bouche de l'Agent Spécial Cromwellington essaya d'arrêter de ne plus ressembler à son trou du cul, mais ça ne marcha pas.

« Et si tu me mets des bâtons dans les roues, n'oublie pas que j'ai un cancer du foie, que je suis séropositif suite à ma dernière opération, et que je n'ai rien à perdre, si ce n'est quelques années de souffrance et d'agonie intéressantes, alors si tu veux jouer au con avec moi, mon gars, je tue ta famille, tes amis, et tous les gens que tu connais. Je te montrerai alors ce que signifie vraiment la vengeance. Allez reste pas dans mes pattes, Nickie.

— Ah, ah, ah, il bredouilla.

— Si tu ouvres encore une fois ton clapet devant moi, espèce d'homophobe à la crotte, je molarde dedans. » J'expectorai un bon crachat de flegme digne de Norman, mâchouillai comme un péquenot avec sa vieille chique, mais le petit gars du FBI ferma si fort son goulot, qu'il dut respirer par le côlon.

Dieu sait que c'était un cruel bobard, mais ce n'était pas expressément contre la loi, à moins qu'ils puissent le prouver. Quand je quittai la prison du comté, Nickie tirait une gueule d'Agent Spécial en Chef ayant fini par s'étrangler avec sa cravate. Je me bidonnai pendant tout le trajet jusqu'à la première cabine téléphonique, d'où j'appelai Solly. J'entendais bien qu'il m'en voulait pour ma façon de « rester en contact », mais il ne pouvait pas s'arrêter de se gondoler. Quoi qu'il en soit, promit-il pour finir, il continuerait de me couvrir l'arrière-train.

J'appelai Norman, en me disant que l'histoire lui plairait sûrement, qu'au moins il en ait pour son fric et se fende la poire. J'avais raison. Je l'entendis hurler mon histoire à Mary au téléphone. Puis il redevint sérieux.

« Tu vas retrouver ma mère ? il me demanda.

— Tu peux me croire, fis-je. J'en fais désormais une affaire personnelle.

— Voilà une bonne nouvelle », dit Norman, puis il ajouta : « Tu sais, Sughrue t'es pas seulement quelqu'un qui bosse pour moi. Tu es mon pote. Si tu as besoin de quoi que ce soit, appelle-moi. Je suis pas un riche avocat à la noix, mais il y a des gens ici et là qui sont prêts à me dépanner.

— Merci, Norman », dis-je. Et je le pensais.

Qu'est-ce que vous voulez que je vous dise, dans ce boulot de détective privé, il n'y a pas que le sexe et la gloire. Parfois c'est juste de la paperasserie chiante et des mauvais coups. Ou des bons. Bons ou mauvais coups, ça prend du temps et c'est fastidieux.

Maintenant que j'avais titillé le FBI, ça me semblait être une faramineuse perte de temps de me demander ce que la police locale et les bureaux des shérifs allaient penser de moi. Dans tous les États-Unis, les archives judiciaires sont ouvertes à la consultation publique. Évidemment, et non sans raison, les flics ont horreur qu'on use de ce droit ; mais ils ont surtout horreur de montrer leurs dossiers à des privés qui veulent jouer au plus malin. Je ne leur en voulais pas, mais je ne voulais pas non plus mettre une croix sur mes droits.

Il me fallut trois jours à patauger à travers trois juridictions avant de tomber dessus. La coccinelle Volkswagen de Wynona abandonnée juste derrière le confluent de l'East Fork et de la Wood River. Puis encore une journée au tribunal du comté de Blaine pour découvrir ce que ça signifiait.

En fait, Joe Don Pines n'était pas propriétaire de sa résidence secondaire ; il possédait seulement la majorité des parts de la société qui en était propriétaire, Overthrust Drilling and Production, Inc. Overthrust, ça faisait plus penser à une société de films porno qu'à une société indépendante productrice de pétrole, chargée de la prospection et de l'exploitation. N'empêche, après quelques instants de réflexion, ma première impression me parut assez proche de la vérité vraie. Mais un coup de téléphone à El Paso m'apprit que OD&P n'était qu'une filiale détenue entièrement par quelque chose qui s'appelait Franklin Mountain Funds, ce qui s'avéra particulièrement intéressant quand je découvris que FMF possédait une propriété entre Ketchum et Hailey, en remontant l'affluent est de la Wood River. Selon le rapport d'un adjoint du comté de Blaine, la coccinelle beige de Wynona Jones avait été retrouvée à l'abandon, encore en état de marche, juste au sud de la Route de East Fork.

D'une façon ou d'une autre, il fallait que je me débarrasse des limiers du FBI avant de jeter un œil à la baraque. Ils devaient eux aussi être la proie de restrictions budgétaires, car ils n'avaient affecté qu'une seule voiture pour me bichonner. N'importe qui peut mettre dans le vent une bagnole seule, mais j'avais envie de faire les choses bien, et en plus, je tenais aussi à égarer sa radio et son unité portable. Je roulai jusqu'au poste du garde forestier de Ketchum.

Plusieurs heures et un paquet de miles plus tard — grâce à une connaissance minimum des bois et à la carte du Service des Forêts — à peu près le seul service qu'ils fournissent sans baisser leur froc devant les subventions de l'industrie du bois, le Foutu Bureaucratique Idiot se trouvait à pinces, désespérément perdu, enfoncé de cinq miles dans le Goulet d'Oncle John, les quatre pneus crevés, hors de portée des radios. Rien ne m'avait fait autant plaisir depuis que j'avais embrassé l'oreille de l'Agent Spécial en Chef Cromwellington. Je me tordis comme une baleine sur tout le chemin du retour en ville.

Après ma brève inspection de la maison de vacances de trois mille mètres carrés de Joe Don, je n'arrivais pas à imaginer pourquoi il s'était donné la peine d'avoir une propriété si proche de sa résidence. Sa valeur était estimée à sept cent cinquante mille, mais qui savait combien une telle somme aurait permis d'acheter à quinze miles en dehors de la ville.

Un chemin de terre rudimentaire partait au nord de la Route de East Fork et remontait le Goulet Hardy à travers les peupliers rabougris, les trembles nains vers les montagnes désertes d'armoise. Un portail clos bloquait l'accès à la propriété de chez Joe Don, mais j'arpentai toutes les vieilles sentes minières jusqu'à trouver un endroit d'où je pouvais voir la maison en contrebas.

À la jumelle, du haut de la crête, je vis qu'elle couvrait un hectare et demi derrière un mur en pisé, avec du bon vieux verre brisé sur le dessus comme de la dentelle aiguisée. La bicoque aussi était en pisé, vraiment en pisé, pas du stuc bon marché sur des parpaings, une véritable *adobe hacienda,* avec un patio envahi de feuillages, niché dans une étroite gorge d'armoise, pour compléter le tableau. À vrai dire, ça avait plutôt fière allure de là où j'étais, des murs blancs brillant parmi les teintes de gris poussière. En bas, du côté de la baraque, il n'y avait pas un mouvement. Tout avait l'air si parfaitement désert que je retournai en ville pour me préparer à emménager dans le quartier.

Quand le van fut rempli d'eau, de bière, de mauvaise bouffe, et de bons livres, parmi lesquels la joyeuse perspective d'un nouveau roman de Stephen Greenleaf, j'achetai un rouleau de filets de camouflage et retournai m'installer jusqu'à nouvel ordre, le van en marche arrière dans un ravin à sec, empli d'arbrisseaux de sauge et de rayons de soleil. Si vous n'avez jamais ramé pour rechercher des gens dans le maquis, vous ne pouvez pas savoir comme c'est facile de se cacher tout en restant visible.

Bien que ce type de surveillance n'ait jamais été mon point fort, je me convainquis d'avoir gagné quelques jours loin des préoccupations du FBI, un peu de répit pour nos naseaux et des vacances pour mon foie.

Je tins bon vingt-quatre heures avant de commencer à parler tout seul, à me raconter que j'opérais à partir d'une intuition si ténue que ça tenait de la folie douce. Je me demandais si Hank Snow aurait compris ou apprécié tous les ennuis qu'il m'avait causés. Ou même en aurait eu quelque chose à foutre. The PI Driving Train Early Winter Blues.

Rien ne se passa au cours des premières quarante-huit heures. Ce qui fut de la pure torture. Au moins, les fédéraux ne m'avaient pas retrouvé. Ou alors, ils m'épiaient depuis un satellite. Je n'avais rien contre. Mais en fin d'après-midi du troisième jour, juste au moment où le soleil enflammait les cimes des Pioneer Mountains, j'étais en train d'étudier à la jumelle les cimes alentour lorsque je tombai sur l'éclair d'une lentille du côté sud de l'affluent Est. En relevant ma lunette, je me rendis compte que je n'étais pas le seul à observer la maison en pisé.

Trois types en tenue de camouflage du désert avaient établi un camp au sommet d'un endroit boisé très en retrait. Ça ne ressemblait pas au genre de coin où les fédéraux auraient pu élire domicile. En outre, ils auraient été autrement mieux équipés. Et auraient eu de quoi se nourrir. Ces types avaient une tente marron minable tellement reprisée qu'aucun camouflage supplémentaire n'était nécessaire. Et apparemment ils ne se nourrissaient que de haricots et de tortillas. De plus, j'étais presque certain que le FBI n'était pas du jour au lendemain passé à l'AK-47 et ça ne leur ressemblait pas de recruter Chato.

Puis je regardai de nouveau la maison de pisé. La fontaine poussiéreuse crachotait comme un tuyau d'arrosage bouillant, et une jeune femme venait d'ouvrir les portes-fenêtres du patio carrelé orientées à l'est. Elle était assise dans un siège de réalisateur de cinéma en cuir, le visage incliné pour capter la dernière heure de soleil avant qu'il ne sombre derrière la saillie au-dessus de moi. Elle avait ouvert son chemisier pour allaiter le petit enfant dans ses bras. De temps à autre, elle touchait le sein inoccupé qui avait l'air tendre. Sa chevelure était comme des fils dorés dans la lumière du soleil, sa peau avait le hâle léger et délicat d'une crème épaisse.

Wynona Jones.

Même si je ne l'avais pas trouvée presque par magie, je serais tout de même simplement tombé amoureux de cette vision qui prenait le soleil comme une jeune femme sybarite de l'antiquité, l'enfant adorable pelotonné contre sa beauté intemporelle.

Quand je lorgnai à nouveau du côté du camp mexicain, ils pliaient les gaules à la hâte. Il fallait que j'arrive à elle avant eux, pour la sauver avant que la lune se lève. La sauver de quoi ? Je ne m'embarrassai pas de cette question.

Il y a des règles qui régissent le comportement en Amérique, des règles de conduite, des règles qui peuvent faire basculer la chance de votre côté dans un pays fondé sur le principe du coup de pot. Par exemple, après quarante balais, ne mettez jamais les pieds là où vous n'êtes jamais allé. Sauf si quelqu'un d'autre vous a tuyauté. Ne sortez jamais le soir si vous n'êtes pas fringué en noir. Et ne vous déplacez jamais en Amérique sans un flingue, un peu d'explosif C-4 et un fil pour le détonateur.

Les règles, ça marche.

Tout le monde a l'air idiot avec de la peinture de camouflage sur la trombine. Mais il y a tellement peu de gens qui vous voient, que ça ne pose pas un problème énorme. Emmailloté en futal et sweat-shirt noirs, peinturluré en noir et blanc comme un Comanche, je descendis jusqu'à la route, enroulai du fil de détonateur et le C-4 autour du poteau électrique et du poteau téléphonique, juste après l'intersection, puis fis sauter le tout comme on fait sauter de mauvaises habitudes. Les cigarettes et la cocaïne, peut-être. Ce soir-là, le Goulet Hardy n'avait plus de système d'alarme.

Investissez plutôt votre pognon dans de mauvais cabots avant de vous ruiner en systèmes d'alarme. La technologie, c'est intéressant, mais jamais aussi efficace que deux bons vieux Rottweilers.

Quelqu'un avait déjà défoncé le portail automatique chez Joe Don, tout comme la double porte d'entrée, je remisai donc mon pied de biche dans ma besace. Une fois dans le vestibule, je m'écriai :

« Wynona ! Je suis un ami de Mel, de Snowy Lake ! Elle...

— Pas la peine de gueuler, chuchota-t-elle dans l'obscurité à côté de moi. Je viens juste d'arriver à endormir Lester, et si vous le réveillez, je vous botte le cul jusqu'à ce qu'il fasse grand jour.

— Désolé », dis-je calmement, alors que nos deux faisceaux lumineux se croisaient. Le bébé pionçait à poings fermés dans ses bras.

« Vous êtes Sughrue ? »

Je ne pris pas la peine de nier. « Je ne sais pas dans quel genre de panade vous vous êtes fourrée, ma fille, mais ils savent que vous êtes là.

— Les Mexicains ? Merde. Merde, où est-ce que vous étiez passé ? Mel m'a dit que vous étiez sur ma trace et que vous alliez finir par me trouver, se plaignit-elle avec un accent doucereux a moitié sudiste.

— Mel ne m'a pas vraiment donné de carte, ma fille.

— Vous auriez attendu une journée de plus, et elle vous en aurait donné une. Et en plus, j'ai mis en marche la fontaine en espérant que vous la verriez. En étant attentif.

— Désolé, fut tout ce que je pus dire. Eux aussi l'ont vue...

— Je savais qu'ils observaient, fit-elle. La première fois que j'ai ouvert le frigo, sans avoir d'abord dévissé la loupiote, ils étaient ici en deux heures. Mais on les a entendus et on s'est caché...

— Où ?

— J'ai chopé les couches et on s'est caché dans les collines jusqu'à ce qu'ils s'en aillent.

— Malin, fis-je.

— Mel dit que vous aussi vous êtes un malin, elle a bien vu, et que je pouvais vous faire confiance. Mes valises sont faites depuis cinq jours », elle murmura, puis elle montra du doigt un sac à dos et un sac militaire posés sur la table du couloir. « Alors tirons-nous d'ici. Si vous prenez ça, moi je chope les couches et le siège de voiture.

— Et Lester, bien sûr, fis-je.

— Évidemment, gros ballot. »

On rassembla donc ses affaires et on reprit le chemin coriace qui menait au van de Norman. On y arriva juste avant que la lune se lève. N'ayant pas cru un seul moment que mon raid puisse être un succès, je n'avais fait aucun préparatif pour lever le camp. Tandis que Wynona jouait avec Lester soudain devenu capricieux, puis lui emplissait la bouche de son sein, je repliai tout, découpai une pièce de filet assez grande pour recouvrir les fenêtres du van et les chromes et je scotchai le tout.

« Vous êtes prête ? » lui demandai-je, au moment de descendre l'arroyo en roue libre et jusqu'à la route des cimes.

« Il n'y a pas de ceinture de sécurité derrière, me dit-elle, alors il va falloir que j'installe Lester sur mon siège. » Elle sangla le siège de Lester, puis se pelotonna entre les deux sièges avant et leva les yeux vers moi, les yeux brillants dans le clair de lune. « Fini les coups de feu ? Il faut que je surveille Lester, vous comprenez.

— Coups de feu ?

— Quand la deuxième bande de Mexicains a repris Mme Pines à la première bande, fit-elle, je n'avais jamais entendu un potin comme ça.

— Où est-ce que ça s'est passé ? » je lui demandai, en embrayant pour engager le van sur le chemin de terre qui passait la corniche et permettait d'accéder à un autre système de vallons.

« Là-haut, dans la grande baraque de Joe Don. Vous savez, à côté du terrain de golf », dit-elle.

Pas étonnant que le FBI ne tenait pas à ce que je pénètre à l'intérieur. Maintenant que j'y repensais, la femme de chambre avait moins l'air d'une domestique mexicaine que d'une avocate chicana.

« Il y a eu tellement de boucan et tellement de sang, continua Wynona, que Lester et moi on n'a pas eu trop de mal à se tirer. Lester a été gentil — il n'a pas bronché », dit-elle calmement, comme si les coups de feu avaient toujours fait partie du quotidien de la brève expérience de Lester. « À quoi ça sert tous ces trucs sur les fenêtres ?

— Eh bien, ça ne protège pas des balles, ma fille, mais ils ne verront pas le clair de lune se refléter dans les fenêtres.

— Mel m'a dit que vous étiez aussi rusé qu'un Mexicain.

— Quoi d'autre ? »

Wynona ricana.

« Quoi ?

— Elle a dit qu'elle aurait probablement couché avec vous, mais que vous aviez l'air " attaché aux choses matérielles ". C'est une jolie expression, vous ne trouvez pas ? Vous savez, avec toute cette crasse sur la figure, vous me faites un peu penser à Magnum. Sauf que vous êtes un peu plus vieux. » Puis elle ricana encore. « Et plus trapu. Elle m'a dit que vous aviez une allure de flic, mais que vous n'agissiez pas comme un flic. Vous en êtes un ?

— Un quoi ?

— Vous n'êtes pas obligé de me prendre pour l'idiote du village, monsieur Sughrue. Vous êtes flic ?

— Non. Détective privé.

— Alors pourquoi vous recherchez Sarita ?

— Vous ne me croiriez pas si je vous le disais.

— Essayez.

— Pas tout de suite », dis-je, bien après l'instant où je compris que j'allais lui dire la vérité, quand et pourquoi. Voire la reconnaître si je devais l'entendre à nouveau dans cette vie. « Dès que je saurai jusqu'où vous êtes impliquée dans ce merdier.

— Vous n'êtes pas obligé de dire des gros mots devant un enfant endormi, monsieur Sughrue. » Wynona avait l'air offusqué.

« Désolé », fis-je en jetant un œil à Lester. Il pionçait comme un saint. « Mais j'aimerais bien savoir ce qui se trame.

— Bon, je vais voir si je peux vous le dire, fit-elle en bordant la jolie bouille de Lester. Par où commencer ? »

Je suggérai par le commencement, ce qui est toujours une erreur.

« Mon père s'occupait avant des chiens de chasse de M. Pines. Là-bas à El Paso. En fait, juste de l'autre côté de la frontière du Nouveau-Mexique, pour être très précise. Jusqu'à ce qu'il se fasse tuer. Je parle de mon père. Le shérif du comté de Doña Ana déclara que c'était un suicide, il annonça qu'il avait tué ses chiens à coups de hache, puis Senior Bones, puis...

— Senior Bones ?

— Son singe apprivoisé, fit Wynona comme si tout le monde en avait un. En étant très beurré, il aurait pu tuer les chiens d'arrêt, mais jamais il n'aurait levé la main sur Senior Bones. Quoi qu'il arrive. Et il n'a jamais non plus pris de cocaïne. Ma mère n'a jamais eu un mot gentil pour lui, mais elle me disait toujours qu'il n'avait jamais pris de drogue d'aucune sorte.

« Le shérif déclara que mon père s'en était pris aux animaux sous l'emprise de la cocaïne, puis s'était coupé sa propre zigounette en quatre avant de se trancher lui-même la gorge. Ça ressemble à un suicide, ça ? »

Après avoir passé le sommet, j'ouvris ma fenêtre, saisis le filet de camouflage à pleine main, et arrachai tout l'adhésif. Une fois que tout eut disparu derrière mon siège, j'allumai les phares du van puis considérai la route un moment.

« Où va-t-on ? dit finalement Wynona qui brisa le silence.

— Où est-ce que vous voulez aller ?

— Aspen.

— Pourquoi ?

— J'ai une planque, là-bas, un endroit où Lester et moi on pourra être à l'abri jusqu'à ce que cet ouragan merdique se calme...

— Vous ne comptez pas vous planquer chez les Mexicains du Quirky Arms, si ?

— Lester et moi, et c'est tout. Fini les Mexicains, même si Sarita m'avait trouvé un boulot là-bas. » Wynona me regarda comme si elle me soupçonnait de vouloir partager avec eux un endroit à l'abri.

« Bien, fis-je. Il y a des gens que je veux voir à Aspen.

— Vous avez de la musique ? Lester dort mieux avec un peu de musique.

— Je préférerais en entendre plus long sur cette histoire, dis-je, plus du début, plus du milieu, et plus de la fin.

— Tout ce qui m'arrive est dans ce genre », fit Wynona, un sourire lugubre tremblotant traversa son visage, puis elle fronça les sourcils. « Vous n'avez aucune idée de ce qui se passe, si ?

— À part ce que j'ai lu dans les journaux, admis-je. Et ce que vous m'avez raconté à propos de Senior Bones.

— Ça me fait mal aux seins, chuchota-t-elle.

— Je croyais qu'on ne devait pas dire de gros mots en présence d'un enfant qui dort.

— Ça me fait mal aux seins, ce n'est pas un gros mot, s'obstina-t-elle calmement, c'est la situation. » Puis elle observa un temps de silence pour réfléchir. « J'ai des amphés, mon vieux, pour faire le trajet d'une traite.

— Vous évitez la question, ma fille, ce qui me donne le terrible sentiment que nous ferions mieux d'avoir les yeux en face des trous et de prendre le chemin des écoliers pour Aspen.

— J'ai mon mot à dire ?

— Non, sauf si vous avez envie d'y aller à pinces.

— Je n'ai pas le choix », fit-elle, mais elle ne s'adressait pas à moi. « Bon sang, je n'ai jamais eu le choix dans ma vie, à part celui d'avoir Lester, et pour ça, il a fallu que je fréquente un ramassis d'abruties des ligues anti-avortement pendant six mois... Donc je me dis qu'on y sera quand on y sera.

— Exact, fis-je. Je ne pense pas que ces vatos d'Aspen m'aient vu, mais je suggère qu'on prenne le chemin des écoliers, on va y aller calmement, sans prendre de risques, et on va bien regarder la route derrière nous...

— Ça me fait mal aux seins, marmotta-t-elle. Vous n'allez pas me livrer à l'ennemi, hein monsieur Sughrue ? Je vous en prie, dites-moi que vous n'allez pas faire ça.

— Ma fille, ce n'est même pas vous que je cherchais, vous vous souvenez ? Je cherchais Sarita Pines. Alors pourquoi est-ce que je vous livrerais à l'ennemi ?

— Je ne sais pas. Je ne sais pas ce qui se passe, fondit-elle soudain. Mais je vous jure sur la tête de Bébé Lester que si vous nous ramenez sains et saufs à Aspen, je vous raconterai tout ce que je sais et je vous aiderai à trouver Sarita. Je vous en prie.

— D'accord », dis-je, et elle écarta la couverture pour que je puisse placer ma main sur la tendre tête de Lester.

« Jurez », implora-t-elle, et c'est ce que je fis.

Je remarquai aussi que la couverture de Lester avait dissimulé une tache de vin sur la partie supérieure droite de son visage. Comme un sceau sur cette affaire de taré. Je laissai ma main sur la petite tête de Lester assez longtemps pour sentir ces os étonnamment élastiques, la palpitation du sang, la ligne de basse de la vie qui palpite. Au fil des ans, j'étais allé au charbon pour du sang, de la douleur, de l'amour à mort, et parfois de la braise. C'était la première fois que j'allais au turbin pour un bébé.

En s'enfilant les sentiers miniers et les routes forestières, on n'arriva pas à Sun Valley avant le jour, puis on mit le cap sur Aspen en choisissant un itinéraire corsé, au nord jusqu'à Stanley, Boise, puis on redescendit jusqu'aux déserts du Nevada et de l'Utah, puis dans le Colorado par la I-70, on contourna Grand Junction, on traversa Delta et Gunnison, puis on arriva au bout de nos forces vers trois heures le lendemain avant Buena Vista, à quelque soixante-cinq miles au sud-est d'Aspen.

Wynona et Lester avaient déjà avalé du bitume sans moi. C'étaient des voyageurs épatants. D'après moi, soit Lester était un putain de miracle, soit il nous couvait quelque chose. Il ne pleurait que quand il avait faim ou envie de dormir, et même alors, ça se passait tranquillement et rapidement. Il lui arrivait parfois de s'agiter brièvement, jusqu'à ce que Wynona le bouge sur son siège ou lui change ses couches. Un rien l'amusait. À propos d'à peu près tout. Je ne pouvais pas dire son âge, et ne voulais pas admettre mon ignorance auprès de sa mère, mais il me regardait toujours droit dans les yeux, comme s'il pensait vraiment que je savais ce que je faisais. Il allait faire une crotte géante dans ses couches, l'air assez sérieux quoique légèrement amusé, puis me jeter un coup d'œil, redresser la tête, puis sourire, soulagé. Il se marrait quand je lui touchais le bide et s'endormait parfois en s'agrippant à un de mes doigts.

« Il vous aime drôlement, me dit Wynona à un moment donné en changeant les couches sur le plancher.

— Attendez un peu qu'on fasse vraiment connaissance, je blaguais, alors là je vais lui plaire pour de bon. On sera potes à la vie à la mort, on ira draguer les filles, taquiner le goujon, et...

— Je vous en prie. »

Je détournai les yeux de la route qui n'en finissait pas et la vis pleurer sans un geste ni un bruit. Juste des larmes. C'est ça le plus dur, je trouve. Eh merde, je faisais mon malin à jouer les Monsieur Papa. Pour moi, Lester, c'était juste de la rigolade. Mais pour Wynona, c'était toute sa vie.

« Je suis vraiment navré.

— Vraiment, hein ? dit-elle en essuyant les traces humides de ses larmes sur la poitrine de Lester. Vous savez, Mel avait tort à votre sujet...

— Tort ?

— Elle a dit que vous étiez attaché aux choses de ce monde. Que dalle.

— Je crois qu'on s'est mis à dire des gros mots en présence de l'enfant, même quand il est réveillé ».

Elle me donna une claque sur la cuisse, c'était la première fois que l'on se touchait, à l'exception des contacts accidentels. « Vous n'êtes pas attaché aux choses de ce monde pour un rond. Vous vous comportez comme tel, c'est tout. Vous n'êtes qu'un bon vieux gars qu'a oublié d'où qu'y vient. » Puis elle rit en essuyant ses propres larmes. « La prochaine fois que Bébé Lester pose une pêche, monsieur Sughrue, je vous fais changer les couches.

— Vous croyez que ça me fait peur.

— Non, je ne crois pas que ça vous fasse peur, fit-elle à nouveau sérieuse.

— Vous réagissez comme si.

— Vous avez l'air fatigué, mon vieux. » Chemin faisant, j'étais passé de « Monsieur Sughrue » à « mon vieux ». « Il nous reste encore beaucoup de route ?

— Ma fille, je crois qu'on va pieuter à Buena Vista. On va rattraper le dodo en retard, puis on arrivera à Aspen avec le petit jour. Les méchants ont une vie tellement méchante que le matin, ils ne valent pas un pet de lapin », fis-je. Évidemment, moi non plus. « Qu'est-ce que vous en dites ?

— On peut prendre un cheeseburger avec des frites, et un milkshake à la fraise ?

— Bien sûr, fis-je. Et Bébé Lester ? Il est capable de dire ce que vous avez mangé ?

— Voilà une question horriblement personnelle à poser à une maman.

— Bon, excusez-moi, fis-je, je vais voir si je ne peux pas trouver deux restaurants et deux motels... »

Elle m'attrapa par le bras. « Non. Non. Contentez-vous de trouver deux lits. Lester et moi, on ne vous fera pas d'ennuis. C'est promis. Mais s'il vous plaît ne nous laissez pas seuls dans une pièce. S'il vous plaît ».

Qu'est-ce que vous voulez dire à ça ? Je dégotai un Motel qui semblait avoir jadis été un hôtel routier, séparé d'un café par un terrain en gravier. Au-dessus de la petite ville, tout là-haut parmi les cimes rocheuses des Collegiate Peaks, l'hiver relevait des touffes de sa caboche froide et grisonnante. Mais là où nous nous arrêtâmes pour dormir, le soleil faisait encore son boulot. Même les bris de verre éparpillés dans les gravillons scintillaient comme des bijoux, et le café avait l'odeur de l'endroit où fut inventé le cheeseburger.

Je ne sais pas depuis combien de temps Wynona était blottie contre mon dos, quand elle me secoua des profondeurs en sueur d'un autre cauchemar. Ou couchemar[1]. La lumière grise nimbait le pourtour des fins rideaux. La petite chambre aurait pu être sous l'eau ou perdue dans une jungle en pleine verdure. Même après qu'elle m'eut réveillé, j'étais incapable de bouger, et tout aussi incapable de me rappeler ce

1. *Duskmare,* formé à partir de *nightmare*, le cauchemar, et *dusk*, le crépuscule.

qui m'avait effrayé. Wynona alla chercher une serviette, elle épongea la sueur grasse, puis m'ouvrit une bière qu'elle attrapa dans la glacière. Je m'envoyai la mousse, qui était fraîche comme une glace, puis marmonnai au sujet de la douleur qui me taraudait le palais.

« Vous faites toujours ça quand une femme grimpe dans votre lit ? me demanda-t-elle en tirant la languette d'une autre bière.

— Je ne sais pas, je confessai. Il n'y a pas tant de femmes que ça qui sautent dans mon paddock.

— Ma foi, je vous soupçonne de ne pas vouloir les laisser faire.

— ... Surtout pas celles dans votre genre, ma fille. »

Elle m'embrassa en prenant tout son temps, écarta mes mains du long de mon corps et me fit effleurer sa peau crémeuse, si douce et mince que je sentais dessous les muscles durs en action, les seins durcis par le lait. Lorsqu'elle me laissa me redresser pour que je happe un bol d'air, je réussis à me dépêtrer de ses bras assez longtemps pour m'asseoir et reprendre ma bière.

« Faut pas vous sentir obligée, dis-je, pour le voyage, et j'ai déjà survécu à des mauvais rêves, mais ça fait longtemps que je n'ai pas fait l'amour à une femme... »

Wynona me rallongea de force d'un geste sec, sans la moindre pointe de frivolité, sa bouche s'activant tendrement contre la mienne. Quelque chose d'important en moi sauta dans ses bras. « Qu'est-ce que vous fabriquiez là-haut dans le Montana ? Vous aidiez les brebis à passer par-dessus la clôture ? » murmura-t-elle en faisant allusion à la bonne vieille blague. Je commençai à répondre, mais elle siffla : « Boucle-la, c'est tout ce que je te demande. » Et c'est ce que je fis.

Par la suite, elle me fit part de ses secrets sans artifice narratif.

« Oh, la vache », elle gémit quand je glissai ma langue à la pliure de sa cuisse, puis elle gloussa : « Méfie-toi, mon vieux, je jouis trop facilement et trop fort. » Menace, ou promesse. Quoi qu'il en soit, elle jouit à répétition et finit par se fourrer un oreiller dans la bouche pour ne pas réveiller Bébé Lester.

« Tu sais, dit-elle dans l'obscurité au-dessus de moi, le souffle âpre et haletant, tu es... le premier homme à qui... je fais l'amour... depuis la naissance de Lester. » Puis elle bougea à nouveau contre moi, se pencha sur mon visage, l'haleine parfumée à la frite et au milk-shake.

En m'embrassant, elle jouit à nouveau, suçotant ma lèvre inférieure dans sa bouche, sa gorge, son cœur. C'est juste au moment où je me disais que la mort serait un soulagement formidable qu'elle s'arrêta encore et s'assit.

« Hé, mec, tu tombes pas amoureux de moi, entendu ? » Elle avait parlé sur le même ton que quand elle parlait de Lester. « Les gars me font le coup tout le temps. Ils tombent amoureux de moi. Ils se disent que comme je jouis tout le temps, je suis amoureuse d'eux ou un truc dans le genre. C'est juste mon corps, okay ? L'amour c'est vachement plus compliqué que ça. Pour l'instant, c'est Lester et moi contre le reste de ce monde à la con. Je veux dire, c'est pas qu'on te fasse pas confiance, tu sais, mais... » Elle s'arrêta et me fixa comme si je ne hochais pas la tête assez vite. Puis elle releva les hanches, puis se laissa redescendre en douceur, une fois lentement, une seconde fois, puis si lentement que je sus que j'allais mourir. En tout cas quelqu'un dans la chambre gémit comme un mort vivant.

« Arrête ça, dit-elle. Bon sang, c'est quoi ton prénom ?

— Je ne sais plus.

— Tu me dis ton prénom, sinon je me vire », dit-elle, puis elle remit ça. « Je le pense vraiment.

— C.W. », est le seul son que je pus faire sortir de ma gorge.

« En entier, dit-elle en me chevauchant encore et encore jusqu'à ce que le plaisir se transforme en douleur.

— Chauncey Wayne », je bégayai, et elle se mit à rire. « Mais tu peux m'appeler Sonny.

— Je suis sûre que ta maman t'appelait Sonny, dit-elle en prenant gentiment sa revanche. Mais je ne suis pas ta maman, mon petit chou », elle ajouta, ce qui n'était pas nécessaire, puis elle le prouva.

Juste avant l'aube, Wynona, Lester et moi étions pelotonnés à la tête du lit à regarder des dessins animés.

« Mon paternel adorait Tom et Jerry, je fis comme ça.

— C'est qui ?

— Pas de ton époque.

— Ah, putain de bon vieux temps. » Elle ricana, puis se blottit contre moi. « Ton père est mort ?

— Mes deux parents.

— Les miens aussi. C'est peut-être pour ça qu'on s'entend si bien, fit Wynona. On est tous les deux orphelins. » Puis elle fut prise d'un accès de tristesse. « J'espère que Lester ne sera jamais orphelin.

— Mais non, ce n'est pas ce que tu espères, dis-je.

— Qu'est-ce que ça signifie ? Sacré nom, tu n'as pas à dire ça », elle fit, puis elle s'écarta de moi.

Lester était appuyé contre deux oreillers, à nous regarder comme si on était deux étrangers. Je caressai la hanche de sa mère. Elle avait parfois l'air antique et sage ; parfois, comme maintenant, on aurait dit une femme enfant ; son petit corps dur semblait trop évident et soyeux, il n'y avait pas assez de peau pour contenir toute cette passion ; parfois elle se retirait dans la douleur et la peur jusqu'à ce qu'il n'y ait plus, à force de blessures, que sa peau à vif sur ses os durs comme de la pierre.

« Ma fille, la seule façon pour lui de ne pas être orphelin, c'est qu'il meure avant toi », fis-je doucement, puis j'essayai d'embrasser le bas de son cou.

Wynona roula vers moi et parla sur ma poitrine. « Je ne suis pas une imbécile, Monsieur-l'Attaché-aux-Biens-de-ce-Monde. J'avais compris ce que tu voulais dire. Mais je m'en fiche. Mais je ne veux pas que Lester soit un jour obligé de devenir orphelin », fit-elle, mais nous savions tous les deux qu'elle parlait d'elle.

Les dessins animés finirent par nous lasser. Lester, dont la cicatrice pourpre luisait comme la sagesse antique dans la lumière scintillante du tube cathodique, gargouilla un petit rire, puis regarda sa maman par-dessus mon torse. Puis il se traîna sur moi, touffe de cheveu par touffe de cheveu, jusqu'à sa maman, puis lui assena un grand coup sur son adorable front moelleux.

« Bon sang, bébé, qu'est-ce que tu veux ? »

Lester se bidonna le plus fort possible, puis lâcha un interminable pet puant et mouillé, puis redonna un grand coup à sa maman.

« Voilà ta chance, cow-boy », murmura Wynona juste avant de soupirer et de s'écarter de nous. « Ne m'en veux pas s'il te fait pipi à la figure », ce furent ses derniers conseils avant que le sommeil la submerge.

Je ne lui en voulus pas. Et je n'en voulus pas non plus à Bébé Lester. J'espérais qu'eux non plus ne m'en voudraient pas de fouiller dans leurs affaires.

TROISIÈME PARTIE

On ne serait pas à Aspen avant l'aube, vu comment Wynona dormait, nous n'arriverions pas à Aspen avant l'aube, mais je me dis que j'allais la laisser dormir pendant que je changeais Lester. J'appuyai le bébé sur ma hanche, et il glissa illico, me rappelant que l'anatomie féminine a parfois de multiples usages. Je fis une nouvelle tentative, j'enroulai le morpion dans une couverture sur mes épaules, ramassai le paquet de couches et filai aux toilettes.

Le paquet de couches me paraissait un peu lourd et fit un bruit sourd tout à fait déplacé quand je le posai sur le carrelage. Des femmes qui trimbalaient des flingues dans leur sac à main, j'en connaissais — plusieurs, en fait — mais c'était habituellement des trucs bon marché, légers, faciles à manier : un .25 automatique ou un revolver cinq coups de .32. Mais Wynona était la première femme de ma connaissance à mettre dans une couche un Colt Woodsman .22 avec silencieux, une arme particulièrement appréciée parmi les tueurs professionnels, et un Glock semi-automatique 10 mm, une arme de poing particulièrement appréciée de quelques-uns de nos estimés agents du FBI, et six chargeurs de chaque. Au moins le .22 était vide, et le Glock avait un cran de sûreté, si bien que Lester ne risquait pas de nous flinguer.

Je laissai les pistolets dans la poche latérale. Au milieu du paquet, la boîte de couches jetables me paraissait un peu lourde, et donc, après avoir changé Lester et m'être débarbouillé, je fouillai dedans et découvris un colis de la taille d'un gros cantaloup emmailloté dans du papier à bulles, et momifié à grand renfort de sparadrap. En le secouant, j'entendis quelque chose rebondir lourdement à l'intérieur. Je ne pensais pas qu'il s'agissait d'un jouet pour bébé. J'agitai à nouveau, et Wynona grommela dans son sommeil.

En un clin d'œil, je glissai Lester à côté d'elle ; il me gratifia d'un sourire merveilleusement comblé, puis continua à téter joyeusement. Bon sang, je ne me souvenais pas m'être autant marré quand j'étais têtard. Pendant qu'ils en écrasaient, je fouillai le reste des affaires de Wynona, et ne trouvai rien d'autre ne correspondant pas précisément au personnage qu'elle prétendait être : une maman seule en cavale fuyant Dieu sait quoi. À l'exception de la clé de sûreté du Glock.

Elle m'avait promis de me dire où trouver Sarita Pines dès que je les aurais ramenés sains et saufs à Aspen, et je me disais qu'elle me serait peut-être d'une plus grande aide si je respectais notre arrangement jusqu'au bout, mais elle et Lester faisaient un tel tableau que je m'endormis en les regardant.

Trois heures plus tard, je m'éveillai d'un roupillon sans interruption, décontracté et prêt à foncer, sauf que la couche de Lester s'était défaite et le petit diable m'avait fait pipi sur tout le côté.

Je repris une douche, puis on fit nos valises, et on mit tranquillement le cap sur Aspen comme une joyeuse petite famille. Wynona cherchait une station de radio qui émette à travers les montagnes, puis farfouilla dans les cassettes de Norman, à la recherche de quelqu'un dont elle aurait déjà entendu parler. Lester endura l'agitation maternelle sans trop rouspéter, mais au fur et à mesure qu'on escaladait Independence Pass, il s'agita de plus en plus, et quand on arriva au sommet, il perdit les pédales. D'abord il hurla, se griffa les oreilles, puis essaya de briser son siège. Après quoi il se mit à brailler pour de bon.

« Mon Dieu, fis-je, je crois que Bébé Lester en a assez de la balade en voiture... »

Mais Wynona était trop occupée à fouiller dans le sac de couches pour répondre. « Oh, zut, finit-elle par murmurer, c'est son oreille... l'altitude... J'aurais dû le prendre dans mes bras... Mais j'ai horreur de le sortir de son siège... Bon sang, où sont ses médicaments... » Puis elle me fixa, son calme exemplaire céda devant la frénésie cinglante de la douleur du bébé. « Je ne les trouve pas. »

Une fois, dans la brousse, notre compagnie était arrivée dans une Zone d'Atterrissage sur une crête à proximité du Cambodge. Après avoir monté le camp, nous fûmes rejoints par un contingent de bataillon de gradés du S-2, plus certains de ces types à lunettes de soleil, dont les uniformes n'ont pas d'insigne. À voir cette armada d'abrutis plantés là pour avoir une vue d'ensemble sur la guerre, on aurait dit une brochette de planqués en goguette, venus pêcher un autre bouquet de médailles du Viêt Nam.

Un des majors, un petit gars rondelet, s'assit sur l'herbe pendant que les durs-à-cuire mous-du-bulbe tenaient une conférence. Puis, prenant son casque pour un oreiller, il s'allongea au soleil. En guise de bronzage, il attrapa l'éclat vert d'une vipère des bambous qui le mordit juste sous l'œil droit. Un des minuscules crochets du serpent dut pénétrer dans la cavité d'un des principaux sinus car le serpent resta coincé, suspendu à sa joue comme une décoration.

Le déclic des armes crépita dans toute la Zone d'Atterrissage quand le major se mit à brailler, giflant et secouant le petit ruban vert qui pendouillait de sa figure. Puis, sans raison apparente, la panique peut-être, la surprise, la terreur, le major fonça dans un bosquet de broussailles épaisses, où il réussit à se vautrer, à grogner et à hurler pendant au moins cinq minutes, en se roulant dans l'interminable étreinte de ronces. Le nouveau chef de corps me regarda, et moi je regardai mon plus ancien camarade, Willie Williams. Il secoua la tête, geste que je n'eus pas à transmettre au capitaine.

Une fois le calme revenu, Willie se tourna vers le capitaine, cracha dans l'herbe poussiéreuse et fit : « Y devait être rudement résistant le major, mon capitaine. » Le capitaine fronça un sourcil. « La plupart des gars, quand ils se font choper par une de ces bestioles vertes, ils font un pas, parfois la moitié d'un deuxième avant de s'écrouler mort. Si le major avait pu redresser sa trajectoire, il aurait parcouru deux bons kilomètres. Évidemment, on aurait dû lui dire que c'était pas un coin à pique-nique. »

Le capitaine acquiesça sans un mot. Ce n'était pas un officier exceptionnel, mais il avait assez de jugeote pour savoir écouter les anciens. Ce qui ne suffit toutefois pas à prolonger sa vie assez longtemps pour qu'on apprenne son prénom. Ni pour qu'on se rappelle exactement comment il était mort.

Mais personne n'oublia jamais le major. Bien que personne ne regrettât sa mort. Ce trouduc n'avait pas à être là, et personne ne se soucia de savoir si sa femme recevrait un Purple Heart. Mais une douleur et une vraie frousse comme ça, c'est dur à oublier. L'escouade d'ingénieurs mit une demi-heure au sécateur pour tirer ce con des broussailles. Les types impassibles n'enlevèrent même pas leurs lunettes de soleil en regardant le corps se faire empaqueter. Mais pour ceux d'entre nous qui vivaient dans la brousse, c'était la goutte d'eau qui s'ajoutait à nos loisirs nocturnes, constitués de mauvais rêves et de sommeil merdique. Du coup, ça nous faisait d'autres raisons de se ronger les sangs.

Mais Bébé Lester, c'était une autre paire de manches.

« Qu'est-ce que je peux faire ? » je suppliai Wynona au visage tordu par la souffrance de Lester. Par compassion, du lait avait coulé de ses seins et traversé son sweat-shirt.

« Encore un service, fit-elle d'un ton plaintif en tirant brusquement sur les sangles du siège pour bébé. Encore un. »

Eh bien, il y en eut plus d'un, en fait, que je lui rendis de mon mieux. D'abord, il fallait que je me dépêche, mais sois prudent, m'expliqua-t-elle en ôtant le siège et en le lançant à l'arrière du van. Deuxièmement, il fallait que je suive ses indications complexes pour arriver à la planque, et que je m'en souvienne pour le retour. Parce qu'elle allait essayer de soulager l'oreille de Lester, et elle allait appeler un médecin que Sarita lui avait recommandé, qui appellerait la pharmacie, après quoi je pourrais passer chercher les médicaments. Elle releva son sweat-shirt d'un geste sec et tâcha au moins d'allaiter Lester, mais il se débattit comme un petit forcené.

Quand on arriva enfin à Aspen, tous les deux épuisés par les cris du bébé, Wynona me hurla les indications d'une voix aussi désespérée que celle de son enfant.

Ses indications étaient embrouillées, mais on finit par quitter une route pavée pour emprunter un chemin de terre. Quinze, vingt mètres plus loin, le sentier se transformait, devenait à nouveau pavé, et conduisait à un solide portail fermé à clé. Wynona me hurla le code : « Dix-huit quarante-sept onze », pria pour que je me souvienne, puis me dit de me presser. « Le code de la porte d'entrée est le même mais à l'envers ! »

On suivit la route pavée jusqu'à un pavillon démesuré construit sur un sous-sol à claire-voie, à côté d'un garage pour trois voitures au sommet d'un tertre très boisé. Wynona se pencha pour me donner une brève accolade et un baiser qui atteignit plus de nez que de bouche, me souilla la figure avec le menton trempé de lait de Lester en guise de papouille, puis elle attrapa son sac à main, sauta du van et courut vers la maison. Les cris de Lester résonnèrent dans l'allée.

Ça ne me prit pas un temps fou, mais ça me prit du temps. Il y a plus de pharmacies à Aspen qu'une petite ville n'en mérite, mais heureusement, la première que j'essayai appela les autres jusqu'à ce que le médicament de Lester soit identifié. Puis j'eus droit à d'autres indications. Puis à une tentative pour revenir sur mes pas. Ça marcha presque. Je me retrouvai dans un cul-de-sac sur la colline d'à côté, un ruisseau plus loin.

Ce n'est pas vraiment que le cœur se décroche ou que l'estomac soit en compote, mais il se passe en vous quelque chose quand vous savez que ça va tourner au vinaigre, quelque chose que les scientifiques peuvent probablement expliquer par des variations chimiques et neurologiques dans le corps, mais ce ne sont que des gribouillis sur du papier. En regardant le pavillon du haut de mon promontoire, je sus que ça avait tourné au vinaigre. Je pris les jumelles de campagne dans la boîte à gants juste à temps pour apercevoir l'arrière du pick-up Chevrolet qui sortait de l'allée. Et deux numéros de la plaque d'immatriculation au Nouveau-Mexique. Je pris le temps de sortir mon Browning et de me le fixer sous la veste, puis de m'attacher l'Airweight à la cheville.

Évidemment, le temps que je retrouve le chemin jusqu'au tertre suivant, il n'y avait plus personne sur qui tirer. C'est souvent comme ça que ça se passe.

La baraque était plus que vide. Pas un signe de Wynona et Lester, bien sûr, pas même l'écho d'un cri. Et pas grand-chose d'autre non plus. Pas une facture, pas de courrier du tout, pas même un bout de papier, à part en rouleaux dans les toilettes. Rien aux murs, pas même un numéro sur les téléphones, j'aurais parié qu'il n'y avait même pas les empreintes de Wynona.

Elle était restée juste assez longtemps pour appeler le médecin, dont le nom figurait sur les flacons du médicament, puis avait disparu. Fichtre, je ne savais même pas à qui était la maison que je hantais. J'aurais pu trouver, mais ça aurait pris du temps, que je ne pensais pas avoir.

Je la laissai comme je l'avais trouvée, regrimpai dans le van, puis mit le cap sur Aspen. Je laissai les flingues fixés sur moi, les drogues dans le double fond du réservoir à propane, et le paquet de couches sur le siège à côté de moi. Je débloquai la détente du Glock, y fourrai un chargeur, et plaçai une cartouche dans la chambre. Si je n'arrivais pas à retrouver Wynona et Lester, au moins je pouvais descendre quelqu'un avec leur flingue.

Au dernier moment, je fourrai le médicament de Lester dans ma poche de veste.

*

Ils n'avaient pas pris la peine de planquer le pick-up Chevrolet noir. Il était garé juste devant les portes ouvertes du Quirky Arms. Dagoberto était même assis au bar, seul, comme s'il m'attendait. David et Chato étaient assis à une table au fond, flanqués de deux autres *vaqueros de Sarmacia*. Aucun ne prit la peine de cacher les sentiments que ma présence leur inspirait, mais au moins, je ne vis aucun flingue dans les parages. Peut-être parce que quelques tablées de riches touristes picoraient de si bonne heure leur déjeuner.

« Je me disais bien que vous deviez être dans le coin, mon vieux, dit-il tandis que je m'accaparais le tabouret à côté de lui. Laissez-moi vous offrir un verre. *Hola,* Roberto. Un Dead Solid Perfect Martini pour mon ami. » Puis il s'appuya sur les coudes au bar, en se souriant à lui-même dans le miroir en levant le verre.

« Non merci », fis-je, puis je lui enfonçai le plus fort possible le pouce bien profond dans l'aisselle. Accordons-lui ceci : avec cette prise, la douleur descend jusque dans les viscères ; mais il ne recracha que quelques gouttes de son breuvage. « Les gens qui déconnent avec mes amis finissent toujours par s'en mordre les doigts.

— Merde, mon vieux, crissa Dagoberto entre ses dents serrées, les gens qui déconnent avec moi finissent habituellement par mordre la poussière. » Puis il essaya de ricaner. « Mais nous deux, on devrait essayer d'être *amigos*, nous avons tellement d'amis en commun. » Il posa son verre, prudemment, et je resserrai mon emprise. Il se contenta de grogner en essayant de sourire. « Roberto, s'il te plaît. »

Le barman fit un pas pour maintenir les portes battantes ouvertes. Un type basané coiffé d'une toque de chef cuistot surveillait une grande marmite de soupe, alors que Wynona épluchait des oignons avec un grand couteau. Quelque part, dans les tréfonds de la pièce, les cris étouffés de Lester parvenaient à mes oreilles. Puis les portes se refermèrent lentement. Quelques instants plus tard, Wynona sortit, en souriant, les yeux rouges, s'essuyant les mains dans un torchon.

« Tu aurais mis une grande allumette dans ta bouche, je fis comme ça, les oignons ne t'auraient pas fait pleurer.

— Je parie que c'est ta gentille maman qui t'a raconté ça, dit-elle. Je suis tellement contente que vous nous ayez retrouvés, monsieur Sughrue, on vous a loupé de justesse à la pharmacie. » Je lui tendis le médicament de Lester, et elle me remercia. « Il va aller mieux, maintenant. On va tous les deux aller mieux. Est-ce que je peux sortir mes affaires de votre van ?

— Bien sûr, fis-je.

— Ces deux Mex vont nous aider », elle fit en hochant la tête par-dessus son épaule. Chato et David se levèrent et s'approchèrent sans se presser.

Je pris la tête de notre petit groupe, suivi de Dagoberto, puis sortis ouvrir le van. Je fis mine de prendre le paquet de couches mais Wynona me doubla, et s'en empara en disant : « Je vois que toutes mes affaires y sont. Merci. » Puis elle tendit ses affaires et le siège du bébé à Chato et David, et sans un mot de plus, elle leur emboîta le pas jusqu'au Quirky Arms.

« J'espère que Bébé Lester va bien, je fis dans son dos.

— Merci », répondit-elle sans se retourner.

Dagoberto me sourit. « Hé, *vato*, je ne sais pas pourquoi, mais je vous aime bien. Sans raison. Vous vous pointez sur mon lieu de travail avec un flingue, pas une fois mais deux, vous manquez de m'arracher le cœur en m'appuyant sur l'aisselle, vieille prise de judo, mais je vous aime bien tout de même. Alors on le boit, ce verre ? »

Je considérai ma marge de manœuvre : j'avais la main sur le Glock sous le paquet de couches, je pouvais donc l'emmener jusqu'au van en bluffant, mais je ne pensais pas que ça pourrait marcher ; ou alors je pouvais remettre les pieds dans la toile d'araignée et voir ce qui se goupillait.

« Pourquoi pas ? dis-je. Je suis un professionnel. Je peux bien boire un cocktail avec l'ennemi.

— Croyez-moi, monsieur Sughrue, fit Dagoberto avec sérieux, je ne suis pas l'ennemi. Comme vous, mon vieux, je ne suis qu'un employé. »

Ce qui ne me disait rien. Ou bien voulait tout dire.

Roberto s'en sortit plutôt bien avec le martini. Je sirotai le mien à petites gorgées, mais Dagoberto se l'envoya derrière la cravate comme de la tequila bon marché.

Quand je me tournai pour le regarder, il me dit : « J'ai eu horreur du gin jusqu'à ce que je mette les pieds en Grande-Bretagne. » J'eus l'air un peu plus étonné que dégoûté. « Mon vieux m'a envoyé à Oxford. J'ai détesté chaque instant sur cette petite île fétide avec ces couillons à la gueule de papier mâché. À part les femmes, bien sûr ; elles étaient bien. Mais j'ai aménagé cet endroit pour qu'il me rappelle cette sale période.

— Je n'ai moi-même jamais eu ce plaisir, dis-je.

— Laissez tomber, dit-il.

— Je ne laisse jamais rien tomber, dis-je. Mel, Wynona, Lester — ce sont comme des gens de ma famille. Vous êtes personnellement responsable de leur santé et leur sécurité.

— Vous sympathisez trop vite, mon ami, dit-il en souriant de sa propre astuce vaseuse.

— Si vous levez le petit doigt sur eux, vous êtes un homme mort », dis-je, puis je finis mon verre. « Peu importe le temps que ça mettra, je vous retrouverai et je vous étriperai avec un pieu taillé en pointe, et ça va durer longtemps, et ce sera dur avant de crever.

— Les vieux schnoques, dit-il, encore à barboter dans cette guerre. Putain, les mecs, vous l'avez perdue, voilà la vraie histoire, et c'est pas du tout frais, alors foutez le camp de chez moi, mon vieux, et on verra bien celui qui va crever... »

Ce ne fut pas un crochet du droit d'anthologie, un peu trop court, et un peu décentré, mais ce type était un riche petit Mexicain, et il n'avait probablement jamais été frappé à la figure de sa vie. Il fut soulevé du tabouret et tituba jusqu'au premier touriste, un grand type hautain. « On se reverra dans le coin, bide-au-poivron », je fis avec mon accent texan le plus nasillard.

Le type hautain aida Dagoberto à se remettre sur pieds, puis s'adressa à moi avec un de ces accents distingués du Texas, du genre à mettre au défi la merde de se mélanger dans leurs margoulettes : « Monsieur, vous êtes le type de Texan à qui nous devons notre mauvaise réputation.

— Merci, monsieur », dis-je.

David et Chato avaient envie de pouffer, mais le boss c'était Dagoberto, qui avait encore le regard dans le vide quand il leur hurla de ne pas bouger d'une voix menaçante.

Mais personne ne me suivit jusqu'au van, j'en conclus donc qu'ils laissaient tomber pour le moment.

Si seulement le FBI en avait fait autant.

Cromwellington et son jumeau me prirent en filature à la sortie du Quirky Arms, me suivirent en ville jusqu'à ce que je trouve une station-service avec élévateur hydraulique, ce qui n'est pas une mince affaire de nos jours, puis je donnai une petite pièce au pompiste pour qu'il me laisse regarder sous le van. Le FBI ne faisait pas mine de s'en formaliser. Ils se garèrent plus loin dans la rue et se mirent à lire les journaux comme deux innocents badauds. Je trouvai le détecteur fixé sur le flanc de mon réservoir d'essence et l'ôtai d'un coup de pince. Puis j'appelai Solly.

« ... alors quelle est ma situation du point de vue légal avec un micro clandestin comme ça ? » lui demandai-je dès qu'il eut fini sa conférence, comme quoi j'avais laissé filer ma seule piste, et que j'eus fini de critiquer son point de vue sur Dagoberto et ses joyeux drilles.

« Je ne sais pas, Sughrue, mais je ne pense pas que ça tombe sous le coup des lois fédérales qui régissent la mise sur écoute.

— Alors qu'est-ce que je dois en faire ?

— Si c'est à eux, répondit-il, ils peuvent te coincer pour destruction de la propriété du gouvernement.

— Tu es sérieux ?

— Je suis avocat, dit-il. Est-ce qu'il y a un micro à l'intérieur du van ?

— Je ne sais pas. Je vais tout faire passer au peigne fin à Denver.

— Qu'est-ce que tu vas foutre à Denver ?

— Me replier, répondis-je d'une voix sincère, du moins j'espérais.

— Norman n'arrête pas de me casser les pieds. Je devrais peut-être l'envoyer avec ses gars à ta rescousse », dit-il, puis il ajouta en se marrant : « Ou je pourrais peut-être me repointer.

— C'est Norman qui m'a mis dans cette mouise, dis-je, gardons nos distances avec lui, d'accord ? S'il veut vraiment s'impliquer, il peut la trouver lui-même, sa mater.

— D'accord, mais cette femme et ce gamin ?

— C'est mon problème, dis-je. Si je me dépêche, ce branleur ahuri ne va même pas les déplacer. J'ai un vieux pote qui est flic à Denver...

— Le grand balèze du Nam ? Comment s'appelait-il ? The Big Tamale ?

— Super Nacho, dis-je. Mais qu'est-ce que je fais pour le FBI ?

— Le pire qu'il puisse t'arriver c'est qu'ils te coincent comme témoin matériel, et je te fais sauter ça illico. Sans mandat ils ne peuvent rien faire d'autre que jouer aux durs et aux crétins », dit-il, puis il ajouta : « Alors tu leur pisses à la raie. »

Ce n'est pas l'envie qui me manquait, toutefois je n'en fis rien. Une poignée de clous de toiture fit l'affaire, éparpillés sur la bretelle d'accès à l'autoroute, puisqu'ils tentaient de me suivre jusqu'à Denver. Leurs pneus se dégonflèrent, tout comme ceux du pick-up décati gris derrière eux. En bas sur l'autoroute je collai leur détecteur sur le flanc d'un camion à bestiaux, mais l'aimant n'accrocha pas. « Le gouvernement n'utilise que du matériel de haute qualité », mon œil.

*

Denver fut jadis un sacré patelin, un trait d'union entre les Grandes Plaines et les Rocheuses, mais maintenant on se croirait à Minneapolis. Quand on ne voit pas les montagnes à cause du smog, tous les endroits se ressemblent.

Je dégotai un électronicien local pour passer au peigne fin mon van et vérifier que plus rien ne traînait, et malgré la circulation et la nouvelle configuration du centre-ville, je réussis quand même à rallier le commissariat central en milieu d'après-midi. Comme d'habitude, l'argousin à la réception aurait refusé de me donner son nom s'il n'avait pas porté une plaque d'identification, mais c'était un Vet. Une fois que je lui eus montré mon permis de conduire et une photocopie réduite et plastifiée de mon DD 214[1], mes papiers de libération de la 1re de Cav, il s'adoucit, et un large sourire s'épanouit sur son visage.

« Brigadier de police Vega. Bien sûr, mon gars, dit-il, dans un sourire encore plus large, il travaille à la Juvénile. Si vous vous grouillez, vous pouvez certainement l'attraper à cette adresse. » Il me griffonna une adresse et m'expliqua comment y aller.

Une fois là, je vérifiai l'adresse à deux fois. C'était une école primaire. Au bout d'un moment, j'aperçus Nacho qui descendait les marches en traînant les pieds dans une tenue bien trop ample pour lui, suivi d'une volée de marmots, qui n'avaient pas vraiment

1. Dishonorable Discharge : libération sans certificat de bonne conduite, avec mention défavorable.

l'air impressionné par sa taille ni par son badge, qui ballottait encore de sa poche de manteau.

Comme il passait devant le van, je mis le pied sur le trottoir : « Hé, Frérot, tu m'as l'air carrément maigrichon. Alors comme ça on se casse dans la brousse sans son chef intrépide ? »

Il stoppa sa carcasse géante et décharnée, et se retourna en continuant son histoire : « Près du Rio Pocomoco, je me retourne lentement, et pas à pas... », puis il commença à s'avancer vers moi, les mains tendues pour me broyer la gorge, mais au dernier moment, il m'enlaça et me souleva du sol comme un gamin, et me fit tourner et tourner dans l'air éblouissant d'octobre, sous le regard ébahi des enfants. Ils n'avaient jamais entendu parler d'Abbott ou de Costello. Grave lacune.

Franklin Ignacio Vega n'était ni le plus chanceux des gens que j'avais rencontrés, ni le plus malchanceux. Né à El Paso d'un père moitié allemand moitié noir, et d'une mère moitié mexicaine moitié samoane, Nacho grandit sans « chez lui », sans race, ni credo, ni héritage, se faisant brancher dans la rue par tous ceux que la moindre idée de pureté ethnique habitait. Son père soldat fut tué au cours d'un mauvais saut à Fort Campbell avant d'avoir pu épouser la mère de Nacho, si bien que l'armée ne lui donna rien de plus que le nom de famille du père en guise de prénom pour Nacho. Elle faisait des ménages à l'Ouest, tandis que Nacho, à l'Est, cirait des pompes et se bagarrait contre tous les gamins de rues. Heureusement, Nacho était grand comme une baraque, très tôt, et c'est pourquoi le football parut être ce qui allait lui sauver la vie.

Adolescent, il joua dans l'équipe d'un lycée tellement pauvre qu'on ne put même pas lui acheter des pompes à sa taille, mais même en glissant sur les terrains terreux en tatanes de tennis bon marché, il réussit à obtenir une bourse pour le Colorado, où il joua trois années consécutives comme arrière défensif dans l'équipe seconde des All Big Eight, et où il aurait pu passer en équipe première s'il avait adressé la parole aux reporters, ce qu'il ne fit pas. Pour eux, il n'était qu'un grand gamin mexicain idiot avec une bonne gueule. Et les filles tombaient comme des mouches, ce qui n'arrange jamais rien.

Les pros appelèrent avant qu'il obtienne son diplôme, mais il ne fut pas sélectionné à Boston parce qu'il n'était pas assez rapide en sprint. « Éliminé à cause d'un chrono à la con, il disait toujours, sans jamais avoir eu la chance de toucher le ballon à l'entraînement. » Il partit donc au Canada où il ne fut pas sélectionné, par application des quotas Roughriders. « Ensuite, éliminé parce que j'étais américain, radotait-il quand on était défoncé dans notre hutte. Vous trouvez que j'ai l'air américain, vous, Sergent ? »

Pas du tout. Moi je trouvais que Nacho ressemblait à Tarzan le roi des Singes, le roi de la jungle. Évidemment, c'est là que l'armée l'envoya, peu après son incorporation. « Peut-être que si j'avais pas fait le con ce jour-là, ils m'auraient aussi écarté de la sélection. » Nacho faillit dépasser la taille maximale des armées, à un huitième de pouce près.

Voilà pour le côté malchanceux.

Le côté chanceux : Franklin Ignacio Vega survécut à deux périodes de combats avec la Ire de Cav, à la mitrailleuse M-60, deux séjours entiers sous les drapeaux sans une égratignure, ni une seule journée de maladie. Cette veine le suivit jusqu'au département de police de Denver : Nacho n'avait jamais dégainé son revolver en service. Désormais, il semblait que cela n'arriverait plus jamais, puisque son job consistait à convaincre les marmots du centre-ville que les flics étaient de leurs aminches.

Quand j'eus repris mon souffle, Nacho suggéra qu'on continue autour d'une mousse, si bien qu'on grimpa dans le van, cap vers l'ouest.

« Hé, dit-il, on va voir si on peut pas retrouver Gorman, cette petite fourmi à la noix. Le petit zigoto a déjà dû finir sa tournée, il doit avoir une soif folle de mousse et de juke-box.

— *El Hormiga,* la fourmi de mes deux, il est en ville ?

— Hé, Sergeot, vous étiez où ? Ça fait des années qu'il est en ville. Travaille à la poste. Tournez à droite ici. »

Jimmy Gorman était un minuscule gamin irlandais de Philly qui marchait en éclaireur. Contrairement à Nacho, Jimmy s'était engagé à dix-sept ans, et n'aurait pas atteint la taille minimale requise pour servir sous les drapeaux s'il n'avait pas passé la nuit précédente pendu par la tête à un baudrier pour étirer sa colonne vertébrale.

Quand on arriva à la poste, Nacho montra son badge, et le type au guichet lui dit qu'il n'avait pas vu Jimmy. Mais une vieille femme embrouillée, elle, l'avait vu. Elle prétendait que la boîte aux lettres en bas de chez elle chantait. Le chef était en route.

Nacho et moi, on insista lourdement, mais au moment où on se garait à côté, le chef était en train d'ouvrir le casier vert de la ronde du facteur. Quand il ouvrit la porte, Little Jimmy se rétama, son transistor serré dans une main, et une pinte de Jack Daniel quasiment vide dans l'autre. Il aurait mieux valu qu'il soit mort plutôt qu'à moitié dans le cirage.

Son chef s'adressa à Jimmy sur un ton officiel et Jimmy lui répondit en authentique postier :

« Vous pouvez pas me virer, espèce de trouduc ! »

Le chef se contenta de sourire. Jimmy était sur le point de l'équarrir comme un porc à l'abattoir, mais Nacho passa son long bras autour de Jimmy et fit la paix avec les instances officielles. Après avoir enfermé Jimmy dans le van, il essaya d'expliquer au chef que Jimmy était en planque pour la police de Denver. Le sourire du chef se transforma en rire.

Le temps qu'on rallie le bar le plus proche, Jimmy arrachait les insignes de son uniforme de postier.

« Mets-la en veilleuse, Jimmy, fit Nacho, puis il se rendit aux latrines en traînant les pieds.

— C'est pas comme si tu t'étais fait lourder, gamin, je lui dis comme ça. Bordel, le gouvernement ne renvoie jamais personne.

— C'est ça qui est chiant », hurla Jimmy, puis il me regarda, et ses yeux ivres réalisèrent enfin qui j'étais. « Bordel de Dieu, Sergent, qu'est-ce que vous branlez ici ?

— Mission de nuit, gamin. T'es partant ?

— Pas de gamineries, d'accord ? fit-il, sérieux.

— Je suis venu voir Super Nach', et il a dit qu'on devrait...

— Bordel de merde, où est-ce que vous étiez passé ? Ça fait dix ans que personne n'a appelé Frank comme ça. Et vous, vous savez, j'ai passé — quoi ? — six mois sur le terrain dans votre groupe, et putain, j'arrive pas à me rappeler votre nom...

— Sughrue, fis-je en lui tendant la main. Trinquons à la vie civile.

— Les zozos comme nous, mon Sergeot, on n'arrive jamais à devenir des civils », il chuchota, puis il ajouta : « Vous n'avez pas été blessé pourtant, vous avez été arrêté c'est ça ? Pour avoir buté une famille. Pas de pot, c'est tout. C'est ce que j'ai dit aux gars du CID[1]. Putain, n'empêche qu'ils vous ont pas envoyé à Leavenworth, à ce qu'on m'a dit ? C'est vrai ?

— Pas tout à fait, fis-je, je suis allé à la fac ». Là-dessus, je changeai de sujet. « Qu'est-ce qui cloche chez Super Nacho ?

Immédiatement je regrettai d'avoir posé cette question.

« Eh merde, Sergent, il est en train de crever. Cancer. C'est en train de le bouffer. Ça a commencé par les entrailles, maintenant c'est partout. » Puis Jimmy se passa la main sur la barbe. « Lui montrez pas que vous savez, d'accord ? À part moi et son ex-femme, personne n'est au courant. Les flics ne sont pas au courant. Il n'a pas d'autre examen avant plusieurs mois. Alors il prépare son chèque de retraite pour ses mioches. C'est pas que les petits enfoirés le méritent. Le pauvre vieux a épousé la pire femme blanche d'Amérique et croyez-moi, je sais de quoi je cause. »

1. Criminal Investigation Division.

Avant que je puisse dire quoi que ce soit, Nacho revint à la table, un grand sourire aux lèvres à travers la pâleur grise enfouie comme un mensonge sous sa peau riche et brune.

« Alors, les gonzesses, ça papote ?

— On se raconte les dernières, Frank. On n'en est pas encore à deviser sur le passé », fit Jimmy en se marrant et en assenant à Nacho un coup de poing à l'épaule avec tant d'affection que les larmes m'en montèrent aux yeux.

*

Le reste de la nuit fut comme une embuscade : serré, du sale boulot dans une bousculade frénétique. Un des rares moments clairs dont je me souvienne, ce fut quand on passa d'un bar étroit pour jeunes cadres dynamiques à un club de jazz mexicain. On était dans une ruelle, quelque part du côté de la gare. On s'était débrouillé pour se choper deux passagères, un pétard géant de jamaïcaine, et en sus un désir extrême de tous pisser en même temps.

Une des nanas tenait à savoir si c'était jouable de pisser dans la ruelle de cet entrepôt. Elle avait déjà remonté sa jupe serrée, enlevait son collant et s'agrippait à un panneau pour pouvoir se pencher en arrière. Ce n'était pas une pétasse bécébégée ; ce n'était pas la première fois que cette femme pissait en extérieur.

« C'est parfait, m'dame, fit Nacho que j'avais déjà commencé à appeler Frank. C'est une planque, lady.

— Une planque ? fit-elle en pissant joliment.

— Là où les patrouilles, les flics, viennent se coucher après le service. Il est trop tôt, alors ici, on sera au sec.

— Ouais, bah pas moi, ricana l'autre femme derrière un pont de déchargement, tâchant de rester modeste. Linda, je crois que je viens juste de pisser sur mon moule-foune tout neuf.

— Je t'ai déjà expliqué, ma chérie », fit Linda tout en gesticulant pour se rhabiller. Puis elle s'approcha de Nacho. « Comment tu sais ça ? elle lui demanda. Le truc des flics ?

— Je suis membre des forces de police de Denver, m'dame.

— Pourquoi tu nous arrêtes pas ?

— Je suis pas en service, fit Frank d'un ton solennel.

— Je suis pas sur ma base, ajouta Jimmy.

— Je suis pas traque, point, fis-je.

— Moi j'ai jamais été vraiment réglo », fit Linda avant d'éclater d'un grand rire sauvage.

Je sortis la cocaïne, tandis que le pétard tournait parmi les ombres, après quoi un frichti mexicain nous parut un peu lourd, et ce fut du chinois, dans ce qui ressemblait à un restaurant italien, assez loin de Colfax.

Avec Frank, on a fini par se retrouver je ne sais comment au point du jour, dans une suite de motel d'aéroport, en pleine engueulade. Je sortis le pognon et il sortit son insigne. Je crois qu'il leur raconta qu'on allait partir en raid. Peu importe, posté sur le flanc est du motel, on était bien assez défoncé pour admirer le soleil à l'horizon, à l'orient. Jimmy s'était écroulé devant la télévision. Les nanas — ah, les nanas — étaient parties au lit ensemble.

Faut croire que ces temps-ci, ça arrive parfois. Les femmes qui ont de l'allure se préfèrent entre elles aux connards de mecs. Linda nous l'expliqua dans un long discours sur la sensibilité, nous remerciant pour la dope et les verres, s'efforçant de nous faire des compliments, en disant que pour des mecs on n'était pas des mauvais bougres, et qu'il leur arrivait parfois d'aller picoler en compagnie virile, juste pour se rappeler que ça ne leur manquait pas, sauf que maintenant, elles avaient envie de dormir, elles étaient fatiguées, et à moitié en rut, alors si on voulait bien les excuser.

Une fois que la porte de la chambre se fut refermée derrière elles, Frank et moi, on se regarda. C'est à ce moment-là que j'ai ouvert les rideaux pour regarder le lever de soleil.

« Comment se fait-il que j'en ai rien à battre ? je lui demandai.

— Tu as toujours été un hippy à la con », me répondit-il, ce qui marqua le début de la prise de bec. « Je m'en suis rendu compte quand tu as pris la relève du groupe, et je m'en rends compte maintenant.

— Bordel, qu'est-ce que ça veut dire ? rétorquai-je sans trop savoir où cette attaque allait nous conduire. Merde, on a fumé de la dope à chaque fois qu'on n'était pas de service. Pourquoi est-ce que ça fait de moi un hippy et pas toi ?

— Parce que tu es un Blanc, fit-il calmement, alors que moi je suis mexicain. Nous on peut fumer de la *mota*, mais vous les Blancs, vous prenez ça trop au sérieux. Si tu fumes de la dope, tu es un hippy.

— Bordel, t'es pas mexicain, tu es un hybride du Nouveau Monde, du Vieux Monde et du tiers monde. Et moi, putain, j'ai jamais été un bon Blanc, de toute façon.

— C'est pas une raison pour être un hippy.

— Espèce de connard, je suis un détective privé avec une licence, patenté, je travaille pour un avocat de la drogue de renommée mondiale. Ce capitaine qu'on a arraché de la jungle, Rainbolt, tu le connaissais sûrement quand il exerçait par ici...

— Je le connaissais, mon Sergeot, et il y a bien qu'un putain de hippy pour bosser pour un loustic comme ça, dit-il, béat d'un bonheur cocaïné. C'est celui qu'on voulait se cogner en priorité. Voilà ce que les vrais flics pensaient de lui.

— Frank, je suis peut-être pas flic, mais au moins je suis pas obligé de faire le tour des petites écoles pour dire aux mioches que le policier est son ami. » Je crois que j'avais dit ça en hurlant.

« On dit officier de police, espèce de salopard sexiste, il fit comme ça, le visage impassible.

Après la rigolade qui s'ensuivit, Frank me demanda sur quel coup j'étais. Faut croire que je lui servis une version potable de l'histoire, parce que, dès qu'on en fut capable, on prit la route pour Aspen, un flic à l'agonie, un postier alcoolique et un crétin patenté avec licence, au service d'un avocat de la drogue de renommée mondiale. Je savais que si je lui parlais de Norman, Frank allait encore me traiter de hippy.

Je n'aurais certainement pas dû, mais avant de quitter la suite, je jetai un coup d'œil dans la chambre. Quand elles ont fait la noce, beurrées au paddock, les femmes ressemblent beaucoup aux hommes, si ce n'est qu'elles paraissent toujours plus gracieuses. Mais quand je fis part de cette réflexion à Frank alors qu'il sortait du parking du motel, évidemment, il se contenta de sourire, comme s'il n'y avait qu'un vieux baba pour penser des trucs comme ça.

Avant de déguerpir, on se tapa les corvées. Frank demanda à récupérer des journées qui lui étaient dues, Jimmy prit un congé sans solde jusqu'à son passage en conseil de discipline, et moi je remplis le van de matériel de camping. Personne ne s'attend jamais à ce que les méchants se pointent sous la tente, et j'avais l'intuition que, quoi qu'il arrive à Aspen, c'est nous qui serions les méchants.

Lorsque j'expliquai cette subtilité à Jimmy pour la deuxième fois entre deux roupillons avec gueule de bois, il me dit : « Pas de problème, mon Sergeot. Ça m'est déjà arrivé une fois d'être le méchant.

— Quand ?

— Quand je suis revenu au monde, cette grosse dondon de San Francisco m'a traité d'assassin de bébés — j'ai radiné au Haight volontairement en uniforme, pour leur donner une chance de me tomber sur le paletot. Tu sais ce que j'ai fait ? » Je fis non de la tête, incapable de la moindre hypothèse. « J'ai sorti de ma poche un paquet de champignons chinois, je lui ai dit que c'étaient des oreilles de bébé viêt, et j'ai commencé à les bouffer. » Là-dessus, Jimmy se fendit la pipe en se rendormant. « Putain, cette garce est tombée dans les pommes, à tel point qu'elle a dévalé une de ces rues raides et glissantes, on aurait dit qu'elle allait dinguer jusqu'à perdre du poids... Et là, une baba est sortie de la foule, m'a passé les bras autour du cou et s'est mise à chialer... Ma première femme, vieux, et la meilleure... alors on va y aller, leur mettre le grappin dessus, cette gonzesse et son marmot, et rien à foutre si c'est nous les méchants... »

Pendant qu'il s'endormait, j'envisageai de réviser mon opinion. Peut-être que seuls ceux qui suivaient la lettre de la loi, et non l'esprit, nous prendraient pour les méchants. Il m'est récemment apparu que la lettre de la loi, c'était le symbole du dollar, et l'esprit, un fantôme de ce qu'elle avait jadis été.

Comme Dagoberto et ses larbins me connaissaient, je restai au camp, tandis que Jimmy et Frank passaient la journée en ville dans une bagnole de location, à la chasse au papelard, et à se rencarder sur le Quirky Arms. Je communiai avec la nature dans le paisible camping vide et suivis le dernier match des Series à la radio en m'envoyant dix tasses de café de cow-boy. C'est alors que je me rappelai le sac de couches de Lester.

Je le posai sur la table de pique-nique, puis le fouillai pour le même résultat. Je penchai la tête en arrière dans le mince rayon de soleil d'automne, regardai la fumée de notre feu, une colonne droite qui s'échappait entre les bras décharnés des pins. Wynona avait tenu à ce que je récupère ce sac, peut-être pour m'aider à faire la chasse à la prétendue maman de Norman.

Je n'avais pas oublié mon boulot, mais je ne voulais pas non plus me précipiter. Mon père taré m'a appris depuis le début qu'on tue plus de cerfs en s'armant de patience qu'en s'agitant dans tous les sens. En outre, cela présente généralement l'avantage de ne pas avoir à traîner la carcasse jusqu'au pick-up sur une trop longue distance.

Ce que j'avais de mieux à espérer, c'était peut-être de me tenir tranquille et de laisser le FBI la pousser dans mes bras. Je m'en retournai donc à mon sac en papier bulle avec la lame la plus effilée et la plus mince de mon couteau de poche Case, celle sur laquelle il y avait marqué « viande seulement », quant à savoir ce que cela signifiait... Avec lenteur et aisance, je découpai juste l'adhésif, et j'enlevai la première couche. Puis la seconde, puis la troisième. Puis j'installai l'objet sur la table et l'observai un bon moment, comme si le fait de le regarder de près allait le faire parler.

Au bout d'un certain temps, je réalisai que si ce truc se mettait à parler, ce serait dans une langue antique que je ne comprendrais pas. C'était un oiseau, une sorte de poterie chamarrée, cuite et vernissée. Des pattes d'un orange rosâtre, qui paraissaient d'une minceur incroyable pour une poterie aussi vieille, soutenant un corps rouille avec un ventre noir et une bande blanche sur le bord des ailes. On aurait dit une espèce de canard, ou d'oie, et je ne sais pas pourquoi, mexicain, quelque chose que je n'avais jamais vu avant, mais quelque chose que je connaissais, si seulement j'arrivais à me souvenir de ce que ça pouvait bien être. Le bec était d'une couleur corail aussi éclatante que du rouge à lèvres d'adolescente. Un trou de la taille d'un pouce, incrusté d'une substance noire comme du goudron durci, traversait le milieu du dos du canard, et un autre trou, de la taille d'une paille, également obstrué par le goudron, se trouvait au milieu du bec rose plissé du canard, plissé comme pour siffler...

Putain, je songeai, un canard siffleur mexicain. Il y en avait toute une volée qui passait l'été dans les broussailles de mesquite le long de la *resaca* derrière la maison de ma mère, ce qui restait du bourbier de la Muddy Fork de la Nueces. Quand j'étais gamin, je les prenais pour les canards les plus crétins de la création — tout ce qu'ils faisaient, c'était rester dans les arbres et avoir l'air tarte. Je croyais me souvenir aussi qu'ils avaient des dents et, pas de doute, en regardant la poterie, je voyais de minuscules rangées gravées dans le vernis.

Je me sentis dans la peau d'un vrai détective, pour changer, et non pas d'un maniaque, si bien que je pris le canard et le tins avec précaution. En le secouant, j'entendis un bruit à l'intérieur, des coups sourds comme du marbre ou un gros morceau d'argile. Je le reposai sur la table, m'ouvris une bière, et continuai à observer mon canard.

C'est dans cette posture que Frank et Jimmy me trouvèrent deux heures plus tard.

Entre-temps, les canettes et les mégots de pétards s'étaient accumulés autour de mon canard, et je connaissais chaque craquelure dans le vernis vieilli, et chaque imperfection dans l'argile en dessous. J'avais commencé à lui parler et à le bercer comme un bébé ou un vieillard à l'agonie. Il avait quelque chose, un air, une dignité antique et cruelle, une sévérité implacable, un regard fixe qui avait survécu aux siècles.

Ce qui me rappela un voyage à D.C., lors de mon premier passage sous les drapeaux à Fort Bragg, pour faire un match à la capitale, Fort Belvoir ou Fort Meade ou un autre fort à la noix, et on nous accorda un après-midi libre, le jour précédant le match. Notre seule obligation était de se présenter ce soir-là au mess sans avoir picolé. On était tous de sacrés numéros, des vrais loufdingues, et ça nous embêtait carrément, mais jouer au football, c'était une manière tellement peinarde et givrée de faire son service à l'armée, que nous prîmes l'ordre de l'entraîneur au sérieux. Quelqu'un suggéra d'aller visiter le Smithsonian, le quarterback probablement, alors on partit dans cette direction et notre troupeau entra dans le premier bâtiment géant.

Mais c'était la National Gallery. Au bout d'un moment, tout le monde voulut se faire la malle sauf moi, et je ne pouvais pas m'en aller. Pas tout de suite. C'était la première fois que je voyais une peinture qui ne soit pas sur du velours noir. Rembrandt, Van Gogh, Moran — je ne me souviens pas de tous les noms, mais du coup, les potes n'ont pas réussi à me faire sortir. Ils m'ont d'abord supplié. Puis ils sont passés aux menaces. Puis ils ont voulu m'emmener de force, mais en mon jeune temps, j'avais la réputation d'être à la fois mauvais et cintré, alors ils me laissèrent.

Ce serait une histoire parfaite si j'avais bastonné le premier gardien à la fermeture, mais non, j'ai obtempéré, docile comme un agneau. Ce fut un des jours les plus importants de ma vie. Je ne suis pas devenu peintre ni quoi que ce soit, mais j'ai arrêté d'être ce que j'étais auparavant. J'avais trouvé un autre moyen que la violence pour accéder au calme. C'est à la suite de cette journée que j'ai décidé pour la première fois de quitter l'armée pour retourner à la fac, avec dans l'idée que je pourrais jouer au football juste pour l'argent, puis — autre aberration — que je suis entré et sorti de l'armée deux autres fois, puis que j'ai fait le Viêt Nam, pour finir en taule, puis à la fac, et que, une trentaine de drôles d'années plus tard, je menais cette vie. Quels que soient les ennuis que me causa cette journée, je n'ai jamais oublié ce que j'ai ressenti, rien n'a jamais souillé cette journée. Rien ne l'a jamais égalée.

Jusqu'à ce sacré canard.

« Bon, alors putain qu'est-ce que c'est ? demanda Frank en posant un autre pack de six sur la table.

— Un canard siffleur mexicain, dis-je. Il était emballé dans le sac de couches.

— Maintenant que je suis sûr de ne plus me faire enquiquiner par les tests d'urines, j'aurais préféré qu'on tombe sur de la coco péruvienne ou de la sinsemilla d'Humboldt County. Moi qui avais envie d'élargir mes expériences avec la dope.

— La dope, on en a plein, gamin, je lui dis.

— Tu peux pas savoir comme je suis content d'entendre ça, dit Frank.

— Tu peux te la couler douce, gros plein de soupe, dit Jimmy à Frank, il est grand temps de décoincer un peu, et de cesser d'être le Mexicain le plus sérieux que j'aie jamais rencontré.

— Je suis plus qu'un Mexicain, fit Frank.

— Et toi, mon Sergeot, putain, arrête de m'appeler gamin. J'ai passé les quarante piges.

— Alors t'arrêtes de m'appeler “ mon Sergeot ”. Je suis repassé soldat de première classe trois jours avant d'être renvoyé. Je crois qu'ils essayaient de faire en sorte que je rempile. »

Cette notion nous fit tous rigoler, quoique en d'autres temps cette idée ne nous ait pas paru si loufoque.

« Alors racontez-moi, les gars », fis-je.

Frank s'assit à califourchon sur le banc en face de moi, et Jimmy ouvrit trois bières, puis Frank sortit un petit carnet de sa poche arrière et commença à parcourir les pages.

« Le code du portail que tu nous as donné n'était plus valable aujourd'hui, dit Frank, mais j'ai fait passer Jimmy par-dessus la barrière...

— Ils avaient aussi changé le code de la porte d'entrée, dit-il, en tournant autour de la table comme un Indien nain d'Hollywood, mais ils avaient oublié de fermer à clé les portes du garage. La baraque ressemble exactement à ce que tu as dit. Sauf que les bigophones sont nazes.

— Impossible de remonter la piste du proprio, C.W., dit Frank. La piste des papelards bute sur un holding dont la seule adresse est un avocat domicilié dans une banque offshore. Et on n'arrivera jamais à passer au travers.

— C'est des types riches et intelligents, mec, fit Jimmy. Putain, pourquoi est-ce que tu tiens ce canard comme un marmot ? »

Je remis le canard dans son nid de plastique et me mis à refaire soigneusement l'emballage

« Après avoir bien maté ton pote Dagoberto, dit Frank, d'après l'ordinateur de la police de Denver, il est le seul proprio du Quirky Arms. Il n'y a pas d'arriérés, ses factures sont réglées dans les délais par une société comptable indépendante agréée, de même que ses impôts locaux et autres. Je n'ai pas vu les comptes, mais s'il blanchit de l'argent, il n'y a aucun des signes visibles habituels. » Il marqua un temps d'arrêt, puis hocha la tête. « D'autre part, quand on a bu des godets là-bas, j'ai remarqué quelques trucs intéressants. Je n'ai pas identifié l'accent, mais je jurerais que parmi les autres gars, certains ne sont pas le genre de Mexicains que je connais. On ne voit pas assez de Colombiens à Denver pour que je sois affirmatif, mais je crois avoir reconnu plusieurs accents colombiens, au moins quelque chose d'Amérique centrale ou sud-américain. Le cuistot, peut-être le barman, un serveur. Mais le plus bizarre, Sughrue : ça fleure bon l'activité criminelle. Et pour l'instant, je renifle du vilain, pas de la cocaïne.

— Bon sang, ça me dirait bien d'en renifler, dit Jimmy, nez à nez.

— Attendons, dis-je.

— Mais plus étrange encore, dit Frank avec un sens du dramatique typique des flics, quand mon pote a entré le nom de Senior Reyna dans la bécane, il en est sorti blanc comme neige. Pas seulement dans les fichiers de l'ordinateur, mais aussi dans le NCIC[1].

— J'arrive pas à y croire, dis-je en finissant de scotcher l'emballage de mon canard pour qu'il soit bien à l'abri dans son nid. Putain, qu'est-ce que ça veut dire ?

1. National Crime Information Center.

— De trois choses l'une, il me semble, fit Frank en refermant son calepin. Soit il est blanc comme neige, ce dont je doute franchement. Soit il a des amis haut placés. Soit...

— Soit ? Jimmy et moi fîmes en cœur.

— Soit il est de la DEA. Des trucs encore plus tarabiscotés ont déjà eu lieu avec nos frangins, les agents de la guerre contre la drogue.

— Tu peux éliminer cette version, dis-je. Quel genre d'amis il aurait en haut lieu ? Peut-être Joe Don Pines ? Il s'est présenté au poste de gouverneur du Texas, non ?

— Et s'est fait battre tellement à plates coutures qu'il a déménagé pour s'installer au Nouveau-Mexique, fit Frank.

— Mais il travaille pour le Président, hein ? dis-je.

— Ça c'est des histoires de pétrole et d'énergie, C.W., dit Frank, tu te trompes d'indicatif. En plus, je le sens mal... »

Là-dessus, on resta tous silencieux, puis on essaya tous de reprendre la parole en même temps. Jimmy emporta le morcif, uniquement grâce à son énergie.

« Ce Joe Don Pines, c'était un putain d'officier au Viêt Nam, non ? Un gros bonnet à Saigon, non ?

— Il me semble bien, dit Frank, mais faut que j'aille faire pleurer le colosse. »

Jimmy et moi regardâmes le géant traîner à nouveau les pieds jusqu'aux latrines. J'ouvris deux bières pour nous. « Il est vraiment condamné ? » lui demandai-je en lui tendant la mousse.

Jimmy se tourna vers moi, les yeux tellement en colère que je crus qu'il allait soit me crier dessus, soit m'en allonger une, puis il devint juste triste. On resta un moment assis, tandis que la vallée perdait le soleil, se refroidissait, et que le vent tombait. Les arbres crépitaient, se frottaient et crissaient, aiguille contre aiguille, écorce contre écorce.

« La plus grosse cible dans toute la brousse, man. Il aurait dû clamser un millier de fois là-bas, chuchota Jimmy, un millier de fois. »

Une demi-heure plus tard, le soleil avait disparu, et on était tous assis dans nos vestes en duvet, à regarder le café épais dans nos tasses, quelque chose à boire qui ne soit pas de la bibine après quelques lignes du speed pour motard de Norman.

« Pas la moindre trace de Wynona ou de cette Cisneros ? » demandai-je.

Frank secoua la tête. « On l'a suivi jusqu'à chez lui, on a maté sa baraque à la jumelle, puis on l'a suivi dans l'autre sens, on a filé le train du gus au blair raplapla, et un peu le gros, aussi. Mais rien. S'ils ont les femmes, on ne les a pas vues.

— Alors qu'est-ce qu'on fait ? s'enquit Jimmy.

— Les gars, il faut que vous alliez à l'intérieur et que vous en sortiez avec Senior Reyna, dit Frank, voir s'il serait d'accord pour une petite causette intime.

— Les gars ?

— Mon Sergeot, si j'avais remis mes papiers avant de quitter la ville, dit Frank, j'irais avec vous. Mais si on se fait choper, mes marmots n'auront pas le droit à ma retraite.

— Ça se tient, fis-je. Et toi, gamin ? »

Jimmy leva les yeux vers le bleu du ciel qui virait au noir, puis dit : « Si on avait un hélico...

— Putain, tu veux un hélico pour quoi faire ? Lui demanda Frank.

— Emmener cet enfoiré à dix mille pieds du sol et le laisser à la porte, fit Jimmy les yeux toujours au ciel. Habituellement, à cette altitude, ils n'arrivent pas à parler assez vite. »

Frank me regarda et dit comme ca : « Jimmy a fait quelques semaines avec les Rangers de l'ARVN, après ton départ. L'uniforme lui allait, et ça lui plaisait d'être la plus grande andouille de la compagnie.

— Ils avaient aussi les meilleures putes, fit Jimmy, souriant aux cieux.

— Mais laisse-moi te faire remarquer, espèce de petit couillon », fit Frank, puis il tendit la main au-dessus de la table et attrapa Jimmy par le revers de sa veste, « on est déjà à dix mille pieds ».

Jimmy répondit du tac au tac : « Alors on le jettera du haut de tes épaules, grand couillon.

— Je peux pas être mêlé à ça, dit Frank, mais je veux bien déblayer le terrain. Vous allez vous garer dans la rue, les gars. Je vais y boire un coup, voir si ce naze est là, puis je ressortirai pour vous raconter, et j'y retournerai. Vous vous avancerez dans l'allée.

— Et si la porte est fermée à clé ? demanda Jimmy en faisant glisser un pied puis l'autre.

— Attendez que quelqu'un sorte les poubelles, espèce d'Irlandais, dit Frank. Mais ne le ramenez pas ici. Je vous en prie. Et ne me dites pas où vous l'emmenez. D'accord ? » Jimmy et moi opinâmes. « Vu la tournure des événements, je suis déjà sur le fil du rasoir...

— Si tu fous en l'air le boulot, dit Jimmy en se dirigeant vers les pissotières, le boulot ne te foutra pas en l'air.

— Exact, dit Frank en regardant le petit homme scruter l'obscurité comme s'il y voyait.

— Il arrive encore à y voir dans le noir ? je demandai.

— Tu sais ce qu'il a fait ce petit crétin, après ton départ ? me demanda Frank. Il a un peu perdu les pédales, tu te souviens, si bien que les troufions ne l'ont pas laissé rempiler. Donc ils l'ont renvoyé au pays. Il s'est cassé de la division, et là, il est retourné à la compagnie en disant qu'ils avaient changé d'avis à la dernière minute. Une bourde classique à l'armée. Les ahuris. Il leur a fallu six mois pour découvrir le pot aux roses, et après, ils savaient plus trop quoi faire...

— Ils n'ont pas réussi à se débarrasser de moi assez vite, fit Jimmy dans le noir, toujours aussi calmement campé sur ses pieds qu'à l'époque. Un MP m'a pris en stop tout le trajet jusqu'à Travis. J'étais un civil deux heures après avoir posé le pied sur la piste d'atterrissage. Mais je les ai grugés.

— L'enculé s'est servi du certificat de naissance de son cousin pour rempiler, dit Frank. Tu as déjà entendu un truc pareil ?

— Non, je dus admettre.

— C'est ma propre mère qui m'a dénoncé, couina Jimmy d'une voix aiguë, alors que je venais juste de finir mes classes — tu peux pas savoir comme c'est facile, les classes, après quelques mois sur le terrain. » Puis il éclata de rire. Jimmy s'était engagé la première fois après le retour de son grand frère les pieds en avant, alors je ne pouvais pas en vouloir à sa mère. « Hé merde, que je me suis dit, et je me suis repointé à San Francisco...

— Où tu as encore fait des conneries », dit Frank, qui marqua ensuite un silence. « Si on s'y mettait avant qu'un de ces hippies ne s'emporte. »

Alors on s'y est mis.

Une fois que Frank nous eut expliqué tous les détails, on fit le tour à pied jusqu'à l'allée, deux types en salopettes grises et bonnets qui se rabattaient comme des cagoules de ski. Jimmy portait dans une main une tablette porte-documents, mon semi-automatique à chargement rapide ; j'avais une boîte à outils neuve pleine de cailloux, et le Woodman 22 avec silencieux, chargé avec des balles à pointe creuse dans ma grande poche. Deux braves travailleurs venus sur un coup de fil pour un dépannage nocturne.

Je doute un peu du vieux cliché des soldats qui suivent un bon officier jusqu'aux portes de l'enfer ; mais mon expérience m'avait prouvé qu'on peut suivre un bon éclaireur et lui faire confiance pour éviter les embrouilles. Et Jimmy avait été un bon. Peut-être que marcher en éclaireur c'est comme faire du vélo : ça ne s'oublie pas. Jimmy, le froussard bondissant qui ouvrait la marche, disparut dans l'allée ; il était maintenant en mission.

Jimmy enjamba une vomissure d'ordures qui faisait désordre, articula en silence « dégueulasse » à mon intention, puis essaya la porte. Pas fermée. Jimmy paraissait aussi calme que s'il passait rendre visite à sa mère pour manger du corned-beef au chou, mais dès qu'on consulta nos montres — on avait prévu deux minutes maximum à l'intérieur — il s'arrêta pour regarder encore les ordures. Il s'accroupit soudain, comme moi, puis nous abaissâmes les cagoules et entrâmes par la porte de derrière en une marche de canards rapide et silencieuse, tandis que je couvrais la progression de Jimmy avec le .22.

On tomba sur le premier corps, un aide-serveur, juste dans le couloir. Quelqu'un l'avait étripé.

D'où vient cette puanteur des viscères humains ?

Jimmy roula des yeux, essaya de respirer par la bouche.

Pourquoi est-ce que le goût de la mort dans l'air est plus acceptable que l'odeur ?

Comme j'avais une arme, je me glissai à côté de Jimmy, en prenant bien soin de ne pas poser les pieds dans le sang et les entrailles, essayant de garder mon calme en jetant un œil dans la cuisine. Tout était immobile. Un regard plus long révéla deux corps coiffés de toques, le premier avec une balle dans l'œil, ratatiné devant un plan de travail, la cervelle du second était en train de frire sur le grill. Un aide-serveur penchait la tête dans l'eau ensanglantée d'un évier. Je ne voyais pas où il avait été touché, mais comme pour les autres, j'étais sûr qu'il n'avait pas su ce qui l'avait touché.

« Ils y sont tous passés, je murmurai à Jimmy. Au silencieux.

— Frank ? » demanda-t-il en douceur. J'y répondis en secouant la tête.

La porte du garde-manger était ouverte. Mais avant que l'on pût y jeter un coup d'œil, un serveur avec une bassine de vaisselle sale et une moue hautaine et furax passa les portes battantes. Je menaçai le serveur de mon flingue, lui fis signe de poser sa bassine par terre, et alors qu'il commençait à se redresser, Jimmy lui colla un joli coup de flingue derrière l'oreille, puis se servit du corps pour bloquer les portes tandis que je fonçai dans le garde-manger.

Chato au moins avait eu le temps de se redresser avant de se prendre trois balles blindées petit calibre à travers la figure, et de se rétamer les quatre fers en l'air dans les cageots de laitue de qualité supérieure. On aurait pu recouvrir les trois traces de .22 sur le front avec un dollar d'argent. On aurait pu recouvrir avec un quarter les trois traces de .22, derrière l'oreille de la serveuse de cocktails étalée sur le canapé.

J'avais l'impression de la connaître, même si elle avait les chevilles et les poings attachés avec des serviettes, et la bouche bâillonnée par un torchon. C'était Mel, de Snowy Lake, ses yeux grands ouverts morts. Bordel, qu'est-ce qu'elle foutait là ? J'approchai mes mains de ses paupières pour les lui fermer, mais pour la première fois de ma vie, je fus incapable de toucher un corps mort. Wynona et Bébé Lester n'étaient pas en vue, la seule trace qu'ils avaient laissée, une couche sale que je ne pus même pas renifler après tout ce sang.

Une fois dans le couloir, Jimmy me conduisit vers la porte ouverte du bureau de Dagoberto, et j'obéis.

Ils avaient voulu que Dagoberto la voie venir. On lui avait arraché deux poignées de cheveux épais et on lui avait fourré un oignon dans la bouche avant de lui trancher la gorge si profond que sa tête avait basculé en arrière sur le bureau. La pièce baignait tellement dans le sang que je ne pus faire que quelques pas.

Jimmy me suivit dehors dans l'air frais de l'allée, où on enleva nos cagoules, puis on s'éloigna tranquillement, comme deux types en route pour écluser une mousse. Je consultai ma montre : moins de deux minutes entre le moment où on était entré et le moment où on était sorti. Et on n'avait pas laissé une trace derrière, rien que des mauvais rêves supplémentaires en perspective. Deux longues minutes.

Dans le van, on s'extirpa des salopettes, je glissai le .22 sous ma ceinture, puis on entra calmement par la porte d'entrée du Quirky Arms.

« Tu t'arranges pour que Frank se tire d'ici, je dis à Jimmy devant la porte, en lui tendant une liasse de billets. Puis vous sautez dans la bagnole de location, jusqu'à l'aéroport de Denver, vous réglez la journée et les frais de rapatriement du véhicule en liquide, et vous leur demandez de déchirer le reçu de la carte de crédit. Ensuite vous rentrez au bercail, les gars. Vous n'avez pas besoin de cette merde. » Jimmy ouvrit son clapet, mais je le lui fis fermer d'un coup d'œil.

Deux couples étaient assis autour de cafés et de boissons à l'une des tables du fond, et un autre couple papotait et roucoulait au bar au-dessus d'une bouteille de vin blanc. Frank était le seul autre client et il eut assez de bon sens pour ne pas me gratifier d'un regard bizarre au moment où je passai devant lui en marchant vers David au bout du bar. C'était maintenant à Jimmy de jouer.

David eut l'air un peu surpris de me voir, mais je nichai le silencieux dans ses côtes enrobées avant qu'il ait le temps de se plaindre.

« Pas un mot, fis-je calmement, écoutez et c'est tout. On est vraiment dans la merde...

— Vous êtes vraiment dans la merde, Sughrue...

— Fermez votre gueule, David, ou j'appuie sur la gâchette, exactement ici. Bouclez-la et écoutez. Ils sont tous clamsés, derrière. » David sauta de son tabouret, mais je maintins le silencieux contre son flanc. « Si c'est moi qui avais fait ça, on serait pas comme ça en train de discuter, pigé ?

— Tous ?

— Sauf Wynona et le morpion...

— Ils sont partis ce matin », dit-il, égaré un bref instant, puis il composa son visage pour me demander : « Et l'autre nana ?

— Un véritable carnage, dis-je, trois fois derrière l'oreille. Boulot de professionnel.

— Merde. Vous n'avez pas appelé les flics ?

— Je me suis dit que vous n'aviez pas spécialement envie que les flics envoient une équipe pour enquêter ici, dis-je en regardant Jimmy et Frank sortir.

— Vous plaisantez ? C'est à nous de nettoyer ce carnage et prions pour que ce soit propre.

— Alors virez vos clients, et faisons un marché », je suggérai, puis je fourrai le .22 sous ma veste.

Cela prit plus longtemps que ça aurait dû, et moi, je bus deux grands whiskys de trop, ce qui n'est pas surprenant. Le whisky ne me monta pas à la tête, il me rendit malade. Mais les nœuds dans mes entrailles ne voulaient pas s'évacuer à coups de haut-le-cœur. Pendant que David faisait sortir les clients, je me présentai à Dagoberto, en me disant : autant connaître le nom des gens avec qui on s'apprête à commettre de graves délits.

« Roberto Reyna, dit-il, ne jouant plus exactement au barman.

— C.W. Sughrue, fis-je en tendant la main.

— Je connais votre nom », me répondit-il dans un anglais sans accent, puis il sourit tristement comme si ce n'était pas tout.

David ferma à clé la porte d'entrée, s'approcha du bar, puis soupira : « Sifflons quelques gorgeons d'Herradura, Bob, et quelques canettes de Listón Azul. » Puis il se tourna vers moi. « Qu'est-ce que vous en pensez, Sughrue ?

— Putain, pourquoi pas ? »

On s'envoya la tequila cul sec, puis on fit passer le tout avec des bières fraîches et limpides. J'étais prêt à tout pour évacuer de ma mémoire les yeux de Mel, tout en sachant que cela ne se produirait pas.

« Alors, c'est moche comment ? demanda Bob à David.

— Tout le monde y est passé, fit David. C'est en tout cas ce qu'il a dit.

— M. Sughrue est ici, David, fit Bob, alors j'imagine qu'on peut se dire qu'il ne va pas nous bourrer le mou. » Puis il se tourna vers moi, me fit un de ces sourires résignés de gars qui ont vu beaucoup trop de cadavres. « C'est moche ?

Je n'eus même pas à répondre.

« Merde, fit Bob. Vous allez pouvoir encore supporter ça ?

— J'aimerais autant pas, admis-je. Mais je le ferai. Si vous me réservez de la tequila.

— Bien sûr », fit Bob, et il nous en versa à tous un godet, qu'on siffla comme le dernier espoir d'une race en voie d'extinction.

Après une gorgée de bière, on retourna sur le lieu du massacre.

Peu importe ce qu'il maquillait dans la vraie vie, Bob n'était pas barman, mais, en considérant la suggestion de Frank selon laquelle Dagoberto bossait peut-être pour le DEA, Bob n'était pas non plus flic. Peu importe ce qu'il faisait, n'empêche, il avait l'habitude de commander et il n'en était pas à son premier cadavre. Une fois qu'il eut calmement étudié la scène sans la déranger, nous le suivîmes dans l'allée.

« J'aurais pas dû arrêter de fumer, fit-il.

— Moi pareil », dis-je.

David nous tendit ses clopes, et on resta à fumer dans l'allée. Au bout d'une minute, David dit : « Tu parles d'une histoire, du vite fait bien fait. Vous n'êtes restés à l'intérieur que deux minutes ?

— Peut-être un peu moins, dis-je. Donc ils sont entrés et sortis en moins de cinq minutes. Et ils savaient qu'on venait.

— Ils voulaient vous faire payer l'addition ?

— Je pense, oui.

— Comment pouvaient-ils savoir ? demanda Bob.

— Je ne sais pas, dis-je, je ne sais pas du tout.

— Vos amis, peut-être..., commença David.

— Impossible, dis-je. Ce sont tous les deux des pièces rapportées. Même moi je ne savais même pas que je ferais appel à eux.

— Mais vous ne voulez pas nous donner leurs noms ? fit Bob.

— Pas question, fis-je. Je réponds d'eux sur ma vie, je vous garantis qu'ils ne sont pas impliqués làdedans.

— Croyez-moi, il vaut mieux, fit Bob. Et vous, monsieur Sughrue ? Est-ce qu'il est possible que vous soyez un traître ?

— Et comment donc ? fis-je. Bordel, je ne sais même pas ce qui se trame.

— Peut-être que si vous me dites ce que vous savez, je peux vous aider à trouver ce qu'on cherche tous les deux, fit Bob.

— Je suis à la recherche de Sarita Cisneros Pines. Comme je vous l'ai dit au tout début, fis-je. Et maintenant aussi de Wynona.

— Vous savez où est Mme Pines ? Est-ce que la fille vous l'a dit ? À nous, elle n'a pas voulu le dire », chuchota Bob, et comme je faisais non de la tête, il ajouta : « Quand il s'agit de poser une question, David en connaît un rayon. Mais il a un problème avec les femmes.

— Je supporte pas de les voir chialer, dit David. Mais les hommes, man, j'en ai rien à foutre. Ils répondent à mes questions.

— Arrête ton char, fis-je. On ne pose pas de question à une tombe.

— On n'en obtient pas de réponses non plus, fit Bob. Vous êtes si rapide que ça ?

— Bien assez rapide, fis-je, et bien assez taré. » Sur ce, je lui braquai le .22 sous le pif. « Je ne sais pas ce que Mel fichait là, mais elle est morte, maintenant. On aurait pu être amis. Ça me dérange pas de commencer par vous, les gars. Alors putain on va voir combien de balles vous pouvez encaisser avant de poser les mains sur moi. » Ils n'apprécièrent pas trop. Je crus un instant que ça pourrait leur plaire, mais c'était juste du sang et de l'adrénaline.

« Sa présence était une erreur regrettable, et je suis profondément navré qu'elle soit morte, il ne faut pas vous sentir responsable pour ça, monsieur Sughrue, fit Bob. Elle s'est présentée parce qu'elle cherchait du boulot. On l'a embauchée. Puis on l'a surprise à fouiller dans les fichiers du bureau. Il a fallu la garder jusqu'à ce qu'on sache pour qui elle travaillait... Ce n'était pas de votre faute.

— Croyez-moi, espèce de corniaud, fis-je, c'est pas que je me sens responsable. Et d'abord, qui c'est nous ? demandai-je.

— Malheureusement, je ne suis pas en mesure de discuter de ce sujet avec vous, monsieur Sughrue, répondit Bob.

— Vous faites partie de quelle bande de Mexicains, vous ?

— Je vous demande pardon, fit Bob.

— Ceux qui ont dérobé Sarita Pines aux premiers ? Ou les premiers ?

— Je ne suis pas sûr de comprendre votre question, monsieur Sughrue, fit Bob, puis il ajouta : Mais je ne dévoile rien en vous disant que la santé et la sécurité de Señora Pines sont pour nous d'une importance suprême.

— Bien, mais pourquoi ?

— Ça ne vous regarde pas, dit Bob. À votre place, je laisserais tomber cette affaire et je rentrerais au bercail.

— Bien sûr, fis-je. Dès que je l'aurai retrouvée, et une fois que Wynona Jones et son bébé seront en sécurité, et que j'aurai étripé celui qui a buté Mel. Là, j'envisagerai la question.

— Je vous en prie, fit Bob. On va nettoyer ce carnage. Rentrez chez vous. Aucun corps n'apparaîtra sur le pas de votre porte. Si vous ne rentrez pas au bercail, je peux vous promettre qu'on remplit votre pieu de macchab'.

— Qu'est-ce que ça peut bien me foutre, fis-je, j'habite dans une morgue. Et vous les gars vous êtes des enfoirés de première, même pour des dealers de coke.

— Croyez-moi, mon ami, il ne s'agit pas de cocaïne, fit Bob. Vous avez peut-être été un soldat au poil dans une mauvaise guerre, il y a longtemps, mais vous n'êtes qu'un civil dans celle-là. Sortez du terrain. La guerre est un jeu pour les jeunes, mais pour les vieillards, ce n'est qu'un souvenir. Retournez dans le Montana, reprenez votre place au bar, sur le tabouret ou derrière la pompe à bière, mais cassez-vous, profitez de ces belles années avant d'être gâteux... »

Je tirai une balle entre ses jambes, mais Bob ne sursauta pas.

« Il y a quelques années à Denver, dit-il calmement, j'ai cru comprendre que vous avez tiré dans le panard d'un photographe uniquement pour qu'il réponde à une question. Et là vous me frôlez le pied... J'espère que je me fais bien comprendre.

— C'étaient deux balles, fis-je, d'un Derringer, .22 court. Ça a juste un peu modifié sa démarche. Cet emmerdeur est truffé de balles de long rifle à pointes creuses. Les toubibs ne pourront jamais recoller tous ces petits morceaux d'os. Et vous, vous risquez de ne jamais remarcher. »

Je tirai assez près pour faire voler en éclats l'asphalte sous les semelles de ses tennis en cuir noir. « J'espère m'être bien fait comprendre. Je ne m'en irai pas tant que je n'aurai pas fini mes besognes — et l'une d'elles c'est Mel, aussi longtemps que je serai en vie. »

Bob fit la moue, mais il ne s'agissait pas de peur ; quelque chose plus proche de la consternation ou peut-être une irritation tiède. J'avais affaire à un fils de pute dévoué et coriace. À quoi était-il dévoué, c'était la question.

« Je vois bien que cette conversation est inutile, fit finalement Bob, or David et moi, on a une nuit entière de sale boulot. Nous discuterons de tout ça plus tard. Je vous appellerai dans quelques jours. Entendu ?

— Faudra voir où je suis et comment je me sens quand vous serez disposé à causer, dis-je. Appelez Solomon Rainbolt. Dites-lui que vous êtes Dagoberto. »

Alors que je reculais dans l'allée, David renifla avec quelque chose qui ressemblait à un rire.

« Putain, qu'est-ce qui est si marrant, tête de con ?

— Dagoberto, c'était mon frère, fit Bob.

— Je le savais », fis-je, mensonge que je pris plaisir à lui servir, sans toutefois savoir si je mentais aux gentils ou aux méchants. « Les Reyna, vous vous ressemblez tous. »

*

De retour au campement, comme d'habitude lorsque la pression retombe, je me sentis mentalement survolté, et tentai avec les seules drogues que j'avais à portée de main de réaliser un savant dosage chimique dans le noir. Il me fallut deux longues bouffées du pétard de jamaïcaine pour arriver enfin à respirer profondément sans faire d'hyperventilation. Puis le speed me calma comme un gamin trop nerveux. Une ligne de coke m'aiguisa les sens. Trois bières brûlèrent un peu d'adrénaline. Et la demi-douzaine de cigarettes d'un paquet acheté en revenant au camp satisfirent mon désir de mort.

Ayant perdu plus d'amis adultes à cause de la cigarette que par les drogues, l'alcool ou les coups de feu, je m'en voulais de m'y remettre, mais apparemment, avec la soirée qui s'annonçait, je n'avais pas le choix. Ce dont j'avais vraiment envie, c'était d'un Tuinal[1] et d'une section de vétérans de choc en guise de gardes du corps. Mon cœur arrêterait peut-être alors de battre la chamade. Mais je fis de mon mieux.

Dans l'obscurité sans lune, un vent froid gémissait, la frousse m'échauffait les entrailles et figeait la sueur sur ma figure, et juste au moment où je sortais un duvet de la tente, dans l'idée de le tirer jusqu'à un rocher, où, au moins, personne ne pourrait arriver derrière moi et mon Browning, j'entendis une bagnole s'engager sur la route du camp.

Elle venait vers moi. Quand les phares illuminèrent les traces de notre emplacement, je roulai en travers du faisceau, les yeux bien fermés, piquai tête la première dans un arbre, réussissant néanmoins à garder les yeux fermés jusqu'à être à l'abri des phares aveuglants.

« Pas mal, Sergent, gloussa Jimmy de la voiture au moment où les phares s'éteignirent. Je savais pas que tu avais ça dans la peau. »

Jimmy ouvrit la porte passager, la loupiote intérieure se déclencha, et je tirai trois balles de 9 mm dans la branche de pin au-dessus de sa tronche.

1. Puissant analgésique, uniquement sur ordonnance.

« Enculé ! » je m'écriai.

Jimmy se vautra sous la tire, alors que Frank se fendait la pêche derrière le volant de la voiture de location.

Avant même que les échos de la détonation se soient volatilisés, un touriste mécontent beugla : « Du calme, là-dedans ! » Il avait dû s'installer après notre départ, juste après la tombée de la nuit.

Comment pouvais-je savoir que c'était un touriste ? Quiconque d'un peu raisonnable n'aurait pas haussé le ton après avoir entendu le bruit mat de trois coups de feu comme le fracas d'une cognée sur un arbre. Mais les touristes sont des gens courageux, pas raisonnables. En fait, ce sont les gens les plus courageux du monde. Ils sautent dans des véhicules géants, remorquent des caravanes surdimensionnées dans des endroits où la plupart des gens intelligents ne se risqueraient même pas avec un Cat D-9, à des vitesses que la plupart des conducteurs de voitures de sport n'oseraient convoiter. Ils font tout pour asseoir leurs enfants sur des ours noirs avec des sachets de guimauve, ils tentent de photographier les buffles ou les élans qui déboulent naseaux en avant, et se risquent sur des sentiers interdits par des panneaux Grizzly, essaimant leurs barres de chocolat et leurs tampons périodiques, ils sont tellement courageux qu'ils me flanquent la pétoche.

Voilà pourquoi je n'ai pas balancé deux coups de feu au-dessus de la tête de l'imprudent qui avait décidé de camper dans nos parages. Ou c'est peut-être parce que Frank m'a arraché le pistolet des mains avant que je presse la détente.

«La vache, tu as une mine épouvantable», dit Frank quelques heures plus tard au petit déjeuner dans un restau routier passé Grand Junction.

On leva le camp dès que je pus me ressaisir, Jimmy conduisait le van, Frank suivait, pour s'assurer que personne nous filait le train à la sortie d'Aspen. Une fois que je l'eus accusé de ne pas beaucoup causer pour un vaurien d'Irlandais, il cessa définitivement d'ouvrir son clapet, me laissant seul à me saper le moral.

Même dans le routier, il refusa de m'adresser la parole. Quant à Frank, lui, il me laissait pas en placer une.

« Même dans la jungle tu as jamais eu une tronche de déterré comme ça. Faut croire que tu tiens plus le choc comme avant, fit Frank en versant du sirop sur deux pancakes en sandwich. Ou que tu es plus aussi malin. Tu sais, quand tu es arrivé dans la compagnie, on savait tous que tu étais un fêlé de footballeur à vie qui avait décidé que la guerre était un moyen de justifier une vie gâchée qui valait pas un clou.

— Le Sigmund Freud au M-60. »

Frank s'envoya une généreuse bouchée de pancake, faisant dégouliner sirop et jaune d'œuf au passage. J'ignore comment je fis pour ne pas gerber. Ou pour m'être retenu jusque-là.

« C'était à la portée de n'importe quel trou du cul avec un QI à la température de la pièce, il dit après avoir fini de mâcher. Mais tu n'étais pas un crétin, tu trimbalais ton barda, et tu creusais tes trous tout seul, et tu étais pas une andouille d'engagé à perpet'. Du coup on t'a gardé en vie jusqu'à ce que tu sois capable de te coltiner ton propre poids. » Il s'interrompit, et ses grands yeux noirs s'illuminèrent, ses yeux qui avaient tout vu depuis tous les horizons génétiques. « Alors putain qu'est-ce qui s'est passé ?

— Peut-être que j'avais besoin d'un temps de repos plus long entre les guerres », dis-je, en me bidonnant au point d'en tousser, puis en toussant jusqu'aux larmes. Que j'emmenai dehors. Puis je dégobillai, enfin, la bile, l'acide, les larmes me râpant la gorge comme une brosse métallique.

« Ça va mieux ? s'enquit Frank au moment où je me glissais à nouveau dans le box.

— Bandes d'enculés, qu'est-ce que vous regardez, là ? » je fis à l'attention des camionneurs qui s'étaient retournés pour mater.

« Vaut mieux pas imaginer », fit Frank, puis il se leva. Un grand gaillard au teint patibulaire qui arbore un bagde, ça impressionne toujours. Les camionneurs qui s'étaient levés se rassirent vite.

« Et qu'est-ce qui se serait passé si on n'avait pas été là ? me demanda-t-il en s'asseyant.

— Je me serais fait remonter les bretelles, fis-je, à demi lucide, mais ils auraient eu du fil à retordre.

— Et si c'est les méchants qui avaient déboulé au camp, et non pas nous ? fit Frank.

— Putain, ils s'en seraient mordu les doigts.

— Et toi tu serais mort.

— Dis-moi qui en aurait eu quelque chose à battre, fis-je. Si c'est pour tremper le doigt de pied dans la chaleur factice de l'apitoiement sur soi-même, autant foutre tout le pied dans le brouet dégoulinant de vraie sentimentalité.

— Ça me dépasse », fit Frank. Sur ce, il continua son petit déjeuner, jusqu'à ce que ça m'agace.

« Je sais pas comment un type à l'agonie peut bâfrer comme ça », dis-je à Frank, qui sourit tout simplement comme le benêt à qui on signale que sa braguette est ouverte. Mais Jimmy grogna comme un type blessé, et lorsque je parvins à focaliser mes yeux d'imbécile bourré sur sa tronche, je trouvai suffisamment de bon sens pour lui présenter mes excuses. « Je suis navré, murmurai-je.

— Moi aussi, dit Jimmy à Frank, que toute colère avait quitté illico. J'étais bourré, faut croire. J'ai juste pensé qu'il devait être au courant, ou je sais pas quoi...

— C'est pas grave, James, pas grave », fit Frank, puis il me fixa, tenant le dernier morceau écœurant de son petit déjeuner au bout de sa fourchette. « Tu te souviens quand tu t'en es rendu compte, Sughrue ?

— Quoi ?

— Que rester en vie ne dépendait pas du tout de toi, dit Frank d'une voix douce, que c'était qu'une question de chance. »

Je jetai un œil par la fenêtre. Sur l'autoroute, les gens allaient à des endroits où je n'étais jamais allé, des gens avec un avenir, peut-être, des gens qui vivaient leur vie sans avoir à toujours regarder en arrière.

« Quand Willie est tombé, fis-je.

— Le plus dément de toute une bande de mecs déments, dit Frank. Premier Groupe, Charly Company, Troisième de la Septième, Première Air Cav. Personne a fait mieux que nous, et pas un ne valait Willie. Et il a clamecé comme le dernier des connards. Pas vrai ? »

Je hochai la tête.

« Voilà, je suis en train de claboter, Sergent, dit Frank, et le moment venu, je boufferai mon flingue par le canon, mais jusqu'à nouvel ordre, je suis vivant. » Puis il regarda par la fenêtre. « C'est simple comme bonjour, mon vieux, ce qui importe c'est comment tu vis, pas comment tu meurs. » Frank me dévisagea un long moment, puis se pencha sur la table pour attraper mon assiette. « Si tu bouffes pas ton petit dèje, moi je vais m'en charger. »

Au bout d'une seconde, je lui repris mon assiette des mains, et ingurgitai tout jusqu'à la dernière miette de l'omelette flétrie qui avait refroidi.

On dormit dans un motel des environs, dans une chambre unique avec deux grands lits pour les gens de taille normale et un lit pliable à nos pieds, pour Jimmy, les diligences en cercle, en position défensive pour la nuit. Je jetai un regard alentour avant d'éteindre les lumières : Jimmy avait le sourire jusqu'aux oreilles d'un gamin qu'on a bordé dans son petit lit ; Frank, lui, les bras sous la nuque sur les draps blancs, paraissait énorme et ténébreux, sinistrement colossal, mis à part son énorme sourire étincelant ; quant à moi quelque chose me disait que ma mine ne devait pas être bien reluisante.

« Désolé pour ton pote, C.W, dit Frank sérieusement, et désolé de t'avoir bâché comme ça, mais on dirait que tu es allé te fourrer dans un traquenard pas possible, et tu as intérêt à pas perdre la boule, sinon on va tous y passer.

— C'est bon, fis-je. J'ai la situation bien en main. Et merci de prendre soin de moi. » J'éteignis la lumière. « Eh, les gars, pourquoi est-ce que vous n'êtes pas rentrés au bercail ? demandai-je dans le noir.

— Je m'en serais voulu de laisser derrière moi un abruti de footballeur à perpet'.

— Merci.

— Bon les mecs, si vous comptez jacasser toute la nuit, fit Jimmy, vous vous tapez la garde du périmètre et moi je m'occupe du service roupillon, d'accord ? »

Après un long silence, Frank dit : « Laisse tomber le service, Jimmy, essayons de pioncer un peu. Demain la guerre sera encore là. »

Pour autant que je sache, on a écrasé comme des loirs. Pour une fois. Peut-être qu'on avait tous l'impression que quelqu'un surveillait les arrières. Pour une fois.

Le lendemain midi, autour d'un autre petit déjeuner dans un routier, je tentai de convaincre Frank et Jimmy de faire demi-tour. Je n'insistai pas comme un malade, certes.

« Bon alors qu'est-ce qui se passe, maintenant ? s'enquit Frank, flanqué d'un autre pancake visqueux en sandwich.

— Si tu veux rester, il faut que tu repasses par Denver, fis-je, pour présenter tes documents. »

Frank opina du chef. « Il est temps.

— Ramène la bagnole de location à l'aéroport de Denver et attends mon coup de fil », fis-je, puis je les regardai : « Est-ce qu'un de vous a déjà traîné ses guêtres à El Paso ?

— Pourquoi El Paso ? demanda Frank.

— C'est là que cette femme Cisneros habite, dis-je, avec son petit mari Joe Pines.

— Tiens, je me suis fait tatouer là-bas, une fois », dit Jimmy, en remontant la manche de sa chemise pour dévoiler une bavure bleutée qui avait jadis dû ressembler à un marin assis sur un paquet de papier à rouler.

« Tu sais que j'ai grandi là-bas, fit Frank, mais la seule personne avec qui j'ai gardé le contact, c'est ma mère.

— Et il vaut mieux pas la mêler à ces embrouilles, fis-je d'une voix plate.

— Oh, non.

— J'ai rencontré un type, là-bas, fit Jimmy, en taule...

— Avant ou après le tatouage ? voulut savoir Frank.

— ... à Juarez. Avant. Bref, ce mec c'est un ancien, un gars de la Marine... » Une moue moqueuse dut s'insinuer sur ma trombine et celle de Frank, car Jimmy s'empressa d'ajouter : « Commandant sur une vedette fluviale, et un SEAL[1], Barnstone, un sacré gus.

— Qu'est-ce qu'il fabriquait à l'ombre à Juarez ? lui demanda Frank.

— Il faisait sortir son pote, un bouseux de prof de fac, ou je sais pas quoi, répondit Jimmy. Et il m'a vu dans la taule, et du coup il m'a aussi fait sortir. Il a payé ma *mordida*, m'a emmené chez lui, on s'est fracassé la tête — d'où le tatouage, au passage — puis il m'a prêté de la braise pour que je rentre à Denver. » Jimmy pointa alors un doigt épais sur Frank. « Et tes gars ont gardé ma tire.

1. Sea Air Land.

— Pour quoi faire ? Nous les samoans on n'a pas besoin de bagnoles, mon vieux. On glisse sur les vagues, fit Frank.

— Non, des nègres de Detroit, siffla Jimmy, espèce d'enfoiré.

— Ça t'arrive souvent ? demanda Frank.

— De quoi ?

— De sortir des vannes, dis-je. Tout en salissant ton héritage ethnique. Tu m'as raconté l'autre matin que toi tu pouvais fumer de la dope sans être pour autant un vieux baba, parce que tu es mexicain.

— C'est une évidence », fit Frank avec l'innocence d'une mouette dérivant dans la brise océane.

Jimmy et moi, on échangea un regard. « Des fois je me surprends à regretter mon héritage irlandais, tout comme je regrette ma médaille RVN, mes Purple Hearts et ma Bronze Star. Et toi, Sughrue ? » fit Jimmy, puis il attrapa son verre d'eau glacée.

« Irlando écossais, dis-je, ne l'oublie jamais. Et même pas une médaille de consolation pour bonne conduite. Mon père a eu une DSC[1] et un Purple Heart, surtout, il était fier de dire qu'il était à moitié comanche, mais je crois que sa mère était tchèque ou allemande ou quelque chose comme ça, et le seul métal qu'elle portait, c'était dans son râtelier. Qui sait ? Ces gens-là, vous savez comment ils sont, ils passent leur temps à déplacer leurs frontières pour pouvoir changer de nom. Ça me rappelle quelqu'un que tu connais. » Là-dessus, je leur montrai par la fenêtre. « Ce type, peut-être. »

Frank regarda. Jimmy se pencha et versa de l'eau

1. Distinguished Service Cross.

froide dans la pompe de flic de Frank. « Non, mais putain ça va pas ! » s'écria Frank, puis il bondit si vite qu'il en descella presque la table.

Jimmy et moi on se fendit la gueule, mais un des camionneurs dans le box derrière nous, le plus costaud, évidemment, qui s'était intéressé à cette équipée pluriethnique et débraillée dès qu'on s'était assis, saisit au vol nos élucubrations sur l'armée, se pencha et lança : « Eh, les mouflets, quand est-ce que vous allez grandir ? Oubliez la guerre. C'est à cause de connards comme vous qu'on se chope une mauvaise réputation. Alors devenez adultes, putain ! »

Jimmy se releva très vite. « C'est toi qui veux m'apprendre à devenir adulte, espèce de Planqué de Chauffard, empoté de mes deux.

— Oh là, fit Frank à mon attention. On va voir si on peut pas au moins faire en sorte que ça se passe dehors. »

On faillit ne pas y arriver. Le camarade du camionneur qui tenait la porte avec une galanterie ironique se mangea un coup de pied dans le tibia de la part de Jimmy, au point que le type manqua s'écrouler par terre, mais je réussis à le traîner à l'extérieur, pour qu'il puisse courser Jimmy en boitillant, lequel poursuivait à toutes jambes le gros camionneur.

Frank essaya de la jouer à la régulière, juste Jimmy et le gros camionneur, tâchant de garder à distance leurs cinq comparses, mais ils voyaient bien que le gros avait autant de chance de toucher Jimmy que de s'embrasser le coude, et que même s'il le touchait, ça ferait comme cogner dans un élastique. Avec ses petits poings, Jimmy avait fait naître des bleus un peu partout sur la bobine du camionneur, si bien qu'un des autres, incapable de garder pour lui ses insinuations ethniques, traita Frank de « négro-pingouin », et lui décocha une mandale.

Frank était flic depuis trop longtemps pour frapper du poing un adulte en pleine figure ; il se contenta donc d'esquiver le coup, laissa l'élan déséquilibrer l'autre, puis appliqua pendant quelques secondes la fameuse prise, consacrée par le temps, dite d'étouffement, au cours de laquelle le type commence à « faire le poulet », puis le laissa tomber à terre. C'est à cet instant que tout le monde entra dans la bataille.

La raison aurait voulu qu'on se prenne notre branlée — ils étaient deux fois plus nombreux, et pour la plupart, deux fois plus jeunes que nous — mais Jimmy était givré, Frank un colosse de gentleman avec vachement d'entraînement, et moi.... moi je me bats pas à la loyale.

J'arrachai l'antenne du camion le plus proche, fouettai un zozo en pleine oreille, ce qui lui laissa une zébrure digne d'une quarantaine de piqûres de guêpe, puis je frappai celui qui restait deux fois au bras et une fois à la nuque avant qu'il se précipite vers son bahut pour choper un maillet.

Je passai ma main sous ma veste et beuglai : « Si tu m'obliges à sortir mon joujou, t'es un homme mort, mec. »

Il gambergea un instant, mais heureusement les deux gonzes de Frank se tortillaient par terre. Lorsque Frank s'approcha de lui, il fit tomber par terre sa matraque en bois.

Le type qui s'était mangé le coup de saton de Jimmy dans le tibia s'était sagement écarté de la mêlée, et l'unique raison pour laquelle le gros camionneur n'était pas à l'horizontale, c'est que Jimmy le retenait par le colbac.

« Y a pas de mal, y a pas faute », dis-je. Tout le monde en convint, à part celui qui était dans la pire posture, les mains sur la gueule.

« Y a pas de mal, mon cul, marmonna-t-il. Je crois que le petit enfoiré m'a fait sauter une dent d'un coup de pied.

— Il t'a pas donné de coup de pied, fis-je. Dis donc, t'es sûr d'être assez vieux pour être un Vet...

— MP, il murmura, Long Binh. Mille neuf cent soixante-douze.

— Tu as du pot qu'il t'ait pas tué », fit Frank.

Jimmy secoua brusquement le camionneur comme pour en allonger un de plus dans son œil déjà enflé, mais il leva les mains en disant : « D'accord. D'accord, mec. Tu m'as eu.

— Dis-le, fit Jimmy.

— Y a pas de mal, y a pas faute.

— Heureusement pour les Denver Nuggets », dit Frank.

Alors voilà, on essaye d'anticiper, de prévoir, et vous voyez ce qui arrive.

Jimmy conduisit le van pour rentrer sur Aspen, et je montai avec Frank dans la bagnole de location, pour voir si on ne serait pas capable de formuler une théorie expliquant ce qui était arrivé et pourquoi, mais on ne pouvait faire que des suppositions, jusqu'à ce que, du côté de Rifle, un pick-up gris déglingué fonce sur nous comme une fusée et pile derrière le van. Le moteur grognait comme celui bien rodé d'une Cadillac, et le pick-up arborait quatre pneus neufs.

« Je le connais, ce camion, fis-je. C'est eux qui poursuivaient le FBI quand le FBI me poursuivait. On va essayer un truc. Tiens, je vais t'emprunter ton flingue.

— Quel flingue ? dit Frank.

— Je croyais que la loi t'obligeait à en porter un tout le temps.

— Seulement à Denver, et en fait j'en ai jamais. J'ai pas eu de flingue au boulot depuis... » Et puis Frank observa un long silence à regarder la route. « Écoute, C.W, j'étais pas seulement dans cette école pour enseigner aux gamins que le policier est leur ami... Je causais aussi à cette gamine de neuf piges, qui croit qu'elle est la femme de son papa. Elle le croit depuis la mort de sa maman, quand elle avait quatre ans. Elle fait la tambouille, elle s'occupe de la maison et, la nuit, elle réchauffe le pieu de ce vieux salaud. J'essayais de la convaincre de témoigner contre son père. Je m'occupe aussi des enfants maltraités. Tu as pas besoin de flingue pour ça, mec, juste d'un cœur bien accroché et d'un estomac blindé. Si j'avais un flingue, C.W., j'en connais un qui serait mort...

— Je suis navré, fis-je. Je ne savais pas. »

De sa paluche géante, Frank m'assena une grande tape sur la cuisse. « T'en fais pas, dit-il. Quand ça marche pas, c'est le pire des boulots... Et quand ça marche, c'est encore le pire des boulots. Mon psy...

— Ton psy ? m'étonnai-je.

— Bah quoi ? Le tiers monde n'a pas le droit de goûter les joies de l'analyse ?

— Je, euh, je pensais juste que vos peuplades n'avaient pas besoin de ce tripatouillage de sorcière.

— Eh bien, moi qui jouais du tam-tam, dansais à poil et décapitais les poulets à coups de dents, je ne croyais pas non plus avoir besoin de ces fadaises d'intello, jusqu'au jour où je me suis retrouvé en train de bouffer mon flingue par le canon sans prendre le temps d'écrire un mot à mes gamins ni même d'avoir une pensée pour eux. Et c'était avant d'apprendre pour mon cancer, dit Frank, puis il sourit. Ce boulot est trop dur pour un homme seul, C.W., alors je me fais aider. En tout cas, le psy dit qu'il faut que j'arrête au boulot de dire que c'est de la faute à mon cancer, mais tu piges maintenant que c'est tentant.

— Je suis navré. Je suis peut-être andouille au point de perdre les pédales devant une femme que j'ai à peine connue. Mais bordel, elle était morte et j'ai pas pu le supporter. C'était une femme épatante et une serveuse au poil.

— Des fois, c'est bien d'avoir la trouille et de faire du mal. C'est comme la preuve que tu es toujours en vie. Et on a tous besoin de ça. Des fois, commença Frank doucement, puis il haussa le ton et me donna une claque sur le genou. Nom d'une pipe, ça me fait plaisir de te voir. Tu sais ce que c'est. Des fois tu oublies à quel point les gens te manquent quand tu les vois pas autour de toi.

— Ouais, fis-je, j'imagine que je devrais te remercier pour avoir su trouver les mots pour le dire.

— Ne tombe pas non plus dans le sentimentalisme, fit-il, sinon je ne te ferai plus confiance.

— Merci, ducon, dis-je.

— Bon, alors pourquoi tu voulais un flingue ? demanda Frank, après avoir fini de ricaner. Je croyais que tu en avais toujours un.

— Du bluff. J'aimerais dire deux mots aux gars du pick-up, et je veux un meilleur choix d'armes qu'un démonte-pneu et une antenne radio.

— Tu veux que je double Jimmy et qu'on prenne la prochaine sortie ?

— Pas besoin de te faire de dessin, tu lis dans mes pensées, vieux père », dis-je, puis j'ajoutai une question : « Ça a dû te faire un coup de te retrouver là-bas à chahuter avec ces camionneurs ?

— Un coup de vieux, fut sa réponse.

— Ouais, moi aussi. Tu sais, cet enfoiré de barman mexicain m'a dit que cette guerre était un jeu réservé aux jeunes. On serait plus capable de retourner dans la brousse, si ?

— Aucune chance, dit Frank. N'empêche, tu sais quoi ? Si cette fois-ci ils s'y prenaient bien, je ressayerais bien.

— S'y prenaient bien, ça veut dire quoi ?

— Que ceux qui se tapent tout le boulot soient aux manettes », dit Frank, mais je crois que son propos dépassait le Viêt Nam.

Après dix minutes de duplicité dans une supérette en bordure de l'autoroute à la sortie de Rifle, que le pick-up gris observa d'une station-service de l'autre côté de la route, dix minutes que je passai à plat ventre sur la banquette arrière, on emmena notre petite équipée sur la route. Sauf que cette fois, j'avais l'Airweight attaché à la cheville, le Browning sous le bras et le Glock 10 mm dans la pogne.

« Ça va, tu es suffisamment armé ? » me demanda Frank, comme on prenait la sortie à toute berzingue derrière le pick-up gris.

« Hé, tant que tu peux le porter, rien ne vaut un excès de puissance de feu, dis-je. Dès que tu auras rattrapé le pick-up, place-toi à côté. Je verrai si je peux faire en sorte qu'ils s'arrêtent.

— Sans coup de feu, j'espère, dit Frank. J'ai pas encore rendu mes papiers.

— Évidemment », fis-je.

On peut toujours rêver.

Frank arriva à la hauteur du pick-up qui ne faisait pas du tout un bruit de pick-up. Je montrai au conducteur mexicain le badge de Frank qui était tellement sale qu'il ne risquait pas de briller, et lui fis signe de baisser sa vitre. Ce qu'il fit.

« Eh, les gars, c'est vous les gentils Mexicains, m'écriai-je, ou bien vous êtes les méchants ? »

Le conducteur ne répondit pas, il se contenta de me montrer les deux trous noirs jumeaux d'un fusil de chasse de 12 à canon scié.

Hors de question de commencer à tailler une bavette. J'écrasai le pied sur celui de Frank, et on fit fumer les pneus jusqu'à ce que notre véhicule s'immobilise sur le côté gauche de l'autoroute. Un seul grain de plomb de la décharge de chevrotine fit sauter le capot de la bagnole de loc'.

Un énorme cametard passa en faisant hurler son klaxon.

J'espérai que ce n'était pas un des camionneurs de Grand Junction. On avait déjà bien assez foutu en l'air leur journée.

« Putain, mais c'était quoi ? soupira Frank alors

que le nuage de caoutchouc brûlé enveloppait la tire. Qu'est-ce qui s'est passé ?

— Scié, fis-je. Bonne conduite. Maintenant, fonce, mec, mets la gomme. »

J'ai toujours aimé les caisses, comme seul un gars de la campagne en est capable. Les caisses c'est la liberté, les amours, et l'amour, l'amour véritable. Mais depuis que je suis revenu d'Asie du Sud-Est, je suis incapable de distinguer une marque d'une autre. Du coup, j'ignorais la marque de notre bagnole de location — un machin américain en alu et mauvais plastoc — mais quand Frank écrasa le pied au plancher, cette caisse de Detroit gronda pour de bon, tandis que je vérifiais encore une fois le chargeur du 10 mm.

Le pick-up arrivait à fond sur le van. J'aperçus la forme émoussée du fusil de chasse qui passait du conducteur au passager. J'attrapai l'Airweight, tirai quatre coups qui formèrent un carré dans le pare-brise, ce qui nous assourdit, puis j'essayai de briser le verre Securit à coups de pied.

« Putain, qu'est-ce que tu fous ? s'écria Frank.

— Ces enfoirés vont se cogner Jimmy », répondis-je en hurlant, alors que des morceaux de verre dégringolaient dans le sillage, puis je me penchai dans le vent. « Rapproche-moi, bordel, plus près. »

Je ne savais pas à quelle vitesse on allait, mais je fus surpris d'être dépassé pendant la fusillade par trois bagnoles et un semi. Bon et alors, c'est ça l'Amérique ; on ne meurt pas, on double à droite. Alors je n'avais pas à me plaindre. Sans compter que le convoi obligea le pick-up à rester en dehors de la file de gauche assez longtemps pour que je vise.

« Putain, tire pas sur n'importe qui ! brailla Frank comme un laquais à la solde de la loi.

— Ça risque pas », murmurai-je, puis je vidai la moitié du chargeur du 10 mm sur le pick-up, priant pour un coup de chance.

Comme la plupart des prières, ce fut inutile. J'aurais dû prier pour un ricochet heureux. Je loupai les pneus arrière, mais c'était un coup difficile, pour n'importe qui à n'importe quel moment. Je m'apprêtai donc a réessayer. Cette fois-ci, Frank ne se fendit d'aucun conseil. On était suffisamment près pour distinguer le passager qui se penchait à la fenêtre avec le fusil de chasse.

Sauf qu'avant que je presse la détente, un nuage d'huile et de pièces détachées brisa ce qui restait de notre pare-brise, et un rouleau de fumée se répandit de l'arrière du pick-up, lequel s'arrêta sans user de ses freins arrière. Les deux Mexicains sortirent en catastrophe de la cabine, se coltinant leur barda, sautèrent par-dessus la rambarde d'autoroute et foncèrent vers une corniche basse, puis prirent à droite le long de la crête et mirent cap vers les montagnes au sud.

Le temps qu'on se gare derrière, sur le bord de l'autoroute, la fumée ne s'était pas encore dissipée. Mais on les voyait bien qui s'éloignaient vite sur une autre corniche, vers le sommet le plus haut, en passe de disparaître. J'observai leur remarquable progression, pendant que Frank s'accroupissait pour regarder sous le pick-up.

« Coup de cul, cet enfoiré, dit Frank en se relevant.

— Qui, moi ? fis-je.

— Non. Jimmy. On dirait que ta balle a fait un trou minuscule dans le carter et a fait sauter le vilebrequin.

— Il a toujours eu du pot », fis-je, puis, tout en observant l'allure à laquelle les deux gonzes se carapataient : « Frank.

— Quoi ?

— Eux, c'est peut-être les gentils.

— Pourquoi ?

— Parce que les méchants ont toujours des chars, des hélicos et des zincs et des conneries dans le genre, fis-je. Il y a que les gentils pour crapahuter comme ça en territoire indien. »

QUATRIÈME PARTIE

Pendant que Jimmy descendait le van à Albuquerque pour nous y attendre, Frank et moi prenions l'avion à Aspen direction Denver — billets payés en liquide, noms d'emprunt ; qui sait de quoi les ordinateurs du FBI sont capables ? — où il resta assez longtemps pour déposer ses papiers de retraite et emmener ses enfants dîner, et où je pris le premier vol pour Meriwether, un long vol silencieux.

« Bon, alors qu'est-ce que tu attends de moi ? » me demanda Solly en versant de nouveau quatre doigts de son whisky de luxe dans mon verre en cristal. Le soleil venait juste de passer derrière les Hardrock Peaks, et soudain, il faisait trop froid pour rester assis sur la terrasse de Solly. « Tu veux qu'on s'installe à l'intérieur ? me demanda-t-il en plongeant le bout de son cigare cubain dans le Scotch.

— Ça va, fis-je en admirant l'air limpide de la vallée que brouillaient des bouffées cotonneuses de fumée de feux de bois. Tu pourrais te rencarder auprès de l'un de tes potes de D.C. Pour savoir pourquoi, où que j'aille, le FBI me renifle à la trace.

— Tu n'as pas ta petite idée sur la question ? suggéra-t-il. Pour obtenir ce genre d'info, Sughrue, il faudrait que je fasse jouer des retours d'ascenseur qui flanqueraient plus de pagaille que ça n'en mérite.

— Je suppose que tu me servirais la même réponse si je voulais le fichier FBI de Joe Don Pines ? »

Solly me fixa, puis sourit. « C'est un baratineur, un bon à rien, un minable qui vaut pas un rond.

— On dirait que tu ne tiens pas le bonhomme très haut dans ton estime, tu le connais personnellement ?

— Nos chemins se sont croisés à plusieurs reprises, fit Solly. Mais la première fois m'a suffi. La première fois que je lui ai serré la pince à Saigon, j'ai eu envie de prendre une douche.

— Je me suis toujours demandé pourquoi vous passiez tant de temps sous la douche, vous les officiers. Qu'est-ce qui clochait, chez lui ?

— Pour commencer, c'est pas un Texan de pur souche. Treillis amidonnés et coupés sur mesure. Il avait une grande gueule, mais son hâle de lampe à bronzer pâlissait à chaque fois que le compresseur de la climatisation s'enrayait, fit Solly.

— On en a tous vu un paquet, des officiers de cette trempe. C'est pas nouveau.

— Il bossait pour la Defense Intelligence Agency.

— Moi aussi, lui rappelai-je.

— Ouais, mais toi c'était juste pour éviter de rester à l'ombre à Leavenworth. Ce n'est pas pareil.

— J'espère bien », fis-je, convaincu. À la DIA, ils avaient vu trop de films d'espionnage, et ils étaient parfaitement incontrôlables à cette époque-là, ils se cognaient les boulots que même les cow-boys de la

CIA rechignaient à faire, ils parcouraient le monde comme bon leur semblait, des espions de guerre bureaucrates. « Et depuis ?

— Tiens, j'ai des gars de D.C. qui ont rassemblé quelques coupures de presse, dit-il en posant un classeur sur la table. Topo habituel, pétrole et politique. Il s'est enrichi après la guerre en jouant sur le marché international. Puis il a été coté en bourse et a paumé tout le pognon de ses porteurs. Joe Don s'en serait sorti, mais un baveux malin a pu établir qu'il faisait son commerce à partir d'informations illégales pêchées à l'intérieur, alors le juge l'a dépouillé, lui laissant juste le ranch de sa grand-mère dans le désert du Nouveau-Mexique. Voilà qui mit un terme à ses ambitions politiques. Une fois de plus.

« Par bonheur il épousa la femme Cisneros à peu près à cette époque, et l'argent de la famille : un petit équipement de forage, et il est tombé sur deux puits juteux dans la Overthrust Belt, et il va de nouveau être coté en bourse. Sans compter que sa femme a ouvert un camp de forme et d'amaigrissement sur la partie sud-est de son ranch minable, où tous les riches, les fameux et les magnats de la politique qui n'ont pas encore cédé au chic des confessions publiques, peuvent perdre leurs kilos dans la discrétion et le luxe, ce qui lui ouvre pas mal de portes...

— Sauf parmi les électeurs du Texas, renommés pour leur splendide discernement politique.

— Ne te fous pas trop de leur gueule, fit Solly. Ils ont la réputation d'avoir à moitié raison, une fois sur deux.

— Un peu comme en Californie, fis-je.

— Bon et ensuite ?

— Retrouver la trinité du pouvoir au vingtième siècle, fis-je, puis affronter Joe Don dans sa tanière.

— Pourquoi ?

— Je serais prêt à parier qu'il n'a pas tout dit au FBI.

— Qu'est-ce qui te fait croire qu'il bavera avec toi ? » me demanda Solly, puis il changea d'avis. « Ne me le dis pas, d'accord ?

— Appelle juste une de tes secrétaires — cette blonde sensass' fera l'affaire — et dis-lui d'ouvrir le coffre et de me retrouver à Riverside avec ce qui reste du liquide de Norman.

— Et Norman, qu'est-ce qu'il va dire ?

— Rien, dis-je, si tu ne le lui dis pas.

— Merde, Sughrue. Comment me suis-je dépatouillé pour devenir ton avocat ?

— Pareil que pour devenir mon ami, Solly. Du bol et la géographie. »

Il se marra un peu, puis me demanda : « Qu'est-ce que c'est, la trinité du pouvoir au vingtième siècle ?

— Vaut mieux pas que tu saches », fis-je.

Cash, drogues et puissance de feu, songeai-je en descendant à pinces les marches vers ma bagnole de location. Millard, le jars, avait tourné autour pendant l'heure passée chez Solly, sans réussir à trouver le moindre bout de chrome où admirer son mâle reflet. Ce qui ne l'empêcha pas de me suivre dans toute l'allée en piaffant. Il avait tendance à fraterniser trop facilement, mais pas de chance.

Norman n'eut pas l'air surpris que je rappelle et lui demande de me retrouver au Riverside pour un brin de causette — mais il rouspéta quand je lui dis quoi apporter.

Toutefois il n'était pas en colère au point de refuser de faire un peu de place pour la secrétaire de Solly que je réussis à convaincre de s'installer à notre petite table en bordure du fleuve, où elle avait daigné accepter un petit verre, un Campari soda. Norman au bar brandit ce qui ressemblait à de l'essence en gelée, puis sourit. Je l'ignorai quasi complètement.

« Je ne crois pas avoir jamais rencontré de femme du nom de " Whitney ", fis-je tout en essayant de ne pas regarder trop profondément dans ses yeux bleu clair. Bon sang, ni d'homme, d'ailleurs.

— Vous n'avez jamais entendu parler de Whitney Houston ?

— C'est qui ? dis-je en me rendant compte que je n'avais jamais eu d'aventure sérieuse avec une femme aux yeux bleus.

— Vous êtes un drôle de numéro, monsieur Sughrue, susurra-t-elle. Au bureau, on pense toutes ça. D'abord vous faites ce truc taré avec le juke-box, et maintenant vous vivez dans le sous-sol et Solly vous a à la bonne. »

J'ai dû sourire.

« Et je papote et je papote », dit-elle, puis elle sourit. « Vous avez une vie tellement excitante, je dois vous barber à mort avec mon baratin... »

Je me repris avant qu'elle me foudroie de l'un de ses sourires parfaits, je hochai la tête et réalisai qu'avec cette femme, j'avais perdu pied. Si elle voulait le mariage, des enfants, tout mon pognon — enfin, celui de Norman — ou bien juste un après-midi paresseux et ennuyeux de draps humides froissés dans la rage, elle l'avait. Je hochai la tête, regardai au loin et dis : « Je suppose que vous avez apporté le liquide ?

— Gros bêta, dit-elle en me décochant un autre sourire adorable, évidemment. »

Je jetai un œil à l'enveloppe qu'elle plaça entre nous, dis « Merci », puis tentai de regarder à la fenêtre où de gros flocons secs tombaient en tournoyant dans les eaux sombres de la Meriwether River.

« On dirait que ça va être une année épatante pour le ski », fit-elle, tout près de mon visage. Elle sentait si bon que j'eus l'impression de la goûter, mais ce n'était pas mon type de femme, et je fis le vœu de ne pas m'approcher d'elle. « On pourrait peut-être faire quelques descentes un de ces jours, fit-elle, quand vous en aurez fini avec cette affaire, bien sûr.

— Tout à fait, fis-je du tac au tac. Je vous appelle à mon retour. Dès que je rentre. »

Whitney se leva, lissa sa jupe et dit : « Montez à l'étage, gros bêta. J'y suis pratiquement tous les jours. » Puis elle sourit et gagna la porte, une rose sur deux tiges sublimes, une orchidée nourrie à l'air de la montagne, une...

Eh merde, ça faisait des années que je n'avais pas skié. Et même dans ma jeunesse, j'étais une brêle. Je n'arrivais pas à virer. Sacré Bon Dieu en béquilles, je mangerais les perce-neige par la racine, ou je me retrouverais estropié à l'hosto avant même d'avoir réussi à lui faire faire la bête à vingt doigts de pieds.

Norman, comme d'habitude ces temps-ci, avait l'air le plus normal du monde dans son jean et sa chemise de bûcheron, quand il se laissa tomber sur le siège en face de moi. « C'est pas de la gisquette pour des baroudeurs comme nous, Sughrue, dit-il. Chasse gardée. Sans compter que le simple fait d'y goûter te dézinguerait.

— Elle m'a demandé d'aller skier avec elle.

— Tiens, qu'est-ce que je te disais. Tu as retrouvé ma maman ? »

Je secouai la cafetière pour en chasser le chalet de ski, le vin chaud, les baisers comme des citrons verts glacés dans le blizzard enneigé de mes rêves. « Non, Norman, mais je suis tombé sur un os. Plein de Mexicains, des vivants et des morts, et une amie de fraîche date qui s'est pris trois balles derrière l'oreille au .22 court...

— Putain, la vache, t'as pas de bol, mon con. Je suis vraiment navré, fit-il comme s'il le pensait. Quel rapport avec ma mère ? »

Je racontai à Norman tout ce que je savais. Sauf les noms. Et les lieux. S'il existait une possibilité que mes clients me racontent des boniments, j'avais le devoir de leur retourner la politesse.

« Tu crois qu'elle est vraiment dans la panade ?

— Norman, quand les Feds n'arrivent pas à te mettre la main dessus et que tes amis commencent à tomber sur des gens avec des trous dans la tronche ou la gorge grande ouverte, c'est que tu es sûrement dans la panade jusqu'au cou.

— Putain, pourquoi est-ce qu'ils sont à tes basques ? Ils pensent que tu sais où elle est ?

— Pour piger ce que pense le FBI, faut avoir un cerveau de grand criminel, fis-je. Moi, je ne suis malheureusement qu'un petit joueur.

— Bon, alors maintenant ? » me demanda-t-il avec sérieux, avant de s'enfiler un autre godet de vodka quasiment congelée.

Je laissai la grande enveloppe avec le pognon sur la table, et en plaçai une autre par-dessus. « Voilà ce qui reste de ton liquide, mes feuilles de présence, mes frais, et la note, dis-je. Tu peux sortir du jeu maintenant.

— Et toi, C.W. ?

— C'est comme la Seconde Guerre mondiale, mon vieux, j'ai été appelé jusqu'à la fin des hostilités. »

Norman n'hésita pas un instant. Il poussa les deux enveloppes vers moi en disant : « Si tu as besoin d'autre chose, dis-le-moi.

— Merci, fis-je. J'en fais maintenant une affaire personnelle, possible que je me retrouve tellement dans la mouise, que même Solly n'y pourra rien.

— J'ai encore quelques contacts... Tu vas où, maintenant ?

— El Paso.

— C'est pour ça que tu voulais le certificat de naissance ? Et les documents d'adoption. » Je fis oui de la tête. « Tu crois que je te bourre le mou ? » dit-il. Je fis à nouveau oui de la tête. Norman me tendit une liasse de papiers, il sourit en disant : « Je suis peut-être un enfoiré, man, mais je raconte pas trop de vannes. Pas à mes amis.

— C'est au cas où, fis-je en rassemblant toute la paperasse et la tune.

— Comment je peux te contacter ?

— Je vais descendre quelque part à Upper Valley, fis je, mais j'arrive plus à me rappeler le nom du gus. Un ex-SEAL ou je sais pas quoi.

— Barnstone, je parie, fit Norman. Avant, il était de mèche avec un des gangs de motards de la frontière. Il n'en faisait pas partie, mais c'est un hôte sûr pour les frangins et les Vets. Un client solide. Comment tu le connais ?

— Je le connais pas », dis-je, et Norman en resta là. Je n'aimais pas trop la filière, mais j'irais jeter un œil. « C'est un ami d'ami.

— D'après ce que je sais, mon vieux, ce type est tellement réglo qu'il devrait être dieu ou président, fit Norman d'un air sincère. Dis-lui bonjour de ma part. Et, tu sais, j'ai quelques AK entassés dans un 4 x 4. Tu les veux ?

— Il y a maintenant d'autres personnes dans le coup, fis-je, je peux pas prendre le risque de me faire coincer dans l'avion. Mais merci d'y avoir pensé. »

Norman leva son verre vide à l'intention de la serveuse, puis se tourna vers moi. « Tu reprends quelque chose ?

— C'est ton fric », fis-je, et Norman se fendit la pipe comme si c'était un moyen de le dépenser pas plus idiot qu'un autre.

*

Les gars Dahlgren se tordirent aussi comme des baleines dans leur entrepôt quand je leur suggérai une liste d'armes qu'ils pourraient nous fournir.

« Vous n'êtes que trois ? s'enquit celui qui selon moi était Joe. Un BAR et deux M-1. Pas mal. Deux Thompson et un grease gun. Entendu. Pas de problème. Et j'ai une chouette carabine de tireur d'élite Sako », poursuivit-il, mais je fis non de la tête. « Permettez-moi de vous suggérer quelques carabines M-1A avec le système de tir automatique en option. Moins de puissance que les Thompson, mais une portée sensiblement supérieure. Et léger comme une lance en bambou. »

Comme pour illustrer le propos, l'autre jumeau en attrapa une au mur et la fit tournoyer comme un chef tambour de fanfare. « Belle bête.

— Vous en avez beaucoup comme ça, de la camelote non déclarée ? je demandai.

— Oh, juste des tonnes et des tonnes, fit Joe. Bien sûr, on garde tout ça au vert, à la ferme.

— Si ça nous avait intéressés, on aurait pu devenir trafiquants d'armes, dit Frank avec une pointe de tristesse.

— Euh, vous n'en êtes pas loin, fis-je. Combien ? »

Les deux gars se regardèrent, sourirent à pleines dents, puis l'un d'eux fit : « On vous les fait au prix exact que ça nous a coûté. »

J'ai dû froncer les sourcils car l'autre s'est empressé d'ajouter : « Absolument rien.

— Je ne peux pas, fis-je.

— Bien sûr que vous pouvez. Le Général aurait adoré ça.

— D'accord. Vous pouvez envoyer ça à El Paso sans encombre ? » Il faut croire que je commençais à apprendre à demander. En tout cas, ça marchait. Un de leurs amis avait un magasin de poisson à l'est de la ville, qui me mettrait de côté un aquarium. « Vous n'auriez pas de grenades à main, les gars ? demandai-je une fois que toutes les modalités furent réglées.

— On en avait quelques-unes, mais on a dû s'en débarrasser. Trop vieilles et trop instables.

— On ne pouvait pas garantir la fiabilité », ajouta l'autre, après quoi ils se mirent tous les deux à piquer un fard.

« Bande d'enfoirés, vous trafiquiez, hein ? les accusai-je.

— On s'est contenté de vendre la marchandise qui risquait de se gâter.

— Et on n'a vendu qu'aux types qui avaient la bonne politique », précisa l'autre.

Je ne tenais pas à savoir ce que cela signifiait.

« D'autre part, un bâton de quarante pour cent dans trente centimètres de tuyauterie bouchée, ça pète aussi bien. Et de nos jours, n'importe quel clampin peut acheter de la dynamite, non ? »

Je ne pus qu'acquiescer, puis Frank dut retourner au magasin. Joe me demanda d'attendre un moment. Il voulait me montrer un truc. Je ne m'emmêlais plus les pédales, désormais, car Joe dit : « Vous savez, je me fais du souci pour Frank.

— Pourquoi ?

— Disons que c'est un peu compliqué », fit Joe, et je m'appuyai sur le Sherman. « À de nombreux égards, monsieur Sughrue, vous engager a été l'une des initiatives les plus heureuses que nous ayons prises. Je ne sais pas exactement comment ça s'est passé, mais vous nous avez changé la vie. Vous ne nous avez pas considérés comme des monstres, vous voyez, et vous avez pris au sérieux nos inquiétudes au sujet des poissons. On sait tous les deux qu'on a une drôle de dégaine, et on apprécie tous les deux la manière dont vous nous avez traités. Et la fois où vous nous avez emmenés chez M. Hazelbrook...

« Eh bien, j'espère que vous ne nous en voudrez pas de vous considérer comme un ami. Nos vies se sont à nouveau épanouies. On est sorti de nos cages, vous savez, à cause de notre taille, et on n'a plus l'impression d'être deux petits gros qui font joujou avec les armes du paternel. On a désormais le sentiment que ce sont nos armes, et rien n'aurait pu nous réjouir plus que votre appel, mais...

— Où est le problème ? demandai-je, craignant de connaître déjà la réponse.

— Eh bien, nous sommes allés plusieurs fois chez M. Hazelbrook, voir les poissons, vous savez, et..., eh bien, j'ai peur que Frank ne se soit pas contenté de tomber amoureux de la petite Mary, ce qui est déjà bien assez imprudent vu le genre d'individu que M. Hazelbrook semble être, vous savez, mais apparemment il est devenu accro à la cocaïne

— Je me disais bien qu'il m'avait l'air d'avoir perdu quelques livres.

— Pratiquement trente en une semaine, fit Joe. Et ça l'a changé. J'ai fait venir par avion deux professionnelles de Las Vegas, des femmes vraiment minuscules, quasiment naines. Frank a toujours eu un faible pour les femmes de tout petit gabarit. Compensation, j'imagine. Mais elles ne lui ont fait ni chaud ni froid. Il n'a plus qu'une chose en tête, sniffer de la coke et se mordre les doigts à l'idée que Mary épouse ce bestiau.

« Qu'est-ce que je dois faire ? s'enquit-il presque en pleurnichant.

— J'en n'en ai pas la moindre idée, dus-je admettre. Soit il s'en remettra soit il s'en remettra pas.

— Mais il n'y a vraiment rien à faire ?

— Si vous ne pouvez pas l'emmener voir un psy, je lui suggérai, faites comme lui pendant un bout de temps. Tapez-vous une virée en bagnole. Allez dans un endroit loufdingue. Vegas, peut-être. Foutez-vous à poil et jouez-la farfelu. Vous pouvez vous le permettre. Dégotez-vous une suite top niveau, guinchez, picolez, pariez du pognon et farcissez-vous la tronche. De trois choses l'une, ou ça le zigouillera, ou ça le guérira ou bien ça vous changera la vie. En tout cas, rien ne sera plus comme avant.

— Vous croyez ? Et, euh, les maladies ? Et si l'un de nous deux meurt ? » Joe était maintenant devenu mortellement sérieux.

« Mettez des capotes, les gars, dites à Mona de donner vos corps en pâture à un banc de piranhas en aquarium, comportez-vous comme des trafiquants d'armes », dis-je, tout en espérant ne pas avoir par hasard fichu en l'air leurs vies. « Mais avant de vous faire la malle, assurez-vous qu'il vous signe une procuration.

— Je vous remercie, monsieur Sughrue, fit Joe qui pleurait comme un veau, merci. » Il renouvela interminablement ses remerciements comme si j'avais découvert un remède contre le cancer, ou sauvé la vie de quelqu'un.

Frank son frangin essayait de se foutre en l'air ; mon frangin Frank était en train de clamecer sans raison valable ; et je ne pouvais empêcher ni l'un ni l'autre. Mais ma main se souvenait du contact du crâne de Bébé Lester, le frémissement de sa vie, l'éclat de son rire quand il m'avait fait pipi sur la figure.

« Ne me remerciez pas, fis-je, je vous en prie. C'est moi qui devrais vous remercier, monsieur Dahlgren. Faites-moi confiance, c'est moi qui suis votre débiteur.

Là-dessus, je retournai au turbin.

Je repris l'avion jusqu'à Denver, et retrouvai Franklin Vega à l'aéroport. Ça lui avait fichu un sacré coup de voir ses mômes pour ce qu'il pensait être la dernière fois, et je me souvins de la raison pour laquelle j'avais toujours évité les enfants comme la peste, si bien qu'il passait de la fausse hilarité biturée au silence profond tout en observant les nuages du désert à la recherche d'une raison, d'une forme ou d'une goutte de pluie.

Lorsqu'on arriva à l'aérogare, une pleine page de l'annuaire nous y attendait. Jimmy avait eu beau prendre toutes les petites routes qu'il avait trouvées pour venir d'Albuquerque à Aspen, il s'était fait prendre en filature à la sortie de Bernalillo quand il avait pris l'Interstate 25. Une Cadillac rouge décapotable — pourquoi se gêner ? — avec à son bord quatre types basanés coiffés de grands chapeaux de cow-boy, ce qui signifiait qu'il y en avait qui se foutaient royalement qu'on soit au courant, ainsi qu'une autre de ces berlines banalisées du gouvernement.

« On les emmerde, dis-je à Jimmy au téléphone. Passe nous prendre. On verra bien ce que fait *La Gloria Azul*.

— *La Gloria Azul ?* fit Frank.

— Le van de Norman.

— Norman ? fit Frank. Putain c'est qui, ce Norman ? »

En attendant que Jimmy passe nous prendre, je le lui expliquai, puis on resta silencieux jusqu'à ce que je prenne l'Interstate 40 vers l'ouest, la pédale au plancher, l'aiguille du compteur bloquée, tandis que Frank s'étirait à l'arrière, tâchant d'estimer notre vitesse, et que Jimmy hurlait comme un gosse taré sur le siège passager.

À environ 135 miles à l'heure, la Cadillac n'était plus qu'un point rouge, la berline grise avait disparu, le minibus bombait deux fois plus vite que dans mes souvenirs sur l'autoroute, et des douzaines de hippies rangés des voitures eurent des flash-back d'acide Owsley.

On tourna sur la State Highway 6, et on ne revit plus jamais la berline, mais le conducteur de la Cadillac, qui était assez bon, réussit à ne pas nous lâcher. Jimmy avait attrapé une pleine poignée de cartes, qui nous furent bien utiles lorsqu'on emprunta à toute blinde les chemins de terre en direction de la Réserve Alamo, puis Magdalena, de l'autre côté. Mais impossible d'échapper au nuage de poussière, ou à la Cad rouge qui s'y cramponnait.

Sur la route de Mesa del Oro, on s'arrêta en bordure d'un long virage, au sommet d'un virage en épingle à cheveux. Jimmy resta à côté du minibus, Frank attrapa les jumelles et un sac de couchage pour s'appuyer dessus et je remplis les trois chargeurs de balles blindées.

Au moment où la Cad attaquait le bas du virage en épingle, je m'appuyai sur le duvet roulé et je vidai un demi-chargeur pendant que Frank guidait mes tirs. On était tellement loin que les types dans la Cad durent refermer la capote pour s'assurer que c'était bien des coups de feu qu'ils entendaient. Frank vida son chargeur pendant que je le guidais à mon tour, mais je n'en reconnus aucun dans la décapotable, et

Frank ne tira pas mieux que moi. Il faut se rendre à l'évidence, cent mètres en dénivelé au pistolet, c'est une question de veine.

« Tu te souviens de ces gros lards dont je vous avais parlé ? » dis-je à Frank en rechargeant. Il opina du chef. « Ils nous envoient deux BAR. Ces deux gars, ils me grignoteraient dans la main. Il y a encore deux virages. À mille mètres avec le BAR, je touchais que dalle. Régulièrement.

— Un BAR. La vache, je voyais ces connards de l'ARVN qui en traînaient à travers les rizières, mais j'ai jamais tiré avec.

— Hé, espèce de bleu-bite, quand moi je me suis engagé chez les troufions, le M-60 n'était encore qu'un fantasme de bureaucrate.

— Je valais pas un caramel avec cet engin, dit Frank, mais bon sang, je faisais un de ces boucans.

— Tu savais le porter, dis-je, et c'était ça le plus dur. » La dessus, je tirai quelques cartouches.

Cette fois-ci, je me rapprochai au point de semer un peu de poussière de caillasse sur leur pare-brise. À part le conducteur, ils sortirent tous des fusils d'assaut de série en fer-blanc, alourdis de suppresseur. Ils arrosèrent le flanc de coteau à l'aveuglette, mais ils n'avaient guère plus de portée que moi. C'est alors que le conducteur commit l'erreur de s'arrêter pour jeter un œil alentour. Mes deux premiers coups furent trop hauts, mais les trois suivants arrivèrent en plein dans le capot. La Cad s'arrêta pour de bon, et les mecs se ruèrent hors de la bagnole. Je vidai ensuite mon chargeur dans le coffre, dans l'espoir de toucher le réservoir.

Ce n'est pas le réservoir à essence que j'ai touché, n'empêche, ça a explosé comme une bombe. L'explosion a fait décoller les quatre gus, et a mis le feu à l'un de leurs couvre-chefs, mais ils ne s'arrêtèrent pas pour se retourner, ils se contentèrent de gravir la colline, tels quatre fantassins ultrapros à l'attaque d'un bunker, se couvrant mutuellement, et se déplaçant plutôt bien pour des gars en bottes de cow-boy.

Je jetai le sac de couchage dans la pente. Il fallut deux rebonds avant qu'il soit réduit en lambeaux sous le feu de leurs armes automatiques, nappant ainsi le versant de fibres pétrochimiques.

« Moi je trouve que ça ressemble pas à du duvet, dit Frank.

— J'essaye de faire faire des économies à mon client, dis-je.

— De fausses économies, fit-il, rien ne vaut le duvet d'oie.

— Ravi de l'apprendre. Et maintenant, qu'est-ce qu'on fait de ces trouducs, là-bas ?

— Je propose qu'on reste pas dans leurs pattes », fit Frank.

On se replia dans les broussailles, prenant bien soin de ne pas soulever de poussière, et on sauta tous les deux dans le van au moment où Jimmy démarrait.

On emprunta le long et fastidieux chemin de Santa Rita, contournant le Gila, personne ne causa trop des quatre jeunes soldats pros qui nous filaient le train. On attendit jusqu'après minuit aux abords de Santa Rita, puis on mit le cap au sud, direction Deming, précisément là où j'étais né dans un motel, puis on descendit sur Colombus, où le rêve de Pancho Vila s'acheva pour de vrai quand il commit l'énorme bourde d'attaquer de nuit les troupes américaines.

Jimmy prétendait connaître un chemin détourné pour rallier El Paso, affirmation que ni Frank ni moi ne prîmes la peine de remettre en question.

On était ravis de rouler à travers le désert, de rouler lentement au clair de lune, accordant toute confiance à notre éclaireur pour trouver les traces pâles à travers les cactus hérissés et la nuit. Jimmy tomba sur un restant de pétard de jamaïcaine, et réussit avec ça à rouler un joint de taille assez substantielle, qu'on fuma dans la nuit. Frank et moi, on ouvrit les portières coulissantes, et on s'assit sur le plancher pour observer le clair de lune se répandre sur le sable.

« C'est vraiment idiot, fit Jimmy rêveusement depuis le siège conducteur. On n'a absolument aucun avantage sur eux. On devrait peut-être s'envoyer un peu de coke, mon Sergeot.

— Voilà une idée vraiment idiote », dis-je en ricanant, puis je pris les dispositions pour arranger ça.

« Pas un avantage terrible, fit Frank par la suite, mais tout de même un avantage. »

Comme il avait dû prendre l'avion, Frank n'avait pas apporté de flingue, mais il chargea soigneusement tout mon arsenal, et l'étala autour de lui sur la moquette. On aurait dit un dieu païen venant juste de découvrir le coup de feu. Il envoya l'Airweight à Jimmy qui le fourra entre ses guiboles. « C'est à peu près ta taille, ducon. » Puis il observa un moment la nuit avant de se tourner vers moi. « On a eu raison de se casser, dit-il. Ces gars allaient nous coller une rouste.

— J'avais le calibre douze, mec, fit Jimmy, et putain, ils auraient morflé.

— Tu sais, dis-je à Frank, il a raison. Ils nous auraient peut-être botté le cul, mais ils n'auraient peut-être pas eu envie de payer le prix fort.

— Putain, je sais pas qui a entraîné ces gars, dit Frank, mais bordel c'étaient des vrais pros. Ils nous auraient écrasés et digérés comme de la merde fine dans un intestin de Suédois géant. »

Jimmy chopa le fou rire et voulut savoir à quelle vitesse ça correspondait, et on délira un moment sur ce thème, jusqu'à ce que Frank redevienne sérieux.

« Faut regarder les choses en face, les gars, on est des viocs.

— Je t'emmerde, suggéra Jimmy.

— Alors bordel, pourquoi on n'est pas resté ? voulut savoir Frank.

— Putain, parce que c'est pas pareil ! » m'écriai-je.

Jimmy arrêta le van, et je posai le pied dans l'obscurité désertique, le sol exsudait encore de la chaleur comme un soleil à l'agonie et l'air était froid comme un clair de lune. Je crois que j'étais peut-être encore à nouveau en train de chialer. Mais ils m'écoutèrent.

« C'est pas pareil, maintenant c'est pas pareil, je chuchotai. Si on s'est effacé devant ces caves, c'est qu'on ne voulait plus tuer personne. Quatre pistolets, un fusil à pompe, des munitions à la pelle, une planque géniale en hauteur. Bordel, on leur aurait foutu la branlée en une minute waxahachie. Et vous le savez, bande de cons. » Puis je m'interrompis, et c'est Frank qui parla pour moi :

« Mais on ne voulait pas », et il me tendit une bière, et on remonta dans le minibus pour continuer notre traversée du désert, sans un mot, jusqu'à ce que Jimmy veuille savoir exactement combien ça faisait, une minute waxahachie, vous savez, comparé au truc-de-la-merde-fine-du-Suédois. Et on se bidonna en pourfendant la nuit.

Par moments, les ombres des montagnes escaladaient l'horizon, suggérant des dédales de pierraille et d'épines. Ou le son étouffé du moteur s'assoupissait et le couinement d'un moulin à vent ou d'une chauve-souris stridulait dans la clarté lunaire. Je voulais qu'on s'arrête pour confectionner un minuscule feu sans fumée, et déclamer les paroles que mon père m'avait apprises il y a si longtemps, psalmodier jusqu'à ce que les ombres de son grand-père s'élèvent du sol pour danser devant moi. Je me souvenais de ces mots, mais j'étais incapable de les dire, même dans ma barbe. Je tentai de compenser en clopant comme un pompier, en plaisantant, en rigolant, en essayant de réprimer ce triste instant de sérieux, où il fallait admettre que nous n'étions plus ce que nous avions jadis été. On était encore capables de pioncer dans des trous de boue, encore capables de se tenir dos à dos, comme Solly et moi, l'après-midi de l'embuscade, et se battre sans avoir la trouille, mais on n'était plus capables de tuer sans... sans... sans rancœur, ou sans raison, juste pour l'acte simple, quoique complexe, d'une survie possible.

À peu près au moment où je me remettais de ces émotions, juste au moment où on voyait les lumières de la ville d'El Paso polluer la nuit, et trois derricks au sud-ouest, à l'horizon, un fantôme surgit d'un buisson de créosote les mains levées, en tenue de camouflage, arborant un M-16 à bâbord. Jimmy immobilisa le bus, comme si ce genre de truc lui arrivait tous les jours. La sentinelle fit un pas de côté, inspecta l'intérieur du van avec une lampe de poche rouge, puis fit : « Merde, elle sent bon, cette mota. Jamaïcaine, hein ? Eh, les gars, il vous resterait pas un pétard et une mousse fraîche ? Hé, à propos, ça vous embête pas d'attendre un peu ici ? »

Au bout d'un long silence, Jimmy fit : « Eh ben, merde alors, si ça c'est un guet-apens, les gars, on a la partie trop belle. » Jimmy passa le canon de l'Airweight par la portière. « Tu baisses ton flingue, fiston, et je baisse le mien, et on fera la fête jusqu'au bout de la nuit. »

Le gamin n'hésita même pas, il posa le M-16 contre le van. « Vous avez l'air cool, les mecs, alors pas de problème de mon côté, mais nous on est une vingtaine, alors vaut peut-être mieux que ça se règle à l'amiable.

— Ça me va », fit Frank qui remit la sécurité du fusil.

Alors on resta assis là au milieu de nulle part, à regarder devant nous sur la piste un groupe en treillis de combat, armé jusqu'aux dents, armes automatiques dernier cri, lunettes à visée nocturne et tout le bataclan avec deux semi-remorques déplaçant un C-47 accidenté et des centaines de ballots de marijuana, aussi silencieux que des revenants, et sérieux comme des serpents à sonnettes. Quand ils eurent achevé leur traversée le gamin fantôme bouffa le mégot, tendit sa canette vide à Jimmy et récupéra sa pétoire.

« On déballe, on emballe, bon vent, les potes », ajouta-t-il poliment, puis il se dirigea au pas de course vers les semis et ses collègues.

Pas un de nous ne bougea le petit doigt de pied pendant un moment, puis Jimmy retrouva sa voix. « Putain, qu'est-ce que c'était ?

— De quoi ? fit Frank.

— Ça ! » s'écria Jimmy, puis il lourda la canette vide par la fenêtre.

« Trafiquants de drogue yuppies, dit Frank, et si tu ramasses pas tes ordures, ducon, ils descendent ta famille et tous tes amis, si tu en as. »

Jimmy ramassa sa canette pendant qu'on rigolait, et quand il repartit, je fis comme ça : « Je sais pas pourquoi j'ai pas fait dans mon froc. Ça faisait un bail que j'avais pas vu un truc de ce genre.

— Moi je sais pourquoi j'ai pas fait dans mon froc, fit Jimmy.

— Pourquoi ? voulut savoir Frank.

— Parce que j'avais à peu près un kilo et demi de housse de siège pour me couvrir le trou du cul, hurla Jimmy avant de finir par se fendre la pêche.

— Sympa de ta part de prendre une route si peu fréquentée, fit Frank.

— Putain, comment je pouvais deviner que l'Air Force Texicaine Libre était de sortie cette nuit ? dit Jimmy. Peter Rowen a oublié de me le dire, bordel.

— Ça c'est vrai », hurla Frank, et on massacra la chanson jusqu'à l'aube.

L'aube nous trouva en train de nous ébrouer dans un bassin en acier alimenté à l'énergie éolienne à la lisière du désert, au-dessus de Upper Valley. Les tamaris qui poussaient le long de la source arrêtaient net la brise matinale, tandis que la boule de feu du soleil s'élevait au-dessus des Franklin Mountains. On était foncés et rouges et luisants dans la lumière matinale, surpris par le soleil et hébétés, peut-être bien, mais désespérément pleins de vie comme le soleil relevait la tête et s'insinuait à travers les toiles d'araignées humides de rosée tricotées dans les broussailles épineuses.

Une des trop rares fois où mon père m'a recueilli pour l'été, on est retourné à Deming pour voir un de ses vieux potes de guerre. Après toutes ces années, il me semble qu'il s'appelait Lawson, ou bien Layton, et il avait été plusieurs fois blessé alors qu'il pataugeait sur la plage au cours de la troisième vague à Tarawa. Les balles de Nambu calibre 25 lui faisaient comme une couture sur l'estomac, et le faux pli des cicatrices s'était élargi de manière effrayante au fur et à mesure que sa panse de buveur de bière se développait. Il avait épousé une Mexicaine dont la famille possédait un bout de terrain avec une source, du côté des Florida Mountains au sud est de Deming, où ils faisaient pousser des piments, des melons et autres cultures maraîchères. Il avait une fille qui s'appelait Marta.

Pendant que nos paternels picolaient, elle m'emmenait dans sa chambrette pour me passer les 45 tours de Kitty Wells sur son petit électrophone en plastique à dix dollars, le seul truc que sa mère lui avait laissé quand elle avait repris l'avion pour Crystal City, Texas. Après avoir passé *An Answer to the Wild Side of Life*, une dizaine de fois, Marta avait consacré quasiment une heure à m'apprendre à rouler un patin.

Je devais avoir dans les onze ans, peut-être douze, juste assez vieux pour avoir une érection, mais trop jeune pour une éjaculation, et elle avait peut-être treize balais, n'empêche on était plus chauds que des pistolets à deux dollars.

Le lendemain matin, au lever du soleil, elle frappa bruyamment sur la tôle du pick-up où je dormais, enroulé dans de la grosse toile et un des kilts de ma grand-mère. Je levai la tête, elle avait le doigt sur les lèvres. Non pas que nos paternels risquaient de nous entendre, autour du petit feu dans la cour, le feu qu'ils avaient alimenté pendant toute la nuit tout en picolant sérieux.

Je suivis Marta jusqu'à leur bassin creusé au bulldozer, et on se déshabilla pour se glisser dans l'eau boueuse et peu profonde, et sans faire un seul geste pour nager, on commença à se toucher. Elle n'avait pas vraiment de seins, juste des bosses et des tétons comme elle disait, et elle n'avait pas beaucoup plus de poils que moi, mais on fit de notre mieux pour préparer le monde à la liberté sexuelle.

Dans la lumière de l'aube les montagnes du désert se cabraient, sauvages et indomptées dans le ciel séculaire quoique tout neuf, ne cessant de nous rappeler notre jeunesse passagère et la promesse de notre décès. Mais cela paraissait alors si loin.

Et pourtant, ça arrivait à toute vitesse. Peu de temps après, j'eus droit à ma première véritable pollution nocturne en rêvant à Marta, debout à l'aube dans le miroitement enflammé de cet étang écumeux.

Évidemment, rien n'est jamais aussi simple.

On fit l'amour la nuit qui suivit l'enterrement de son père à Las Cruces, une vingtaine et quelques d'années plus tard, puis à nouveau après que j'enterre le mien, disparu dans un accident de moto aux abords de Falfurrias, Texas, juste l'année suivante.

Mais cela nous a conduits nulle part. Elle dit que c'était la faute à ce premier matin, quand l'eau chatoyait de minuscules arcs-en-ciel en gouttant de ses cheveux, ses mains si douces sur ma bite dure comme une racine de mesquite. Moi je dis que c'était la faute aux morts. En tout cas, ça n'a jamais rien donné. Elle épousa un cultivateur de melons du côté de La Junta, et ils eurent une douzaine de gamins. Moi pas.

*

Plus tard, dégoulinants et à moitié fous, Frank, Jimmy et moi sortîmes du bassin et nous séchâmes debout au soleil. Jimmy avait envie de causer du jour où on était resté debout sous la pluie, mais personne n'avait envie de l'écouter. J'insistai pour terminer le trajet, me taper la sortie du désert — parfois, prendre le volant m'apaise — et du coup, Jimmy m'indiqua le chemin direct pour aller chez Barnstone, juste de l'autre côté de la levée du Rio Grande, quasiment dans le Nouveau-Mexique, et magnifiquement situé sur un tertre au milieu d'un bosquet de pacaniers. Chez Barnstone, on se sentait chez soi. Sa baraque principale à un étage, comprenant une douzaine de chambres, était de pierre et non en pisé, tout comme le mur qui faisait le tour de sa cour d'un hectare. Dans l'enceinte, il avait une demi-douzaine d'appartements en pierre, une petite étable, une grange, et un garage trois places, chaque stalle étant occupée par une Morgan décapotable à divers stades de retape.

Quand on s'approcha de l'entrée de derrière, un grand gaillard chauve avec une barbe rousse se tenait à l'intérieur, une boule de bowling dans une main, une canette de bière dans l'autre. Une dizaine de mètres plus loin, un dindon de gouttière, les ailes déployées, l'œil brillant, lui faisait face.

« Du calme, nous recommanda Jimmy, ça plaisante pas.

— Qu'est-ce que c'est que ce bordel ? demanda Frank en s'agenouillant entre les sièges. Un dindon de combat ?

— De la pétanque avec un dindon comme cochonnet », fit Jimmy, et c'est à peu près à ce moment-là que le type balança sa boule.

Le dindon attendit jusqu'au dernier moment, puis le plus naturellement du monde fit un saut de côté, et chia sur la boule au moment où elle passait sous lui. La boule de bowling roula jusqu'au bord d'un terre-plein surélevé où un autre grand type avec chapeau de paille et pyjama noir sarclait péniblement les herbes folles à l'aide d'une petite binette. Le dindon se pencha avec dignité au-dessus d'une baignoire remplie de canettes de bière, où il se percha, tel l'oiseau national que Benjamin Franklin avait souhaité qu'il soit.

« Bon Dieu, Carney », s'écria le géant roux d'une voix splendide en cette matinée empreinte de l'humidité du fleuve, « à ton tour. »

Le type dans le jardin l'observa sous son chapeau vietnamien et fit d'une voix posée : « Il a encore chié sur la boule, Barnstone. C'est pas à moi de jouer. »

On sortit du van, canettes à la main, nous aussi, et on s'appuya sur le portail blanc. Barnstone s'approcha de la boule de bowling souillée, puis remarqua notre présence en se penchant. Deux coqs nains chantèrent depuis le corral, et un canard blanc se précipita dans les genoux de Barnstone. Il nous observa méticuleusement en caressant le dos du canard. Le canard frissonna comme s'il était sur le point de pondre un œuf, s'agenouilla dans l'herbe et frémit comme emporté par un orgasme, puis s'éloigna en chancelant.

« C'est pas poli de regarder les animaux prendre leur pied », dit-il.

L'Hacienda Barnstone avait un règlement pas tout à fait compatible avec notre mode de vie — comme par exemple pas de flingues ni de drogues dures, sauf si c'était la « drogue du peuple », ce qui signifiait que les radins ne faisaient pas l'affaire — mais son voisin au bout de la rue n'avait pas de tels scrupules. Il nous loua son garage pour planquer le van. Puis Barnstone nous fit monter dans son ambulance Power Wagon de la Seconde Guerre mondiale et nous conduisit à un endroit qui s'appelait Chez Victor, où l'on fut assailli par une escouade de *huevos rancheros*. Pour l'essentiel, on bouffa et on transpira en éclusant de la bière Tecate, puis on recommença. Mais Jimmy s'arrêta assez longtemps pour demander :

« Qu'est-ce qui lui arrive à l'ami Carney ? Il a des délires de grandeur Cong ou quoi ?

— Non, répondit sérieusement Barnstone, il paye une grande dette karmique. »

Frank en recracha presque ses œufs et ses piments sur la table, et moi, il fallut bien que je me fende d'un sourire.

« Vous êtes bouddhiste ? m'enquis-je.

— À toute étiquette son chemin ; qui dit chemin, dit désir », fit-il, son énorme trombine couverte de taches de rousseur, aussi impassible qu'un caillou.

« Putain, mais qu'est-ce que Machin-Truc est allé foutre comme connerie, qu'on n'ait pas tous faite ? demanda Frank.

— Il s'appelle Carney, et sa dette n'a pas été contractée par un acte, mais par le refus de reconnaître la dette, fit Barnstone. Arthur était agent de change à Dallas, un jeune loup aux dents qui lui rayaient les burnes, il avait tous les joujoux — bateaux, bagnoles, les femmes du nord de Dallas — puis il a découvert le joujou ultime. La cocaïne. Certains arrivent à assurer, d'autres non. Lui n'a pas pu. Moi non plus. On s'est retrouvés tous les deux à pisser le sang dans le pissoir d'un bordel de Las Palomas, et on a refait nos premiers pas sur terre ensemble. » Sa bière dans une paluche, Barnstone ramassa le chèque du petit déjeuner dans l'autre. « Il semble que ma dette est plus légère. Moi au moins, je peux encore fumer un peu de dope et boire une mousse à l'occasion. La dernière fois que Carney s'est envoyé une bière, il s'est retrouvé en Ohio. » Vu la façon dont il le dit, l'Ohio devenait le septième cercle de l'enfer. « Je vous offre le petit déjeuner, messieurs. Ensuite je vous laisse vous dépatouiller tout seuls. On est en période calme, alors je peux mettre à votre disposition trois petits appartements ou bien la grande baraque, où on peut dormir à quatre. Vous me verserez ce que vous pouvez, aussi longtemps que vous pouvez. On ne vous posera pas de questions.

— La grande baraque, s'empressa de dire Jimmy, apparemment effrayé à l'idée de scinder l'équipe de choc, et merci, Barny. Cette fois-ci, je peux payer.

— Et souvenez-vous du règlement.

— Si tu salis, tu nettoies. Si tu casses, tu répares. Si tu déconnes, tu te casses », fit Jimmy. Barnstone hocha alors la tête et se dirigea vers la caisse enregistreuse, où se trouvait Victor en personne, joyeux et replet.

« Vous ne nous aviez pas dit que c'était plein de toqués religieux ici, grogna Frank en terminant sa mousse.

— Croyez-moi, ce n'est pas le cas », dit Jimmy, puis il secoua la tête. « Putain, c'est le seul coin où je me sois jamais senti chez moi, à part la brousse, ajouta-t-il avec tristesse.

— On peut toujours essayer », dis-je, puis je déboursai le pourboire et suivis Barnstone.

« Le pourboire est pour moi, fis-je.

— Merci.

— Un vieux pote m'a dit de vous saluer, j'ajoutai.

— Tiens, qui ça peut être ? »

Maintenant que je me tenais à côté de Barnstone, sa carrure sombre en contre-jour, je me rendis compte à quel point son ombre plongeait sur moi.

« Norman L'Anormal, dis-je d'une voix calme.

— Doux Jésus, fit Barnstone, M. Hazelbrook est encore vivant ? » Puis il sourit, radieux comme un soleil. « J'ai failli le buter de mes propres mains un dimanche après-midi. Je tenais en l'air la pelle qui allait l'envoyer dans une tombe du désert, mais je n'ai pas pu la lui enfoncer dans la nuque.

— Il a une assez haute opinion de vous, fis-je. Il raconte que vous devriez être dieu ou président. »

Barnstone se marra et toute la pièce trembla. « Ça a été sa première erreur, fit-il.

— Et sa deuxième, c'était quoi ?

— Je ne me rappelle pas exactement, mon ami, mais à cette époque, ça a failli lui coûter la vie », dit-il, puis il se tut pour ricaner. « Comment va Norman, ces temps-ci ?

— Presque respectable, dis-je, il va se marier.

— Dans ce cas, je suppose que je peux me réjouir de ne pas avoir fait sauter le caisson du bonhomme, fit Barnstone sérieusement. J'ai passé trop de temps à côtoyer les tueries, mon ami, dans le Delta, puis dans le business de la dope. Je me disais à l'époque, " Un de plus, un de moins, putain ". Maintenant je sais ce que ça change.

— Ouais, j'ai un pote au pays, dis-je. Il a rempilé deux fois, dont une fois dix-huit mois.

— Faudrait que quelqu'un prie pour lui », dit-il alors que Frank et Jimmy nous rejoignaient, puis on reprit l'ambulance pour rentrer.

On avait eu beau jurer tous les trois qu'on ne dormirait plus jamais, entre le ronron de la climatisation et le silence du bosquet de pacaniers dans l'Upper Valley matinale, on s'endormit en quelques instants comme des enfants épuisés, pour un sommeil sans rêve, une fois de plus.

Je m'éveillai le premier, enfilai un short et des chaussures de jogging, puis remontai la digue en courant, et revins en marchant le long du fleuve apprivoisé aux coloris d'un brun indolent. De l'autre côté de la frontière, ils l'appelaient le Rio Bravo del Norte, et quelqu'un m'a dit une fois qu'à Ojinaga le Rio Conchos jetait ses eaux claires et froides dans le fleuve boueux, mais je n'étais jamais allé vérifier, et je ne savais pas si je devais le croire. Sauf que j'eus soudain envie de voir ça, tout ça, l'ouest du Texas, le Mexique et d'autres endroits plus au sud, je voulais voir d'où venait mon canard siffleur mexicain. Je voulais rentrer chez moi, à un endroit où je n'étais encore jamais allé.

Quand j'arrivai à l'Hacienda Barnstone, le soleil vacillait juste à la lisière de la vallée, et l'air du désert de fin d'automne me démangeait la poitrine. Frank et Jimmy étaient assis à une table de pique-nique face à Barnstone qui tenait sa cane blanche sur les genoux comme s'il s'était agi d'un gros chat endormi. Les chevaux mangeaient bruyamment dans les cases du corral, les dents comme des burins, les poulets gloussaient pour rien, et de l'autre côté du jardin, la dinde avait acculé un coq nain, dans une position « Tu-te-bats-ou-tu-passes-à-la-casserole ». Seul Dieu, ou peut-être Ben Franklin, savait ce que la dinde avait en tête. Non loin, sur un cairn au milieu des parterres surélevés du jardin, Carney était assis dans la position du lotus, aussi calme qu'une fleur de soie.

Je pris une douche, me changeai, puis rejoignis les gars à la table. Frank ouvrit une bière, et Barnstone sourit. J'hésitai.

« Je pense qu'on risque de manquer de temps, les gars, dis-je.

— J'en sais un peu sur ce chapitre, dit tranquillement Barnstone, et je suggère une nuit de R&R[1]. On n'est pas au Viêt Nam ici. Il y a plein de gens riches qui vivent à Upper Valley ; plein de gardiens pour

1. Repos et Relaxation.

veiller sur eux. Tentez une patrouille de reconnaissance demain après-midi, personne ne vous remarquera. J'ai du monde qui vient ce soir. Prenez votre temps. Je vous en prie. »

Frank me prit le joint, tira dessus, puis parla à travers la fumée : « Je sais que tu te fais un sang d'encre pour la femme et le bébé, Sughrue, mais si on y va à moitié paré, on va tout foutre en l'air. » Il me tendit le joint.

« Ou à moitié stone », fis-je, tirant dessus à mon tour, espérant que pour une dernière fois on avait raison, tout en me demandant quel genre d'individus allaient se pointer.

La copine dentiste de Barnstone se pointa pour soigner ses chevaux et étaler quelques lignes de cocaïne pharmaceutique pour ses convives. C'était une blonde chevaline avec une mâchoire supérieure proéminente et un accent de la Côte est à faire sauter vos plombages. Puis quelques professeurs de fac et certains de leurs étudiants déboulèrent avec un tonnelet de bière. On s'encanaille, me dis-je, jusqu'à ce que je réalise que l'un d'eux, un bouffon bedonnant de prof d'histoire, était le type qui avait partagé la cellule de Jimmy à Juarez, et un autre, un rouquin guilleret et potelé suspendu au bras de Gorman, était plus qu'un vieil ami. Puis une poignée de cultivateurs de piment radinèrent avec une demi-douzaine de chevreaux que Barnstone abattit et prépara tandis que Frank et moi préparions un feu de branches de pacanier dans la fosse du barbecue.

Trois types en Harley qui faisaient Long Beach-Miami s'arrêtèrent pour la nuit. À mon goût, ils fleuraient bon la racaille motorisée, mais Barnstone y alla de son discours dithyrambique à leur sujet et fit tout pour qu'ils se sentent chez eux. Une chroniqueuse d'Austin dont je connaissais le travail était venue grappiller un zeste de couleur locale — il s'avéra clairement qu'elle entendait par là : Frank. Une paire d'homosexuels ostéopathes étaient descendus d'Albuquerque, escortant une paire de danseuses lesbiennes, de loin les plus jolies femmes de la soirée, mais pas les seules.

La nuit était déjà tombée depuis un moment, Frank et la journaliste avaient déjà réglé l'inévitable débat sur la sauce barbecue et le cabrito rissolait et grésillait sur un lit de charbon de bois dur. Une marmite de haricots rouges de la taille d'un side-car était apparue, des douzaines de *tamales* fumants recouvraient la table, et des gens continuaient à débouler dans la cour. Mais en étant attentif, on pouvait remarquer que Barnstone triait sur le volet les convives, renvoyant à l'occasion des bandes de jeunes mecs, un ex-détenu brut de brut ou un motard dépourvu des références requises, ou bien n'ayant pas hissé le pavillon adéquat.

Ce n'était pas une soirée qu'un républicain aurait pu comprendre — la fumée de marijuana doucereuse dans l'atmosphère, un snif de cocaïne de-ci de-là, de la bière mexicaine fraîche, de la bonne bouffe, des chouettes conversations et de la rigolade — mais un érudit déconstructiviste parisien aurait pu trouver que c'était le summum culturel de l'Amérique. C'est en tout cas la thèse que soutint celui avec qui je fis connaissance, vacataire à l'UTEP[1]. À un moment

1. University of Texas El Paso.

donné, prétendait-il, les Américains avaient quelque part oublié comment s'amuser. Au nom de la santé, du bon goût, et de la correction politique de part et d'autre du spectre, on nous dictait notre comportement. L'Amérique était en train de devenir un parc à thème, non pas dans le sens d'un parc d'attractions, mais une sorte de Disneyland fasciste.

« Pas de poil qui dépasse sur la figure, pas de faux cils, et putain pas de poilade ! » s'écria le Français court sur pattes, puis il arracha une bouteille de tequila des mains d'une Kiowa-Chicana qui n'avait pas l'air commode, avec son seul sourcil sombre comme un mauvais pressentiment, telle une peinture de guerre en travers du visage.

« J'espère qu'elle ne va pas lui faire de mal », dit une voix de femme dans mon dos. Comme je me retournais, elle ajouta : « Barnstone m'a dit que je devrais vous parler.

— D'accord », fis-je. J'ignorais qui elle était, mais elle avait le plus mignon petit nez retroussé que j'avais jamais vu, une peau mate rosée, et une crinière blond argenté qui scintillait comme de l'inox à la lueur du feu.

« Marchons un peu, dit-elle en sortant un joint, et faisons connaissance.

— Marché conclu, dis-je en tendant la main pour me présenter.

— Dottie Melano », dit-elle. Elle était de petite taille, presque menue, n'empêche, elle faillit me briser la pogne en la serrant. « Navrée, fit-elle, mais j'adore mettre les mecs à genoux.

— Ne me faites pas mal, dis-je, ce sera la première fois. À genoux, j'entends. »

Dottie éclata d'un rire tonitruant, puis alla vers le portail, tout en me causant par-dessus son épaule. « Si on en arrive là, monsieur Sughrue, on comparera nos brûlures de tapis au petit matin.

— Bon sang, qu'est-ce que vous faites dans la vie ? m'enquis-je, qui vous autorise à vous comporter de la sorte ? »

Elle s'immobilisa au loquet du portail, telle une vision dans un chemisier blanc qui lui découvrait les épaules, une jupe jaune pâle et une ceinture rouge vif assortie à ses hauts talons.

« Je suis shérif adjointe au Nouveau-Mexique par là-bas », dit-elle, puis elle me sourit, heureuse comme une truie dans le purin, comme on disait jadis.

Dottie faisait partie de ces femmes que les hauts talons ne ralentissent pas. J'ignore comment elles font. Une fois qu'elle eut allumé le joint, j'étais obligé de marcher trop vite pour pouvoir le fumer.

« On fait pas la course, si ? je demandai. Parce que si c'est le cas, je suis déjà sur les jantes.

— Désolée, fit-elle. J'ai un putain de trop-plein d'énergie, voilà tout. Désolée, je voulais pas dire ça comme ça, je ne tenais pas à vous faire miroiter monts et merveilles.

— Continuez, dis-je, je suis un grand garçon. Je suis capable d'assumer une déception. »

Dottie m'envoya un ramponneau dans les côtes qui aurait provoqué l'admiration de Jimmy. J'en avalai presque le joint.

« Désolée, répéta-t-elle, puis elle se marra. Barnstone m'a dit qu'il vous fallait une poule costaude, il m'a raconté que vous aviez fréquenté une kyrielle de fausses dures. » Elle me prit le joint des doigts, et en tira une bouffée si vigoureuse que le bout incandescent illumina les ombres des pacaniers. « Il a dit qu'il vous fallait une bonne dose de réalité.

— Vous faites tout ce qu'il dit ?

— On se rend des services.

— Vous êtes réellement shérif adjointe ?

— Vous voulez voir mon flingue et mon badge ?

— Volontiers », dis-je en hochant la tête, et Dottie remonta entièrement sa jupe. Son badge était coincé dans l'un de ses bas et son Ladysmith S&W .38 était niché à la croisée de son entrejambe. « Bon Dieu, murmurai-je.

— Ça vous excite ? » elle demanda. J'ai dû faire oui de la tête. « Moi aussi », dit-elle, puis elle fit cliqueter ses talons sur le revêtement dur de la route jusqu'à une clairière plongée dans l'obscurité.

« Deux minutes, je balbutiai. Qu'est-ce que vous foutez ici ? »

Elle s'arrêta et je percutai son petit corps solide. « Désolée, fit-elle, c'est une couverture.

— La couverture, on est pas encore dessous », dis-je, et elle se marra pour de bon.

« Merci, dit-elle. Ça fait une paye que je n'ai pas fait ça, enfin comme ça. » Puis elle pouffa. « Inutile de dire que je suis complètement fracassée. Le stress me fait parfois cet effet. Parfois je n'arrive pas à être stone avec un *cola* de la taille d'une queue de cheval, et des fois je commence à ricaner rien qu'à y penser. » Là-dessus, elle observa un instant de silence. « Putain, trop de pression dans mon boulot, dit-elle, puis elle soupira.

— J'ai un ami qui dit ça, fis-je.

— Qu'est-ce qu'il fait ? Trafiquant ?

— Bien vu, fis-je. Mais qu'est-ce que vous fabriquez vraiment ici ?

— Hé, ducon, je suis vraiment en planque », elle fit, puis rit à nouveau, d'un petit gloussement enroué qui me fit dresser les poils de la nuque. Elle n'était pas la seule à être défoncée. « Avant, Barnstone faisait passer du volume d'un côté à l'autre de la frontière, et il ne s'est jamais fait pincer. Jusqu'à ce que moi je lui tombe sur le paletot. Alors maintenant il m'appartient.

— Il deale encore de l'herbe ? m'enquis-je tout en me demandant pourquoi elle me racontait tout ça.

— Barnstone n'a pas acheté ou vendu un seul joint en huit ans, fit-elle. Il n'en fumera jamais un s'il doit casquer. N'empêche il m'appartient toujours. Ça fait longtemps qu'on est amis, on s'est rendu plein de services au fil des ans. Votre nom a beau être dans tous les fichiers de la DEA depuis une semaine, lui dit que vous êtes cool.

— Bon sang, comment vous êtes au courant de tout ça ?

— C'est le FBI qui me l'a dit. Vous n'imaginez pas le genre de femmes que les agents du FBI sont forcés d'épouser. Ces pauvres cons sont prêts à balancer flingue, informateurs (aussi merdiques soient-ils) ou enfants à la seule promesse d'une turlute.

— Et je joue où, moi, dans ce tableau ? » Ces temps-ci, avec les femmes, j'avais l'impression de ne pas jouer dans ma catégorie. « Putain, où exactement ?

— Ne jouez pas les durs à cuire avec moi, cowboy, fit-elle en se retournant avec délicatesse au milieu de la route. Je sais que vous n'avez rien sur vous et si vous jouez au con avec moi, je vous fais sauter les valseuses. » Sur ce, elle se fourra la main entre les jambes.

« Des promesses, des promesses, fis-je. Si je vous dis que je vous aime, est-ce que vous voudrez bien me remontrer votre flingue ?

— Absolument. Si vous vous y prenez bien.

— Dorothy, je vous aime, dis-je.

— Vous êtes bon. Vous êtes vachement bon, C.W. Sughrue. C'est parfait. On va être amis. Merci. » Puis elle remonta sa jupe, en rigolant comme une dératée, puis la fit retomber et m'embrassa si fort qu'elle faillit me briser la nuque.

Après qu'on se fut mordillé, caressé, peloté, je me reculai en roulant des épaules et en étirant mon dos qui avait supporté son poids surprenant pendant tout ce temps.

« Qu'est-ce qui vous arrive, cow-boy ? Les fillettes qui donnent du fil à retordre, ça fait un peu trop pour vous ?

— Bon sang, faut croire, dis-je, j'ai toujours eu les yeux plus gros que le bas-ventre. » Dottie se contenta de sourire comme un méchant petit animal. « Mais il faut que je sache où je joue dans votre petit jeu à la con, gamine, dis-je en faisant tourner son pistolet autour de mon index odorant avant de lui rendre.

— Où est-ce que vous avez été pendant toute ma vie ? fit-elle en balançant le flingue. Bon d'accord, Barnstone a de bonnes intuitions sur les gens. Je ne l'ai jamais vu se tromper. Bon je vous dis ça, parce qu'il a dit que vous étiez une bonne pâte. Alors pas d'entourloupe, d'accord ? Voilà, il paraîtrait que quelqu'un est sur le point de faire passer la frontière ici à une gigantesque cargaison de cocaïne — des tonnes. J'ai entendu dire deux et dix. Et sur ce coup l'intermédiaire c'est vous.

— Je ne suis au courant de rien de tout ça, fis-je, mais moi il me manque une femme et un bébé, égarés quelque part.

— Barnstone ne m'en a pas parlé.

— Je ne lui ai pas dit, fis-je. N'empêche, je vais vous raconter un autre truc : je me fous de votre opération coup de poing sur la cocaïne comme d'une guigne. De toute façon, au mieux vous ferez dix pour cent et encore je crois que là-dessus les gens de votre acabit racontent des bobards...

— Les gens de votre acabit ?

— Les enfoirés de la DEA, fis-je pour éclairer sa lanterne. Vous n'avez pas pu garder si longtemps cette couverture sans des relations haut placées à la DEA. » Elle haussa les épaules comme si cela n'avait aucune importance. « Qu'est-ce que vous voulez savoir de moi, lady ?

— Eh bien qu'est-ce que vous savez de la livraison ?

— Putain, absolument rien, admis-je. J'ai fichu les pieds dans cette affaire en partant à la recherche de la mère d'un copain pour qu'il puisse l'inviter à son mariage... »

Je marquai une pause, qu'elle mit à profit pour s'exclamer : « Quoi ? » On aurait dit qu'elle ne me croyait pas. « Cette femme et ce bébé, comment ils sont entrés dans cette histoire ?

— Par la bande, je crois. »

Puis elle voulut savoir ceci : « Qui c'est, votre ami ?

— Désolé, fis-je, je travaille pour son avocat.

— Et vous me critiquez pour les complices qu'on me connaît ? » Puis elle pouffa. « Ça restera entre nous et l'oreiller, mon chou.

— Très chouette comme endroit », dis-je, quand bien même je savais qu'elle parlait du nom, puis j'inspirai profondément et soupirai. Bon, il fallait bien que je finisse par faire confiance à quelqu'un. « On troque ? » proposai-je, et elle hocha vigoureusement la tête. « Il s'appelle Norman Hazelbrook, et il prétend que Mme Joe Don Pines est sa mère... »

Dottie secoua la tête et jura dans sa barbe. « Non mais qu'est-ce qui vous prend de vous mêler d'un kidnapping du FBI, même par la bande », fit-elle, puis elle s'appuya sur moi, les bras serrés fort contre mon torse, la tête blottie sous mon menton. « Je crois que c'est son mari qui a fait le coup, elle murmura, mais comme n'importe quel être humain décent de ce pays, j'ai horreur de cet enfoiré. » Elle souffla un moment contre mon torse, suffisamment longtemps pour que je sente son haleine humide à travers ma chemise. Puis elle soupira, un peu comme moi juste avant, et fit : « Comment s'appelle l'avocat ?

— Solomon Rainbolt », puis je la repoussai à bout de bras pour voir sa figure.

« Je verrai ce que j'arrive à glaner sur lui », fit-elle en souriant, puis elle revint se blottir contre moi et chuchota : « Et n'oubliez pas que je suis tout à fait capable de vous mentir en vous fixant dans le blanc des yeux, cow-boy.

— J'aime autant que ce soit dans cette position qu'on me mente, dis-je. On va voir sur quoi vous allez tomber à propos du garde-chien de Joe Don, son nom de famille, c'est Jones. Ils disent qu'il s'est suicidé il y a quelques années...

— Je n'ai pas besoin d'ordinateur pour savoir ça, fit-elle. Eloy Jones. Mais avant que je vous raconte l'histoire, j'ai besoin que vous me rendiez un autre service.

— Ah oui, quoi ?

— Si on est encore en train de causer à minuit, j'aimerais vous baiser, me dit-elle.

— C'est romantique, fis-je.

— Pour moi, dit-elle. À vrai dire, Sughrue, j'aimerais bien vous baiser sur-le-champ. »

Qui étais-je pour pinailler ? La dame avait un flingue.

Le reste de la soirée R&R fut tout aussi magique que cet instant. La bouffe était sublime, les conversations formidables, les étoiles scintillaient dans le ciel du désert. Même la cane était contente, accroupie, jouissant à chaque fois que quelqu'un la caressait. Quant à Dottie...

Disons qu'il arrive parfois que le stress tue le sexe comme un serpent, et parfois il rend les préliminaires superflus. On jouit tous les deux si vite et si fort qu'on fut sûrs d'avoir fait tomber des pecans de l'arbre contre lequel on s'appuyait. De retour à la soirée, on se dévorait des yeux comme des serpents, quand on ne se tenait pas par la main comme des adolescents, et quand on alla finalement se coucher, défoncés et pleins de viande de chevreau ce fut comme de faire l'amour à une vieille connaissance.

On savait les mêmes choses. Non seulement que demain, ce ne serait pas pareil, et on avait horreur de notre incapacité à changer cela, mais que, comme c'était tout ce que nous aurions, il fallait qu'on s'aime vraiment. Pour certains, cela aurait pu être une partie de jambes en l'air comme une autre, mais pour nous, cette nuit-là, ce fut le début et la fin du monde. Évidemment, la plupart des gens ne savent pas distinguer le bon grain de l'ivraie. Cela faisait partie des choses que nous savions tous les deux. On pouvait crever demain. C'en était une autre.

Plus tard, alors que je me retrouvai enfin sur les genoux, et qu'elle était étendue en travers du lit, haletante, je lui demandai de me parler du suicide du père de Wynona Jones.

Elle me prit par le dessus du crâne et me guida encore plus profond entre ses cuisses, puis grogna : « Encore une fois, et je te dirai tout. »

Ma foi, aucun de nous deux n'y croyait, mais on fit comme si.

Après ça, elle alluma la lumière, m'envoya chercher de la cocaïne et une autre bière fraîche, puis me laissa m'envoyer le tout. Ce n'était pas une histoire à dormir debout, mais j'avais envie de dormir dessus.

Le lendemain matin, les femmes étaient reparties et on avait tous de bonnes gueules de bois, si bien qu'on était un peu sur les nerfs, et plus qu'un peu grincheux, au moment d'aider Barnstone à remettre en ordre les restes étonnamment peu dérangés, tandis qu'une énorme marmite de café de cow-boy nous attendait sur les braises du barbecue. Quand on eut fini, Barnstone remplit les quarts de café et se mit à préparer le petit déjeuner sur les braises dans deux poêlons.

Des œufs de ferme frais, certains étaient encore tièdes de fiente, des morceaux de *cabrito* et du *tamale* en miettes mélangés avec des oignons blancs et des piments *japaleno* dans un poêlon ; des *refritos* agrémentés d'une grande poignée de *chiles pequins* dans l'autre. Au moment où ça sortait du feu, Carney revint du patelin avec des tortillas de maïs frais que l'on disposa sur le grill tout encroûté.

Carney truffa deux tortillas de haricots et retourna au jardin, puis disparut dans une minuscule hutte en bambou qui se mêlait si bien à la végétation alentour qu'on ne l'avait même pas remarquée.

On regarda avec étonnement. Jimmy s'assit à la table en disant : « Ce mec me fout les boules.

— Moi aussi, fit Barnstone.

— Il était quoi, bordel ? s'enquit Frank. Pas un *lurp*[1] quand même ?

— On n'en a jamais parlé », dit Barnstone pour clore le chapitre.

Quand on eut tout mangé à part les assiettes, Jimmy prit la parole pour nous. « T'as pas mis les petits plats dans les grands, Barney, et j'en ferais pas goûter à mon cousin de Boston, mais c'est le meilleur petit déjeuner que j'aie jamais mangé.

— Quelque chose me dit que vous allez en avoir besoin », fit Barnstone, en versant du rab de café. Puis il se tourna vers moi, et d'une voix plate et dure comme un endroit sur lequel un bouddha aurait envie de s'asseoir, mais pas trop longtemps : « Bon alors les gars, qu'est-ce que vous êtes vraiment venus foutre dans mon bled ? »

1. Lurp : unité de reconnaissance au Viêt Nam. Tireurs d'élite.

Frank et Jimmy s'interposèrent avant qu'on la joue western et que ça dégénère vilain.

« Tout d'abord, monsieur Barnstone, fis-je, vous allez peut-être me dire pourquoi vous m'avez envoyé cette petite garce de la DEA.

— C'est une amie de longue date, monsieur Sughrue, et c'est elle qui me l'a demandé. Voilà la raison.

— Mais putain... », commença Frank.

Mais Barnstone se leva, marcha vers la porte de la sellerie et fit : « Que je vous montre quelque chose », et il ouvrit la porte. Le corps sanguinolent de sa cane blanche pendait à un clou. « Cette cane était une compagne épatante, fit Barnstone. Suffisait de la caresser pour qu'elle jouisse. N'importe qui. Une âme vraiment heureuse. Et cet espèce de salopard... » Barnstone leva un bout de toile étalée sur un cadavre, la gorge tranchée jusqu'à la nuque, puis le recouvrit. « Ça faisait dix ans que je n'avais pas vu de cadavre. Putain les gars vous passez une journée ici et je... Bon, vous pigez ?

— C'est vous qui avez fait ça ? je demandai.

— Carney, dit Barnstone. Lui aussi était amoureux d'Annie, si on peut dire.

— Qui était ce type ? demanda Jimmy.

— Juste un *mojado* débarqué de sa ferme, dit Barnstone. Je connais l'abruti à Delicias qui l'a sûrement employé. Mais putain ça fait trop longtemps que je suis rangé des voitures, alors je sais bien que c'est pas dirigé contre moi, aussi j'aimerais bien que vous me racontiez toute l'histoire, et comment ça se fait qu'un gros bonnet mexicain sait que vous êtes là. Ça vous ennuie ? » Barnstone referma la porte sur les cadavres comme s'ils avaient déjà pris leur place sur la grande roue de la vie.

« C'est sûrement la DEA qui les a affranchis, dis-je, Dottie m'a dit que mon nom était partout sur leur ordinateur, mais putain j'ai aucune idée de la façon dont ils ont pu faire le rapprochement. »

Jimmy et Frank ne savaient pas s'ils devaient prendre leurs jambes à leur cou ou bien se battre, alors ils bredouillèrent des questions jusqu'à ce que je leur dise que j'en avais pas la moindre idée. À part ce que m'avait dit Dottie.

« Le plus beau de l'histoire, les gars, fis-je, c'est qu'ils croient que j'ai radiné pour passer la frontière avec plusieurs tonnes de cocaïne.

— La compétition. Ça explique beaucoup de choses, dit Barnstone.

— Ouais, mais putain qu'est-ce que tout ça signifie ? » dit Jimmy.

Ça, bien sûr, comme toujours, c'est la question.

Moyennant une autre liasse de biftons, les voisins de Barnstone louèrent à Frank et Jimmy une vieille Corvette qui faisait un barouf d'avion, mais, comme Frank déclara par la suite : « Dès que le feu passe au vert, tout le monde se transforme en moucherons dans le rétro. » Ils se rendirent à El Paso proprement dit, il faut croire que cet endroit existe réellement, vérifier que le chapitre enfance de l'histoire de Norman collait effectivement.

Puis Barnstone me fit entrer dans sa maison qui était remplie de la plus belle collection de merdouilles du continent nord-américain. Une chaise de barbier pour enfant, une *javelina* empaillée, un portrait couleur grandeur nature et en relief de Pancho Villa avec un casque colonial qui lui donnait une allure de Teddy Roosevelt. Une collection de sabots montés sur du contreplaqué verni. Une Harley customisée face à un écran de télé géant. Tout ça juste dans le séjour.

« Où est-ce que vous êtes allés pêcher tous ces bidules ? m'enquis-je.

— Je ne sais pas, les machins se collent à moi comme des moutons de poussière à un matou. » Là-dessus, il enfourcha la Harley, fouilla dans la sacoche latérale et en sortit un pistolet Mauser automatique avec une crosse à l'ancienne. « Des machins comme ça », dit-il, avec une pointe de menace dans la voix, comme une petite flamme.

« Je croyais que vous refusiez les armes sur place », fis-je en m'affalant dans un canapé en cuir ouvragé, sous une longue corne de bouvillon montée sur un présentoir, et en croisant mes mains derrière ma nuque. « Et les questions.

— Juste les miennes, dit-il. En cas d'urgence. La cane et le cadavre font que c'est une urgence.

— Ce n'est pas le flingue qui vous aidera, dis-je, et vous le savez. Depuis combien de temps vous n'avez pas pressé la détente sur un type dans votre séjour ? »

Barnstone me regarda un long moment, le Mauser impassible dans sa main. Puis il rigola calmement et remit le pistolet dans la sacoche. « Ma foi, Sughrue, de deux choses l'une, soit vous êtes vraiment un type au poil, soit vous êtes trop balèze pour moi.

— Être balèze, ça ne compte jamais, dis-je. Mais Dottie m'a dit que je pouvais vous faire confiance. Tapons-nous une bière et je vous affranchirai de toutes les infractions que j'ai commises sur la route d'El Paso. Si ça vous intéresse toujours.

— Ça m'intéresse, dit-il, maintenant. »

Alors on s'installa à la table de la cuisine avec deux Tecate et je lui racontai une bonne partie de l'histoire. Comme il hochait la tête, je lui dis que j'avais également envie de voir Joe Don Pines de près ; il opina sagement et me demanda : « Vous vivez toujours comme ça ?

— À chaque fois que je peux », admis-je. Il sourit avec sérénité puis je fis : « Vous savez quoi que ce soit à propos de Joe Don et la drogue ? »

Il m'adressa un regard qui ébranla ma bonne santé mentale. « Pour autant que je sache, ce n'est qu'un riche connard, dit-il, mais ça a jasé. Il a une piste d'atterrissage de trois mille mètres là-bas, au quartier général du ranch, à Edwards Hole, et sa famille à elle possède un ranch dans les Encantadas au sud-est de Big Bend avec un terrain en dur de mille mètres. C'est tout ce que je sais. » Il me fixa à nouveau. « Réfléchissez-y, Sughrue. Moi j'ai beaucoup d'argent, mais Joe Don et sa femme en ont cent fois plus. Pourquoi est-ce qu'ils iraient se casser la nénette avec des trucs qui rapportent pas un rond comme la drogue alors qu'ils ont assez de tune pour donner dans les délits d'initiés ?

— Deux tonnes de cocaïne c'est pas exactement une opération à but non lucratif, si ?

— Pour eux, si.

— Barnstone, souvenez-vous, dis-je. L'argent c'est la drogue ultime. Et le désir, le serpent qui se mord la queue.

— Hé, ho, ne me la jouez pas à l'orientale. Restez cool et on ira jeter un œil. L'esprit ouvert, vide de désir.

— Ça, je ne peux pas le promettre, je dus bien admettre.

— Disons qu'on laissera les flingues à la maison », il fit, puis il se marra et sortit un petit trépied, deux treillis pour le désert et une paire de jumelles navales allemandes de la Seconde Guerre mondiale. « Attrapez vos pompes de randonnée, mon gars, dit-il en m'envoyant un treillis. On va crapahuter. »

Une heure plus tard, on descendait un arroyo juste au sud-ouest de Upper Valley, pas très loin de la piste que Jimmy avait suivie. Barnstone avait insisté pour qu'on laisse l'ambulance deux miles à l'ouest de la ferme de remise en forme, dissimulée dans une petite ravine broussailleuse à une heure en contrebas et une cantine d'eau derrière nous. Il y avait des nuages et c'était la fin de l'automne, mais le désert venait quand même sucer jusqu'à notre humidité. On vira dans une grande étendue aride et on eut une vue panoramique sur Upper Valley qui s'étirait paisiblement entre les rives préhistoriques du Rio Bravo del Norte. Barnstone fit signe de se mettre à plat ventre, puis on avança jusqu'à la lisière.

« Sûrement beaucoup de peine pour rien, il chuchota en me tendant les jumelles, mais mieux vaut prévenir. En tout cas, on y est. Une des tanières de Joe Don. »

Les trois derricks que j'avais vus la nuit où on avait fait notre traversée du désert se dressaient le long des talus de la vallée à environ cinq cents mètres d'écart au-dessus d'une route nouvelle qui semblait conduire à un passage frontière tout récent. Un groupe de la compagnie du téléphone équipé de matériel d'installation s'approchait du passage frontière.

Juste avant le passage, une route bifurquait et un panneau annonçait : *El Rancho Encantada.* La ferme de remise en forme se trouvait en face de nous, étincelante de murs en stuc et de toits en tuiles rouges au milieu d'une pléthore de terrains de golf et de piscines, du vert et du bleu rampant au beau milieu du désert. Un jet Gulfstream toucha le sol de la piste privée juste après le dix-huitième trou, puis se gara parmi ses semblables.

Une armada d'hommes et de femmes, en collants Lycra gris brillant et des justaucorps ou des maillots de corps, dansaient au rythme d'une musique qu'on ne pouvait pas entendre, se livrant à la guerre contre les excès. À voir certaines silhouettes, il était clair qu'un peu d'exercice ne leur serait pas inutile, mais d'autres n'avaient que la peau sur les os, on aurait dit des accros invétérés au speed. Trois jeunes femmes en Lycra rouge menaient la danse, leurs mâchoires dures et carrées commandaient dans le vide.

Le reste du personnel — les jardiniers, les gens du service, et les larbins ici et là — était en survêtement et avait l'air mexicain, mais je n'en connaissais aucun. Je balayai plusieurs fois le centre avec les jumelles grand angle, puis repassai de plus près avec ma longue-vue.

Je ne vis pas le moindre signe de Wynona ou Lester, mais pas non plus de garde armé ni même une simple cellule, rien.

« Je ne la vois pas, dis-je à Barnstone, et je ne vois pas d'endroit où ils pourraient retenir quelqu'un contre sa volonté. Hormis la piste de danse, or elle n'y est pas. Qu'est-ce que les compagnies téléphoniques fabriquent dans ce secteur ?

— Joe Don fait construire un nouveau poste frontière, répondit-il. Encore un des rêves de chiottes de Joe Don-la-fiotte.

— Il a un bureau à El Paso ?

— Ouais, mais je ne pense pas qu'on puisse se ramener comme ça. On peut éventuellement essayer le ranch principal cette nuit, mais putain c'est une tout autre affaire, mon vieux. Il faudra ramper au ras des pâquerettes sur cinq cents mètres.

— Maintenant je comprends comment vous vous y êtes pris pour rester si longtemps dans le bizness, fis-je.

— N'empêche, trahi par mes désirs de base », soupira Barnstone, puis il ricana. « Mais elle en valait presque la chandelle.

— Je ne peux pas dire, fis-je. Mes désirs ont simplement toujours été éloignés de leur base. » Je m'interrompis pour réfléchir à ça. « Et je crois que je vais rendre visite à Joe Don dans son bureau cet après-midi.

— Il va pas apprécier, dit-il.

— Putain, j'espère bien. »

Overthrust Drilling and Production avait des bureaux tout en haut de l'immeuble le plus élevé d'El Paso, un édifice de verre fumé barré de colonnes blanches en béton. Il m'avait fallu deux bonnes heures et la persévérance d'un junkie ou d'un avocat pour arriver à passer les barrages jusqu'à l'assistante personnelle de Joe Don. Dès que je pus m'entretenir avec ladite assistante, je lui annonçai que j'avais quelques questions sur la femme disparue de son patron, qu'il n'aurait pas envie de faire partager au FBI, j'en étais sûr.

Du coup, tout se mit en branle. Ils me firent patienter suffisamment longtemps pour pouvoir localiser mon appel, puis me donnèrent un rendez-vous à six heures du soir.

Le temps que je raccroche dans ma chambre du Paso Del Norte Hotel, où j'étais descendu sous le nom de Eduardo Nueces, et que j'arrive au bout du couloir, j'avais trois zozos à mes trousses avec écouteurs dans les oreilles et micros sur les revers de veste. Deux d'entre eux étaient basanés, habillés en représentants de commerce, sauf qu'ils avaient tous les deux l'allure de deux réfrigérateurs dans leurs vestes piteuses, et leurs petits yeux porcins brillaient d'un espoir de violence ; l'autre avait une dégaine de mac au chômedu. Les quatrième et cinquième, un couple de touristes, s'accrochèrent au convoi au moment où je passais d'un pas badin devant la petite place où il y avait jadis des alligators.

En fendant la foule des clodos, un gugus élancé en costard de mac des années trente m'arrêta d'un doigt long et décharné.

« Hé, man, tu cherches un peu d'action ? » il me dit.

Légèrement interloqué, vu que plusieurs milliers de prostituées travaillaient juste de l'autre côté de la frontière, je me contentai de regarder du côté de Juarez.

« Le Mexique, faut même pas y penser, dit-il. Là-bas, les nanas sont horribles, elles pensent qu'à la tune, et elles ont des maladies. Mais si tu veux de la chatte blanche avec des gros nichons — des pom pom girls — je suis ton homme, soldat.

— J'ai juste envie de savoir ce qui est arrivé aux alligators, man.

— Ils se sont taillés à pied, c'est tout, soldat, dit-il en mimant un départ sur la pointe des pieds dans ses pompes pointues en alligator, juste taillés à pied. » Puis il sourit et les suivit. Un des réfrigérateurs l'attrapa par le bras, et le type décharné lui fit son sourire. J'espérai qu'ils ne l'amocheraient pas trop. Mais je n'avais pas grand espoir.

Cette brève excentricité me fit penser que j'avais bien besoin d'un verre. Au Mexique. Qui parvient, malgré sa folie, à être moins dérangé que l'Amérique. J'avançai donc à pinces dans Stanton Street jusqu'au pont, puis je traversai la frontière vers Juarez. Aucun des types qui me filaient n'avait une dégaine d'agent du gouvernement, et aucun ne prit la peine d'appeler à la maison avant de traverser la frontière, ni même n'hésita, ce qui signifiait sans doute que Joe Don tenait les fédéraux, exactement comme je pensais.

Marcher me fit du bien, je traversai le secteur texan minable, qui grouillait dans la délicieuse puanteur de *tamale*. J'avais planqué ma bagnole de location dans un garage à plusieurs niveaux, et, une fois de l'autre côté des épaisses eaux boueuses qui s'écoulaient entre les murs de béton, les grillages et les barbelés, me balader au Mexique à pied me fit encore plus de bien. Je flânai un peu, pissai dans un urinoir rempli de glaçons, puis dans un autre rempli d'algues marines. Des pipis nerveux, au point que je pris un taxi pour faire cent mètres jusqu'à un endroit dont j'avais entendu parler, le Kentucky Club, en quête de margaritas et de nostalgie. Le barman prétendait avoir joué dans la Mexican League à l'époque où les joueurs de base-ball américains étaient des géants, avant que les Dominicains squattent la ligue. Après un arrêt-pipi, je marchai tranquillement vers l'Amérique, avec toute ma petite équipe à mes basques. Au moins eurent-ils la décence de dissimuler leurs écouteurs et leurs micros avant de passer l'immigration américaine et les douanes. Puis j'emmenai ces corniauds dans un parking où je les semai, en attendant le bon moment pour qu'ils me trouvent.

Ils me tombèrent sur le paletot une demi-heure plus tard, quand je sortis de l'ascenseur à l'étage de Joe Don, quelques minutes avant six heures. Je résistai juste assez pour leur donner un petit coup de sang, dans l'espoir qu'ils laissent filtrer quelque chose. Ils avaient beau être des brutes, c'étaient aussi des professionnels, plus genre ex-flics que voyous qu'on engage. À l'exception de la femme, à qui je réussis à balancer un coup de pied dans le tibia. Quoique vraie rousse avec mille taches de rousseur, elle lâcha un chapelet d'injures dans un espagnol mal articulé qu'avec mes vagues notions de tex-mex je ne réussis guère à décrypter. Elle allait me dessouder les noisettes d'un coup de pied au moment où un des gonzes s'adressa sèchement à elle. Dans ce qui ressemblait à de l'espagnol mexicain. Mais si vite que le seul mot que je compris fut *gusana.* Puis ils m'emmenèrent dans le couloir pour la rencontre avec le magicien.

Après avoir été fouillé méticuleusement à deux reprises, conduit au travers d'un détecteur de métal, puis menotté et enchaîné à la taille avec des fers aux pieds, je fus conduit auprès de Joe Don, puis poussé sur un siège et un grand type bien habillé s'approcha de moi et remit ça sur le tapis. C'est tout juste s'il ne cassa pas une lampe de poche dans le rectum. Ce que je lui fis remarquer.

« Ne me tente pas », dit-il.

Je regardai Joe Don et fis : « C'est comme ça, avec le petit personnel de nos jours. Quand ils ont pas la tête dans le cul, il faut toujours qu'ils cherchent un autre endroit merdique pour y fourrer leur figure. »

Sous son opulent bronzage le jeune type longiligne rougit jusqu'à la racine de sa tignasse blonde, mollement ramenée en arrière à partir de son haut front. Il se passa une main soyeuse dans les cheveux comme si je l'avais décoiffé, un geste qui me rappela quelqu'un. Il avait l'air assez mince sous son costume de luxe dans lequel il flottait, et il était chaussé de mocassins italiens fins sans chaussettes, suffisamment fins pour qu'on voie les cals sur ses doigts de pieds. Et il faillit m'arracher la caboche en me giflant.

« Merci, fis-je. Ça clarifie tout, à part ma tête. » Puis je branlai le chef et il se mit à rire. « Je suis peut-être dans les vapes, connard, mais je te promets que le retour à l'envoyeur, ce sera pas de la tarte.

— Putain, qu'est-ce qu'il te faut ? » fit-il, et il m'en allongea une autre. Un peu plus forte que la précédente.

« Un bureau comme ça, mon gars », dis-je en inspectant du regard la tanière de Joe Don. Tout n'était que cuir moelleux, bois sombres et vue panoramique. Essentiellement l'est d'El Paso et Juarez, pas à proprement parler des vues prisées pour leur valeur esthétique. À part ça, le seul étalage d'argent se résumait à deux huiles espagnoles originales sur les murs et une boîte en verre contenant de l'artisanat précolombien. Pratiquement tout l'espace mural était occupé par de l'artisanat de la guerre du Viêt Nam. Des armes, des photos officielles, des citations et des médailles, les débris en toc d'une cause folle. Ce saligaud y avait cru. Du coup j'ajoutai : « Et le fric des autres pour faire joujou. »

Le gamin blond me frappa à nouveau avant que Joe Don puisse l'en empêcher.

« Susceptible, fis-je quand les trente-six chandelles quittèrent mes yeux.

— Ça suffit, Len », fit Joe Don. Il avait une voix grave et théâtrale qui allait bien avec son grand visage farouche. Puis à mon attention : « Vous vous êtes donné beaucoup de peine pour arriver jusqu'à mon bureau, vous voulez me dire de quoi il s'agit, monsieur Eddie Zinzin ? Chantage ? Rançon ?

— Hé, monsieur Pines, fis-je, si vous réécoutez l'enregistrement de ma conversation téléphonique, vous verrez que je tenais seulement à vous poser quelques questions en évitant d'avoir le FBI entre les pattes. C'est tout. » Je fis tinter mes chaînes. « Je m'appelle C.W. Sughrue, détective privé de Meriwether, Montana, et j'ai passé une partie de ma vie comme sergent dans la Première de Cavalerie Aéroportée, alors allons droit au but, d'accord ? Dites-leur de m'enlever mon emballage papier cadeau, offrez-moi un verre comme tout homme blanc qui se respecte, et débarrassez-vous de ces crétins surpayés, alors je vous poserai mes questions, et on pourra devenir copains, deux vétérans à causer du bon vieux temps, des bonnes chattes de Saigon et de sale temps dans la brousse. »

Joe Don me fixa un moment, puis me sourit de son beau sourire cordial. Il gloussa même chaleureusement. On bavarda tandis que ses larbins détachaient mes chaînes et que le blondinet, que Joe Don présenta comme Leonard Townsend, son fils adoptif et le chef de sa sécurité, nous servait une bonne dose de tequila Herradura Gold dans de lourds verres en cristal. Question numéro de charme, Joe Don aussi était lourdingue mais je réussis à me retenir de ne pas l'embrasser sur les lèvres. Dans le présentoir en verre, l'emplacement vide était peut-être celui où mon canard siffleur mexicain avait jadis reposé parmi ses potes. Il me paraissait clair qu'il manquait aux deux autres canards en céramique le caractère distingué du mien.

Lenny m'avait peut-être giflé plus fort que je le croyais. Mais je m'en fichais. Je savais que Barnstone nous observait depuis le toit d'un immeuble voisin. Il ne laisserait sûrement pas ces enfoirés me dézinguer sans au moins passer un coup de fil aux flics.

« Alors pourquoi ne pas m'affranchir, monsieur Sughrue ? dit calmement Joe Don.

Je fis donc de mon mieux.

*

Quand j'eus terminé la version de l'histoire selon Norman, Joe Don s'approcha de la paroi en verre et fixa intensément le Mexique tandis que les ombres du crépuscule s'allongeaient dans le désert, puis il soupira et se mit à parler sans se retourner.

« Je suppose, monsieur Sughrue, que vous êtes allé fouiller assez profond dans mon histoire pour comprendre que mon mariage avec Sarita n'était qu'une simple question de convenance financière, arrangée entre son grand-père et moi. Et croyez-moi, monsieur, il a fonctionné selon ces termes. À tel point que nous sommes devenus assez proches l'un de l'autre. Sarita est une femme adorable et cultivée, mon ami, et ce qui avait commencé comme un mariage de convenance est devenu un véritable mariage, et je serais prêt à tout pour la retrouver. Payer n'importe quelle somme... » Puis il marqua une pause et se tourna pour me dévisager. « Mais il n'y a pas eu de demande de rançon », dit Joe Don, et il en resta là.

« Il y a une chance qu'elle ait tiré sa révérence d'elle-même ?

— Je n'arrive pas à imaginer ça, répondit-il.

— Ou bien qu'elle soit effectivement la mère de mon client ?

— Vous savez qu'elle a fait ses études aux États-Unis, à l'époque où l'on accordait une telle liberté à très peu de femmes de sa classe. Elle a fait Smith, puis une licence à Cornell, et je sais qu'elle a également passé du temps à El Paso, donc il est possible qu'elle ait eu un enfant en dehors des liens du mariage, puis l'ait laissé à l'orphelinat », dit-il, puis il ajouta : « Mais je ne peux pas croire qu'elle ait pu élever l'enfant jusqu'à l'âge de six ans pour ensuite l'abandonner. Je ne vois pas Sarita faire ça. Pas un seul instant... »

Joe Don s'interrompit, puis s'approcha du canapé où j'étais assis. Il baissa sa large carcasse au-dessus de la table basse, puis posa sa main sur mon épaule. « C'est une femme formidable. Et je ne peux pas penser une chose pareille d'une femme que j'aime.

Toutefois elle a toujours eu son jardin secret, alors c'est possible. Mais je ne peux pas l'imaginer... » Puis Joe Don se redressa et se mit arpenter la pièce.

« Qu'est-ce qui vous fait dire que vous êtes capable de la retrouver, alors qu'une demi-douzaine d'agences officielles n'y arrivent pas ? me demanda-t-il soudain.

— J'ai du bol, fis-je, et j'ai des contacts qu'ils ne peuvent pas toucher.

— C'est suffisant ?

— Parfois.

— Alors qu'est-ce que vous attendez de M. Pines ? demanda Townsend.

— Seulement la réponse à quelques questions, dis-je, rien d'autre.

— Laissez-moi vous engager, dit Joe Don.

— J'ai déjà un client, dis-je.

— Je vous verserai un bonus, tout ce que vous demandez, tout.

— Non, merci, dis-je. Trop de patrons et trop d'argent risqueraient de provoquer ma confusion.

— Len, fit-il, passe-moi ton badge.

— Quoi ? Pas question, putain », répondit Len en se relevant et se passant de nouveau la main dans les cheveux. Je réalisai à qui il ressemblait. « Tu ne vas pas donner mon badge de ranger spécial à cet enfoiré », il pleurnicha.

Joe Don s'avança vers Len et le gifla comme un enfant agaçant, puis glissa la main dans la poche intérieure de sa veste, en tira un étui à badge, qu'il me tendit. « C'est un badge de Special Texas Ranger. Il n'en existe qu'une cinquantaine et le porteur bénéficie de la pleine puissance de la loi, alors je veux que vous preniez celui-là, et...

— Non, merci, fis-je en le soupesant dans ma main. Je sais quel genre de type se balade avec ces babioles. » Joe Don eut l'air contrarié. « Les briseurs de grève, les bigots, et les domestiques patentés des richards, qui leur cirent les pompes. Je ne suis pas un saint, mais je ne rentre dans aucune de ces catégories. » Je lançai l'étui du badge à Len, qui le réceptionna, renfrogné, et me décocha son mauvais regard de premier choix.

« Alors je suppose que je n'ai rien à vous offrir, fit Joe Don, puis il se glissa dans son fauteuil derrière son bureau en noyer sombre.

— Répondez seulement à une de mes questions, dis-je.

— Quoi ?

— Eh bien, je sais que vous avez casqué pour le meurtre d'Eloy Jones. Je sais même combien vous avez lâché à l'adjoint pour étouffer le coup. Toute cette partie de l'affaire est claire. Mais je ne sais pas qui vous avez engagé pour lui trancher la bite et la lui découper comme un saucisson. Vous pouvez éclairer ma lanterne ? »

J'obtins une réaction, mais pas tout à fait celle escomptée.

Len cracha une injure et sans hésiter bondit pour me faire voler son talon en pleine poire. Je suppose que s'il m'avait atteint, ma journée était terminée.

Mais je me rappelais encore un ou deux trucs du temps jadis : ne t'approche pas d'un type qui cherche la bagarre et qui tient un couteau, sauf si tu trouves un gourdin ou un flingue ; même avec un flingue, face à un boxeur, fous le camp, car ces types sont capables de vous exploser la meule avant même que vous appuyiez sur la détente ; et avec les types qui font du karaté, rentrez dedans le plus vite possible et mordez-leur les couilles, vu que d'habitude ils oublient la parade à ça.

Je fonçai donc dans la guibole tournoyante de Lenny, me rapprochai le plus possible et cramponnai sa cuisse entre mes bras et mon torse. J'essayai de lui mordre les bonbons, je loupai mon coup, mais mes crocs s'enfoncèrent profondément dans le tendon de son jarret couvert de soie.

Après avoir fini de rouler au sol, Joe Don se tenait devant ses trésors, les bras détendus, tandis que Len bondissait dans tous les sens, la jambe en sang, comme s'il venait de se prendre une balle de fusil. Il fit une dernière tentative à mon encontre, quelque peu entravée par sa posture unijambiste, si bien qu'il fut aisé d'esquiver ma tête et de laisser les os de sa pogne se briser sur le dessus de mon crâne.

Même sur un pied il réussit à me sonner les cloches, si bien qu'il fallut que j'en finisse vite. Je lui écrasai ses arpions peu protégés, ceux de son pied encore valide, avec le talon de mes bottes de cowboy ; d'habitude, ça aide. Après quoi il s'assit par terre comme un marmot mal en point.

Autre bon conseil qui me revenait à l'esprit : une fois que vous avez envoyé un type comme Len au tapis, ne pas le laisser se relever. Je lui brisai donc la clavicule droite à l'aide d'un grand cendrier de luxe. Il lâcha une gentille flaque de vomi entre ses genoux, puis essaya de se relever. Putain, ce mec était aussi costaud qu'il croyait. Alors je le frappai derrière l'oreille avec le cendrier, assez fort, j'espérais, pour l'avoir tué. Ce qui l'étourdit à peine.

Alors je remis ça. Il finit par s'écraser bouille la première dans son propre vomi.

Quand je me retournai, Joe Don avait trouvé un petit pistolet automatique quelque part, et le braquait sur moi d'une main tremblante.

« À genoux, putain, dit-il en mettant la main sur l'interphone, avec les mains derrière la tête.

— Vous m'avez pris le chou, monsieur Pines, dis-je. Soit vous appuyez sur la gâchette, mon vieux, soit vous me filez le flingue avant que je vous le fasse bouffer. D'ailleurs, vous avez déjà pissé dans votre froc », fis-je. Quand il baissa la tête pour vérifier, je lui subtilisai le pistolet. C'est après qu'il fit pipi. Je déchargeai le flingue en vitesse et le jetai sur le canapé. « Et arrêtez de regarder l'interphone. Vous n'avez peut-être pas intérêt à ce que le personnel vous voie dans cet état. » Effectivement, il n'avait pas intérêt, alors il s'assit lourdement dans son fauteuil et tomba sur ses mains, vaincu. Puis il essaya de se reprendre, comme un type qui savait se sortir d'une longue expérience malheureuse. « Hypertrophie prostatique », dit-il, puis il alla se changer aux toilettes.

« Vous savez, Sughrue, j'ai vraiment passé un mauvais quart d'heure là-bas », dit Joe Don devant des rafraîchissements après s'être choisi un nouveau costume, une fois que Lennie fut emporté. Il s'était débarbouillé, mais il faisait toujours une tronche de gamin en colère. « Putain, Sughrue, j'en ai trop vu.

— Ouais, fis-je. J'ai trembloté comme une meule de gélatine de Travis à Tan Son Nhut. Idem au retour. Faut croire que j'étais pas taillé pour ça. » Joe Don me dévisagea comme si j'étais une forme inférieure de vie.

« Exact, il y en a chez nous qui pouvaient tout simplement pas se tailler, dit-il, comme si on faisait partie du même groupe culpabilité-et-pleurnicherie aux Alcooliques Anonymes. Vous avez passé combien de temps en Territoire indien ? »

Territoire indien, me dis-je. Quel trou du cul. Joe Don disait certainement 'Nam, comme tout le monde.

« Neuf mois dans la brousse, dis-je, la trouille au bide.

— Il n'y a pas de mal à avoir la trouille, dit-il comme si ça ne lui était pas arrivé, du moment qu'on l'admet. » Il observa un temps de silence. « En fait c'est ma femme qui m'a dit ça.

— Une femme intelligente, fis-je. C'est ce qu'en dit mon avocat.

— Retour en arrière ? il demanda.

— Usage de drogues, je répondis.

— Je suis navré, fit-il.

— Pas moi. Vous avez une idée de l'endroit où je pourrais retrouver votre femme ?

— Vous croyez que je resterais cuté ici si je savais ? me rétorqua-t-il.

— Je ne vous connais pas assez bien pour dire.

— Faites-moi confiance, je... » Il s'interrompit, un sourire lugubre sur sa figure. « Je crois que je m'y prends mal. » Il alla à son bureau, sortit un gros chéquier d'un tiroir, puis remplit rapidement un chèque et me le tendit. « C'est pour vous, monsieur Sughrue, dit-il, juste pour rechercher ma femme. Pas de chaîne aux pieds. »

Dix mille dollars. C'était le côté marrant de la chose. Ce qui l'était moins, c'était qu'il ne sache pas épeler mon nom.

« Vous oubliez un zéro, monsieur.

— Oh », fit-il, puis il fit comme s'il était le trou du cul de richard le plus cool du monde, et il corrigea de manière à ce que ça fasse cent mille dollars. Il alla même jusqu'à parapher la modification, comme si le premier caissier venu allait s'empresser d'encaisser un chèque comme ça.

« Si vous vouliez faire un geste, en voilà un qui vous coûte.

— La confiance, il soupira. Aucun homme ne peut faire des affaires s'il n'y a pas de confiance. Voilà le gage de la mienne. »

Je m'avançai jusqu'au bureau, pris son stylo, et écrivis : « pour services rendus », sur le talon du chèque, puis le retournai et l'endossai, et le retendis à Joe Don. « Ce n'est pas comme ça que je travaille, monsieur Pines. Revenez avec du liquide et une lettre d'engagement, fis-je, après quoi on pourra parler de confiance. »

Joe Don tressaillit mais appela son assistante personnelle, griffonna un mot, et lui tendit le chèque et le bout de papier, lui demanda d'aller tirer la somme en liquide, de préparer un contrat free-lance standard, puis quand elle eut disparu, il offrit un autre verre. Il me fallut décliner son offre. Townsend m'avait sonné méchant à trois reprises et les tequilas de l'après-midi n'avaient rien arrangé. En plus je savais que la nuit allait être une vraie vacherie.

« Je me contenterai d'attendre mon liquide », dis-je, puis je m'assis, prêt à attendre en silence, mais à l'évidence Joe Don avait envie de bavarder. Le silence le mettait mal à l'aise. « Vous avez un sacré service d'ordre pour un gars du pétrole, fis-je.

— La vie à la frontière n'est plus ce qu'elle était. Quand j'étais gamin, ma mère employait une domestique de Juarez qui travaillait pour dix, peut-être quinze dollars par semaine, et l'idée de nous voler ne lui serait pas plus venue que celle de détrousser son prêtre... »

Comme si cela expliquait un service d'ordre que j'estimais à un demi-million par an. Voire plus. « Une rumeur est arrivée à mes oreilles, monsieur Pines, comme quoi la dernière fois que vous avez perdu une élection vous avez promis de ne plus jamais remettre les pieds au Texas », l'interrompis-je.

Joe Don gloussa avec exubérance. Il ne s'offensa guère ; à l'évidence il adorait raconter l'histoire. « Non, ce que j'ai dit c'est que je ne remettrais plus jamais les pieds sur le sol texan. Je viens du ranch ou de la station thermale en limousine. Qui me dépose dans l'ascenseur du sous-sol.

— J'ai pigé », l'interrompis-je à nouveau, puis je regardai du côté des deux canards en céramique qui restaient. « Bon sang, qu'est-ce que c'est que ces machins ?

— Personne ne sait, répondit Joe Don, redevenu presque entièrement maître de lui. Ils remontent peut-être aux Olmèques, peut-être aux Mayas. En tout cas, ces gouttes qui ressemblent à du goudron à l'arrière et sur le bec, c'est du sang humain. C'est tout ce qu'on sait. Et quand on les a passés aux rayons X, on aurait dit qu'ils contenaient trois des plus grandes perles d'huître qu'on ait jamais vues.

D'après cet anthropologue, on s'en servait au cours de sacrifices religieux. On verse le sang par l'arrière, on laisse la perle le purifier, puis on la récupère par le bec. » Joe Don était redevenu fier et arrogant, presque bienveillant dans sa fierté de proprio. Il sortit celui qui était le plus près de son présentoir, le porta à son oreille, puis le secoua. Fort. Même de là où j'étais, j'entendis le morceau rebondir à l'intérieur du corps de céramique. Joe Don m'avait l'air un brin trop content de posséder les canards siffleurs mexicains. Il avait des goûts de riche : seuls l'histoire et le prix lui importaient ; et le fait qu'il possédait des exemplaires uniques ; le reste il s'en contrefoutait.

« Du sang ancien, ça ne sent pas mauvais ? » demandai-je, et il fit mine de s'offusquer.

« Bien sûr que non, fit-il, en évacuant cette idée.

— Vous les avez trouvés au Mexique ?

— Non, pas du tout, fit-il à nouveau sérieux. On les a retrouvés il y a quelques années sur Padre Island suite à un naufrage colonial espagnol. Ils étaient restés enterrés en altitude et au sec dans les dunes depuis Dieu sait combien de temps. J'étais là-bas avec un type dans l'immobilier et on est tombé dessus. J'ai dépensé du temps et de l'argent à essayer de les faire identifier, mais personne n'a l'air capable de pouvoir les resituer dans une religion ou une tribu connue.

— Moi je trouve qu'on dirait des canards siffleurs mexicains, fis-je.

— Quoi ?

— Des canards siffleurs mexicains.

— Qu'est-ce que c'est que ça ?

— Juste un zoziau maboul que je voyais quand j'étais petit.

— Non, non. Ils sont bien trop anciens pour ça. »

Je hochai la tête puis demandai : « Où est l'autre ?

— L'autre ? » fit Joe Don qui perdait de nouveau les pédales. Il était plus émotif qu'une mauvaise actrice. « Ah oui. J'ai dit trois perles, c'est ça ? Vous êtes un rapide, monsieur Sughrue. On est en train de le nettoyer et de le passer aux rayons X. »

C'est exactement à ce moment, au grand soulagement de Joe Don, que son assistante entra, un attaché-case en aluminium à la main, qu'elle posa sur la table basse, puis ouvrit de manière à ce que je voie l'argent. On aurait dit une maman jusqu'à ce qu'elle dise : « J'espère que les billets de cent, ça ira ? Ils n'avaient pas assez en petites coupures. » Ce n'était pas la première fois que cette nana trimbalait du pognon. Je lui répondis que ça irait très bien, puis elle jeta un œil à Joe Don et prit congé.

« Vous avez besoin d'un garde du corps ou quelque chose ? me demanda Joe Don.

— Votre argent me garantit une certaine confiance, monsieur Pines, mais pas tant que ça. Je n'en suis pas à avoir peur de mourir, ajoutai-je au cas où il se serait posé la question.

— Alors qu'est-ce qu'il vous faudrait pour en arriver là ? s'enquit-il en souriant.

— Être vivant », dis-je, et je le plantai au milieu de ce qui restait de ma volée de canards. Puis je m'arrêtai à la porte. « Hé, vous m'excuserez auprès de Lenny.

— Oh. C'est pas grave. Ça guérit vite à cet âge-là.

— Pas pour ça, fis-je. Quand j'ai accusé son père adoptif d'avoir tué le vrai. »

Et je partis pour de bon, dans l'espoir que Joe Don pense qu'il ne me reverrait plus.

Comme aucun de ses sbires ne me suivit de l'immeuble de Joe Don à l'aéroport, je m'arrêtai dans une agence de fret, plaçai le pognon dans une boîte en carton, laissai le détecteur de signal intact dans l'attaché-case, puis envoyai de l'aéroport l'argent à Solly. Je passai un coup de fil et ne fus pas mécontent de tomber sur un répondeur. Puis je rendis la voiture de location, laissai l'attaché-case sous le siège de la tire à côté de la mienne qui n'était pas fermée à clé, et marchai jusqu'au trottoir de l'aéroport où Barnstone passa me prendre dans un pick-up vert délabré qu'il avait emprunté à son voisin aux mille bagnoles.

« Bon Dieu, Sughrue, dit-il tandis que j'essayais de poser une fesse sans qu'un ressort vienne me piquer le derche. Vous êtes taillé dans un drôle de matériau, mon vieux, et c'est sûr que vous savez vous amuser...

— Merci de m'avoir couvert, fis-je.

— ... mais vous êtes un type dangereux.

— Comment ça ? »

Barnstone roula vers le nord à travers les quartiers misérables à l'est d'El Paso, songeur, tout en tripotant la pointe de sa moustache rousse.

« C'est dur à expliquer, dit-il, mais la manière la plus simple d'essayer, est de dire que vous avez rallumé des émotions que j'avais oubliées, dit-il avec sérieux. Je vous ai vu aligner Lenny...

— Rien qu'un coup de pot, fis-je. Si j'avais pas réussi à lui planter les crocs dans la jambe, ils m'auraient ramassé à la petite cuiller.

— C'est toujours une question de pot, dit-il, ou d'inspiration morale. » Puis il perdit son regard dans la circulation, alors qu'on prenait Transmountain Road vers l'ouest, en montant à flanc de coteau vers les traces pâles du coucher de soleil qui avait lavé le ciel au-dessus des Franklin Mountains. « Moi c'est ce que je n'ai jamais eu, finit-il par dire. La guerre, je n'y croyais pas. Putain, n'importe qui de pas trop couillon ne croyait pas à la guerre. Ou n'y croyait pas très longtemps. Et ceux qui y croyaient, c'était les Ollie North. » Il fit silence pour me dévisager. « Mon vieux, je pourrais vous en conter sur ce qui se passait réellement au Nicaragua à cette période. Le monde n'est pas joli-joli quand les trafiquants de dope s'y connaissent plus en politique que les nazebrocs du Congrès. Mais il ne faut pas me lancer sur ce sujet. Je vous en prie. »

Je trouvai sympathique de ma part de ne pas lui faire remarquer que je ne l'avais pas lancé là-dessus.

On roula en silence jusqu'au sommet du col, puis Barnstone se gara sur une aire de stationnement. On descendit, on piocha deux bières dans une glacière à l'arrière, on s'appuya sur le pick-up, on s'enfila de longues goulées, puis on regarda le soleil agoniser derrière l'étendue hérissée de pointes du sud du Nouveau-Mexique.

« Racontez-moi l'histoire de Bébé Lester, fit Barnstone. Encore une fois. »

Quand j'eus terminé, Barnstone me dit : « Comment vous avez appris à ressentir toutes ces choses ? Moi ça fait des années que j'essaie, et tout ce que j'ai appris, c'est la patience.

— Et la persévérance, dis-je, peut-être un peu de gentillesse.

— Ça ce sont des choses externes, dit-il. C'est éprouver des sentiments qui est difficile. Où est-ce que vous avez appris ça ?

— Mon paternel, dis-je sans réfléchir, une espèce de mystique taré. » Puis je réfléchis en vitesse. « Et un de mes vieux potes mon ex-associé, il était détective privé, maintenant c'est un barman qui ne picole pas. Et Frank, et Solly, et... Merde, j'en sais rien. Voilà ma liste des meilleurs.

— Merci, fit Barnstone, puis il regarda sa montre. Allons-y. Vous avez intérêt à quitter le ranch avant que la lune se lève, et on n'a que six heures environ avant qu'elle éclaire la montagne.

— Comment vous savez ça ?

— Quoi ?

— L'heure à laquelle la lune se lève ?

— Je lis le journal, mon vieux. »

On s'esclaffa un moment, puis il redevint sérieux. « Rendez-moi un service, je vous en prie. Non. Deux.

— Volontiers, fis-je. Quoi.

— Promettez-moi de ne buter personne.

— J'essaierai, fis-je en pensant à la nuit où on avait traversé le désert en allant à El Paso, mais je ne laisserai pas Frank, ou Jimmy crever, ni vous.

— Entendu, dit-il. Ça fait combien de temps ? »

Je n'eus pas à demander de quoi il parlait. « Je n'en parle plus, fis-je.

— Et ça fait combien de temps ? insista-t-il.

— Depuis que j'ai commencé à en rêver », dus-je admettre. Comme il ne disait rien, je lui demandai : « Vous vouliez que je vous rende un autre service ?

— Oh, fit-il comme s'il avait oublié. Je voulais vous demander de m'emmener avec vous, mais vous avez déjà répondu. »

Alors on sauta dans le pick-up et on se rendit au ranch, en faisant la course avec la lune.

CINQUIÈME PARTIE

Frank et Jimmy s'étaient déjà installés à la table de pique-nique dans la cour de Barnstone. Pour des raisons auxquelles je ne voulais pas penser, on s'était mis à essayer de rester le plus possible au grand air, comme pour se préparer à rester coincé entre quatre murs. Je fis tomber sur la table un tas de vêtements neufs spéciaux pour la nuit — survêtements noirs, casquettes, baskets. Jimmy et Frank regardèrent le matériel mais ne posèrent pas de question. Barnstone et moi, on s'assit et on ouvrit des bières.

Pendant que j'expliquais de mon mieux ce qui m'était arrivé et tout ce qui en avait découlé, je remarquai que Carney avait dérivé hors des ombres derrière le jardin pour se poster à l'orée de la lumière. L'espace d'un instant on crut qu'il allait dire quelque chose, puis il baissa la figure, je me retournai alors vers la table et leur annonçai que Barnstone et moi allions faire une descente dans le ranch de Joe Don le soir même. Ils pouvaient nous accompagner s'ils voulaient.

Jimmy et Frank me gratifièrent du genre de regard qu'on adresse à un chiot qui vient juste de poser une pêche sur la moquette blanche, puis bondirent pour récupérer le van. Barnstone dit qu'ils pensaient avoir des photos aériennes ; il se dirigea vers la maison, nous abandonnant, Carney et moi, à notre silence. Au bout de cinq minutes, la présence impassible de Carney provoqua soudain chez moi une envie de clope, mais je n'en trouvai pas.

« Tu n'aurais pas une cigarette, mon vieux ? » fis-je.

Carney regarda derrière lui mais ne vit que la dinde qui pionçait parmi les coqs nains juchés sur les branches basses d'un *mesquite*, il prit le nécessaire dans sa tunique noire et me roula une cigarette. Puis il me l'apporta. Ou peut-être « apporta » n'est pas le terme exact. Il était accroupi du côté du jardin ; et l'instant suivant il se tenait au-dessus de la table, les lèvres entrouvertes comme pour parler, me tendant la cigarette ; puis il disparut, aussi vif et silencieux qu'une mangouste ou un cobra avant que mon « merci » ne vienne éclaircir l'atmosphère.

Barnstone sortit de la baraque juste au moment où Jimmy et Frank revenaient. Il alluma une lampe Coleman et étala sur la table son matériel de navigation — cartes, compas, règle, rapporteur. Frank apporta nos armes sur la table pour les nettoyer et les charger tandis que Jimmy vérifiait le moteur et les commandes du minibus, puis fit de son mieux pour assourdir le moteur avec une couche de laine de verre et d'amiante avant de nous rejoindre à la table.

Puisque c'est moi qui détenais l'inspiration morale, j'étais responsable des drogues, et je tâchai d'obtenir la mixture idéale à base de speed de motard et de poudrette péruvienne, de manière à nous maintenir éveillés sans pour autant nous rendre dingues. Ce qui n'était guère une tâche facile, avec des gens comme nous, croyez-moi.

Je me sentis également obligé d'essayer de piger ce qui se passait, compte tenu des récents événements. Frank et Jimmy purent seulement me dire que toute la paperasserie de Norman collait. Apparemment il était celui qu'il prétendait être comme si quelqu'un d'autre allait revendiquer l'identité de Norman — et il venait effectivement de là où il prétendait venir. Mais pendant le peu de temps qu'ils avaient passé en ville, ils n'avaient pas pu obtenir un traître mot sur la femme qui l'avait laissé à l'orphelinat.

En repensant à mes mésaventures en ville, je décidai de ne pas caresser la moindre illusion quant aux cent mille dollars que Joe Don m'avait remis soi-disant pour que je retrouve sa femme. L'hypothèse selon moi la plus probable était qu'il m'avait remis l'argent pour que je ne retrouve pas sa femme. Et compte tenu du dispositif électronique dans l'attaché-case, je le soupçonnai également de ne pas espérer ni vouloir que je garde le pognon. Mais j'ignorais complètement ce qu'il me réservait. Bon sang, j'ignorais aussi pourquoi j'étais encore en vie. Ma deuxième hypothèse, c'était qu'on voulait me faire plonger pour quelque chose. Peut-être les tonnes de cocaïne qui devaient passer la frontière. Le seul truc que je savais, et que je n'avais aucune raison de savoir, c'est que Wynona et Bébé Lester étaient au ranch et que le temps me filait entre les doigts si je voulais voler à leur rescousse.

Pendant que je fichais en l'air ma santé mentale, Barnstone se goupilla un itinéraire jusqu'à un arroyo à trois miles du bord de Edwards Hole, où il pourrait planquer le minibus, puis couper à travers le désert jusqu'au bord du cratère. Puis il s'embarqua dans une discussion sur l'explication géologique de ces trous d'infiltration dans la partie méridionale du désert. C'était une histoire de calcaire et d'eau, et non pas de météores. Frank, Jimmy et moi fîmes comme si jusque-là nous savions de quoi il parlait, mais on fut largué quand Barnstone commença à parler de la taille des avens.

« Kilbourne's Hole, dit-il, fait presque cent pieds de profondeur et plus de trois cents hectares. Phillips est un peu plus grand mais moins profond. Edwards en revanche est deux fois plus grand que le trou de Phillips et deux fois plus profond que celui de Kilbourne. C'est pour ça que son eau est meilleure à la surface. » Puis il sortit une grande photo aérienne d'un tas de cartes. « Voilà à quoi ça ressemblait il y a quinze ans. Joe Don a effectué quelques améliorations, j'ai cru comprendre, mais je ne sais pas quoi exactement. » Puis il s'arrêta pour observer le minibus chargé à bloc. « Il se trouve en plein milieu d'un couloir frontière, où s'effectue un gros trafic de dope et d'ouvriers agricoles mexicains, aussi certains de ces travaux se trouvent obligatoirement le long des lignes de sécurité. Si on se fait choper par là-bas, on ne s'en sortira certainement pas sans quelques embrouilles avec les autorités...

Comme il s'était interrompu un instant, j'en profitai pour suggérer : « Ou des problèmes d'enlèvement. »

Jimmy grimaça. « Des problèmes d'enlèvement ?

— Il faut bien que quelqu'un fasse le décompte

des corps », fit Frank, puis il recula en faisant un geste ample. « Messieurs, choisissez vos armes. »

Derrière moi, j'entendis le frottement du canif de Carney provenant de la hutte en roseau.

« Il va y avoir du monde ? demanda Jimmy en récupérant le vingt-deux automatique avec suppresseur.

— J'en sais rien, fit Barnstone. La mère de Joe Don vit encore sur place, elle gère un petit jardin maraîcher avec une demi-douzaine de vieux Mexicains...

— Pas de problème, plaisanta Jimmy. Comme Frank est un vieux Mexicain, ça ne devrait pas poser de problème... » Puis il se rendit compte de ce qu'il venait de dire et on ferma tous notre clapet assez longtemps pour que Barnstone lève la tête et se rende compte qu'il avait loupé un épisode. Mais il ne posa pas de question. « ... et il doit bien y avoir du personnel du ranch, mais pour ce que j'en sais ces jours-ci, Joe Don pourrait bien avoir sur place une section armée jusqu'aux dents. On pourrait attendre un jour de plus, faire un survol en zinc... »

Jimmy récupéra deux chargeurs supplémentaires tandis que j'attrapais le Browning High Power que j'avais depuis vingt ans et l'Airweight pour le planquer quelque part.

« Allons-y maintenant », dit Frank, et il attendit que Barnstone prenne une arme, puis il haussa les épaules et s'empara d'un fusil, d'une cartouchière de chevrotine et de son revolver de service. Barnstone n'avait toujours pas bougé, alors j'allai au minibus, fouillai dans le casier, et attrapai mon semi-automatique à chargeur rapide. Il le prit, le glissa dans la poche de son treillis sans un mot, puis fouilla dans son sac à dos et en tira une longue vue à amplificateur de lumière.

« Ma foi, fis-je, ce genre de truc, ça doit pas se trouver sous le sabot d'un canasson, sauf si on le fait tenir avec un bifton de trois mille dollars.

— Faut jamais payer au détail », fit Barnstone, presque en souriant.

Puis je fis passer sous nos blairs la pointe du couteau de poche de mon grand-père légèrement chargée, et on sniffa, tels des érudits de la communion se plaignant de l'hostie. Puis on monta dans le van de Norman en direction du trou d'effondrement, des types entre deux âges déguisés pour la guerre. Je n'en aurais pas su un peu plus long, je nous aurais crus heureux.

Trois heures plus tard on était remontés dans le bus, étourdis par notre succès, Wynona assise en sécurité sur mes genoux et dans mes bras, Bébé Lester dormant sur la poitrine géante de Frank, Jimmy conduisant à fond à travers le désert sous un quart de lune, et même Barnstone avait le sourire. On n'avait pas répandu la moindre goutte de sang, hormis le nôtre. Et pour l'essentiel, ces égratignures bénignes étaient de notre faute, on avait trébuché sur des épineux du désert. À part des gouttes coagulées qui bavaient de mon oreille gauche.

On se rendit compte que le seul moyen de passer de l'autre côté de Edwards Hole sans se coltiner tout l'équipement était une route qui coupait par le flanc depuis la piste d'atterrissage, qui se révéla éclairée et même pas surveillée. On n'était pas vraiment rassuré en descendant la colline qui longeait les fossés au bord de la route, vers les bâtiments du ranch, mais personne ne semblait nous guetter. Hormis les loupiotes extérieures, deux fenêtres qui scintillaient du reflet électronique d'écrans de télévision, et un petit feu près d'une minuscule remise à côté des corrals, les bâtiments du ranch étaient dans l'obscurité.

Quand on atteignit le fond de l'aven, on vit trois types, avec des fusils, accroupis autour du feu, faisant tourner dans le petit cercle une bouteille de tequila et un joint. L'odeur douceâtre de la *mota* flottait à la dérive comme un brouillard dans l'atmosphère paisible de la bétoire.

Quand on fut assez près du feu, on se déploya sans un mot, comme si on avait passé toute notre vie dans des patrouilles de nuit. Jimmy, Frank et Barnstone rampèrent à plat ventre derrière le petit baraquement de planches à côté du corral — une sellerie, très probablement — pendant que je les couvrais. On marqua tous une pause, pour écouter l'espagnol doucereux, le glouglou de la tequila, les lentes exhalations de fumée, puis nos gars vinrent à bout des gardiens négligents comme une oie digère le maïs. Pratiquement sans un bruit : la gifle sourde et mate des fusils ; un cri d'étouffement et le halètement soudain du dernier gardien quand Jimmy plaça son suppresseur entre ses deux yeux.

Les gardiens furent ligotés et bâillonnés avec du ruban adhésif et placés les uns contre les autres autour du feu avant que j'arrive d'un trot paisible à la cahute. La seule fenêtre, bleuie par le reflet de la télévision, était trop haute pour qu'on puisse voir à travers, et les interstices entre les lattes de bois trop étroits. Le moraillon et le cadenas sur l'unique porte étaient trop solides pour qu'on en vienne à bout sans faire trop de bruit, mais Jimmy avait trouvé un trousseau de clés dans la poche d'un des gardiens, et je finis par trouver la bonne.

Le plus tranquillement possible, j'ouvris la porte et passai vite la tête dans l'obscurité, que seule la petite télévision faisait papilloter, ce qui m'épargna de sérieux dégâts. Un reflet argenté attira mon regard, et j'eus tout juste le temps d'esquiver avant de me prendre une mandale qui me glissa sur l'oreille. J'empoignai un bras soyeux et dur et étreignit ce corps familier.

Parfois, quand on n'est pas résolu à frapper une femme comme un homme, on peut se prendre une dérouillée du tonnerre. Wynona s'en sortit pas mal avec la bride et me mordit avant que je puisse l'allonger par terre.

« Ma puce, je chuchotai. C'est moi.

— Oh, mon Dieu », elle soupira, puis elle entreprit de me serrer à mort.

Quand elle relâcha finalement son étreinte, je relevai lentement ma tête. Bébé Lester était allongé comme un pacha dans son siège de voiture, une tétine logée dans sa bouche. Lorsqu'il me reconnut, il la fit valser de son clapet, tendit ses deux petits bras au-dessus de sa tête, et gargouilla joyeusement.

« Je crois qu'il se souvient de moi, fis-je calmement.

— Évidemment, grand nigaud, dit Wynona. Bon sang, où est-ce que tu étais, Sughrue ?

— Je prenais mon pied à fond », dis-je, ce qui n'était pas tout à fait vrai.

Puis elle verrouilla sa bouche sur la mienne et tint bon jusqu'à ce que Bébé Lester se plaigne.

Comme on rentrait chez lui, Barnstone suggéra qu'on planque le minibus dans un dédale de dunes, puis qu'on s'embusque de manière à déjouer toute poursuite. On se pelotonna dans le sable frais à une cinquantaine de mètres du van et on attendit que la lune s'élève au-dessus des Franklins. Puis on reprit lentement notre dérive avec Jimmy conduisant au clair de lune. Le silence long et forcé éroda notre entrain. On passa d'un coup aux affaires, à l'échange d'informations, et aux sales histoires.

Assise sur le plancher du van entre les sièges Wynona cajolait Bébé Lester tandis que j'expliquais qui étaient ceux d'entre nous qu'elle ne connaissait pas, puis j'enchaînai sur ce qui s'était passé quand on était entré au Quirky Arms après son départ. Quand elle apprit que Mel était morte dans l'arrière-bar, Wynona la maudit au nom de l'amour et l'amitié. Puis elle se mit à pleurer si fort que Bébé Lester, pris dans la confusion, en fit autant.

« Putain... mais qui, bredouilla-t-elle, quoi... et moi qui lui avais dit de ne pas s'en faire... »

On se rapprocha encore plus près, impuissants, jusqu'à ce qu'elle puisse continuer.

« Sarita avait dit qu'on serait à l'abri à Aspen, Lester et moi, commença Wynona. Ça appartenait à sa famille et personne n'était au courant...

— Les couillons du Quirky étaient au courant », l'interrompit Jimmy, puis il lui fit ses excuses et se concentra sur sa conduite.

« Je m'en doute, fit-elle, mais ça je l'ignorais. Moi j'étais juste là pour le boulot. C'est mon grand frère qui me l'avait dégoté...

— Lenny Townsend ? je demandai.

— Ouais, fit-elle.

— Comment se fait-il que vous n'ayez pas le même nom ? » Frank voulut savoir.

« Ma maman s'est remariée, dit Wynona, tu sais, après que mon père... après la mort de mon père, Lenny a pris le nom...

— Puis Joe Don l'a pris sous sa coupe », fis-je.

Wynona se tourna vers moi. « Bon sang, qu'est-ce que tu aurais fait, Sonny ? Un type plein aux as déboule chez toi et dit : Viens, mon garçon, tu vas être mon garçon. Qu'est-ce que tu aurais dit ?

— Et toi, qu'est-ce que tu as dit ? » lui demandai-je.

Wynona marqua un temps d'arrêt puis répondit : « J'ai dit : Allez vous faire foutre, Joe Don Pines. J'ai déjà un papa, même s'il est mort. » Puis elle observa un nouveau silence. « Mais ma maman était tellement de son côté qu'il a fallu que je quitte la maison pour qu'on me fiche la paix... » Puis elle se tut à nouveau, le visage tourné vers moi, sa peau luisait au clair de lune. J'effleurai un bref instant son visage de la paume de ma main. Wynona l'ôta doucement, et la posa sur la joue de Bébé Lester, réchauffée par sa poitrine. « Mince alors, soupira-t-elle, je cracherais pas sur une bière. Les gars, vous n'auriez pas ça dans ce tape-cul ? »

Frank et Barnstone faillirent s'estropier en se précipitant pour lui en trouver une.

Je la laissai avaler une copieuse gorgée avant de lui demander :

« Qu'est-ce qui s'est passé après la dernière fois que je t'ai vue à Aspen ? »

Elle n'hésita pas. « Lenny s'est pointé, il nous a embarqués, et il nous a collés dans un des jets de Joe Don. » Elle inclina la tête. « Puis ils m'ont dit qu'il fallait que je reste au ranch... »

Elle releva son visage à la hauteur du mien. « Ils n'ont pas arrêté de me demander où était Sarita. Mais je ne leur ai pas dit. Et ils n'arrêtaient pas de me dire que tu allais venir me tuer, Sonny... Mais je savais bien, alors j'ai essayé de m'échapper du ranch. J'ai même assommé la vieille mémé Pines. Cette vieille garce. Elle s'est accrochée à ma jambe comme une guenon, jusqu'à ce qu'un des Mexicains arrive. C'est à ce moment-là qu'ils m'ont enfermée dans la sellerie. »

Lester n'eut soudain plus faim, mais il était trop excité pour s'endormir. Il repoussa le sein maternel de côté, puis tendit ses bras vers moi, mais Frank le récupéra dans ses mains de géant avant que je puisse lever le petit doigt. Bébé Lester avait l'air assez heureux de se blottir sur l'épaule de Frank et de regarder le désert au clair de lune qui défilait par les fenêtres du minibus.

Je lançai un regard à Frank, mais il l'ignora. Il bloquait complètement sur le bébé. Alors je fichai le camp sur le siège passager et soulevai Wynona pour qu'elle puisse en profiter. Elle se détourna de moi, pour regarder par la fenêtre côté conducteur.

« J'ai deux questions vraiment sérieuses, dis-je, et j'ai besoin de savoir cette nuit. » Elle hocha la tête sans me regarder. « Est-ce que tu sais où est Sarita Pines ? » Une fois de plus elle hocha la tête en silence. « Est-ce que Joe Don est le père de Bébé Lester ? » cette fois, elle fit oui de la tête avec une telle lenteur qu'on aurait dit qu'elle avait une caillasse sur la caboche. Ou dans son cœur.

On avait prévu de déposer Barnstone chez lui et de pioncer dans un motel à proximité de l'aéroport, pour qu'au moins Joe Don ait un peu de mal à nous retrouver — s'il nous cherchait, et je ne pouvais pas imaginer que ce ne soit pas le cas — mais en arrivant dans la cour de Barnstone, on fut accueilli par un surprenant tableau.

Un feu flamboyant ronflait dans le trou. Carney était assis dans l'ombre, avec sur les genoux un de ces horribles nouveaux automatiques muni d'un encombrant suppresseur, le visage sombre sous son chapeau conique. La petite Mary et Norman étaient assis comme des personnages tenant la pose d'un côté de la table de pique-nique, Solly de l'autre, pieds et poings liés avec du chatterton.

« Qui c'est, ceux-là ? demanda Wynona en reprenant Bébé Lester à Frank.

— Un avocat, un motard et sa promise, fis-je. Barnstone, fais entrer Wynona dans la maison. Frank, Jimmy : les gars, couvrez-moi.

— Putain, souffla Barnstone. Méfie-toi de cet enfoiré comme de la peste, mec. »

Jimmy arrêta le minibus de côté, parallèlement à la table, pendant que Frank ouvrait la porte coulissante. Ils sortirent du van, roulèrent à l'abri dans la grange sombre — accessoirement nos quartiers — et Barnstone bouscula Wynona et l'enfant pour leur faire faire le tour de la barrière en pierre devant sa maison. Je m'extirpai du van, saisis le Browning sous mon bras, et marchai vers le cercle de lumière qui se déployait en éventail, le flingue se balançant dans ma paluche.

« Hé, Carney, m'écriai-je. Qu'est-ce qui se passe ? »

Carney leva juste assez la tête pour que je voie ses yeux qui scintillaient à la lueur du feu. On aurait dit que ses yeux étaient éteints, morts, mais des flammes minuscules brûlaient à l'intérieur, comme s'il était mort il y a bien longtemps, mais qu'il avait encore tout l'enfer devant lui.

Je m'approchai de quelques pas, mais Carney se contenta de me regarder. Jusqu'à ce que je lève mon pistolet. Puis, se muant à la manière d'un cobra, il me braqua mortellement avec son fusil d'assaut. « Justement j'étais en train de le ranger, man », dis-je, puis je remis le Browning dans son holster le plus lentement possible. Mais il me braquait toujours, alors je restai où j'étais.

« Qu'est-ce qui se passe, man ? Tu savais pas qui c'était, ces gens-là ? » fis-je d'une voix douce.

Carney hocha la tête, son chapeau bougea, mais pas ses yeux.

« C'est des potes à moi du Montana, man, dis-je. Pas de problème avec eux. Promis. Le gars, là... » Je montrai du menton. « Il a un jars qui s'appelle Millard Fillmore. Annie aurait adoré le vieux Millard. C'est un jars royal... »

Les yeux de Carney revinrent à la vie avec des larmes rouges scintillantes. Soit j'étais mort, soit vivant pour encore un moment. Il hocha lentement la tête, puis disparut en un clin d'œil. La nuit scintillante s'emplit de soupirs. Même Solly, Norman et Mary réussirent à soupirer malgré les œufs crus qu'ils avaient dans la bouche.

Quelques minutes plus tard, les présentations étaient faites, les excuses aussi, et on se réunit autour du feu, essayant de combler les baisses d'adrénaline de nos systèmes à l'aide d'une chimie plus paisible.

« ... mais putain, le pire moment, hurlait Norman, c'est quand cet enfoiré a trié les œufs selon leur taille — putain, il les a triés — pour nous les fourrer dans le gosier.

— Évidemment, ils ont des œufs de dinde, pleurnicha Mary en pouffant, et j'ai eu droit à un genre d'excuses parce qu'il avait pas d'œufs de poule naine. »

C'est ainsi que nous restaurâmes la paix entre nous. Miracle entre les miracles, je vis Norman présenter ses excuses à Barnstone pour les méfaits du passé, à quoi Barnstone haussa les épaules en disant que ça remontait à bien longtemps, et que ça avait eu lieu bien loin d'ici, quoiqu'à mon avis tout s'était passé ici, précisément dans cette cour. Mary et Wynona se passèrent un Bébé Lester hilare un si grand nombre de fois qu'elles finirent par l'épuiser ; il s'endormit au milieu d'une passe. Solly déambula jusqu'au jardin dans le coin de Carney, s'y accroupit, et parla tellement doucement qu'on l'aurait cru engagé dans des excuses, il parla jusqu'à ce que j'aperçoive la main crasseuse de Carney sortir de l'ombre pour attraper celle de Solly, en une fière poignée fraternelle.

Puis Solly sortit de l'obscurité d'un pas nonchalant et vint vers moi. Jimmy et Frank s'arrêtèrent derrière moi. Je demandai à Solly ce qu'il foutait à El Paso.

« Tu sais depuis combien de temps tu n'as pas donné de nouvelles ? fit-il calmement. Je vois que tu es en de bonnes mains, mais je me suis inquiété. Et Norman voulait m'accompagner. C'est lui le client, tu sais, et nous on est ses serviteurs. » Là-dessus, Solly pouffa, puis regarda Frank et Jimmy. « Les gars, vous avez bien meilleure mine que la dernière fois que je vous ai vus. » Il n'y eut que Frank pour rigoler. Jimmy marmonna un truc dans sa barbe qui pouvait être « officiers à la con », mais je n'en étais pas sûr. « Vous vous souvenez de ce gamin black ? Comment il s'appelait ? La fois où Sughrue a déterré la mine sur laquelle il avait mis le pied.

— Willie Williams, répondit Jimmy d'une voix plate.

— Exact, fit Solly. Bon sang, qu'est-ce qui lui est arrivé à ce type ?

— Il a fait son service, dit Frank, puis il est rentré au bercail. »

Norman nous rejoignit dans le silence qui s'ensuivit. « Alors comme ça on maquille les histoires de guerre ? » Comme personne ne répondait, il m'assena une claque sur le bras. « Ça y est, Sughrue, tu as retrouvé ma maman ?

— C'est une longue histoire, fis-je, et on ferait mieux de la raconter ailleurs. » Puis je me retournai et demandai à Barnstone : « Tu crois que ça risque de chauffer pour vous ici ? » Il y réfléchit un moment puis hocha tristement la tête. « Vous avez des idées ? m'enquis-je.

— Des idées, putain, mais j'ai un endroit, dit-il, l'endroit parfait. »

Comme tous les contrebandiers qui réussissent, Barnstone avait toujours eu des problèmes de comptabilité. Les noix de pécan marchaient bien — il pouvait truander les poids et les coûts de maintenance et l'accroissement du capital — mais ces arbres à la manque continuaient à donner tellement de noix chaque année, qu'il ne pouvait pas leur faire perdre de l'argent tous les ans. Puis il découvrit l'eau. Ou plutôt l'eau le découvrit.

Barnstone acheta une vieille ferme à piments au Nouveau-Mexique, entre Las Cruces et Hatch, y installa une petite usine de traitement, puis fora un puits d'eau. Ça c'est toujours une grosse perte assurée. Sauf que Barnstone tomba sur une source minérale chaude avec une eau qui empestait tellement que fatalement elle devait être bonne pour la santé. Alors il monta une petite station thermale, qui se développa avec succès pour devenir une petite villégiature-motel-restaurant-terrain de golf, un endroit qui coûtait si cher qu'il sursautait à chaque fois qu'il se retrouvait en position du client payeur, un endroit qui devint si prisé qu'il dépassa l'objectif qu'il s'était fixé.

Si bien qu'il fora un autre puits. Cette fois-ci, il tomba sur de l'eau artésienne fraîche et claire, juste au moment où les Américains décidèrent que, pour être dans le coup, il fallait boire de la flotte de marque en bouteille. Cette fois-ci, il avait enfin trouvé de quoi blanchir son pognon à la perfection. Personne ne pouvait vérifier avec l'eau. Et Stone Wash Springs offrit aussi à Dottie une couverture parfaite et une autre carrière, puisqu'elle passa de serveuse à gérante du bar puis finit par faire tourner la turne.

Quand le soleil fut à l'aplomb des San Andres Mountains, on était tous sobres et clean, à l'exception de Carney, resté derrière pour surveiller, on était logés dans d'immenses pièces dotées d'âtres en pierre, et des toilettes encore plus spacieuses avec jacuzzis, saunas et douches grandes comme des pistes de danse. Puis l'on se réunit pour un petit déjeuner et un conseil de guerre.

Dottie nous donna une salle à manger privée, prit son petit déjeuner avec nous, puis récupéra Bébé Lester et se retira de manière à ce qu'il ne soit pas obligé d'entendre nos préparatifs criminels. Wynona était la vedette, mais avant de commencer, elle dévisagea un long moment Norman, qui faisait de son mieux pour avoir l'air aussi normal que possible, puis elle fit d'un ton acerbe : « Tu ressembles pas du tout à Sarita, mon vieux. »

Norman piqua un fard et plongea le regard dans son café. Mary vola à sa rescousse. « C'est pas de sa faute, fit-elle. Les nègres de Leavenworth l'ont bien arrangé...

— Ça fait un choc, je n'étais pas au courant », fis-je.

Norman rougit à nouveau, puis dit : « Je me suis fait pincer à Crystal City, Texas. Juste devant la statue de Popeye. Avec un cametard plein de brown. J'ai plaidé coupable devant les fédéraux si bien que j'ai évité perpet' à Huntsville.

— Bon choix, fit Solly.

— N'empêche, c'est pas pour ça qu'il ressemble à Sarita », fit Wynona, puis sans autre préambule, elle se lança dans son histoire :

« Sarita a toujours été gentille avec moi, vous savez, parce que je crois qu'elle savait que Joe Don était toujours à me courir après, depuis que j'étais toute mioche. Ma mère n'était pas très futée. J'ai horreur de dire du mal d'elle, mais à vrai dire, il lui manquait une canette pour faire un pack de six. Elle était gentille, man, mais elle n'a pas été assez vive pour se tenir à l'écart de Joe Don. Des fois je me dis que c'est pour ça qu'il a assassiné mon paternel...

— Si ça peut t'être utile, fis-je, Dottie est de ton avis. Elle dit qu'ils avaient de quoi faire plonger l'adjoint qui a fait le coup, puis a couvert l'histoire, mais il s'est fait descendre par son beau-frère du côté de Parras, avant qu'on puisse instruire l'affaire. Et ils n'ont jamais pu remonter la trace du pognon jusqu'à Joe Don.

— Cet enfoiré, murmura Wynona. Si Bébé Lester n'était pas si trognon, je pourrais presque le haïr, tellement je hais son père...

— Qu'est-ce qui s'est passé ? fis-je.

— Ah, eh merde, ma maman est morte, elle concéda, et après les funérailles, j'ai laissé Lenny me convaincre d'aller boire un verre avec cet enfoiré et son imbécile de mère... » Wynona marqua un silence. « Je crois que je ne devrais pas dire du mal de ma mère. Des fois, mon ascenseur ne monte pas non plus jusqu'en haut. Bref, Joe Don a mis quelque chose dans mon verre, et quand je suis revenue à moi, j'étais couverte de sueur, de crachats, de sperme, mon con me faisait tellement mal que je pouvais à peine marcher. Et comme si ça n'avait pas suffi, j'étais en cloque.

— Vous auriez pu vous en débarrasser », chuchota Mary en posant la main sur le bras de Wynona. Quand elle commença à pleurer, Mary lui offrit son épaule.

« Faut croire que je ne suis pas comme ça, fit Wynona dans un sanglot.

— Je comprends », dit Mary, qui toisa les hommes autour de la table, comme si cette douleur avait été de notre faute. Quant à nous cinq, on regarda par terre, comme pour acquiescer.

Wynona finit par s'asseoir, elle se frotta la figure avec une serviette puis continua. « Et je crois aussi que Sarita était au courant. Elle s'est montrée vraiment gentille avec moi quand on s'est rencontrées à Snowy Lake, et quand elle a appris que je partais pour Aspen, elle m'a proposé de m'accompagner...

— Personne ne l'a kidnappée ? s'enquit Solly penché sur sa jambe pour ôter la prothèse et se gratter le moignon.

— Pas à ce moment-là », dit Wynona, les yeux écarquillés devant le pied de Solly, qu'il tenait dans sa main comme une vulgaire chaussure.

« Quand ? dis-je.

— À Sun Valley, ballot, fit Wynona, chez Joe Don. Je t'ai parlé des coups de feu.

— Oui, fis-je, à croire que je n'ai pas pigé ce que tu me racontais.

— Au lieu d'écouter, tu matais mes nénés, dit Wynona.

— Ça c'est du Sughrue tout craché, fit Solly.

— Bon, putain, excuse-moi, fis-je, alors redis-le-moi.

— Bien, il y avait ces Mexicains », fit Wynona sans respirer, le souvenir de ses larmes avait apparemment disparu, « ces *pendejos* du Quirky Arms qui attendaient à la baraque...

— Putain, c'est qui ces mecs ? demanda soudain Frank.

— Eh bien, je ne suis pas sûre, fit Wynona, ils se sont comportés comme des amis, mais ils avaient des flingues et ne voulaient pas la laisser partir. Apparemment ils étaient en affaires avec Joe Don. Et Sarita, également.

— Cocaïne ? » demandai-je.

Wynona réfléchit un moment, balayant l'écume de cheveux blonds de son visage, puis elle fit : « Je ne sais pas, pourtant je ne crois pas. Mon espagnol n'est pas génial, mais d'après ce que j'ai compris, ils passaient le plus clair de leur temps à causer politique mexicaine.

— Politique, répétèrent plusieurs d'entre nous en même temps.

— Désolée, dit Wynona, mais j'ai bien eu l'impression que c'était ça.

— Ça va canarder, m'exclamai-je en me relevant et en renversant ma chaise. Excuse-moi, j'avais oublié Annie, dis-je à Barnstone, mais j'en ai le cul par terre, je pige plus rien.

— J'ai déjà entendu ça », fit Jimmy d'une voix douce, puis on se fendit tous la pêche.

« Il y en a d'autres qui veulent une mousse ? » demanda Frank, puis il mit le cap vers la sortie, direction le bar.

« Canarder ? » répéta calmement Barnstone, puis les rires crépitèrent à nouveau.

« Vous êtes tarés, les mecs, fit Wynona en se relevant. Où est mon bébé ?

— Je vais le chercher », dis-je, et j'emboîtai le pas à Frank.

Je le rejoignis au bar, où il était en train de garnir un plateau de boîtes de Coors. « Hé, Agent Vega, ça ne t'ennuie pas que Solly soit ici ? »

Frank réfléchit un moment à la question, puis ouvrit deux bières et en poussa une vers moi. « Écoute, vieux, commença-t-il, je sais que vous êtes devenus comme cul et chemise, et faut bien lui reconnaître que quand on s'est fait tirer dessus en traversant le fleuve, il est resté là à tenir tête à Charles, putain, il s'est roulé par terre avec lui, et je sais que vous vous êtes serré les coudes quand vous étiez dans les macchabées Viêt-cong jusqu'au cul. Tu prends deux connards au pif, rien de tel pour en faire les meilleurs potes du monde, mais j'ai jamais eu confiance en cet enfoiré, okay, et rien de ce que j'ai vu quand il plaidait à Denver ne m'a convaincu outre mesure.

« Il y a quelque chose de crade chez lui, Sughrue. Putain, dans la brousse, ton officier c'était une balance, ce qui pose quand même problème, et pour autant que je sache, il l'est encore. » Là-dessus, Frank s'interrompit pour s'envoyer une goulée. « Mais c'est ton frangin, man, et ça me suffit.

— D'accord, fis-je, je demandais juste comme ça.

— Merci, dit Frank, mais putain, pourquoi est-ce qu'il s'intéresse à Willies ?

— J'en sais rien », dus-je admettre, et moi aussi je m'enfilai une goulée de ma bière. « N'empêche, il y a un drôle de truc.

— Drôle ?

— On a raconté le même bobard.

— C'est un bon bobard, fit Frank. Je regrette que ce ne soit pas la vérité. » Puis il se tapa une rasade en regardant par les parois de verre du bar un type démarrer une tondeuse à gazon et commencer à tondre la pelouse. « Attends, question tuiles, c'est pas fini », dit-il.

Je me retournai complètement pour bien regarder. « J'aime pas du tout ça », fis-je. C'était le fantôme du flic de la route de notre virée nocturne à travers le désert, celui qui tenait compagnie au DC-3 écrasé et aux nombreux ballots de marijuana. « Peut-être qu'un de nous ferait mieux d'aller jeter un œil dans les parages, au lieu de piquer un roupillon.

— D'accord », fit Frank, et il emporta les bières dans notre salle à manger, et je le suivis, guidé par les éclats de rire de Bébé Lester.

Dottie, flic en planque de longue date, dure à cuire notoire, était allongée dans son bureau brandissant Bébé Lester dans le vide pour qu'il joue au bébé volant. Elle s'arrêta de rire assez longtemps pour me le tendre, puis bondit comme une gymnaste, contrôlant à la perfection son corps vif et agile.

« Qu'est-ce qui rend les adultes mabouls chez les bébés ? fit Dottie.

— Je ne connais pas un seul adulte », fis-je, pendant que Bébé Lester essayait de m'arracher le nez.

« Elle est bien trop jeune pour toi, Sonny, fit Dottie en souriant, n'empêche, vous faites un beau couple, tous les deux.

— Je ne crois pas qu'on soit tout à fait un couple, dis-je.

— Tu es mignon, Sonny, fit Dottie en effleurant ma joue, mais il y a des fois où tu es bête comme un chou. »

Quelques minutes plus tard, on avait regagné la table, et Bébé Lester s'était attaché au sein de sa mère avec de tels bruits de satisfaction émerveillée qu'on l'enviait tous. Mary se pencha pour chuchoter quelque chose dans l'oreille de Norman, mais à ce moment-là, Bébé Lester se détacha et leva la tête, si bien qu'on entendit tous ce qu'elle lui dit.

« On pourrait en adopter... » Mary remarqua alors qu'on regardait et qu'on écoutait, et elle se mit à rougir comme une jeune vierge.

« Bien, fis-je à Wynona pour essayer de couvrir Mary, qu'est-ce qui s'est passé à Sun Valley ?

— Comme à son habitude, fit Wynona alors que Lester fondait sur son sein comme un affamé, elle a fait ses courses, j'ai regardé. Elle a joué au golf, j'ai regardé. Elle m'a montré des conneries, comme l'autre maison, et j'ai regardé. Vous avez remarqué : les richards ont toujours besoin d'un public. Bof, en fait on a peut-être tous besoin d'un public.

— C'est mieux que la masse du peuple, fit Jimmy.

— C'était marrant, tu sais, dit Wynona à Jimmy, il y a eu de bons moments. Sarita a vraiment la classe. Peut-être parce qu'elle est mexicaine. Des fois on dirait qu'ils sont mieux élevés, vous savez. Ou quelque chose comme ça. Je sais pas. Mais pendant deux jours ça a été épatant...

— Ah, vous y avez passé deux jours ? » dis-je, puis je regardai Solly. « À quel moment le kidnapping a été déclaré ? » Solly réfléchit une seconde. « Cette nuit-là, il me semble.

— Ça colle pas, ces salades, dit Frank.

— Et ces types d'Aspen ont été là tout le temps ? je demandai à Wynona.

— Ils étaient là quand on y était, fit Wynona.

— Et les autres se sont pointés à quel moment ?

— Le deuxième soir, dit-elle. On mangeait des *fajitas* au moment où ils ont tué les deux gars dehors, puis ils ont déboulé dans la maison. Ça a été un putain de carnage, Sonny. Putain comme dans les films. Ceux qui ne se sont pas cassés en courant se sont fait buter. Des fusils et des Uzis avec silencieux ou du matos dans ce style. » Wynona nous dévisagea comme si elle s'attendait à ce qu'on ne la croie pas. « Moi et Lester on s'est cachés sous le couvercle de la baignoire. Ces types étaient attifés comme des cow-boys de la cocaïne, vous savez, mais quelque part, il y a un truc qui clochait chez eux, tous leurs vêtements étaient tout neufs, et ils arrivaient pas à marcher correctement avec les bottes de cow-boy. On aurait dit une tripotée de *mojados* fraîchement débarqués de la frontière. Merde, il y en a un qui n'arrivait pas à débloquer le cran de sécurité de son Uzi. »

Wynona soupira si fort que la tête de Lester se souleva comme sous le coup d'une forte vague de l'océan sur son sein. « Et comme j'ai dit, mon espagnol laisse à désirer, mais quand ils nous cherchaient, Lester et moi, ils étaient juste à côté de la baignoire et ils causaient, et je peux vous dire qu'ils ne savaient pas ce que c'était. Un des types pensait que le couvercle était une petite table, ces gus ne sont pas vraiment des voyageurs sophistiqués. »

Puis Wynona soupira à nouveau. « On est restés là pendant des heures, jusqu'à ce qu'on n'entende plus rien. Putain, le sol était jonché de corps. Alors Bébé Lester et moi, on est partis à l'autre baraque, on ne savait pas quoi faire. Ensuite j'ai appelé Mel — on était copines depuis Telluride, vous savez — vu qu'elle avait toujours été plus rusée et plus solide que moi, et maintenant elle est... »

On attendit qu'elle se reprenne, puis je fis : « Je ne veux pas te presser, mon amour, mais tu nous as dit que tu savais où se trouvait Sarita. »

Wynona s'éclaira de cette manière adorable dont seules les jeunes filles sont capables, puis fit : « Ah oui, bien sûr. Je les ai entendus parler. Je ne sais pas qui ils étaient, mais ils pensaient que ce serait drôle de l'emmener à un endroit où personne ne penserait jamais chercher.

— Où ça ? s'enquit Solly.

— Oh, un pavillon de chasse sur son ranch à Coahuila, là-haut dans les Encantadas, vous savez, au sud-ouest de Big Bend, fit Wynona. Vous traversez à Boquillas del Carmen en canot. Lenny et moi on y est retournés comme ça une fois. Il avait foiré un petit deal de dope à Musquiz, vous savez, et on fuyait au pas de course la loi mexicaine. Cet abruti a essayé d'entuber un capitaine *rurale* pour des clopinettes... Alors un des cousins de Sarita qui en avait pincé pour moi à un moment, nous a cachés jusqu'à ce qu'on puisse repasser la frontière.

— Comment on y accède ? demanda Norman.

— Je ne peux pas vous le dire, dit Wynona, mais je peux vous montrer. » Elle laissa cette information crépiter comme une pépite autour de la table, puis ajouta : « En personne, je veux dire. Pas sur une carte foireuse. »

Lester dormait encore quand Wynona et moi nous allongeâmes dans le sauna. On aurait dit que cet air sec et chaud lui suffisait à peine. Tandis que la transpiration dégoulinait et luisait sur son corps adorable, je prétextai d'aller vérifier que le roupillon de Lester se passait bien pour avaler une goulée d'air frais. Je finis par en avoir assez et sortis malgré ses moqueries. Je pris une douche, me séchai, puis me laissai tomber sur le lit à côté de Lester. Puis je déballai mon canard, et le posai sur la table de nuit.

Au bout d'un moment, elle me rejoignit sur le lit. On fit quelques tentatives furtives de travaux d'approche, mais on était tous les deux trop fatigués, si bien qu'on se contenta de rester allongés à se serrer, tandis que notre peau se rafraîchissait.

Puis elle aperçut le canard, s'assit, et m'adressa un joyeux coup de coude dans les côtes. « Très bien, Sughrue, elle gloussa. Tu l'as trouvé. » Puis elle lança ses bras autour de moi.

« Et aussi toute ton artillerie, fis-je. Pourquoi est-ce que tu as emporté le canard ?

— Oh, j'en sais rien, dit-elle du tac au tac. Je voulais juste emmerder cet enfoiré. C'est aussi pour ça que j'ai chouré le vingt-deux de Lenny. Il se prenait déjà pour un tueur à gages, tu sais, en fait c'est qu'un nigaud...

— Costaud, pour un nigaud », l'interrompis-je.

Sans contredire mon commentaire elle continua : « Et j'ai aussi pris le Glock, en pensant que les détecteurs de métal de Joe Don repéreraient le vingt-deux et laisseraient passer le Glock, et que comme ça je pourrais descendre ce corniaud...

— Qu'est-ce qui s'est passé ?

— Il m'a ri au nez, et j'ai été incapable d'appuyer sur la détente, admit-elle tristement. Alors je me suis contentée de lui piquer son canard à la noix, et je me suis tirée avec. Joe Don est tellement gaga avec ces vieilleries. Ça lui remue les noisettes de savoir que personne ne peut dire ce que c'est ni d'où ils proviennent. Et le fait que ce truc noir poisseux soit du sang... bon, ça fait danser de joie sa zigounette. C'est pas juste un couillon, Sonny, c'est aussi un trou du cul. Et assez stupide. Je crois qu'il pensait que je lui rapporterais son joujou.

— Eh bien, désormais, c'est à moi, fis je. Faudra qu'il me tue pour le récupérer. »

Wynona eut soudain l'air inquiet. « Est-ce qu'un sort a été jeté sur ces putains de canards ou quoi ? Bon Dieu, ne t'en prends pas non plus à moi, Sughrue. Je ne supporterais pas. » Puis elle me serra si fort qu'apparemment elle en bâilla. Elle s'étira en travers de la couverture du lit.

Je l'observai un moment étendue aussi naturellement nue que l'ascension et le déclin de la lune, le cours des saisons, la vie et la mort, un poing relevé contre son front, sa cage thoracique se soulevant et s'affaissant en rythmes délicats et lents.

« Tiens donc, Sughrue, alors comme ça on se rince l'œil ?

— Wynona chérie, tu es admirable, fis-je.

— Le temps aura bien raison de ça », dit-elle calmement. Puis elle roula sur le côté pour me regarder. « Sauf que ça n'a pas été le cas avec Sarita, fit-elle incrédule. Quelque part, elle n'est pas comme les autres. Elle sera magnifique jusqu'au jour de sa mort, absolument magnifique.

— Ma foi, question beauté, certains de ses rejetons n'ont pas tiré le bon numéro, je suggérai.

— Tu veux dire ce crado de Norman, se moqua Wynona. Il ne fait pas plus partie de sa famille que moi. » Elle s'arrêta. « Je sais pas ce qui se goupille...

— Moi non plus.

— ... mais je vous accompagne vu que je suis la seule qui sait où on va et je te promets, Sonny, que personne ici ne recherche sa maman... »

Comme pour tout simplement prouver l'inexactitude de nos élucubrations philosophiques, Bébé Lester gémit dans son petit sommeil, tâchant de sortir de la pénombre de ses rêves en se tortillant vers les bras attentifs de sa maman.

« Tu peux aller me chercher une serviette, s'il te plaît, Sonny, dit-elle, j'ai des fuites... »

J'attrapai une serviette, puis, quand ils furent endormis, je remballai le canard siffleur mexicain dans une serviette en coton et le replaçai avec mille précautions. Puis je rattachai tranquillement mon Browning, le recouvrit sous un tee-shirt ample, sautai dans un jean et une paire de pompes de jogging, coupai une lignette de speed, et partis vaquer à mes sales occupations.

Le soleil avait beau être chaud comme une brique réfractaire, l'atmosphère était encore empreinte du tranchant frais de la nuit du désert, mais Frank et Jimmy, en maillot de bain, faisaient comme si l'été battait encore son plein. Contre l'acné provoquée par l'Agent Orange, Jimmy avait enfilé un tee-shirt, mais les pustules le brûlaient encore comme des charbons ardents à travers le fin tissu. Jimmy avait enveloppé son flingue dans une serviette ; Frank avait fourré le sien dans sa sacoche de ceinturon. On était prêts à tout. Sauf à la facilité avec laquelle on obtint la réponse.

L'usine de fabrication et d'emballage de piments rouges était sise sur un premier niveau à ciel ouvert.

Barnstone et le fantôme du flic routier supervisaient le nettoyage tandis qu'un petit groupe s'attaquait aux murs, au sol et au plafond au jet d'eau et à la brosse à récurer. Un semi-remorque frigorifique attendait à l'extérieur. Les ballots avaient sûrement été déplacés et étaient maintenant prêts à être emportés.

Comme on montait derrière lui, le flic de la route poussa Barnstone du coude. Barnstone se retourna, sourit et secoua la tête. Il nous présenta au flic, puis fit : « Ouais, merde, il a reconnu le minibus, alors je savais bien que vous alliez fureter à droite à gauche. Drôle de coïncidence, non ?

— Exact, fit Frank d'une voix plate.

— L'odeur a presque disparu, fit Barnstone d'un ton placide.

— L'odeur de *mota* a presque disparu, dit Jimmy, mais ça pue encore l'embrouille carabinée.

— Désolé », fit Barnstone le dos tourné, comme s'il le pensait vraiment.

Des types commençaient à frotter le sol avec des tas de piments écrasés, ce qui allait assurément tuer les derniers restes olfactifs des ballots de marijuana, tandis que d'autres se mettaient à décharger le semi. Il était rempli de machines à laver, de téléviseurs, de fours à micro-onde, de magnétoscopes et autres appareils électroniques.

« Putain vous possédez une boutique d'électroménager ? s'enquit Jimmy.

— Si on veut », fit Barnstone, puis il rougit et se tourna pour me regarder dans les yeux en ajoutant : « Écoute-moi, vieux, je me suis retiré du trafic de dope — je n'y suis plus depuis toutes ces années ; au cours du dernier convoi alors que le zinc piquait du nez, un pote à moi a eu chaud au cul, alors on a décidé de se retirer du bizness — mais j'avais encore tous les contacts, tous les itinéraires et tout l'équipement. Alors maintenant je fais ça dans l'autre sens, je transbahute du matos, tu sais, pour que les riches Mexicains puissent échapper aux taxes à l'importation... » Là-dessus, il rougit de plus belle, à tel point qu'il dut se retourner.

La vache, ce qu'il était gêné. C'était vraiment dur à avaler, quand on savait que Barnstone avait rempilé au Viêt Nam, la première fois en tant que commandant de la vedette fluviale, la seconde en tant que SEAL, et passé vingt années comme cheville ouvrière du trafic de drogue, difficile à encaisser qu'il ne voulait pas que ses amis le voient agir comme un gamin. Il faudrait peut-être qu'un jour on sache faire entrer en contrebande du bon sens dans la psyché humaine.

Ça prit un moment pour que Jimmy et Frank pigent ça, puis ils se gondolèrent comme des baleines, mais moi je ne savais pas quoi dire, puis enfin je sus.

Trente-six heures plus tard, juste avant que la lune se lève, et juste à la lisière de Boquillas del Carmen, Coahuila, Mexico, on chargea dans la benne d'un camion trois-quarts-de-tonne de l'armée américaine. Barnstone et Jimmy avaient pris l'avion avec toutes nos armes portables à la main et les caisses que les jumeaux Dahlgren avaient envoyées à El Paso ; Solly et Norman avaient passé la frontière en toute légalité, ils avaient pris l'avion de Ciudad Juárez à Monterrey, puis Monclova, où ils avaient intégré nos cohortes mexicaines et surveillé la route au nord ;

puis Frank, Wynona et moi, jouant les *gringos* bourrés, avions traversé le Rio Grande en bateau à rame au crépuscule, au cas où Joe Don aurait eu l'idée de faire surveiller les passages frontière.

Tout semblait se liguer contre nous, autant Wynona qui voulait absolument qu'on l'emmène que les cartes et les autorités mexicaines, qui ne voulaient pas ou ne pouvaient pas nous indiquer où se trouvait le terrain de chasse de la famille de Sarita. Pendant un moment après que Wynona eut acquiescé, on crut qu'elle ne se contentait pas de nous accompagner, mais qu'elle y allait seule et qu'elle emmenait aussi Bébé Lester avec elle. Elle finit par nous épuiser à force d'obstination, puis accepta vite de confier Bébé Lester à Dottie et Mary, et se servit pour finir de la pompe à lait pour stocker des bonnes choses pour le petit gars.

Barnstone prétendait que les deux types qui conduisaient les trois-quarts-de-tonne étaient des officiers mexicains, mais pour moi c'étaient des *banditos*. Du moins jusqu'à ce qu'ils ouvrent leur clapet. Ils parlaient mieux anglais que la plupart d'entre nous, surtout celui qui ressemblait au frangin de Dagoberto. On roula jusqu'avant l'aube sur les pistes de terre non balisées, bringuebalant comme des billes à l'arrière du camion aux suspensions défoncées, puis on bivouaqua dans un bosquet de *huisache*. On monta le camp et on camoufla le camion, pendant que les officiers effaçaient nos traces à partir de l'endroit où nous avions quitté la route. Personne ne savait dans quoi on allait se fourrer, mais tout le monde se rappelait l'expression de Wynona : « Ceux qui ne se sont pas cassés en courant, ils se sont fait buter. »

Après un petit déjeuner composé de haricots froids et de tortillas rassies, on étala les cartes d'état-major des officiers et même quelques clichés d'altitude qui devaient provenir de la DEA. Les deux officiers n'eurent aucune peine à localiser les pistes d'atterrissage sur la carte et sur les photos, mais aucun des deux n'avait la moindre idée de l'endroit où se trouvait le pavillon de chasse.

« Je me rappelle, fit Wynona, qu'on a passé la piste, puis qu'on a remonté un passage étroit et aride pour arriver à une pente vraiment raide. Il fallait reculer et manœuvrer à chaque virage en épingle à cheveux, et la Jeep de Flavio a failli ne pas arriver en haut... Mais quand on est arrivé tout en haut, sans déconner, on se serait cru dans un film, un petit canyon encaissé et une vallée cachée. Des chutes d'eau et des ruisseaux, des biches et tout ça.

« Non, c'était mieux que dans les films. On se serait cru dans le Montana... »

Wynona exploita ce filon pendant quelques minutes, puis revint à l'aspect sérieux.

« C'est une gigantesque baraque en rondins, vous savez, juchée en contrebas d'un affleurement, et la maison ne se voit probablement pas du haut à cause des pins. On aurait dit des ponderosas, mais ici, je sais pas.

— Et de la baraque, on voit toute la vallée, fis-je, et un seul type peut couvrir toute la vallée avec une carabine à air comprimé...

— Bah, je n'y peux rien », fit Wynona, et sur ce, elle disparut un long moment pour faire ses besoins derrière un rocher.

On essaya tous de ne pas se regarder en entendant les éclaboussures d'urine, on essaya de ne pas regarder le filet sombre qui serpentait de l'autre côté du rocher et se perdait dans les gravillons aiguisés.

Un des Mexicains finit par dire : « Ah ces *ricos*, il faut toujours qu'ils fassent leurs petites commissions en douce, même quand il n'y a rien d'illégal... »

Puis son collègue dit un truc en espagnol, et le premier répondit en espagnol. Ils bavardèrent jusqu'à ce que Wynona réapparaisse de derrière son rocher. Ma maîtrise de la langue était encore plus rudimentaire qu'elle, mais j'entendais bien qu'ils causaient politique. Les constantes du latin. Plus tard, je me dis que je lui poserais à nouveau des questions sur les conversations à Sun Valley. Mais d'abord, il fallait qu'on dorme. Et, en dépit du sol dur, des cailloux pointus et des matelas fins, c'est ce qu'on fit.

Lorsqu'au crépuscule je m'éveillai d'un sommeil sans rêve, je me dégageai en douceur de la jambe de Wynona posée sur la mienne, puis roulai mon matelas. Derrière le trois-quarts-de-tonne, Frank, Jimmy et les deux officiers étaient penchés au-dessus d'un petit feu qui ne dégageait pas de fumée, à faire du café, discutant à voix basse. Je me débarbouillai et me joignis à eux.

« Comment ça se passe, *compañeros ?* m'enquis-je en me versant un café qui avait la consistance de l'huile de moteur.

— On racontait à ces gentlemen quel genre de chef tu faisais, dit Jimmy, intraitable, jamais froid aux yeux.

— En quel honneur, monsieur Gorman ? » je demandai, en attendant la vanne.

Frank prit une profonde inspiration, puis parlant avec le plus grand sérieux : « Parce qu'aucun de nous n'a plus fait de cauchemar depuis qu'on s'est maqué avec toi, Sughrue.

— Lui non plus, je parie », fit Solly en sautillant sur un pied de derrière le rocher des latrines. « Et il s'est montré bien plus gentil au téléphone, ajouta-t-il, quand il se donne la peine de donner un coup de bigo.

— Allez jouer avec quelqu'un de votre âge », je grognai. Comme j'avais joué au football sous les drapeaux, j'étais un vieux type de vingt-sept balais au moment où j'étais parti au Viêt Nam.

« Ou avec un invalide », dit Solly, perché sur un rocher pour rattacher sa prothèse. Puis il leva la tête pour fixer le feu. « J'ai trouvé comment déjouer les cauchemars il y a des années. »

Seul Jimmy prit la peine de mordre à l'hameçon. « Et comment donc, Capitaine ? »

Solly le transperça du regard. « J'ai mis une croix sur le sommeil, soldat », dit-il d'une voix si faible qu'il fallut se pencher en avant pour entendre et y croire. « Putain, j'ai arrêté de dormir. » Là-dessus, il éclata d'un rire creux. « C'est le secret de ma réussite, pas vrai, Sughrue ? » et il se boyauta à nouveau.

Les autres s'étaient réveillés, et nous festoyâmes autour d'un autre plat de guérilla composé de haricots et de tortillas, puis nous levâmes le camp, et mîmes le cap sur la riante vallée des rêves du Montana de Wynona et sur l'insaisissable Sarita Pines.

« Bon, eh bien, une chose est sûre, c'est qu'ils sont là », fit Barnstone en me tendant les volumineuses jumelles allemandes. « J'en ai compté dix, il ajouta. Aux armes près, ils ressemblent comme des gouttes d'eau aux fortiches de l'ANV. »

J'étudiai le perron de devant le plus rapidement possible avant que le soleil matinal atteigne la corniche au-dessus du pavillon, puis je passai les jumelles à Frank. « Vite, fis-je, fais gaffe au soleil, mais regarde si ces gars ne te rappellent rien. »

Une seconde suffit à Frank pour jeter un œil et acquiescer. La dernière fois qu'on avait vu deux de ces gars, ils se dirigeaient vers le sud en direction des montagnes du Colorado. Parmi les autres, on en avait laissé quatre à pinces dans le désert du Nouveau-Mexique. Il y en avait deux qu'on ne connaissait pas, et deux autres étaient des femmes avec des mitraillettes en travers de la poitrine. Elles prenaient la relève et préparaient le petit déjeuner sur un minuscule feu construit sur le dessus d'un bidon en ferraille. Deux minibus japonais quatre roues motrices dernier cri étaient garés juste sous le perron. Et au-dessus de tout ce petit monde, Sarita Pines sur un balcon du premier étage, droite et mince, enveloppée dans un *sarape* en laine, son pâle visage espagnol étincelant dans l'air matinal. Sarita avait plus l'air d'un commandant en chef que d'une prisonnière.

Le soleil surgit alors derrière la crête, et il fallut siffler Jimmy depuis le flanc de repli et redescendre à plat ventre en direction de la sécurité temporaire de notre camp sec et froid.

La nuit précédente, les officiers mexicains nous avaient emmenés jusqu'à un ravin situé juste en deçà de l'embouchure du canyon, sous la piste d'atterrissage, ils avaient déchargé nos affaires, puis avaient regagné la route principale à pied en franchissant la corniche rocheuse. Barnstone prit son téléphone cellulaire et grimpa sur un sommet voisin pour qu'un avion se tienne prêt sur une piste aux alentours de Musquiz au cas où il faudrait qu'on s'échappe plus vite que les trois-quarts-de-tonne n'en sont capables. Puis nous procédâmes à un repérage lent et facile de la vallée du bonheur. Il fallut menacer Wynona de la ligoter et de la bâillonner pour l'obliger à rester en retrait.

Maintenant, de retour en milieu de matinée, on savait ce qui nous attendait. Privés de café et de cigarettes, on suçota des grains de café et on se rassembla pour méditer sur notre triste sort. Sauf que tout le monde me regardait comme si ce triste sort était uniquement le mien.

« On dirait que ça dépend de toi, Sughrue, fit Solly en souriant. On y va. On n'y va pas.

— Nan. Ça dépend de Norman, répondis-je. C'est sa maman. » Norman contemplait le sol rocailleux. « Je peux pas vous demander de continuer un truc comme ça, les gars, dit-il lentement. Tu es la seule personne que je connaisse ici, Sughrue, et même à toi je ne peux pas demander d'aller contre ces espèces de tordus. Mais je vais au moins aller voir si ces gars me laisseront lui parler, voir si ma mère... »

Wynona cracha sur une roche plate entre eux, et fit : « Bon, on s'en fout de Norman. Il sait même pas si Sarita est vraiment sa maternelle. Mais moi je sais que c'est mon amie et qu'elle est dans le pétrin. Et je parie que l'enfoiré qui a buté Mel est là-haut en train de se fendre la poire. Alors je me fiche de ce que vous faites, moi j'y vais. » Sur ce elle me fixa comme si j'étais le dernier des minables essayant d'échapper à son devoir.

« Eh merde, fis-je, j'ai jamais eu le choix de toute façon.

— Si c'est moi que vous attendez, c'est tout vu, fit Jimmy.

— Je sais pas ce que ça veut dire, fit Frank dans un faux accent du Sud, mais je continue la danse avec celui qui m'a emmené au bal. »

Barnstone opina lentement du chef, puis sourit. Solly se contenta de me regarder.

« Bon, les gars », fit Norman, puis il s'interrompit. « Je crois que toutes ces conneries ont commencé à cause de moi, mais je sais que cette femme est ma maman. » Puis il se tourna vers Wynona. « Et que je ne vous y reprenne pas à cracher par terre, petite fille.

— Je t'emmerde, fils de pute », fit Wynona, mais cette fois elle ne cracha pas.

Puis ils me regardèrent tous à nouveau. Je n'avais pas le choix. Je m'avançai pour arracher le couvercle de la caisse d'armes des frangins Dahlgren.

« Attaquons juste au coucher du soleil, dis-je. Ils croiront qu'on surgit du soleil. Frank, Jimmy et moi, on a toute la journée pour passer au-dessus et derrière le pavillon. » Je me mis à charger les armes, d'abord un grease gun. « Norman, dis-je en lui lançant, tu as les guiboles en coton, pas de grimpette... » Et je sortis le BAR de la caisse. « Mais la première chose qu'ils feront, c'est envoyer deux gars pour nous subtiliser le BAR, alors tu peux couvrir la position..

— Et moi je suis l'estropié de service qui doit couvrir le repli, fit Solly avant que je lui aie balancé le fusil automatique.

— Exact, fis-je. Il y a un petit renfoncement juste sous la corniche où tu as au moins trois positions avec le champ de tir dégagé jusqu'au pavillon. Ça fait au moins huit cents mètres, et il faudra que tu restes très en hauteur et sur la gauche jusqu'à ce qu'on sorte, mais ça ne devrait pas être un problème... » Puis je ramassai les jumelles allemandes de Barnstone et les tendis à Wynona. « Parce que cette jeune femme va fermer son bec, suivre les ordres, faire le repérage et recharger pour vous. » Une fois n'est pas coutume, je pensais que Wynona allait faire ce qu'on lui disait. Mais je me gourrais.

« Et moi je n'ai pas d'arme ? » fit-elle. Il fallut le Glock et une des carabines pour l'apaiser. Je m'assurai qu'elle était réglée sur semi-automatique, histoire qu'elle n'arrose pas Solly et Norman.

Puis je fouillai de nouveau dans la caisse. « Que ces deux gros soient bénis », fis-je en tombant sur un assortiment de grenades — deux fumigènes, deux défensives et deux nouvelles flash-bang « concussion & confusion » que les commandos utilisaient pour récupérer les bébés pris en otage — puis je regardai Norman. « Tu sais, fis-je, si tu n'étais pas si jaloux, trou du cul, ils auraient pu nous envoyer leur tank Sherman. » Mais Norman ne décoinça pas. Alors je poursuivis. « Alors Barnstone, il va falloir que ce soit toi mon tank. Et faire diversion pour moi.

— D'accord.

— D'abord, c'est quoi ton prénom, putain ? je lui demandai.

— Roland.

— Okay, Barnstone. Tu t'avances sur la route avec le trois-quarts et tu ne bouges pas jusqu'à ce qu'ils te canardent, puis tu fous le camp et t'attends derrière un de ces grands pins jusqu'à ce qu'on sorte de la baraque, et tu nous couvres.

— Si vous sortez, fit Solly.

— Voilà le genre d'attitude d'officier foireux qui nous a coûté la guerre, bordel », fit Jimmy. Et personne ne discuta.

« Quand on sortira », je répétai, et ramassai le Garand M-1 de la caisse. Je m'en emparai, on aurait dit du roc — chaud, ferme et lourd — et je savais pouvoir faire sauter les burnes d'un moucheron à cinq cents mètres.

« Ça va marcher », dis-je à personne en particulier, en tirant trois gilets en Kevlar de la caisse, encore un sacré cadeau des jumeaux. « Putain ça va marcher. »

Et bon sang, ça faillit marcher.

Au bout de six heures de pierres et d'épines, de cachette précaire et d'air léger de la montagne, et de considérations tardives sur nos jeunesses gâchées, Jimmy, Frank et moi, on se blottit à la lisière d'un petit éboulis sous l'affleurement de rochers délités, à une vingtaine de mètres au-dessus de l'arrière de la baraque. On avait donné le dernier coup de bourre une heure plus tôt, au moment du changement de gardiens.

Je dus m'envoyer un rail de speed à m'en décrocher le cœur juste pour reprendre ma respiration. Frank fit de même à contrecœur, car il semblait avoir pris vingt piges dans la grimpette, les traits sombres de son visage étaient creusés comme des entailles de couteau. Mais Jimmy déclina l'offre, il bouillait déjà d'excitation. Alors on observa le soleil qui atteignait le bord de la vallée en bas, et on prêta l'oreille aux gémissements de la boîte de vitesse du trois-quarts qui gravissait lentement la pente sous le pavillon, son grognement couvrant le doux ronron d'un générateur souterrain et les murmures assourdis d'un soap opera mexicain qui filtrait par les fenêtres sombres de la maison.

Le gardien qui surveillait la porte de derrière se retourna en entendant le camion. Alors que je le couvrais avec le M-1, Jimmy appuya le suppresseur de la .22 sur le dos de son poing posé sur un rocher à hauteur de la taille puis tira trois fois sur le gardien. On se courba, on attendit que quelqu'un remarque ; comme personne ne réagissait, on dévala la pente, les petits bruits de notre course étaient noyés dans le boucan du camion.

Frank fit monter Jimmy sur un petit pignon au-dessus de la porte sombre, où il s'immobilisa un instant, à croupetons sous la fenêtre, troquant sa .22 pour un grease gun, puis il nous adressa un sourire grimaçant comme un mauvais, mauvais lutin — celui qui sait que la marmite d'or est une vieille bassine pleine d'eau croupie —, puis il roula en silence jusqu'au rebord de la fenêtre, tandis que je tenais la porte de derrière ouverte pour que Frank se glisse à l'intérieur.

On aurait été des gorilles alpestres ou des revenants que les quatre types réunis autour de la table de la cuisine pour regarder la télévision n'auraient pas été plus surpris ; ils nous regardèrent bouche bée, les mains vides. Frank les menaça de son fusil de chasse pendant que je dirigeais mon canon dans le long couloir qui conduisait à la porte d'entrée, où j'aperçus d'autres personnes qui observaient le camion peiner dans la côte. Les types à table restèrent immobiles assez longtemps pour que Frank chuchote quelque chose en espagnol, qui eut pour effet de leur faire lever les mains en l'air et d'avoir la vie sauve.

Mais un pauvre crétin sortit des toilettes du couloir, poussa un cri en me voyant dans la cuisine, et eut le réflexe de plonger la main comme un dératé sous sa veste pour attraper son automatique en inox. En parfait enfoiré, je pressai la gâchette du M-1 jusqu'à entendre le ping caractéristique du chargeur qui saute.

Surtout, il me semble que je n'ai pas touché ses parties vitales. À cette distance, ça n'avait pas grande importance. L'explosion lui déchira le bras en deux, mit le feu à son vêtement et l'envoya valser dans l'étroit couloir en direction de la porte d'entrée, où un badaud pas-tout-à-fait-innocent se prit une balle perdue et traversa la vitre.

En entendant le ping de mon chargeur vide, le type le plus près de moi à la table me sauta dessus pendant que les autres cherchaient leurs armes à la hâte, la version bon marché Chine-Pop de l'AK soviétique. J'envoyai le mien au ciel à coups de crosse, alors que Frank entassait les autres à coups de chevrotine, comme des torchons sanguinolents dans un coin, près du four. Puis il rechargea calmement pendant que je fouillais les corps et déchargeais leurs armes, sauf une, puis j'enfonçai un autre chargeur dans le M-1.

À l'étage, les grease guns crépitaient, le fracas d'un fusil d'assaut leur répondait, des sons lointains pour nos oreilles sifflantes, et le BAR se mit à faire gicler les bardeaux du toit et les vitres latérales de la maison.

« Elle est là-haut ! » s'écria Jimmy entre deux détonations.

Puisque Sarita était en haut, Frank et moi pouvions donc monter d'un cran dans la riposte armée. Je sortis une grenade de ma veste et dégoupillai alors que Frank, posté au coin du couloir, balançait cinq pruneaux. Pendant qu'il rechargeait, je balançai la grenade par-dessus les deux corps dans le couloir, tirai le plus de balles possibles avec le kalachnikov bidon jusqu'à ce qu'elle s'enraie, puis je me précipitai derrière le réfrigérateur.

Des cris, des insultes et des bruits de cavalcade retentirent après l'explosion, et les tirs de BAR cessèrent de rogner le flanc du pavillon. Frank et moi, on nettoya méticuleusement les pièces, on inspecta le perron, d'où on apercevait quatre types qui se sauvaient dans le vallon, le BAR faisant décoller la poussière à leurs pieds à chaque fois qu'ils s'arrêtaient. Je vidai de nouveau le M-1, et en dézinguai un par un ricochet ou une caillasse, mais il rebondit comme un ballon et continua de se débiner dans la vallée.

« Géniale, cette arme, lançai-je à Frank.

— D'une autre guerre », soupira-t-il, comme je défourraillais le Browning pour la suite des combats rapprochés.

Puis il y eut le crépitement lointain de petites armes, provenant du bas de la colline, et le BAR se tut. Les types qui couraient s'arrêtèrent, puis Barnstone leur balança au petit bonheur un magasin entier de balles, et ils se remirent à marcher péniblement sans autre hésitation. Quelques instants plus tard le BAR entra de nouveau dans la danse, emplissant la vallée de ses déflagrations de basse. Mais le tir n'était pas dirigé sur nous.

« Qu'est-ce que ça peut foutre ? » fit Frank, et on pénétra à l'intérieur pour nettoyer le premier étage, qui était silencieux depuis la grenade.

« Magne-toi », soufflai-je à Frank, en tirant une des petites flash-bangs de ma veste, puis je m'écriai : « Jimmy : les oreilles ! » et je l'envoyai à l'étage. Frank et moi, on se recroquevilla sous l'escalier. Malgré l'abri et la distance, la petite grenade fit sursauter nos oreilles qui sifflaient encore et le flash s'infiltra à travers nos mains pourtant appuyées fort sur nos yeux fermés. Pendant que Frank et moi montions les escaliers à la charge, je ne pouvais qu'espérer que Jimmy aurait assez de jugeote pour s'aplatir.

Frank partit à droite, moi à gauche.

Ma chambre à coucher était vide. Un AK enrayé était posé sur le lit. « Jimmy ! je m'écriai. Ici ! » Frank répondit, alors je balançai deux balles dans le lit, puis deux autres dans une armoire ancienne pourvue d'un miroir.

Une des femmes en dégringola, saignant de la cuisse et de l'abdomen, un .22 avec suppresseur vissé à la main. Elle me balança une vilaine bastos, tirant dans la veste, juste au-dessus du cœur et non pas dans l'œil, et je lui servis deux pointes creuses blindées dans la poitrine en me rétamant sur le mur derrière, assez fort pour fendre en éclats la cloison en chêne.

Le Kevlar avait arrêté la balle de .22, mais c'est moi qui avais absorbé le choc. Si elle m'avait atteint à hauteur du foie ou de la rate, j'aurais crevé dans la douleur. Alors que là, j'eus juste droit à la douleur.

« Mon Sergeot, cria Frank.

— Ici », je répondis, en m'efforçant de ne pas geindre, de me relever sans m'appuyer contre le mur. « Où est la femme ?

— Ici, messieurs, fit une voix douce depuis le palier entre les deux piaules. Et elle a un flingue sur ma tempe... »

Je jetai un bref coup d'œil dans l'encadrement de la porte, Sarita se tenait devant la chambre au bout d'un large couloir, l'autre gardienne, derrière elle, brandissait un petit automatique à la base du crâne de Sarita et baragouinait à toutes blindes en espagnol.

« Et elle va me tuer dans cinq secondes si vous ne jetez pas vos armes...

— Sughrue ? fit Frank doucement.

— Obéissons », dis-je.

Frank fit glisser son petit .38 de service par terre jusqu'à la gardienne. « C'est pas comme ça que ça se passe mon chou », dit-il.

Au moment où elle regardait par terre, je lui balançai une balle à travers le coude, puis une autre qui lui traversa l'oreille. Elle tomba à terre, morte ; Sarita tomba aussi dans les pommes, couverte de cervelle, d'éclats d'os et de sang.

On se regarda et on échangea un sourire. J'espérais avoir meilleure mine que lui. Notre sang bouillait encore, mais ce chapitre était clos. Chaque chose en son temps, ce qui nous attendait au pied de la colline, c'était pour tout à l'heure.

Il fallut porter Sarita ; Jimmy passa devant. Elle ne reprenait pas connaissance, et après l'explosion de la grenade, Jimmy ne voyait ni n'entendait plus rien. Mais on leur fit descendre l'escalier et on les conduisit jusqu'au perron, où Barnstone attendait en haut des escaliers.

« Vous avez entendu ? se contenta-t-il de dire en prenant Sarita sur ses épaules. Je ne sais pas ce qu'on va trouver en bas de la colline. N'empêche on m'a passé un coup de fil pendant que je conduisais.

— Un coup de fil ? » Pour moi, le monde moderne des téléphones cellulaires et des communications par satellites s'était arrêté dans la cuisine.

« Dottie a appelé, mon vieux, elle a dit qu'il y avait un micro clandestin sur le bébé, fit Barnstone essoufflé tandis qu'on dévalait les marches.

— Le bébé était sur table d'écoute ? fit Frank.

— Ainsi que tout ce que Wynona avait sur elle », il expliqua.

C'est exactement à ce moment-là qu'une détonation d'arme automatique retentit du haut de la colline.

« Joe Don, fis-je. Et c'est la seule issue, hein ? »

Barnstone acquiesça d'un air résolu.

« Inutile d'essayer de filer par un autre endroit, fit Frank en réarmant son fusil à pompe.

— Prenons les bagnoles, fit Barnstone en montrant les minibus japonais. Et on se magne le cul. L'avion ne peut pas atterrir de nuit. »

Barnstone déposa Sarita sur la banquette arrière, lui mit la ceinture, puis commença à trafiquer le démarreur sans les clés. Frank et moi déposâmes Jimmy à côté d'elle avant de retourner dans le pavillon au pas de course à la recherche des clés, et pour rassembler et recharger toutes les armes qu'on pourrait trouver, tandis que de lointains coups de feu tirés d'en haut de la colline approchaient.

Il y a des fois, quand on est dedans, c'est jusqu'au cou.

Malgré les guiboles de Norman, écrasées lors d'une douzaine d'accidents de moto, et la patte folle de Solly, ils avaient fait du bon boulot pour retenir les sbires de Joe Don qui remontaient à flanc de colline, si bien qu'au moment où on radina, ils ne s'attendaient pas à nous voir. On ramassa les estropiés qui composaient notre équipe de choc à peu près à mi-chemin sur la route, puis on envoya le premier minibus avec une grenade attachée au réservoir d'essence.

Au moment où ça explosa chez eux, on piqua en plein à travers le feu, avec Sarita toujours dans les pommes, emmitouflée dans nos vestes pare-balles, tandis que les fenêtres du van tremblotaient à cause des coups de feu. Personne ne put dire si ce fut grâce au rideau de feu qu'on provoqua parmi les voyous de Joe Don — personne ne put affirmer avec certitude avoir descendu quelqu'un — ou bien grâce à l'incendie de forêt qu'on déclencha, et même si Jimmy, dans un état à la fois de panique et de semi-lucidité, prétendit avoir touché une douzaine de cibles, n'empêche, on réussit à passer à travers, et à rallier la piste juste avant la tombée de la nuit, et on décolla dans les volutes de fumée noire aux derniers rayons du crépuscule.

Sarita avait alors repris connaissance, elle avait le nez collé à la fenêtre du petit avion sud-américain, observant les restes en flamme de son pavillon de chasse. Je voulais lui demander quelque chose, mais son visage avait l'air douloureusement résigné, des larmes dégoulinaient en silence de ses hautes pommettes, d'un rose perlé dans la lumière évanescente, si bien que je me détournai d'elle avant de poser ma question.

Puis Solly traversa l'intérieur dépouillé de l'avion en traînant la patte jusqu'à moi, son flanc droit tout trempé de sang. Du trapèze à la hanche, il avait tout le côté mâché, soit par une série de ricochets amortis soit par du gravier qui avait volé en éclats. Et une balle avait traversé sa cheville articulée artificielle.

« On dirait que tu as besoin d'un pied neuf, fis-je.

— J'ai eu besoin d'un pied neuf depuis le jour où j'ai manqué de vivacité », fit-il. Solly traversait un fossé de rizière quand son pied s'était pris dans un fil piégé qui avait éjecté une grenade dégoupillée d'une canette de Coca-Cola. Il s'en était fallu de peu qu'il attrape le manche mais, même en le loupant, il avait pu plonger dans l'eau avant que la grenade explose. Ça n'aurait pas été un vieil ananas datant de la Seconde Guerre mondiale, il y passait, ou bien aurait été tellement amoché que ç'aurait été encore pire. « Je suis vraiment navré, mec, dit-il, mais on s'est écarté pour pisser derrière un buisson et ils se sont intercalés.

— Au moins, elle est pas morte, fit Norman en nous rejoignant. J'ai vu ce blond avec la main dans le plâtre qui l'embarquait. »

Enfoiré de Lenny. Pas très gentil pour un frérot. Je regrettais maintenant de ne pas lui être vraiment rentré dans le lard.

« Bordel, qu'est-ce que Bébé Lester va devenir sans sa maman ?

— Je m'occuperai de lui », fit Sarita d'une voix douce, le nez toujours à la fenêtre, à observer l'obscurité émaillée d'étoiles dans le ciel d'orient.

« Tu lui as parlé ? » je demandai à Norman. Mais il fit non de la tête et se retira. Je tapotai Solly sur son épaule encore vaillante, puis clopinai comme un vieil homme à l'avant de l'avion, où Frank et Jimmy étaient appuyés contre la cloison, de part et d'autre de Barnstone. Les deux officiers mexicains étaient assis de l'autre côté de l'avion, face à eux.

« On va où ? je demandai à Barnstone.

— Durango, dit-il, pour se débarrasser des armes et rentrer dans la légalité, afin de passer la frontière. »

Je m'appuyai contre la paroi et sortis le Browning, ôtai le chargeur à moitié vide puis le chargeai, laissant le chien armé, et je plaçai le canon devant la trombine du grand qui ressemblait à Dagoberto. « C'était qui, ces types ? je leur demandai. Et vous, qui êtes-vous ? »

Barnstone tendit la main vers mon pistolet, mais je lui giflai les articulations suffisamment fort pour le faire saigner rien qu'avec le canon, puis le braquai à nouveau vers les officiers mexicains. Qui, pour être tout à fait franc, n'avaient pas l'air très impressionnés.

« Je crois que l'avion est pressurisé, fit le petit, et la décompression risque de nous faire piquer du nez.

— Va raconter ça à quelqu'un qui en a quelque chose à braire, fis-je. Putain, réponds-moi.

— Des Péruviens, peut-être, dit-il tranquillement. *Sendero Luminoso*, probablement, des maoïstes purs et durs du Sentier Lumineux.

— Qu'est-ce qu'ils branlent au Mexique ? fis-je.

— Trop de cocaïne et de pognon dans l'affaire pour ne pas être de la partie, fit l'autre en colère. Du pognon *gringo* pour des tarins *gringos*.

— Et vous, connards ?

— Services secrets mexicains, fit Barnstone d'une voix fatiguée. En tout cas, c'est mon avis. » Puis il s'interrompit pour soupirer. « Merde, je suis navré, Sughrue. Putain comment j'aurais pu savoir qu'avec mes machines à laver je roulais pour ces enfoirés ? fit-il.

— Troupes antiterroristes, en fait, corrigea le grand.

— Vous nous avez laissés foncer contre ces couillons, dit Jimmy aux Mexicains, ces enculés de première, vous nous avez laissés partir tête baissée dans le panneau sans un mot, putain. Merci de nous avoir laissés faire le sale boulot.

— On se tape le vôtre bien assez souvent, fit le petit en colère. Habituellement avec des binettes et des sacs de coton.

— Qu'est-ce que j'y connais au coton ? fit Jimmy. Putain, pour moi le coton ça arrive sous forme de chemises, de shorts, pas en sacs.

— Veuillez m'excuser bordel, dit Frank se mêlant soudain à la conversation. Maintenant quel est votre plan ? Qu'est-ce que vous diriez de quelques pruneaux dans le buffet puis d'une séance dans la brigade des parachutistes cubains ?

— Quand vous aurez rendu vos armes et qu'on vous aura fait notre compte rendu à Durango, vous comprendrez... » commença le grand.

Mais sa voix traîna en longueur quand Jimmy lui plaça le suppresseur de sa .22 sous le nez. « Compte rendu mon cul, mec. Tu nous causes sur-le-champ ou tu calenches. Cette petite balle de rien du tout ne fera pas décompresser l'engin de mes deux, mais elle va tourner dans ton ciboulot comme une souris enragée !

— Un peu mon neveu, fis-je avec un calme plus apparent que réel. Je suis pas vraiment content de tout ce cirque. J'ai du mal à croire que Wynona soit vivante après tout ça, et j'ai franchement l'impression qu'on s'est foutu de notre gueule, alors je suis avec Jimmy... » Je dus réprimer un sanglot. « Peut-être bien que tu es au Mexique, enfoiré, mais là où je suis, putain c'est l'Amérique — pas le gouvernement, mec, mais une horde de péquenauds de merde, avec moi aux premières loges... Alors comme on dit par chez moi, mon arme, faudra l'arracher de mes doigts froids de macchabée... »

Sarita s'interposa soudain, longiligne et charmante dans la lumière pâle, en ôtant les épingles de ses cheveux sales, qu'elle laissa tomber en mèches brillantes autour de son visage ovale. « Je vous en prie, messieurs, chuchota-t-elle. Je crois pouvoir éclairer quelque peu vos lanternes avant que nous ayons à supporter d'autres coups de feu... »

Elle essaya.

On avait beau être des durs, défoncés et crados, Sarita n'en restait pas moins une femme d'âge mûr, imposante de charme et de calme, même dans son jean raide de crasse et dans un *sarape* qui paraissait avoir survécu à la révolution, et on lui fit de la place, on lui trouva un endroit pour qu'elle s'assoie, on s'agglutina à ses pieds comme si elle était *La Lengua Materna Verdad*, la langue maternelle vraie. Sarita sourit une fois, brièvement, tristement, amusée par nos efforts pour lui plaire, et l'espace d'un instant, je saisis cet éclat que Wynona admirait, cette aisance sociale liée à l'éducation que les petzouilles admirent si souvent en secret, en commettant la terrible erreur de prendre ça pour de l'intégrité. Sarita joignit les mains, les glissa entre ses jambes élancées et parla.

« Mon mari, ce n'est pas un secret, a récemment essuyé des échecs », commença-t-elle, sa voix couvrant à peine le ronflement de l'avion, « des échecs au plan politique, personnel et financier. Si bien que depuis quelque temps, il n'est plus lui-même. Depuis peu de temps. Et pour être tout à fait honnête, ma famille ne lui a pas été d'une grande aide.

« Non pas qu'ils ne lui aient pas proposé d'assistance financière. Ils l'ont fait. Ils lui ont offert des sommes si importantes que c'en fut gênant, des sommes qui l'ont dépouillé de cette dignité sans laquelle un homme ne peut pas vivre. » Elle s'arrêta alors, toisa le groupe qui l'avait enlevée, sourit modestement puis continua : « Il me faut confesser que nous autres Mexicains, nous qui attachons fièrement tant d'importance à la dignité, sommes parfois coupables d'oublier que vous, les Américains, vous êtes également capables d'une telle dignité et d'une telle fierté.

« Mon mari était un homme de cette trempe, fit-elle, avec une intonation sombre comme une prison d'État. Comme cela se produit souvent, il commit une erreur insensée en essayant de reconquérir ce qu'il considérait comme sa juste place dans le monde... » À nouveau elle marqua une pause.

« Joe Don s'est lancé dans le commerce de la cocaïne », fis-je, profitant de son silence.

Sarita me dévisagea comme si elle ne m'avait encore jamais vu, puis me sourit avec indulgence, comme si j'étais un enfant particulièrement mignon mais crétin.

« Juste cette fois-là, finit-elle par dire, et à un tel niveau qu'il n'aurait plus jamais à le refaire...

— Et avec les mauvaises personnes, je suggérai.

— C'est tellement vrai, dit-elle. D'un seul coup il y a eu tellement d'argent dans l'histoire.

— Combien ? voulut savoir Frank.

— Pendant ma captivité, j'ai entendu plusieurs fois le chiffre de cinquante millions en valeur de la rue, mais cinquante millions de quoi, je n'en suis pas sûre, dit-elle. Honnêtement, messieurs, mes ravisseurs ne brillaient pas par la maîtrise de la langue. Leur grammaire était aussi confuse que leur politique », dit-elle, puis elle leva un doigt fin comme pour nous réprimander. « Ils tuent les leurs, vous comprenez. En ce qui me concerne, je trouve cela révoltant, à défaut d'être révolutionnaire. Et totalement insoutenable, malencontreux, et impardonnable...

— Madame, fit Frank, votre putain de mari veut introduire en fraude des tonnes de cocaïne dans le pays, et vous croyez avoir le droit de juger quelques *peones* qui, au moins, ont le courage de leurs convictions ?

— Votre peuple », fit Sarita sèchement, en regardant le visage basané de Frank, comme si elle s'adressait à un Indien ou un Noir, à quelque hybride *mestizo*. « Votre peuple, répéta-t-elle pour qu'on sache bien ce qu'elle voulait dire, a une avidité inouïe pour les drogues, qui dépasse largement l'entendement des gens décents de ce monde.

— Et vous, les *ricos*, vous avez tout simplement une avidité inouïe ? rétorqua Frank.

— Je suis certaine que mon mari ne pensait pas à mal, dit-elle. Maintenant, messieurs, si vous voulez bien m'excuser, je suis fatiguée. » Sur ce, Sarita se leva comme pour rejoindre ses appartements royaux dans les coulisses.

« Non, excusez-moi, s'il vous plaît, fis-je, mais j'aimerais savoir pourquoi vous êtes allée à Sun Valley avec Wynona. »

Sarita répondit du tac au tac de toute sa hauteur. « Je venais juste de découvrir les projets de mon mari pour... pour se renflouer et j'avais besoin d'un peu de temps à moi afin d'envisager cette nouvelle donne. Et aussi, Wynona est une enfant délicieuse, une bonne amie, et la mère du fils de mon mari.

— Ah, fis-je. Alors qui étaient les deux Mexicains qui vous attendaient à Sun Valley ?

— Des amis », fit-elle simplement, puis elle se retourna vivement et disparut dans l'obscurité à l'arrière de la cabine.

« Bel ouvrage », fit Frank.

Un des Mexicains commença à dire quelque chose, mais je ne pus dire lequel, à cause de la pénombre. « Alors vous, putain, vous la fermez, leur dis-je. Je suis toujours pas très content que vous nous ayez laissés foncer dans ce boxon sans broncher, et ta tronche ne me revient pas, Petit Gros, alors si tu veux pas que je lâche le nain, boucle-la...

— Qui est-ce que tu appelles le nain ? » voulut savoir Jimmy, mais nous l'ignorâmes.

« Et on ne va pas à Durango, dis-je à Barnstone. Occupe-toi de ça. » Il hocha la tête et engouffra sa carcasse dans la cabine pour en toucher deux mots au pilote.

« Frank, fis-je, toi et Jimmy vous ligotez ces deux-là. Serré. S'ils se plaignent, vous les bâillonnez avec leurs propres chaussettes. »

Solly, Norman et moi, on se réunit au milieu de la cabine, accroupis comme autour d'un petit feu. « Tu as du whisky ? je demandai à Solly.

— Dans la grande poche, il répondit, mais j'ai trop mal pour la prendre. »

Moi non, si bien qu'on s'envoya une rasade bien corsée de la flasque de Solly remplie d'un whisky d'âge respectable. « Ça va mieux », fis-je, puis je me tournai vers Norman : « Qu'est-ce que t'en dis, mec ? C'est elle ? je demandai.

— Exactement comme dans mes souvenirs, C.W., dit Norman d'une voix posée, mais à l'époque elle était plus commode.

— Pas très difficile », fis-je, puis je me tournai vers Solly : « Tu es un professionnel, donc je n'essaierai pas ça à la maison, mais qu'est-ce que vous en pensez, Maître ?

— J'en pense que je suis fatigué, vieux, que je me suis fait dégommer comme un lapin, sans gloire », il dit, puis il essaya de s'asseoir sur un sac plein d'armes. Je l'aidai, et on s'échangea à nouveau la flasque. « Quel genre de Purple Heart ils vous refilent si vous vous faites tirer dans la prothèse ?

— Artificiel ? lui dis-je.

— Chapeau, dit-il. Tu aurais dû être avocat, Sughrue.

— Non merci, dis-je en attendant la suite.

— Merde, mec, j'essaye juste de deviner, mais mon pronostic c'est que la dame a la pétoche comme jamais, dit-il. Je ne crois pas qu'elle ait la moindre idée de ce qui se passe, et je pense que sa famille est impliquée là-dedans jusqu'aux *cojones*.

— Au moins on est d'accord sur un point, fis-je.

— Trouve-moi plus de codéine, Sughrue, dit-il, et je serai toujours d'accord avec toi. N'empêche j'ai toujours envie de savoir pourquoi Mme Pines s'est précipitée à Sun Valley... »

Pendant que je fouillais dans la trousse de premiers soins de Barnstone en quête de calmants, Norman s'approcha et s'agenouilla près de moi.

« Qu'est-ce que je dois faire ? il chuchota.

— Qu'est-ce que tu veux faire ?

— Bah, je crois bien que je veux en causer à Mary, vieux.

— Putain, Norman, mais t'es amoureux, fis-je, encore sous le choc.

— Faut croire », répondit-il, un sourire niais resplendissant dans la pénombre. « Et, je suis vraiment désolé pour Wynona, vieux. C'est un sacré numéro. Mais ce n'était pas de la faute de Solly. Vraiment.

— Très bien, dis-je. On va la récupérer. On a un corps à échanger. Il faut toujours avoir un corps à échanger.

Et un endroit où on peut procéder à l'échange.

Comme les pilotes de Barnstone avaient quelque expérience pour traverser la frontière au ras des broussailles, on décida de retourner en Amérique à basse altitude, profil bas. Aussi, comme Joe Don s'était révélé moins digne de confiance et plus intelligent que ce à quoi n'importe lequel d'entre nous s'attendait, on décida d'entrer dans le vif du sujet.

Après s'être posés sur une piste de terre au sud de Palomas pour faire le ménage, relâcher nos ressortissants mexicains en s'assurant qu'ils iraient raconter la même version des faits que nous, leur promettant de faire savoir à la ronde qu'ils possédaient un restaurant à Aspen s'ils ne nous couvraient pas le cul, on laissa Barnstone régler les détails par téléphone cellulaire, puis on exécuta un bref saut de puce au-dessus de la frontière directement vers la piste d'atterrissage du ranch de Joe Don. Sarita se tint à l'écart, silencieuse et distante, presque ennuyée. Une posture qu'elle adoptait par peur, j'en étais convaincu.

La maman de Joe Don en revanche n'avait pas peur. Elle était au ranch, sans gardien à part deux antiques serviteurs mexicains, qui auraient probablement donné leur vie pour elle, si on leur avait accordé cette chance, mais ils n'étaient guère chanceux. Le temps qu'on parcoure toute la route jusqu'au Hole, ils en étaient encore à s'emmêler les pinceaux entre leurs lunettes et leurs bottes. Heureusement Mme Pines senior était douillettement couchée, si elle avait été éveillée, je crois qu'il aurait fallu lui tirer dessus pour la calmer et la faire sortir. Après avoir enduré son baratin assommant quinze minutes durant, j'en avais plus qu'envie. Mais Sarita parvint à la gaver de bourbon et de Valium, un mélange auquel la vieille dame semblait accoutumée.

Bien que Barnstone, Norman et moi ayons essayé de les en dissuader, Dottie et Mary déboulèrent avec Lester et des armes de poing supplémentaires qui venaient de Stone Wash Springs. Il semblait que, récemment, j'avais eu un manque de pot tout particulier à essayer de faire faire aux femmes ce que je voulais, quelle que soit la façon dont je m'y prenais que je leur en donne l'ordre, leur demande ou les supplie. On faillit perdre Mme Pines senior en passant au peigne fin la maison rustique à la recherche de micros cachés que nous finîmes par trouver.

Mme Pines fit tout d'abord un scandale, s'insurgeant contre la DEA qui se mêlait de la vie privée de son fils. Lorsque nous lui montrâmes que toutes les pièces électroniques étaient allemandes ou polonaises, ce qui signifiait que c'était certainement son fils qui l'épiait, elle se rabattit sur un argumentaire encore plus expéditif, prétendant que Joe Don ne ferait même pas un bouton sur le cul de son père. Sarita lui administra une autre dose de Valium, le coup de fouet du bourbon en moins, cette fois-ci. Si bien qu'à l'exception de Sarita et Mme Pines, nous pûmes nous asseoir à la table de la cuisine autour de plusieurs tasses de café de cow-boy en regardant le soleil levant briser le cercle sombre du Hole.

On fit d'abord du renseignement. Barnstone suggéra qu'entre ses propres contacts et ceux de Dottie, ils pourraient faire passer les coups de feu pour un vol ou un règlement de comptes interne, et il pensait que comme il leur devait toute une cargaison de magnétoscopes, l'armée mexicaine risquait de ne pas respecter ses engagements.

Puis on passa aux reproches.

Après avoir trouvé le micro directionnel dans la mallette de Joe Don, j'aurais dû réaliser qu'il affectionnait les merveilles électroniques du monde moderne. C'était de ma faute. Mais Solly vola à mon secours. Il suggéra que je n'y avais pas pensé parce que je ne reconnaissais pas vraiment le monde moderne. Ce qui n'était pas pareil que dire que c'était de ma faute.

J'acquiesçai pour des raisons de concision, ce qui est toujours une bonne chose quand c'est un avocat qui tient le crachoir.

Puis Solly s'en voulait de ne pas avoir été capable de faire tenir Wynona en place, mais Norman avait été témoin des efforts qu'il avait déployés et on confirma tous à quel point elle pouvait être bornée.

Puis Mary y alla de ses reproches, elle s'en prit à la mère de Norman et à tout ça, mais Jimmy remit les pendules à l'heure en disant : « Ouais, et c'est moi qui ai commencé la guerre du Viêt Nam ! Alors venez pas me prendre le chou ! »

Si bien qu'on laissa tomber les reproches. Y compris moi, qui ressentais la perte de Wynona comme ces terribles crampes de la jungle, qui arrivaient en énormes vagues vides lorsqu'il fallait retenir la chiasse dans vos tripes lors de missions nocturnes.

Mais rien ne pouvait m'ôter mes responsabilités. J'étais toujours le chef d'équipe. Si bien qu'on dressa un plan. J'ai toujours été meilleur lorsqu'il s'agissait de faire que de planifier, mais qu'est-ce qu'on y peut, personne n'échappe à la souffrance.

C'est donc ainsi que je me trouvai assis dans le patio ensoleillé au-dessus du premier tee du terrain de golf de Santa Teresa à boire un verre en compagnie de Joe Don.

« Vous avez combien d'armes dirigées contre moi ? voulut-il savoir.

— Jolie armure, fis-je, mais pas terrible face à un pruneau de fusil bien puissant, disons un Weatherby 300.

— Ouais. J'en ai marre de ces trucs volumineux en Kevlar. Comme vous le savez, on crève de chaud avec.

— Alors faisons un marché, dis-je en tâchant d'oublier la transpiration qui me dégoulinait de partout.

— Qu'est-ce que vous avez qui pourrait éventuellement m'intéresser ?

— Votre mère, votre fils, votre femme, je suggérai, votre argent et votre canard à la noix. Le fin mot sur votre trafic de drogue.

— Et qu'est-ce que j'ai que vous pourriez vouloir ?

— Wynona Jones.

— J'en sais beaucoup plus à votre sujet que lors de notre dernière discussion, dit-il calmement. Vous n'êtes pas aussi dangereux que vous en avez l'air. Si ce n'est pour vous-même. Et si je vous disais simplement “ Allez vous faire foutre ” ? Vous ne ferez pas de mal à ces gens-là. Moi je peux toujours amasser plus de pognon. Le plan péruvien est peut-être déjà tombé à l'eau. Et des canards, j'en ai déjà deux. Vous ne croyez pas que j'aurais raison de vous dire “ Allez vous faire foutre ” ?

— Eh bien, espèce de branleur, moi aussi j'en sais beaucoup plus à votre sujet. Vous êtes un insecte à bouse qui suce de la merde, et un putain de trouillard qui fait dans son froc. »

Joe Don essaya de faire comme si cela ne l'affectait pas. Il fixait la corniche en pente derrière les golfeurs trop bien fringués vers la route à l'est du country club, tout en déballant un cigare. Deux pelleteuses pour câbles téléphoniques s'approchaient du passage frontière récemment construit, chacune d'un côté de la frontière. Au loin, les derricks de Joe Don s'activaient dans la terre, à la recherche de gisements dans l'Overthrust Belt.

« La foreuse n'a pas l'air de tourner trop vite, je suggérai. Quelle profondeur font les trous ?

— Suffisamment profond pour qu'on ait trouvé une strate de cailloux durs qui mâchent les mèches comme si c'étaient des cacahouètes..., répondit Joe Don. Vous vous y connaissez en forage ?

— Troisième génération de travailleurs dans les champs de pétrole des deux côtés, fis-je.

— Ah », fit Joe Don, avec cette espèce de lèvre retroussée et ce sourcil dressé que j'avais trop vus étant moi-même le rejeton d'un manœuvre ambulant sur les gisements pétrolifères et d'une revendeuse locale des produits Avon.

« Et question charançons j'en connais aussi un rayon », ajoutai-je, mais Joe Don n'écoutait déjà plus. Je sentis mes poings se refermer.

Lorsque Joe Don eut son cigare fumant dans l'air pâle et frais fermement vissé entre les dents, j'étendis la main et le cassai en deux, et écrasai le bout allumé sur le dos de sa main.

« Hé, mollo, dis-je tout près de son visage verdâtre, j'essaie d'arrêter. » Puis j'enfonçai encore plus le cigare dans sa main. « Réfléchissez. Vous n'allez pas dire “ Allez vous faire foutre ” à un vieil alcoolo entre deux âges, Joey, vous allez dire “ Allez vous faire foutre ” aux deux Colombiens, qui, pour récupérer leurs cent mille dollars — ou devrais-je dire vos cent mille dollars ? — seront plus que contents de tuer tous les gens que vous connaissez. C'est en tout cas comme ça que je leur présenterai l'affaire. » Puis je lourdai le cigare dans le cendrier. « Pigé, Joey ?

— Espèce de fils de pute, siffla-t-il en tenant sa

main contre le torse comme un animal brisé. Vous venez d'acheter un aller simple pour l'enfer.

— Souvenez-vous, espèce d'officier du week-end, que j'y suis allé et que j'en suis revenu. J'ai peut-être fait dans mon froc, mais moi je me suis pas cassé en courant. Moi j'étais à la guerre, connard, et vous vous étiez à la télé.

— Appelez mon bureau, fit-il, essayant d'affecter une raideur toute militaire, sans succès. Vous verrez les détails avec Lenny.

— Pas Lenny, fis-je, vous. Et selon mes termes. »

Joe Don hésita, puis opina du chef et fila vers les toilettes hommes. De face, il pouvait passer pour un héros, mais de derrière, il avait une allure de dégonflé au cul en poire se carapatant aux cabinets avant de faire dans son froc. Une fois de plus.

Quand je revins à la bagnole de location, Frank et Jimmy voulurent savoir ce qui clochait. Mais je roulai jusqu'à l'Upper Valley Bar et m'envoyai deux verres avant de pouvoir parler.

« Frank ? fis-je. Est-ce que tu peux soutirer encore deux tuyaux de ton pote à l'ordinateur à Denver ? »

Frank éclusa sa mousse à petites gorgées, puis me regarda, un sourire de Chinois jusqu'aux oreilles. « Évidemment, dit-il, Joe Don Pines et... l'Avocat Rainbolt.

— Bien deviné, dis-je en faisant signe pour qu'on m'apporte un autre verre.

— On joue pas aux devinettes, grogna Jimmy depuis le billard. Qu'est-ce que tu vas faire ?

— Voir ce que donne la météo à cette période de l'année, fis-je, là-haut dans le Montana.

— Jamais mis les pieds dans le Montana, fit Jimmy, mais je me souviens de *Red Skies over Montana*.

— Petit enfoiré assoiffé de sang, s'exclama Frank.

— Assoiffé tout court, dit Jimmy, c'est un film. Avec Richard Widmark et le gonze avec un blair plus grand que son bitos.

— Richard Boone ? demanda Frank.

— Karl Malden, dit Jimmy. Un bouseux pingouin-négro. »

Quand il arrêta de se bidonner, j'appelai Barnstone au ranch du Hole, et suggérai qu'on se repose tous un moment. Il m'y encouragea. Forts de cette bénédiction, Jimmy, Frank et moi nous nous assîmes pour étancher notre soif.

C'est à la déloyauté du Selective Service Act que de nombreux gars, qui n'auraient jamais dû y mettre les pieds, doivent de s'être retrouvés au Viêt Nam. Mais pas tous dans la brousse. Il faut généralement de six à dix soldats à l'arrière pour un type au front. Évidemment, dans une guerre où l'ennemi déplace la ligne de front toutes les nuits, la zone de combat peut se trouver n'importe où.

Et comme les cadres militaires et politiques américains utilisèrent la guerre pour servir leurs propres intérêts, puis eurent manifestement recours à toute la fausseté clinquante d'un parrain de la Mafia ou d'une putain d'Hollywood, un grand nombre de mômes se retrouvèrent dans la brousse alors qu'on n'aurait jamais dû les autoriser à quitter leur bled natal.

Certains ne furent pas capables d'apprendre, et ils

ne s'en sortirent pas ; d'autres si, et ils s'en sortirent. Mais dans un monde qui aurait été ne serait-ce qu'un peu meilleur, aucun n'aurait été appelé.

William Curtis Williams, Jr, était l'un d'eux.

Willie avait l'air dégingandé, la démarche hip-hop, et la tronche bourrue du « street nigger » pas commode, plus les yeux vert clair les plus déments que tous ceux de la compagnie avaient jamais rencontrés. Comme Willie avait un tempérament chouette et une voix haut perchée et douce, vous vous rendiez compte que ses yeux brillaient d'intelligence et non de malice, et que sa démarche n'était que l'expression de son élasticité naturelle — il semblait venu d'un autre monde. Et bien sûr, c'était le cas.

Ses parents étaient tous les deux des médecins exerçant dans la petite bourgeoisie noire des environs de Minneapolis. Willie fut enfant unique, asthmatique et maladif pendant pratiquement toute son enfance, jusqu'à connaître la bénédiction d'une bonne santé pour la première fois de sa jeunesse, juste à temps pour tomber sur un professeur de psychologie, un radical blanc antiguerre au Carlton College, qui le convainquit que la guerre était dirigée par des diables blancs, dans le but d'exterminer les races de couleur.

Ma foi, comme bon nombre de radicaux, le professeur avait à moitié raison : il y avait un paquet de Blancs diaboliques en place, diaboliques dans le sens où ils étaient trop souvent composés à parts égales d'avidité pour « l'avancement de leur carrière », et de simple stupidité. Tout allait bien jusqu'à ce qu'ils débarquent en campagne, où ils apprenaient vite que le commandement sur le terrain pouvait leur coûter la vie. Si Charlie ne les butait pas, leurs propres troufions s'en chargeraient.

À moitié tort, dans le sens où le professeur n'avait pas compris que dans la brousse on était tous pareils, des mecs dans la boue, tellement haïs ces temps-ci par les idiots de la Nation aryenne. Et qu'il était totalement dépourvu de toute connaissance de base sur la personnalité de l'individu, une terrible carence par trop fréquente dans cette profession. Le salopard tua William Curtis Williams, Jr, et brisa le cœur de ses parents.

Willie se porta volontaire. Puis se porta à nouveau volontaire. En dépit du fait que la première réelle activité physique de Willie au court de sa brève vie eut lieu pendant les classes à Fort Leonard Wood, il s'engagea à l'école de saut. Puis dans la 1re de cavalerie aéroportée. Puis rempila.

Willie, qui tressaillait manifestement quand ses frères noirs le traitaient de « nigger » sur un ton rigolard, refusa de rentrer tant qu'il pourrait aider un frangin à s'adapter à la guerre. Parce que Willie, qui n'aurait pas su du tout s'en sortir sur le bitume de Hough, Bed-Sty ou Cabrini Green, qui apparaissait dans le civil avec un cartable plein de bouquins et des lunettes à montures cerclés or, était un pro sur le terrain

Willie perdit son cartable, ses lunettes, et tous ses ustensiles de lecture dès le premier jour, quand un barrage de mortiers mit en pièces la Compagnie du QG. Après avoir dingué cul par-dessus tronche, Willie comprit peut-être qu'il avait de la chance d'être vivant, et comptait bien le rester. Personne ne s'est jamais risqué à prouver le contraire, mais a priori mieux valait faire preuve de prudence et d'intelligence que jouer les crétins tire-au-flanc.

Si bien que lorsque je le rencontrai, alors qu'il rempilait et s'était déjà cogné huit mois, Willie était à peu près le meilleur combattant de la jungle. Mais le plus fatigué aussi. Il carburait aux amphétamines, s'endormait avec du hash noir et des Kools trempées dans l'héroïne, il tirait sur le foie et les neurones.

Puis il mourut.

On revenait de la brousse où on avait récupéré Solly. On était mouillés et fripés comme de gros doigts de pieds, tellement nazes qu'on dormait debout, affamés parce qu'on n'avait pas été ravitaillés depuis six jours, et après avoir essuyé un premier guet-apens de nuit, puis un second en traversant le fleuve, nos nerfs nous chatouillaient comme du poil à gratter.

Puis Willie accrocha son lacet de pompe dans un fil piégé. Et s'immobilisa. Bouddha soit loué.

Je n'en avais plus rien à foutre. Je fis reculer tout le monde hors de portée du petit bijou, puis les fis déguerpir en les menaçant de mon flingue, et me mis à plat ventre et déterrai la mine.

Le bide dans la gadoue, à prêter l'oreille au bavardage posé de Willie, humant les effluves fétides du hash, observant son genou qui tremblait de manière infime par instants, je tombai amoureux de la vie, si tant est que je pouvais encore tomber amoureux. Et putain il s'en est tiré. Sans doute le meilleur moment de ma vie.

Puis le soir suivant, dans sa tente, j'ôtai de son bras une shooteuse trop pleine, une seringue jetable *made in USA* remplie de notre héroïne. La CIA avait acheté l'opium, l'avait envoyé dans nos labos à Taiwan, puis l'avait renvoyé par avion au Viêt Nam uniquement pour tuer William Curtis Williams, Jr.

Ma brève histoire d'amour avec la vie s'acheva.

En fin d'après-midi à l'Upper Valley Bar, sans avoir raconté la moindre histoire de guerre, Frank, Jimmy et moi levâmes notre verre à Willie. Comme toujours.

Barnstone m'avait demandé de m'arrêter pour voir comment allait Carney, parce qu'il ne répondait pas au téléphone. On le trouva assis à la table de la cour, ses maigres affaires dans un sac de toile. Il était dans le minibus avant qu'on puisse l'en empêcher, et nous annonça : « Pas de raison que la rigolade soit que pour vous, les gars », puis il retomba dans le trou noir de silence qui était sa demeure.

SIXIÈME PARTIE

Je pris un peu de pognon qu'on tapa dans le pactole que Joe Don m'avait versé pour m'empêcher de trouver sa femme, et dix jours pour préparer l'échange, mais on finit par être prêt, debout sur une corniche très enneigée surplombant la ville minière abandonnée de Pride & Joy, deux journées complètes avant l'arrivée prévue de Joe Don et ses gars. Frank, Jimmy et moi avions aidé Solly à rallier sa position de tir en raquettes, à construire un muret fait de sac de munitions pour son Weatherby 300 — le sable aurait gelé — et à préparer son matériel d'expédition. Puis Frank fixa une chaîne au pin ponderosa le plus proche, y arrima une entrave, qu'il referma sur la cheville encore vaillante de Solly.

Solly me regarda sans se plaindre puis demanda : « Bon alors et maintenant ? »

Jimmy lui répondit : « Pauvre mec, faudra que tu dégommes ton pied et que tu rampes jusqu'à chez toi. À vrai dire, je serai plus que ravi de te donner un coup de main.

— Bon sang, mais qu'est-ce que je t'ai fait, gamin ?

— Si t'es pas au courant, connard, je ne peux pas te le dire », fit Jimmy, puis il s'éloigna pesamment, comme s'il ne pouvait pas supporter notre présence une seconde de plus. Frank haussa les épaules et le suivit sous les flocons légers qui voletaient.

« Alors il faut qu'on en arrive là, Sughrue ?

— Ce n'est pas moi qui ai commencé ces conneries, dis-je, mais j'ai l'intention d'y mettre un terme.

— Tu veux entendre ma version ?

— Pas vraiment, fis-je, et vraiment pas maintenant.

— Qu'est-ce qui m'a trahi ? » demanda-t-il, puis comme je ne répondais pas, il répondit lui-même : « J'avais dit à ces crétins de la DEA d'ouvrir au moins un casier bidon, qu'un jour quelqu'un viendrait fouiner. Simplement je suis navré que ce soit tombé sur toi, Sughrue.

— Écoute, fis-je, incapable de contenir ma colère plus longtemps, boucle-la, c'est tout ce que je te demande. Boucle-la immédiatement. Putain mets tes écouteurs et fais ce que je te dis, quand je te le dis, et on s'en sortira tous. Façon de parler.

— C'est toi le boss... » il commença, mais je traînais déjà mes raquettes vers les masures vides de Pride & Joy, fantomatique dans la lumière déclinante.

Au cours du long voyage pour rentrer dans le Montana, alors que tous les gars étaient entassés dans le van, Frank avait obligé notre caravane à faire un détour, à quitter Taos et rouler jusqu'à Eagle West, où un père avait bâti un mémorial pour son fils mort au Viêt Nam, un édifice en forme d'obus monté sur une double colonne. Simple mais efficace. On était tous repartis en larmes, sauf Carney. Il n'y eut que Solly pour la ramener. Il nous questionna à nouveau au sujet de Willie Williams, et à nouveau on lui raconta des boures.

Pourtant, une fois dans le minibus, juste au moment où tournaient les bières et les mauvaises plaisanteries, Carney s'y mit à son tour. Quand on s'arrêta pour la nuit à Pueblo, Colorado, Carney, lui, continua. Il fallait faire quelque chose. Telle une théorie de libéraux au catéchisme, on s'assit en rond dans une pièce pour essayer de convaincre Carney d'arrêter de pleurer.

Il finit par chuchoter : « Je ne mérite pas d'être avec vous, les gars. Je n'étais qu'un trouillard, làbas. »

Jimmy, toujours le cœur sur la main, lui demanda d'aller raconter ça à quelqu'un qui en avait quelque chose à secouer, sur quoi il ouvrit une tournée de mousses. Mais Carney s'obstinait dans sa culpabilité. Puis il se lança dans une nouvelle crise de larmes et une histoire.

« Moi c'était les cabots », dit Carney, puis il redevint silencieux.

Au bout d'un moment, Jimmy souligna qu'il n'avait pas tiré que des Miss Monde. Jusqu'à ce qu'il devienne conseiller des Rangers de l'ARVN.

« Des chiens éclaireurs, expliqua Carney. J'ai paumé tellement de chiens, man, qu'à la fin, tout simplement, je ne pouvais plus. J'en ai trois ou quatre qui ont volé en morceaux. Ensuite j'ai eu la trouille. »

Frank se pencha en avant, et parla avec une intonation affligée qui traversa la folie ambiante : « Hé, man. Tu causes, mais il y en a pas un ici qui en ait quoi que ce soit à battre.

— Merde, man, je partais en patrouille avec ces superbes dobermans et je les regardais renifler une mine, et se foutre en l'air, il dit.

— On s'est tous foutu en l'air, gamin », fit Solly. Frank et moi échangeâmes un regard, en hochant la tête sans un sourire.

« Non. Les chiens, eux, y passaient vraiment. De la terre et du sang, man. Je n'en pouvais plus, fit Carney. Alors j'ai commencé à leur écraser les pattes pour qu'ils rentrent au camp et que je n'aie plus à avoir la trouille.

— Je comprends ça, fit Norman. J'en avais tellement marre de regarder des types foutus, je... Bon, laisse tomber, vous connaissez la suite.

— Et ensuite il a découvert que ces saligauds de l'armée tuaient les chiens, fit Barnstone.

— Putain de machine de merde, fit quelqu'un.

— Bon alors qu'est-ce que t'as branlé après ça ? » voulut savoir Jimmy.

Carney grommela quelque chose. Frank lui demanda ce qu'il venait de dire. Carney chuchota un peu plus fort. « J'ai rempilé. Comme LRRP[1].

— Pas étonnant que t'aies eu la trouille, fit Jimmy soulagé. Vous étiez frappés, les mecs. »

On ne saura jamais qui a pouffé le premier. Mais on était tous coupables. Avant la fin des rires, Carney se marrait aussi tout en chialant, et c'était fini.

On avait encore quelques problèmes à régler, mais cette question était réglée.

1. Long Range Reconnaissance Patrol, patrouille lointaine de reconnaissance.

Au cours des dix jours et des dix nuits de planque à faire nos préparatifs incertains, on s'était installé dans le ranch de Solly, sauf Norman et Mary, qui se sentaient suffisamment en sécurité là-haut à Clatterbuck Creek dans leur bastion motard. Dottie avait encore beaucoup de temps libre pour s'occuper de Bébé Lester. Et maintenant qu'ils avaient sympathisé avec Millard Fillmore, Carney et Barnstone refusaient d'envisager de rentrer sur El Paso. Même s'il était alors évident que Sarita n'avait aucune intention de se faire la belle, on la garda enfermée dans l'appartement de la belle-mère dans le premier niveau à ciel ouvert de chez Solly.

Frank et Jimmy n'eurent guère de peine à me convaincre de rester à l'ombre, à traîner à la maison avec Dottie et Sarita. Barnstone, Frank et Jimmy se chargèrent de l'essentiel des préparatifs, acheter des armes et de l'électronique aux gars Dahlgren, des vêtements pour expéditions hivernales et du matériel de camping en ville. Me laissant dans une posture diabolique : sans rien à glander.

Bébé Lester réclamait sa maman de mille façons. On lisait la solitude et la tristesse sur son petit visage dégoulinant, ça s'entendait dans ses pleurs qui semblaient désespérés. Si bien que Dottie passait tout son temps à s'occuper de lui. Et pas de moi.

Pourtant, par un bel après-midi, elle confia le bébé à Barnstone et je l'emmenai faire une brève tournée des bars de la Hardrock Valley.

Un ciel d'hiver aussi ténu et gris et répugnant qu'une bave de limace se reflétait dans la neige de novembre. Un zef corrosif et sans pitié nous arrachait la figure jusqu'à l'os. La météo se croyait déjà en février. Et nous aussi. La cocaïne gelait dans nos tarins, la fumée de marijuana se déplaçait sinistrement dans le minibus et même les cassettes de Buffalo Springfields avaient l'air fatigué. On se chamailla en vain à propos du berceau à l'arrière du van. Dottie disait qu'elle était préoccupée par le bébé et qu'elle pensait à autre chose qu'à prendre son pied. Et moi, je dis juste que je m'en fichais.

Notre virée fut avortée, on s'arrêta sur la route du ranch dans un petit bar froid de bord de route. Deux métis Benniwah et leurs femmes faisaient un billard comme des fantômes, piquant à l'occasion un roupillon entre deux coups.

Avant que le barman apporte nos premiers verres, Dottie et moi on commença à se crêper le chignon à propos de Bébé Lester et Wynona. On supporta le voyage jusqu'au ranch, mais pas plus, et une fois chez Solly, chacun partit de son côté, ni ivre ni cassé, sans même assez d'énergie pour se quereller, se plaindre ou se lamenter. Ce fut la fin de quelque chose.

Et bien sûr le début de quelque chose d'encore pire. La télé à longueur de journée, la cocaïne, la bière ; les nuits en nage. À un moment donné, Sarita me tint compagnie pour ces gardes de jour, sa nuque élégante se penchait sur une ligne tortueuse de cocaïne, des lignes qu'elle faisait passer avec du vin rouge froid comme l'hiver, qui étincelait sur le rouge sombre de ses lèvres.

C'est ainsi que ça commença, selon mes souvenirs, ma langue léchant une goutte de bordeaux sur sa lèvre supérieure. Puis je partis du creux de sa nuque, des creux latéraux de ses hanches, des délicates lames de ses cuisses. Sarita devint la drogue ; moi l'accro.

Une femme d'une sensualité extrêmement généreuse. Je pouvais la serrer dans mes bras entièrement habillée et sentir mon corps plonger dans la paix et le confort de sa peau crémeuse et mate. Lorsqu'elle relevait ses jambes pour m'accepter, ou lorsqu'elle me chevauchait, ou levait ses fesses vers moi, ou me prenait dans sa bouche, c'était comme de baiser le soleil, le feu et la mer rouge sombre comme du vin, la vague, ou l'obscurité au-delà de la mort, le vent chauffé. Et les rares fois où elle cessa de donner et commença à prendre, ses orgasmes furent aussi impressionnants que des catastrophes naturelles, tremblements de terre, feux de prairie ou fléau humain, la laissant pantelante et en pleurs, abandonnée, vidée.

L'absence de Wynona occupait mon esprit sans répit. L'aisance gracieuse de son corps, son rire, son enfant. Même absente, elle avait encore la main sur les restes de mon cœur. Mais Sarita me déroba autre chose : la frousse qui me réveillait ; les rêves qui me prenaient aux tripes. À côté de son corps, on ne pouvait pas rêver.

Une fois, en ces moments hors du temps qui viennent après, alors que je léchais les larmes de son visage et que je tenais son long corps doux tremblant, Sarita me chuchota : « Merci. Je n'ai jamais aimé que par devoir.

— L'idée d'avoir à vous échanger m'horripile, madame, mais il le faut.

— Je comprends, murmura-t-elle contre mon bras, *la familia* c'est aussi l'amour. Wynona est liée à vous par le sang de l'amitié. Vous êtes tous les deux de la même famille.

— Et vous et moi, que sommes-nous l'un pour l'autre ?

— Un délicieux accident, dit-elle.

— Et votre mari ?

— Mon mari, fit-elle, rien de plus. Mais rien de moins non plus.

— Vous savez que je vais le tuer, fis-je. Une fois que l'échange aura eu lieu.

— Je ne crois pas. J'espère que non. Je prie pour que vous soyez l'homme qui me fait l'amour et non pas un type comme votre ami Rainbolt. Lui n'est capable que de haine. » Puis elle se tourna pour bien me regarder en face.

Ses yeux obscurs possédaient un savoir que je ne pouvais qu'imaginer. Sa famille existait depuis trois cents ans, avait occupé la même hacienda pendant deux cents ans. Alors que chez moi, on avait arrêté de dormir dans la grange avec les animaux juste avant la Seconde Guerre mondiale. Et j'étais le dernier d'entre eux. « Je ne peux pas me mettre à genoux, Sughrue, dit-elle, mais je peux demander : s'il vous plaît, ne le tuez pas. » Après quoi elle prononça quelque chose de tellement surprenant qu'au début je ne compris pas. « Il a besoin de moi

— Quoi ?

— Comme vous, mon ami, mon amour, la nuit il pleure.

— Il n'a jamais rien branlé, là-bas, fis-je. Il n'a aucun droit, bordel.

— Juste le droit de ceux qui n'ont connu de la vie que la peur », souffla-t-elle, puis elle me promit d'une voix plate. « Si vous le tuez, je ne pourrai pas vous aimer. »

J'y réfléchis, m'envoyai une ligne, me servis un verre de vin, ouvris une bière, puis je fis la seule chose possible : je mentis.

« Je crois que le moment est venu de me dire ce que vous savez, fis-je. Ça pourrait me faire changer d'avis.

— Je vous ai dit pour la cocaïne... » commença-t-elle, soudain dans les vapes et effrayée.

« Vous me l'avez dit, fis-je, mais je n'y crois pas. Ce n'est pas une histoire de coke à cinquante millions de dollars.

— Sans argent, mon mari perdra ses derricks, bredouilla-t-elle, et sans ça, il ne sera à nouveau plus rien... »

Nous y voilà : la grande vérité dans le petit mensonge.

« Si tout le monde cherche la drogue », supposai-je en me relevant, tout en revoyant dans mon esprit Joe Don observant l'équipe qui creusait laborieusement le fossé vers le nouveau poste frontière, « personne ne prêtera attention au brut mexicain dans le pipeline Pemex. L'enfoiré est plus malin que je pensais. Il va faire venir du brut de l'autre côté de la frontière pour ses puits à sec ». Sarita me dévisagea, les yeux rayonnants de colère. Je me souvins que Rose Rosenbloom avait dit que le vrai pognon, c'était Sarita, Joe Don n'étant lui que la vitrine. « Ou peut-être que ce n'était pas l'idée de Joe Don. Vous et Dagoberto — merde, je parierais du fric que c'est votre cousin...

— Neveu, fit-elle d'une voix plate.

— Des salauds de riches révolutionnaires dilettantes qui finançaient votre cause avec du pétrole volé et non pas votre pognon », dis-je, puis je me marrai. « Vous devez adorer ça », j'ajoutai. Sarita n'adorait pas ça ; ça ne l'amusait même pas un peu. « C'est le meilleur genre de révolution, j'ajoutai encore, la bourgeoisie répond présent. D'habitude, ça leur prend vingt minutes pour vous rectifier, aux vrais mecs, comme ces bandits du *Sendero Luminoso*, les gars qui ont la théorie et l'entraînement

— Rectifier ? je ne comprends pas », fit-elle, encore plus en colère qu'auparavant. Elle se releva, fière et charmante et nue comme le jour où elle avait rampé de sous un rocher plat. « Il ne faut pas nous prendre pour des dilettantes », siffla-t-elle, puis elle me décocha un coup de poing. J'encaissai un crochet du droit plutôt bon, puis me détournai en pouffant.

« Exact, fis-je, en coupant les lignes. On va s'en sniffer une petite pour la route, chérie, voire deux, et un cocktail. Après quoi on ouvrira peut-être nos carcasses d'asphalte pour laisser sortir les êtres vrais qui sont en nous, histoire de tirer un coup.

— *Chingadero !* » s'écria-t-elle, puis elle me refrappa, dans le dos cette fois, répandant de la cocaïne partout sur la table « J'en ai ! » Puis elle se jeta sur moi.

Je ne dirais pas que ce fut de l'amour. On baisa comme pour décaper la peau de nos chairs, la chair de nos os, comme si on pouvait descendre assez profond pour trouver les restes d'un tendon de cœur. Sarita s'en prit à mes côtes et à mon dos comme un chat rapace ; je goûtai les filins de sa nuque, la chair musclée de ses cuisses. Même notre chair semblait en sang, nos sécrétions un précieux fluide. Ce furent soit les meilleures soit les pires vingt-quatre heures de ma vie. Dans l'un ou l'autre cas, je n'étais pas mécontent quand Jimmy entra pour apporter les nouvelles.

« Vous vous êtes castagnés à coups de poing ? me demanda-t-il quand je refermai la porte de la chambre.

— Quelque chose dans ce goût, je répondis. Mais maintenant c'est terminé.

— Ça ne fait que commencer », il fit, et il me dit que tout le monde était prêt. Trois jours de transport, la météo prévoyait de la neige et de la glace, douze pouces peut-être. Je dressai un sourcil. Il m'annonça le reste. Le nom de Solomon Rainbolt n'apparaissait même pas dans les recoins les plus reculés des fichiers ordinateurs de la DEA ; ni non plus celui de Joe Don Pines

Quand je retournai dans la chambre, Sarita s'étirait comme un jaguar comblé, le faible soleil d'hiver tavelait sa peau mate. Puis elle sourit. « Votre ami avocat, vous n'allez pas le laisser tuer mon mari, si ?

— Non, juré sur votre vie », promis-je, j'embrassai sa lèvre meurtrie une dernière fois, puis je m'en allai, et montai les escaliers vers le niveau principal.

Pride & Joy avait connu à trois reprises un boom puis la faillite. La dernière fois au cours de la Guerre pour Préparer le Monde à la Démocratie. Trois mille âmes s'étaient à cette époque saignées aux quatre veines dans des cabanes aux murs dépouillés, aux piliers croulants, par cupidité, pour le sexe et la gloire, mais le minerai était trop infertile et les trente-cinq miles de chemins de montagne souvent trop raides y compris pour les carrioles tirées par mulets, si bien que la ville mourut. Les mineurs, les joueurs, les bootleggers, les colombes souillées et les citoyens décents craignant Dieu fichèrent le camp. Au début des années soixante, l'État essaya de restaurer la ville pour les touristes, mais la route était trop pénible, même pour les 4 x 4. Mais pour nous c'était l'idéal.

Joe Don devait arriver en autoneige avec Wynona, tomber dans mes griffes pendant que Dottie gardait Bébé Lester chez Solly. Ça se présentait comme un échange réglo — neige profonde, silence hivernal, et c'est nous qui tenions le terrain le plus en hauteur — sauf que Joe Don se ramena un jour en avance, paresseusement, se foutant de nous en laissant Wynona avec trois de ses hommes et la Cubaine au pied de la pente, où j'avais posté Norman et Barnstone dans des tentes isolées avec deux des cinquante à refroidissement par air des jumeaux Dahlgren, et Carney avec un couteau.

Joe Don arriva, flanqué de ses deux gardes du corps cubains, des gars robustes en tenue de neige qui conduisaient les autoneiges comme si c'étaient des petits tracteurs, un autre qui roulait en éclaireur et Leonard qui couvrait derrière. Joe Don descendit de son engin, époussetant la neige de son manteau, puis regarda autour de lui comme pour échafauder des plans. Mais ça faisait vingt-quatre heures qu'on était dans la place. J'espérais avoir la possibilité d'une discussion civilisée, la possibilité de retirer Wynona de ses pognes avant que les premiers coups de feu éclatent. Il ne pouvait pas plus se permettre de me laisser en vie que moi de le laisser en vie.

Quand je sortis des décombres de l'église, les mains écartées et vides, Sarita impassible à mes côtés, Joe Don aurait fait un bond s'il avait pu décoller ses pieds de la neige. Les Cubains se précipitèrent sur leurs MAC-10 avec suppresseur qui pendaient à des sangles, mais leurs mitaines les incommodèrent. Leonard, lui, avait acheté des mitaines pour tirer si bien qu'il conduisait son autoneige avec un grand pistolet automatique de luxe qu'il tenait dans ses doigts nus.

« Hé, Lenny, fis-je, si tu tires, man, tout le monde y passe. »

Soit il ne me crut pas, soit il s'en fichait. Je ne sais pas comment il s'y est pris pour me louper, alors que je poussais Sarita d'un côté et plongeais de l'autre, en hurlant dans le micro : « Descends-en un, Solly ! » tout en roulant dans la neige. Voilà pour la discussion civilisée. « Tu descends un des Cubains ! »

Le garde du corps qui avançait en éclaireur plongea sur la gauche et fut pulvérisé juste au moment où je me repliais derrière une énorme souche devant l'église, fouillant dans ma parka à la recherche du Browning. Son manteau ne lui fut guère d'une grande utilité face aux balles de calibre lourd. Le choc hydrostatique lui arracha les globes oculaires et fit jaillir des jets de sang de ses oreilles et de sa bouche

Puis le son du 300 Weatherby s'ensuivit, telle l'unique détonation d'un tir d'obusier. Je me dis qu'on allait tous disparaître sous les avalanches.

Un second tir de fusil renversa ensuite une autoneige et me laissa le temps de placer trois balles dans la hanche d'un autre Cubain qui voltigea contre le mur du saloon en agitant les bras, comme un type qui doit s'envoler ou mourir.

Joe Don tomba sur les genoux, il rampa vers Lenny et son autoneige. Mais son autre garde du corps sortit son MAC-10 juste au moment où Jimmy fit irruption sur les planches de l'autre côté de la rue. Le Cubain tira une balle sur Jimmy avant que je lui mette une 9 mm dans le buffet, qui le coucha assez longtemps pour que Frank passe le coin d'un vieux magasin et lui balourde une charge de chevrotine dans sa tête casquée. Le Cubain piqua de côté dans une énorme congère.

Entre-temps je m'étais précipité vers Jimmy, qui perdait du duvet d'oie et du sang dans l'air neigeux. La plupart des balles subsoniques s'étaient logées dans sa veste, mais l'une avait taillé un profond sillon dans la bidoche de son épaule droite. Ce qui le mettait hors de lui. S'il avait pu reprendre son souffle, il aurait injurié le ciel. Avec l'aide de Frank, j'obligeai le petit couillon à reprendre ses esprits et à s'asseoir, je découpai la manche de la parka, saupoudrai la chair de cocaïne et de neige, et enroulai le tout dans le nylon déchiré.

Sauf que pendant ce temps, Joe Don accompagné de Lenny avait alors dévalé la colline, me laissant sa femme sur les bras. Sarita n'avait pas bougé depuis qu'elle avait touché le sol nu gelé derrière l'église, et quand je la fis rouler, je vis pourquoi. Une des balles de Lenny l'avait touchée à la cuisse. La jambe de sa combinaison d'expédition était trempée de sang. Mais le temps que je découpe le vêtement, l'écoulement de sang épais avait déjà ralenti. La balle blindée était passé à côté de l'os et de l'artère. J'arrachai mes mitaines, en fourrai une sur chaque blessure, puis les fis tenir avec sa ceinture. Juste avant de tomber dans les pommes, Sarita sourit, s'agrippa à ma main et chuchota : « Vous vous souvenez. Vous avez promis... »

Puis le râle caverneux d'un calibre 50 résonna sur le flanc de montagne. Un flot de neige chuta des branches de pin et des toits en même temps que l'écho. Je me tournai vers Frank, le visage impassible.

« Hé, man, on relâche Solly, et ensuite vous faites descendre Jimmy et Sarita.

— Non, fit Frank.

— Faudra passer sur mon cadavre, grogna Jimmy, appuyé contre les planches rudes du saloon abandonné. »

Puis la voix dans mon oreille : « Sughrue, c'est trop con que le marché ait foiré, disait Solly dans l'appareil, mais ce n'est pas de ma faute, alors sortez-moi de cette montagne de merde avant que je me gèle le cul. »

Frank et Jimmy me fixèrent. Ils avaient entendu eux aussi. Des tirs de petits calibres crépitaient au bas de la pente, puis le feu des cinquante reprit.

« Je t'emmerde, Rainbolt, fis-je. Je reviendrai.

— J'ai déjà tiré une fois comme ça, dit Solly, et maintenant j'ai tout mon temps. Si quelqu'un à part toi s'avise de monter avec la clé, je fais sauter la tête de Gorman. C'est promis.

— Je vous avais bien dit qu'il fallait le descendre », murmura Frank. Solly dit : « Sughrue n'aime pas tuer les gens qu'il connaît.

— Ça, sûr que tu peux pas en dire autant, s'écria Frank. Si ?

— Vous ne savez pas tout, fit Solly. Ramène-toi, Sughrue. Ou je te promets...

— Putain, garde tes promesses », fis-je, puis je m'approchai de Frank sans un mot. Il me tendit la clé, et je partis vers le sommet.

« Laissez-les partir, fis-je dans le micro. Prends-moi bien dans ton viseur, Rainbolt.

— Pas question, Sughrue, répliqua-t-il. T'en as jamais rien eu à foutre de clamecer. Ils restent où ils sont. »

Quand j'arrivai à la position de Solly, il garda le fusil sur moi pendant que je détachais son entrave. « Tu sais, Sughrue, dit-il, tu te crois capable de me tuer de tes propres mains, hein ? » Je hochai lentement la tête, tout en fixant ses yeux bleus, assombris par le rire et la souffrance. « Regarde mon pied », dit-il.

Quand j'eus fini de déblayer le tas de neige agglutinée, j'ôtai sa lourde chaussette. Des morceaux de ses petits doigts de pieds vinrent avec la chaussette, et les autres étaient aussi noirs qu'un visage de macchabée.

« Ça serrait trop, je crois, fit Solly. Alors, ça ne te fait pas marrer ?

— Sarita a été touchée, dis-je, et Wynona est en bas. Ça ne me fait pas marrer.

— Passe-moi le Browning, dit-il. Va falloir que tu me portes.

— Sans déconner, fis-je en lui tendant le flingue. Ça fait des générations que mon peuple porte le tien.

— Bordel qu'est-ce que ça veut dire ?

— Comme a dit Jimmy, si tu sais pas, je ne peux pas te le dire. »

Avec mon propre flingue contre ma tête, avec mes raquettes qui s'enfonçaient méchamment dans la neige, je me coltinai cet enfoiré jusqu'à la ville fantôme et les engins de neige.

Frank attacha Jimmy derrière moi et empaqueta Sarita sur ses genoux, sur l'autoneige de Joe Don, pendant que je portais Solly jusqu'à une des machines des gardes du corps, puis on s'embarqua sur la vieille route en direction des coups de feu intermittents, descente vers la catastrophe.

Barnstone et Norman avaient laissé Joe Don, Lenny et le personnel restant se replier dans une dépression rocheuse, juste en contrebas de la colline où ils avaient établi leurs positions, puis ils les avaient cloués là. La Cubaine brandissait un automatique sur la tête de Wynona. Du virage juste audessus, on vit Carney en combinaison de camouflage se glisser vers le renfoncement, bondir par-dessus un roc et un cadavre, et trancher la gorge de la Cubaine en un clin d'œil, repousser son corps et attraper la tête de Joe Don, la tirer en arrière et appliquer la lame sur sa gorge exposée. Mais Lenny brandit le pistolet sur la silhouette casquée et allongée de Wynona en combinaison bleue.

« Il a blessé mon père, Sughrue, je vais lui faire sauter le caisson, à celle-là ! brailla Lenny d'une voix effrayée et haut perchée.

— Putain c'est ta sœur ! » m'écriai-je.

Son rire retentit comme la glace d'un étang se fissure. « Demi-sœur, il ricana, et la mauvaise moitié.

— Qu'est-ce qui lui arrive ?

— On l'a droguée, répondit-il.

— Va-t'en, je gueulai. Mais laisse Wynona où elle est.

— Putain, pas question ! »

Barnstone ramassa son .50 et le trépied et sortit de la tente. Le garde du corps encore vivant envoya son M-16 dans un tas de neige. On pouvait presque distinguer les articulations blanchir sur la détente.

Carney se mit soudain à parler avec un de ces accents lents et suaves du Texas, confiant et presque heureux, tel un courtier vous conseillant d'investir dans des rats de laboratoire. Le tout nouveau truc, on n'y coupe pas. Vous êtes en train de rédiger le chèque avant même que le type ait fini son baratin.

Carney dit : « Vous, monsieur, je vous en prie, le frère. Pourquoi est-ce que vous n'ôtez pas le flingue de cette fille pour me le coller derrière la tête. Je vous en prie. Allez-y tranquillement et il n'y aura pas de blessé...

— Attendez ! » s'écria Solly. Et tout le monde attendit. « Fais-moi descendre jusque là-bas, me chuchota Solly à l'oreille. Je veux regarder ce salaud dans le blanc des yeux. » Je m'exécutai. On descendit de l'engin, lui sur mon dos, tel un drôle d'animal, jusqu'au renfoncement jonché de cartouches vides et d'éclats de rocher à l'endroit où le .50 avait effrité une arête.

« Je l'ai dans mon viseur, dit Frank, mais surveille-le bien, mon Sergeot.

— Recule », dit Solly à Carney par-dessus mon épaule en pointant le Browning devant la figure de Joe Don. Carney écarta la lame et recula. « Joe Pines, fit Solly, espèce d'enfoiré de salopard pourri.

— Qui c'est celui-là ? demanda Joe Don, désespérément interloqué. Je ne lui ai jamais rien fait. Bon sang, je ne l'ai jamais vu de ma vie.

— Solomon Rainbolt, fis-je, capitaine de l'U.S. Army.

— Oh, fit Joe Don, vous étiez le type, vous étiez le type de la liste offshore. »

Ce fut à mon tour d'être interloqué.

« Des comptes en banque », ce fut la seule explication que Solly se donna la peine de me fournir.

« L'argent de la drogue ? » je demandai, et Solly acquiesça. « Vous tapiez dans la caisse de la drogue de la CIA ? La vache. Combien ?

— Ça ne se compte pas en dollars, fit Solly. Disons seulement qu'ils ont vendu une douzaine de troupes américaines, vingt mercenaires chinois et deux cents civils meo...

— Puis ils nous ont envoyés déterrer la liste, dit Frank. Qu'est-ce qu'on a perdu, Sergent ? Neuf types tués au combat et quinze blessés...

— Je sais pas de quoi ça cause, grogna Lenny, mais moi et mon père, on se casse, sinon Wynona crève.

— Frank, fis-je, donne-leur Sarita. » Joe Don chargea sa femme comme s'il s'agissait d'un sac de merde sans même vérifier si elle était encore en vie.

« Recule, Carney, fis-je, et vérifie que Wynona n'est pas amochée. » Et en bon soldat il obéit. Sur-le-champ. Il ouvrit le col de sa combinaison et tâta le pouls, puis déclara : « Faiblard, Sergent, mais il est bien là.

— Si elle est blessée, hurlai-je à Joe Don, vous allez crever ! »

Joe Don se tourna pour s'éloigner, et Solly gesticula dans mon dos comme s'il brandissait le flingue, chuchotant : « Vous allez crever. » Alors je laissai son poids nous déporter, et la balle qu'il tira partit se perdre dans le ciel piqueté de grumeaux blancs. Il en lâcha une autre avant que je me retourne et commence à lui cogner sur la gueule jusqu'à ce que Frank me retienne en disant : « C'est pas bien de frapper un invalide.

— Vas-y à coups de lattes, suggéra Jimmy.

— Et Joe Don alors ? » fit Barnstone depuis sa position au-dessus de nous, son arme au long canon pointée vers le camion aménagé, sur le parking, au pied du sentier.

« Balance une rafale au-dessus de leurs têtes, fis-je, qu'ils se magnent le train.

— Entendu, mon Sergeot », et il fit crépiter et résonner la forêt de gigantesques rafales. Ç'aurait pu être des salves de joie. Ou le cliquetis de la mort qui rigolait.

Je la portai hors du renfoncement et la déposai dans un endroit découvert contre le tronc d'un grand pin. Quelque part au-delà de la couverture nuageuse et de la neige qui tombait, le soleil réussit à diffuser assez de lumière pour obliger les congères à luire d'un miroitement blanc presque comme une flamme, un chatoiement que les teintes profondément dorées de sa peau reflétèrent. Je me retrouvai à fouiller sous le col à la recherche du pouls, riant et pleurant, je sentis le flux discret de son sang sous mes doigts, puis je lui ôtai le casque pour voir le regard déjà blanc dans ses yeux.

J'eus l'impression que ça prit une éternité pour localiser la blessure : un poinçon de la taille d'une aiguille au coin de l'œil droit. Je suspectai une entourloupe de Joe Don, mais Frank se pencha par-dessus mon épaule et on vit le bout d'une longue écharde de pierre. Je lui donnai mon souffle jusqu'à ce que son cœur cesse d'envoyer le sang au cerveau, puis la gardai dans mes bras jusqu'à ce que la chaleur quitte son corps, et je la gardai jusqu'à ce que Frank me la prenne des bras.

« Faut laisser tomber, dit-il doucement. Faut laisser tomber, Sergent. »

Je me relevai, tourbillonnant, cherchant quelqu'un à tuer, mais tout ce que je trouvai, c'était mes amis, un motard triste et dégueulasse et un avocat infirme. Et ce qu'il restait de mon amour. On s'abîma dans un silence aussi profond que celui des arbres. Jusqu'à ce que quelqu'un dise : « Ça va donc jamais finir, cette merde ? »

Le grand nettoyage se déroula dans un brouillard distrait. Je passai le plus clair de mon temps à ronchonner et à picoler au Slumgullion pendant que mon ancien associé s'occupait de moi, me faisant à l'occasion avaler un bol de soupe et s'assurant que j'avais un endroit pour comater.

Solly se tapa les corvées de nettoyage depuis son lit d'hôpital, usant de ses contacts à Washington pour se débarrasser des corps et couvrir la fusillade. Il sortit de l'hosto à peu près au moment où j'y entrai.

Norman s'était pointé dans le bar, certainement pour me présenter ses excuses, pourtant j'essayai de le tuer. Il ne résista pas, mais Beater Bob et les autres gars m'arrêtèrent. Je sortis dès que je fus mobile et je pus assister au mariage de Norman et Mary. En dépit des mensonges, je crois que le cœur y était, même si sa mère, elle, n'y était pas. Comme la plupart d'entre nous, quand Norman n'avait plus eu le choix, il avait menti pour le compte de Solly. Je ne pouvais pas lui pardonner, pas vraiment, mais lorsque Norman me tendit les clés de son minibus Volkswagen pour faire la paix, j'acceptai. Et aussi, je gardai son argent.

Puis je retournai au bar, où je m'ancrai pour si longtemps que mes potes m'abandonnèrent les uns après les autres.

Barnstone et Dottie louèrent une bicoque et les services d'un avocat, qui réussit à leur obtenir la garde temporaire de l'enfant. Même Carney loua une cabane là-haut dans la Hardrock pour s'installer jusqu'à la fin de l'hiver, il déroba l'oie de Solly pour avoir quelque compagnie de basse-cour, et recouvra si bien ses esprits, ou si mal, qu'il s'inscrivit en droit à Mountain States, et il avait tellement de devoirs à rendre qu'il n'eut plus le temps de s'autodétruire. Frank rentra chez lui pour passer Noël avec ses gamins, puis il fit son entrée à l'hôpital et fit sa sortie définitive grâce à un jeune toubib et une poignée de somnifères.

Une fois que Jimmy et moi l'eûmes enterré au cours d'une tempête de sable dans un petit cimetière des environs d'El Paso, après une veillée explosive et enflammée à la frontière, je rentrai au bercail, mais Jimmy resta chez Barnstone pour garder la maison et prendre la relève du trafic d'appareils électroménagers.

J'étais donc seul au bar quand Solly arriva en chaise roulante par la porte d'entrée. Je lui jetai un coup d'œil puis retournai à mon scotch. « Sughrue, fit mon ancien associé derrière le bar, calmos. Si tu bastonnes un gonze en chaise roulante tu ne pourras plus jamais remettre les pieds ici même si c'est moi qui rachète le bar.

— M'en fous, fis-je, il y aura toujours un autre bar sur le trottoir d'en face. »

Mais Solly m'y suivit, puis dans le suivant, et le suivant, jusqu'à ce que je finisse par abandonner et m'assoie à une table avec lui dans la folie cossue du Riverside Lounge.

« J'ai appris pour Frank, dit-il. Je suis navré.

— Je t'emmerde, fis-je. Montre-moi tes bras. »

Solly tomba la veste et remonta ses manches. Je ne pouvais pas dire à quand remontaient les anciennes traces, mais aucune n'était récente.

« Ça fait longtemps que je suis clean, dit-il.

— Tu ne seras jamais clean.

— Tu serais surpris de voir à quel point c'est facile d'être un junkie quand tu peux te le permettre, dit-il. Mais la vengeance est un plat qui se mange froid.

— Pauvre con, dis-je. Si tu voulais descendre cet enfoiré, tu aurais dû le tuer là-bas. Tu te rends compte, il ne savait même pas qui tu étais.

— Ouais, ça fait un peu de la peine, dit-il. J'ai entendu dire que Joe Don avait eu un incendie de pétrole infernal à la frontière.

— Tu as tout de même gardé quelques contacts, fis-je. Dans les canards, ils disaient que c'était le premier coup tiré dans une guerre frontalière contre la drogue.

— Des contacts, ce n'est pas le terme exact, il fit. Il a su que c'était toi ?

— Je n'ai pas pris la peine de lui envoyer un télégramme, dis-je.

— Qu'est-ce que tu sais au juste ? me demanda-t-il soudain.

— Qu'est-ce que tu veux savoir ? » répondis-je. Apparemment il voulait m'entendre le dire. « Voyons, Avocat Rainbolt, tu étais enfoncé jusqu'au cul dans le commerce de la drogue du Triangle d'Or, et quand ta femme et tes gamins t'ont fui, à San Francisco, tu as eu les jetons, et tu t'es fait coincer avec une livre de poudre, quelque part.

— Santa Barbara.

— Riche territoire, je suggérai, puis tu as fait appel à tes vieux potes au gouvernement pour te ménager une porte de sortie. C'est alors que tu es devenu un avocat de la dope. Tu as gagné tous tes procès parce que les bureaucrates avec les flingues l'ont bien voulu. Quel meilleur informateur que celui qui bat les salauds à leur propre jeu ? Au tribunal.

— J'ai plaidé quelques autres cas intéressants », dit-il faiblement, soudain si vieux et fatigué que je sus que je ne pourrais pas le buter. « Du travail sur des cas intéressants.

— Espèce de merde, fis-je. Tu as pressé Norman jusqu'à ce qu'il me bourre le mou, et Norman n'avait encore jamais menti de sa vie.

— Tu parles d'une grosse perte.

— Et dans la brousse, tu t'es shooté et tu as fait semblant d'être mort...

— Mais c'est Joe Don qui a donné les ordres qui vous ont envoyés dans la brousse.

— ... et toi, minable, tu y es allé sur un signe de tête et Willie a vu ça, puis vous vous êtes tous les deux défoncés, et tu l'as laissé là avec une shooteuse pendue au bras. Il ne s'était jamais planté de putain d'aiguille dans le bras de sa vie. Il se contentait d'en fumer.

— C'était juste une question de temps, fit Solly sans conviction. Et je vous ai sauvé la vie quand vous avez traversé le fleuve.

— Je préférerais être mort, dis-je.

— Moi aussi, fit-il, mais ce serait mieux que ce soit Joe Don qui clabote.

— Et pourquoi est-ce qu'il n'a pas encore claboté ?

— Je l'ai eu dans ma ligne de mire une douzaine de fois, mais putain je ne pouvais plus appuyer sur la détente.

— Et le Cubain ? demandai-je.

— Il était en plein sur le passage. Pas de pot.

— Mon gars, tu as toujours été de la racaille d'officiers, fis-je. Quand tu vas retourner au bureau, tu as sacrément intérêt à t'arranger pour que Joe Don ne mette jamais les mains sur Lester. Jamais.

— Je ferai de mon mieux, dit-il impuissant.

— Fais-le », dis-je, sur quoi je le plantai là, et observai l'eau froide qui tremblait sous la glace du fleuve.

Pour autant que je sache, il est toujours là.

Mais si j'avais su que le simple fait de lui parler allait me tirer de mon marasme, me faire cesser de me lamenter sur mon propre sort, et me ramener à la vie, je lui aurais parlé plus tôt. Joe Don n'allait pas baisser les bras et continuerait à essayer de récupérer Lester par la voie légale, et Solly ne pouvait pas l'arrêter, si bien que pour la première fois depuis des années, sembla-t-il, je sus ce qui me restait à faire.

Il ne me fallut pas longtemps pour découvrir que moi non plus je ne pouvais appuyer sur la détente. Je me dis qu'une balle c'était trop bon pour Joe Don, mais il fallut que je me rende à l'évidence à chaque fois que je l'eus dans ma ligne de mire.

Je concoctai un nouveau plan pendant le reste de l'hiver, avec le concours prodigieux des gars Dahlgren, puis je fus enfin prêt. Et par une superbe journée printanière dans le désert, vêtu d'un uniforme de postier UPS volé, et caché derrière des lunettes de soleil et une barbe neuve, je livrai en mains propres mon Canard Siffleur mexicain à Joe Don, dans son bureau quasiment vide. Les temps sont durs dans le pétrole, me dis-je. Puis je retournai jusqu'aux ascenseurs.

Voilà comment cela a dû se passer. Joe Don a lu la note que j'avais collée sur le trou dans le dos du canard. « Je crois comprendre que ce faux vous appartient. Il a été réalisé par mon beau-frère, qui est professeur d'arts plastiques au lycée de Gadsen, Nouveau-Mexique. Ce qu'il vous a dit être une perle de praire d'eau douce n'est qu'une crotte de chien dure comme du caillou. » Puis Joe Don a dû sortir la beauté céramique des copeaux de polystyrène, l'admirer un court instant, puis la porter à son oreille et la secouer pour entendre le cliquetis de la merde canine.

Il a peut-être vu le vert profil effilé de la vipère qui sortait par l'orifice dans le dos. Peut-être pas. Mais une fois que le serpent l'a mordu au visage, il a pigé ce qui venait de se passer — il faisait partie des durs de l'autre côté de la clairière quand le major s'est fait mordre — et peut-être sut-il qui avait manigancé le coup. Peut-être.

En tout cas, Joe Don m'a coiffé au poteau, il est arrivé en bas avant moi. Son corps est venu s'encastrer dans le toit d'un taxi devant la porte d'entrée de son immeuble. Je ne lui ai pas accordé un second coup d'œil en pénétrant dans la camionnette UPS que Jimmy avait volée pour aller avec l'uniforme.

Je crois que c'est Francis Bacon qui a suggéré quelque part que la vengeance était une justice sauvage. Je n'en suis pas sûr. À vrai dire, je n'y pense pas trop. Tout ce que je sais, c'est que quand j'ai entendu les hurlements de Joe Don résonner dans le couloir de marbre, je me suis senti bien, et quand je me suis assis dans le jardin de Barnstone à Meriwether le lendemain après-midi en tenant Bébé Lester qui rigolait dans mes bras, je me suis senti encore mieux. C'était presque comme si le mioche pigeait que j'avais servi ses desseins.

« J'espère que vous vous entendez bien, les gars, dit Barnstone.

— Impeccable, dis-je.

— Et que tu prendras aussi bien soin de toi, Sughrue, que de Bébé Lester, fit Dottie.

— Quoi ?

— Wynona aurait voulu que ce soit toi qui élèves ce petit gars, dit Barnstone. Nous, on rentre au bercail. »

Et ils sont rentrés au bercail.

Deux mois plus tard, Sarita désormais vieille et acariâtre cessa de m'importuner à propos du marmot. J'entendis dire qu'elle était retournée s'installer au Mexique où elle vit seule comme une reine en exil dans une hacienda du désert.

Donc ces temps-ci, c'est surtout les couches, les soins quotidiens et à nouveau le boulot de barman, et je n'ai pas beaucoup de temps pour réfléchir aux théories sur la vengeance ou la justice. Ni même le temps d'en parler. Sauf à l'occasion, les après-midi où Carney passe boire un godet quand je suis derrière la pompe à bière au Slumgullion et qu'il veut deviser sur la façon dont il s'y prendra pour manipuler le système légal. « C'est comme à la guerre, dit-il. Il faut devenir l'ennemi pour le tuer. »

Voilà ce qu'on faisait en cette magnifique journée printanière le jour du cinquante-deuxième anniversaire de mon ancien associé, lorsqu'il fit irruption au Slumgullion, arborant un costume tout neuf, et annonça qu'il allait à la banque récupérer son héritage, lequel avait été bloqué toutes ces années, conformément à la folle volonté de sa mère.

Je nous servis à tous un single malt scotch. Carney et moi éclusâmes le nôtre en souriant. Mon ancien associé laissa le sien au bar, en disant qu'il le boirait peut-être en revenant, puis il partit à la banque.

Carney et moi, on s'en envoya un autre, peinards, le sourire aux lèvres. Si bien qu'il fut difficile de se rappeler l'époque où il avait été la mort incarnée en pyjama noir, et où moi j'étais simplement mort.

Au bout d'une demi-heure, mon ancien associé rappliqua au bar avec un drôle de sourire. Il s'envoya cul sec le scotch, grimaça puis déclara : « Je suis maudit.

— Pourquoi donc ? voulut savoir Carney.

— J'allais racheter le bar aujourd'hui, dit-il, mais je me suis pointé un an trop tôt.

— Putain comment ça se fait ? fis-je.

— Je toucherai l'argent pour mes cinquante-trois ans, pas cinquante-deux, dit-il. Bordel comment j'ai pu oublier ça ?

— Drogues, sexe, rock and roll », suggéra Carney qui raisonnait déjà en avocat.

On se fendit la pipe. La vie est une plaisanterie. Il y a juste à espérer qu'elle soit drôle. Et non pas mauvaise.

Je sortis prestement mon carnet de chèques, lui en fis un de trente mille, ce qui était à peu près la moitié des gains bien mal acquis qu'il me restait et je lui dis : « Est-ce que ça suffira comme acompte ? » Puis je me dirigeai vers la porte.

« Merci, me dit mon ancien associé. Bon sang, où tu vas ?

— Je ne sais pas, fis-je, mais Lester et moi on est des gars du Texas. Je crois qu'on va rentrer au pays. Voir là-bas s'il y est toujours. »

On se serra tous la main, et il me laissa atteindre la porte avant de brailler : « Comment je vais expliquer au gouvernement d'où vient le pognon ?

— Putain raconte-leur des bobards, fis-je. Tu crois qu'ils hésitent, eux ? »

DU MÊME AUTEUR

Aux Éditions Gallimard

Dans la collection La Noire

UN POUR MARQUER LA CADENCE (Folio n° 2909)

LE CANARD SIFFLEUR MEXICAIN

LES SERPENTS DE LA FRONTIÈRE

Dans la collection Série noire

LA DANSE DE L'OURS, n° 2361

Chez d'autres éditeurs

PUTES, Éditions Rivages

FAUSSE PISTE, Éditions Christian Bourgois

CAIRN, Éditions Encrage

LE DERNIER BAISER, collection 10/18 – Grands détectives

COLLECTION FOLIO

Dernières parutions

2865.	Didier Daeninckx	*Un château en Bohême.*
2866.	Christian Giudicelli	*Quartiers d'Italie.*
2867.	Isabelle Jarry	*L'archange perdu.*
2868.	Marie Nimier	*La caresse.*
2869.	Arto Paasilinna	*La forêt des renards pendus.*
2870.	Jorge Semprun	*L'écriture ou la vie.*
2871.	Tito Topin	*Piano barjo.*
2872.	Michel Del Castillo	*Tanguy.*
2873.	Huysmans	*En Route.*
2874.	James M. Cain	*Le bluffeur.*
2875.	Réjean Ducharme	*Va savoir.*
2876.	Mathieu Lindon	*Champion du monde.*
2877.	Robert Littell	*Le sphinx de Sibérie.*
2878.	Claude Roy	*Les rencontres des jours 1992-1993.*
2879.	Danièle Sallenave	*Les trois minutes du diable.*
2880.	Philippe Sollers	*La Guerre du Goût.*
2881.	Michel Tournier	*Le pied de la lettre.*
2882.	Michel Tournier	*Le miroir des idées.*
2883.	Andreï Makine	*Confession d'un porte-drapeau déchu.*
2884.	Andreï Makine	*La fille d'un héros de l'Union soviétique.*
2885.	Andreï Makine	*Au temps du fleuve Amour.*
2886.	John Updike	*La Parfaite Épouse.*
2887.	Daniel Defoe	*Robinson Crusoé.*

2888. Philippe Beaussant — *L'archéologue.*
2889. Pierre Bergounioux — *Miette.*
2890. Pierrette Fleutiaux — *Allons-nous être heureux ?*
2891. Remo Forlani — *La déglingue.*
2892. Joe Gores — *Inconnue au bataillon.*
2893. Félicien Marceau — *Les ingénus.*
2894. Ian McEwan — *Les chiens noirs.*
2895. Pierre Michon — *Vies minuscules.*
2896. Susan Minot — *La vie secrète de Lilian Eliot.*
2897. Orhan Pamuk — *Le livre noir.*
2898. William Styron — *Un matin de Virginie.*
2899. Claudine Vegh — *Je ne lui ai pas dit au revoir.*
2900. Robert Walser — *Le brigand.*
2901. Grimm — *Nouveaux contes.*
2902. Chrétien de Troyes — *Lancelot ou Le chevalier de la charrette.*
2903. Herman Melville — *Bartleby, le scribe.*
2904. Jerome Charyn — *Isaac le mystérieux.*
2905. Guy Debord — *Commentaires sur la société du spectacle.*
2906. Guy Debord — *Potlatch* (1954-1957).
2907. Karen Blixen — *Les chevaux fantômes* et autres contes.
2908. Emmanuel Carrère — *La classe de neige.*
2909. James Crumley — *Un pour marquer la cadence.*
2910. Anne Cuneo — *Le trajet d'une rivière.*
2911. John Dos Passos — *L'initiation d'un homme : 1917.*
2912. Alexandre Jardin — *L'île des Gauchers.*
2913. Jean Rolin — *Zones.*
2914. Jorge Semprun — *L'Algarabie.*
2915. Junichirô Tanizaki — *Le chat, son maître et ses deux maîtresses.*
2916. Bernard Tirtiaux — *Les sept couleurs du vent.*
2917. H.G. Wells — *L'île du docteur Moreau.*
2918. Alphonse Daudet — *Tartarin sur les Alpes.*
2919. Albert Camus — *Discours de Suède.*
2921. Chester Himes — *Regrets sans repentir.*
2922. Paula Jacques — *La descente au paradis.*
2923. Sibylle Lacan — *Un père.*
2924. Kenzaburô Ôé — *Une existence tranquille.*
2925. Jean-Noël Pancrazi — *Madame Arnoul.*

2926.	Ernest Pépin	*L'Homme-au-Bâton.*
2927.	Antoine de Saint-Exupéry	*Lettres à sa mère.*
2928.	Mario Vargas Llosa	*Le poisson dans l'eau.*
2929.	Arthur de Gobineau	*Les Pléiades.*
2930.	Alex Abella	*Le Massacre des Saints.*
2932.	Thomas Bernhard	*Oui.*
2933.	Gérard Macé	*Le dernier des Égyptiens.*
2934.	Andreï Makine	*Le testament français.*
2935.	N. Scott Momaday	*Le Chemin de la Montagne de Pluie.*
2936.	Maurice Rheims	*Les forêts d'argent.*
2937.	Philip Roth	*Opération Shylock.*
2938.	Philippe Sollers	*Le Cavalier du Louvre. Vivant Denon.*
2939.	Giovanni Verga	*Les Malavoglia.*
2941.	Christophe Bourdin	*Le fil.*
2942.	Guy de Maupassant	*Yvette.*
2943.	Simone de Beauvoir	*L'Amérique au jour le jour, 1947.*
2944.	Victor Hugo	*Choses vues, 1830-1848.*
2945.	Victor Hugo	*Choses vues, 1849-1885.*
2946.	Carlos Fuentes	*L'oranger.*
2947.	Roger Grenier	*Regardez la neige qui tombe.*
2948.	Charles Juliet	*Lambeaux.*
2949.	J.M.G. Le Clézio	*Voyage à Rodrigues.*
2950.	Pierre Magnan	*La Folie Forcalquier.*
2951.	Amos Oz	*Toucher l'eau, toucher le vent.*
2952.	Jean-Marie Rouart	*Morny, un voluptueux au pouvoir.*
2953.	Pierre Salinger	*De mémoire.*
2954.	Shi Nai-an	*Au bord de l'eau I.*
2955.	Shi Nai-an	*Au bord de l'eau II.*
2956.	Marivaux	*La Vie de Marianne.*
2957.	Kent Anderson	*Sympathy for the Devil.*
2958.	André Malraux	*Espoir — Sierra de Teruel.*
2959.	Christian Bobin	*La folle allure.*
2960.	Nicolas Bréhal	*Le parfait amour.*
2961.	Serge Brussolo	*Hurlemort.*
2962.	Hervé Guibert	*La piqûre d'amour* et autres textes.
2963.	Ernest Hemingway	*Le chaud et le froid.*

2964. James Joyce — *Finnegans Wake.*
2965. Gilbert Sinoué — *Le Livre de saphir.*
2966. Junichirô Tanizaki — *Quatre sœurs.*
2967. Jeroen Brouwers — *Rouge décanté.*
2968. Forrest Carter — *Pleure, Géronimo.*
2971. Didier Daeninckx — *Métropolice.*
2972. Franz-Olivier Giesbert — *Le vieil homme et la mort.*
2973. Jean-Marie Laclavetine — *Demain la veille.*
2974. J.M.G. Le Clézio — *La quarantaine.*
2975. Régine Pernoud — *Jeanne d'Arc.*
2976. Pascal Quignard — *Petits traités I.*
2977. Pascal Quignard — *Petits traités II.*
2978. Geneviève Brisac — *Les filles.*
2979. Stendhal — *Promenades dans Rome.*
2980. Virgile — *Bucoliques. Géorgiques.*
2981. Milan Kundera — *La lenteur.*
2982. Odon Vallet — *L'affaire Oscar Wilde.*
2983. Marguerite Yourcenar — *Lettres à ses amis et quelques autres.*
2984. Vassili Axionov — *Une saga moscovite I.*
2985. Vassili Axionov — *Une saga moscovite II.*
2986. Jean-Philippe Arrou-Vignod — *Le conseil d'indiscipline.*
2987. Julian Barnes — *Metroland.*
2988. Daniel Boulanger — *Caporal supérieur.*
2989. Pierre Bourgeade — *Éros mécanique.*
2990. Louis Calaferte — *Satori.*
2991. Michel Del Castillo — *Mon frère l'Idiot.*
2992. Jonathan Coe — *Testament à l'anglaise.*
2993. Marguerite Duras — *Des journées entières dans les arbres.*
2994. Nathalie Sarraute — *Ici.*
2995. Isaac Bashevis Singer — *Meshugah.*
2996. William Faulkner — *Parabole.*
2997. André Malraux — *Les noyers de l'Altenburg.*
2998. Collectif — *Théologiens et mystiques au Moyen Âge.*
2999. Jean-Jacques Rousseau — *Les Confessions (Livres I à IV).*
3000. Daniel Pennac — *Monsieur Malaussène.*
3001. Louis Aragon — *Le mentir-vrai.*
3002. Boileau-Narcejac — *Schuss.*

3003.	LeRoi Jones	*Le peuple du blues.*
3004.	Joseph Kessel	*Vent de sable.*
3005.	Patrick Modiano	*Du plus loin de l'oubli.*
3006.	Daniel Prévost	*Le pont de la Révolte.*
3007.	Pascal Quignard	*Rhétorique spéculative.*
3008.	Pascal Quignard	*La haine de la musique.*
3009.	Laurent de Wilde	*Monk.*
3010.	Paul Clément	*Exit.*
3011.	Léon Tolstoï	*La Mort d'Ivan Ilitch.*
3012.	Pierre Bergounioux	*La mort de Brune.*
3013.	Jean-Denis Bredin	*Encore un peu de temps.*
3014.	Régis Debray	*Contre Venise.*
3015.	Romain Gary	*Charge d'âme.*
3016.	Sylvie Germain	*Éclats de sel.*
3017.	Jean Lacouture	*Une adolescence du siècle : Jacques Rivière et la* N.R.F
3018.	Richard Millet	*La gloire des Pythre.*
3019.	Raymond Queneau	*Les derniers jours.*
3020.	Mario Vargas Llosa	*Lituma dans les Andes.*
3021.	Pierre Gascar	*Les femmes.*
3022.	Penelope Lively	*La sœur de Cléopâtre.*
3023.	Alexandre Dumas	*Le Vicomte de Bragelonne I.*
3024.	Alexandre Dumas	*Le Vicomte de Bragelonne II.*
3025.	Alexandre Dumas	*Le Vicomte de Bragelonne III.*
3026.	Claude Lanzmann	*Shoah.*
3027.	Julian Barnes	*Lettres de Londres.*
3028.	Thomas Bernhard	*Des arbres à abattre.*
3029.	Hervé Jaouen	*L'allumeuse d'étoiles.*
3030.	Jean d'Ormesson	*Presque rien sur presque tout.*
3031.	Pierre Pelot	*Sous le vent du monde.*
3032.	Hugo Pratt	*Corto Maltese.*
3033.	Jacques Prévert	*Le crime de Monsieur Lange. Les portes de la nuit.*
3034.	René Reouven	*Souvenez-vous de Monte-Cristo.*
3035.	Mary Shelley	*Le dernier homme.*
3036.	Anne Wiazemsky	*Hymnes à l'amour.*
3037.	Rabelais	*Quart livre.*
3038.	François Bon	*L'enterrement.*
3039.	Albert Cohen	*Belle du Seigneur.*
3040.	James Crumley	*Le canard siffleur mexicain.*

3041.	Philippe Delerm	*Sundborn ou les jours de lumière.*
3042.	Shûzaku Endô	*La fille que j'ai abandonnée.*
3043.	Albert French	*Billy.*
3044.	Virgil Gheorghiu	*Les Immortels d'Agapia*
3045.	Jean Giono	*Manosque-des-Plateaux* suivi de *Poème de l'olive.*
3046.	Philippe Labro	*La traversée.*
3047.	Bernard Pingaud	*Adieu Kafka ou l'imitation.*
3048.	Walter Scott	*Le Cœur du Mid-Lothian.*
3049.	Boileau-Narcejac	*Champ clos.*
3050.	Serge Brussolo	*La maison de l'aigle.*
3052.	Jean-François Deniau	*L'Atlantique est mon désert.*
3053.	Mavis Gallant	*Ciel vert, ciel d'eau.*
3054.	Mavis Gallant	*Poisson d'avril.*
3056.	Peter Handke	*Bienvenue au conseil d'administration.*
3057.	Anonyme	*Josefine Mutzenbacher. Histoire d'une fille de Vienne racontée par elle-même.*
3059.	Jacques Sternberg	*188 contes à régler.*
3060.	Gérard de Nerval	*Voyage en Orient.*
3061.	René de Ceccatty	*Aimer.*
3062.	Joseph Kessel	*Le tour du malheur I : La fontaine Médicis. L'affaire Bernan.*
3063.	Joseph Kessel	*Le tour du malheur II : Les lauriers roses. L'homme de plâtre.*
3064.	Pierre Assouline	*Hergé.*
3065.	Marie Darrieussecq	*Truismes.*
3066.	Henri Godard	*Céline scandale.*
3067.	Chester Himes	*Mamie Mason.*
3068.	Jack-Alain Léger	*L'autre Falstaff.*
3070.	Rachid O.	*Plusieurs vies.*
3071.	Ludmila Oulitskaïa	*Sonietchka.*
3072.	Philip Roth	*Le Théâtre de Sabbath.*
3073.	John Steinbeck	*La Coupe d'Or.*
3074.	Michel Tournier	*Éléazar ou La Source et le Buisson.*
3075.	Marguerite Yourcenar	*Un homme obscur — Une belle matinée.*
3076.	Loti	*Mon frère Yves.*

3078. Jerome Charyn — *La belle ténébreuse de Biélorussie.*
3079. Harry Crews — *Body.*
3080. Michel Déon — *Pages grecques.*
3081. René Depestre — *Le mât de cocagne.*
3082. Anita Desai — *Où irons-nous cet été ?*
3083. Jean-Paul Kauffmann — *La chambre noire de Longwood.*
3084. Arto Paasilinna — *Prisonniers du paradis.*
3086. Alain Veinstein — *L'accordeur.*
3087. Jean Maillart — *Le Roman du comte d'Anjou.*
3088. Jorge Amado — *Navigation de cabotage. Notes pour des mémoires que je n'écrirai jamais.*
3089. Alphonse Boudard — *Madame... de Saint-Sulpice.*
3091. William Faulkner — *Idylle au désert* et autres nouvelles.
3092. Gilles Leroy — *Les maîtres du monde.*
3093. Yukio Mishima — *Pèlerinage aux Trois Montagnes.*

Composition Traitext.
Impression Bussière Camedan Imprimeries
à Saint-Amand (Cher),
le 24 juin 1998.
Dépôt légal : juin 1998.
1er dépôt légal dans la collection : janvier 1998.
Numéro d'imprimeur : 983218/4.
ISBN 2-07-040403-X./Imprimé en France.

87771